總編輯：余光中

導讀版

臺灣一九八九—二〇〇三 中華現代文學大系 貳

散文卷(二)

主編：張曉風

導讀：許俊雅

目錄

第一冊

第二冊

第三冊

第四冊

張曉風作品

散文卷

張曉風

筆名曉風，江蘇銅山人，1941年生。東吳大學中文系畢業，曾任教東吳大學、香港浸會學院，現任教於陽明大學。著有散文集《步下紅毯之後》、《再生緣》、《玉想》、《我在》、《星星都已經到齊了》等，及小說、戲劇、兒童文學等著作共三十餘種。曾獲中山文藝獎、國家文藝獎、中國時報文學獎、聯合報文學獎、吳三連文藝獎、洪建全兒童文學獎等，亦當選過十大傑出女青年。

開卷和掩卷

X君，十八歲，神差鬼使，不知怎麼選擇了讀中文系。X君也許是男孩，也許是女孩，也許是有志文學，也許只是分數不夠高，讀不成別的，只好到中文系來湊合。總之，他來了。

他既決定來中文系，對文學總有幾分情意。而這幾分情意不敢說一定能驚天動地，但總也不算虛情假意。他希望自己和文學之間的關係能漸入佳境。

然後，開學了。偉大堂皇的學分紛紛上場，他忽然發現自己像結婚禮堂裡的新郎：他可以拜天地，拜高堂，他可以用印，可以敬酒，可以吃菜，甚至可以表演親吻新娘。但他就是不能和新娘一起走開，一起走到花前月下的無人之處，傾心相談。

X君的大一課程除去體育、英文、歷史、憲法不算，剩下來的可能是國文、文字學、文學概論、理則學、文學史。等到二年級，他可能讀歷代文選、文學史、詩經、詩選、小說選、聲韻學或訓詁學……如果X君夠警覺，他會發現一路下來所有的學分，所有的教法，都在塞給他一個東西，這個東西的名字叫：「文學學」。

對，是文學學，而不是文學。

什麼叫文學學呢？文學學是指文學的周邊學問，例如修辭學，例如理則學，例如聲韻訓詁。文學學也不算沒有意義，像大城市之必須有衛星城鎮，像大工業必有衛星工廠，文學也不妨有些基礎工程，只是基礎工程之後應該繼之以亭台樓閣才對。平地架樓，因無根無基而脆弱無依，固所不宜，相反的，只挖一堆地基放在那裡，而無以爲繼也未免可笑。

我們姑且假定X君一向很重視自己的學業成績，（對在台灣長大的學生而言，這個假定不算過份亂猜吧？）因此他很努力的想考好他的每一門學科。譬如說，詩選這門課吧，考試之前，X君努力要記清楚的資料很可能是：

一、仄起式的平仄是如何安排的？

二、初唐最重要的詩人是誰？

三、杜甫「香稻啄殘鸚鵡粒」是什麼意思？

四、「勸君更進一杯酒」和「與爾同銷萬古愁」之間算不算對句。是否動詞對動詞，名詞對名詞，虛字對虛字？

X君在班上的成績不錯，運氣好的話他還可能拿到某種獎學金。X君畢業在即，正準備考碩士班研究所，大家都稱讚他是中文系高材生——不過，有一個小小的祕密，那就是，X君迄今都還沒有碰到文學。

X君和其他好學生一樣，從小深信一句話：

「開卷有益」

他平生受這句話之惠不少。譬如說，等車的時候，排隊等吃飯的時候，他都一卷在握，絲毫不敢浪費時間。他一點點學業上的成就都是靠這句話博取來的。

可惜X君不知道另外一句更重要的話：

「掩卷有功」

掩卷有功四個字是我發明的，古人並未明言，雖然古人很善於掩卷。

李白詩中有言：

「片言苟會心，掩卷忽而笑。」〈翰林讀書言懷呈集賢諸學士〉

蘇轍的詩中也有一句：

「書中多感遇，掩卷輒長吁。」

「掩卷」就是把書合起來的意思。除了「掩卷」，古人也用其他的字眼來表示類似的動作，例如：

「闔卷」「抛卷」「閤書」「擲書」

除了關上書卷，其他類似的動作如：

「擲筆」

其作用也類似。

開卷而讀，是爲了吸取資料，但吸取資料只不過把人變成「會走路的電腦光碟片」而已，並不能使我們摧心動容，使我們整個人變得文學化。

「掩卷長太息」才是「教書機」和「讀書機」辦不到的事情。X君如果「讀書破萬卷」，也未必有益，只待X君一旦「闔卷淚沾襟」，則他的文學教育就不算空白了。

建國中學長久以來流傳著一則故事，有位同學，打開歷史考卷一看，有道題目要求詳述鴉片戰爭對近代中國的影響，他匆匆寫了兩行，忍不住，便擲下考卷，急奔到校園中去痛哭。那一天，他的歷史考卷當然是不及格的，但當天其他考卷和成績漂亮的同學能和他比歷史感嗎？相較之下能一字字冷靜道出馬關條約的同學反而顯得殘忍無情吧？

「伏卷」而書的乖乖牌學子何止千人，但「推卷」而起撫膺號啕的卻只有那一位啊！

英國十八世紀的歷史學家吉朋，寫了卷帙浩渺的《羅馬衰亡史》。從動念到完成，歷時一十四載。所描述的時代則長達一千三百年，其規模氣魄略近司馬遷寫《史記》。吉朋寫此書言簡意賅，綱舉目張，爲世所頌。但我眞正心折的還是他一七六四年秋天站在卡比托爾的古羅馬廢墟中，對著斷壁頹垣喟然而嘆的那份千古歷史興亡感。

書寫歷史不是靠一個字母一個字母的死功，而是靠望著「大江東去」，油然興起「浪淘盡，千古風流人物」的那聲嘆息！

身爲中文系的老師，我深知同學諸生能做個「開卷人」的已經不多了——「不開卷的人」就別提了，他們根本沒資格來「掩卷」。可惜的是那些只知開卷而不知掩卷的學生。古人認爲讀〈出師表〉、〈陳情表〉應該「有感覺」，否則不忠不孝。今天學生讀此二文恐怕大多數的人只在意考試會考那一題。其實，應該「有感覺」的篇章又何止〈出師表〉〈陳情表〉！讀陳子昂〈登幽州台〉即使不愴然淚下，也該黯然久之吧？讀張岱湖心亭飲茶一章，能不悠然意遠嗎？

不幸的是，屬於文學的、感覺的境界往往難以傳遞，於是我們只好教授「平平仄仄仄平平」。後者客觀、確實、有效率，也容易讓學生佩服。當今之世，講杜甫〈兵車行〉講到哽咽淚下難以爲繼的老師恐怕多少會讓學生看扁吧？

但我要強調的是，那些開卷讀書卻不曾掩卷嘆息的人其實還不曾跨入文學的門檻。那些接觸過客觀資料，主觀方面卻不曾五內驚動的，仍然只算文學的門外漢。

下面我且舉幾例，來說明只要細心體會，其實感動無處不在。

譬如說，詞牌。一般而言，詞牌因爲是音樂方面的調名，和文字內容未見得有密切關係。讀的時候很容易就掠空而過低調處理，不去管它了。但詞牌名仍有那極美的，耐人反覆玩味。眞的是「闔卷」之餘茫然四顧，惋嘆流連不能自已。

有兩首詞牌名，（現在很少聽到）一名「惜花春起早」，一名「愛月夜眠遲」。每當花朝月夕，想起這兩個詞牌名，只覺其困境亦恰似人生：春朝花綻，怎能不勉力相從？月夜光盈，又怎忍遽捨清輝？然而活著原是一件艱辛的事，誰都能像王維詩中的神勇少年「一身能擘兩雕弧」？而美，是如此浩渺不盡，我怎能既追蹤「惜花春起早」又抓緊「愛月夜眠遲」？

只是詞牌的名字，已足夠令人掩卷失神。

另外生動逼人的詞牌名還有，如：

「驟雨打新荷」。唉，如果是「雨打荷」也就罷了，「驟雨」打「新荷」卻令人如聞土膏生腥的氣息，如觸及五月的清甜微潤的池面薄煙。方其時也，新荷如青錢小小，比浮萍大不了多少，比雨滴大不了多少。小小的新荷，圈點著水面，圈點著初夏。而初夏這篇文章寫得太好，造化神明不知不覺便多圈了幾個圈。

此外「一痕沙」、「一萼紅」、「隔渚蓮」也都令人神往心悸，不勝低徊。而蘇東坡的「無愁可解」則是一派頑皮，意欲挑戰「解愁」。人生弄到要靠酒來解愁，則何如根本把自己活成「無愁可解」的境界。既然根本不愁，也就不避麻麻煩煩去想法子再來解什麼愁。

不過是幾個詞牌，不過是三五個字的組句，卻令人沉吟，遲疑，不能自拔於無邊之美感。

除了詞牌，齋名也頗有趣。古人動不動便有個堂皇的齋名，但現實生活中則未必眞有什麼樓什麼軒什麼庵什麼室什麼齋。所謂的齋，往往只在主人的方寸之間鳩工營造。

初中時就聽到梁任公《飲冰室文集》，當時只以爲飲冰室就是我們吃刨冰的冰果店，代表的是清涼的意思。及至讀了莊子，才知道全然不是那麼回事，原文是「今吾朝受命而夕飲冰，我其內熱歟？」注疏中說「晨朝受詔，暮夕飲冰，是明怖懼憂愁，內心燻灼」，原來飲冰是指內心焦灼不安。那麼，梁任公原來在恣縱無礙的才華之外亦自有其生當亂世的憂怖，如此一想，也眞要掩卷肅容一番。

至於曾國藩，他把自己的住處命名爲「求闕齋」。世人無不愛求全，曾氏獨求「缺」。以他當時位極人臣的顯達背景，他當然比別人更了解居安思危的眞諦。求缺，是全福全貴到極致之後的謙遜。對此簡單明瞭的三個字，曾文正公一生風骨氣度都畢現眼前，我因這三字而掩卷輕嘆，終生俯首。

近人有「無求備齋」「知不足齋」，並皆引人深思。周棄子先生取名「未埋庵」，令人思之不勝感傷。一切活著的人不都遲早要大去嗎？把此刻的自己看作葬禮未舉行前的自己，多少可以減少一些名利心、爭逐意，雖然命意嫌衰颯了。

以上舉例重在可嘆可感的美感，至於有情有趣可堪一笑的例子也是有的，此處且舉蘇軾〈攓雲篇〉的詩序為代表：

「雲氣自山中來，以手攓開，籠收其中，歸家雲盈籠，開而放之，作攓雲篇。」

如果讀〈出師表〉不哭為不忠，讀〈攓雲篇〉不掩卷大笑也真可謂「不通氣」了！東坡老兒實在無賴得可愛，把山雲捉來放在竹籠中，倒好像那些煙嵐雲霧全是小白馴鴿似的，手到擒來，等籠子一張開，全部白雲亦如小鳥振翅而出，急撲撲的穿梭得滿屋子都是。

世間寧有此事！但蘇軾的謊撒得太可愛了，這一齣他自導自演的「捉放雲」幾乎有些卡通趣味，你除撫掌大笑之外還能有什麼辦法！

剛才所說的那位X君，如果在大四畢業之前只會開卷勤讀，而不會掩卷悲喜，他這一生就算做到中文系教授，也仍然是個「文學絕緣體」。

但願讀文學的X君不單讀了些「文學學」，也早日碰觸到「文學」。但願X君和其他所有接觸過文學的Y君，都既能因開卷而受益，亦能擁有掩卷一嘆的靈犀。但願他們不僅是「有腳光碟片」，而是有感應的「文學人」。

——一九九六年六月．選自九歌版《星星都已經到齊了》

塵緣

大約二歲吧，那時的我。父親中午回家吃飯，匆匆又要趕回辦公室去。我不依，抓住他寬邊的軍腰帶不讓他繫上，說：「你戴上這個就是要走了，我不要！」我抱住他的腿不給他走。

那時代的軍人軍紀如山，父親覺得遲到之罪近乎通敵。他一把搶回了腰帶，還打了我——這事我當然不記得了，是父親自己事後多次提起，我才印象深刻。父親每提此事，總露出一副深悔的樣子，我有時想，挨那一頓打也眞划得來啊，父親因而將此事記了一輩子，悔了一輩子。

「後來，我就捨不得打你。就那一次。」他說。

那時，二歲的我不想和父親分別。半個世紀之後，我依然抵賴，依然想抓住什麼留住父親，依然對上帝說：

「把爸爸留給我吧！留給我吧！」

然而上帝沒有允許我的強留。

當年小小的我不知道自己爲什麼留不住爸爸，半世紀後，我仍然不明白父親爲什麼非走不可？當年的我知道他繫上腰帶就會走，現在的我知道他不思飲食，記憶渙散便也是要走。然而，我卻一無長策，眼睜睜看著老邁的他杳杳而逝。

記憶中小時候，父親總是帶我去田間散步，教我閱讀名叫「自然」的這部書。他指給我看螳螂的卵，他帶回被寄生蜂下過蛋的蟲蛹。後來有一次我和五阿姨去散步，三歲的我偏頭問阿姨道：

「你看，菜葉子上都是洞，是怎麼來的？」

「蟲吃的。」阿姨當時是大學生。

「那，蟲在那裡？」

阿姨答不上來，我拍手大樂。

「哼，蟲變蛾子飛跑了，你都不知道，蟲變蛾子飛跑了！你都不知道！」

我對生物的最初驚艷，來自父親，我爲此終生感激。

然而父親自己蛻化而去的時候，我卻痛哭不依，他化蝶遠颺，我卻總不能相信這種事竟然發生了，那麼英挺而強壯的父親，誰把他偷走了？

父親九十一歲那年，我帶他回故鄉。距離他上一次回鄉，前後是五十九年。

「你不是『帶』爸爸回去，是『陪』爸爸回去。」我的朋友糾正我。

「可是，我的情況是眞的需要『帶』他回去。」

我們一行四人，爸爸媽媽我和護士。我們用輪椅把他推上飛機，推入旅館，推進火車。火車一離南京城，就到了滁縣。我起先嚇了一跳，「滁州」這種地方好像應該好好待在歐陽修的〈醉翁亭記〉裡，怎麼眞的有個滁州在眼前。我一路問父親，現在是什麼站了，他一一說給我聽，我問他下一站的站名，他也能回答上來。奇怪，平日顚三倒四的父親，連吃過了午飯都會旋即忘了又要求母親開飯，怎麼一到了滁州城附近就如此凡事歷歷分明起來？

「姑娘（即姑母）在那裡？」

「渚蘭。」

「外婆呢？」

「住寶光寺。」

其他親戚的居處他說來也都瞭若指掌，這是他魂裡夢裡的所在吧？

「大哥，你知道這是什麼田？」三叔問他。

「知道，」爸爸說，「白芋田。」

白芋就是白番薯的意思，紅番薯則叫紅芋。

不知爲什麼，近年來他像小學生，總乖乖回答每一道問題。

「翻白芋秧子你會嗎？」三叔又問。

「會。」

白芋秧子就是番薯葉，這種葉子生命力極旺盛，如果不隨時翻它，它就會不斷抽長又不斷扎根，最後白芋就長不好了。所以要不斷叉起它來，翻個面，害它不能多布根，好專心長番薯。

年輕時的父親在徐州城裡唸師範，每次放假回家，便幫忙農事。我想父親當年年輕，打著赤膊，在田裡執叉翻葉，那個男孩至今記得白芋葉該怎麼翻。想到這裡，我心下有一份踏實，覺得在茫茫大地上，也有某一塊田是父親親手料理過的，我因而覺得一份甜蜜安詳。

父親回鄉，許多雜務都是一位安營表哥打點的，包括租車和食宿的安排。安營表哥的名字很特別，據說那年有軍隊過境，在村邊安營，表哥就叫了安營。

「這位是誰你認識嗎？」我們問父親。

「不認識。」

「他就是安營呀！」

「安營？」父親茫然：「安營怎麼這麼大了？」

這組簡單的對話，一天要說上好幾次，然而父親總是不能承認面前此人就是安營。上一次，父親回家見他，他年方一歲，而今他已是兒孫滿堂的六十歲老人。去家離鄉五十九年，父親的迷糊我不忍心用老年癡呆解釋。二天前我在飛機上見父親讀英文報，便指些單字問他：

「這是什麼字？」

「西藏。」

「這個呢？」

「以色列。」

我驚訝他一一回答，奇怪啊，父親到底記得什麼又到底不記得什麼呢？

我們到田塍邊謁過祖父母的墳，爸爸忽然說：

「我們就回家去吧！」

「家？家在那裡？」我故意問他。

「家，家在屏東呀！」

我一驚，這一生不忘老家的人其實是以屏東爲家的。屏東，那永恆的陽光的城垣。

家族中走出一位老婦人，是父親的二堂嬸，是一切家人中最老的，九十三了，腰幹筆直，小腳走得踏實迅快，他把父親看了一眼，用鄉下人簡單而大聲的語言宣布：

「他迂了！」

迂，就是鄉人說「老年癡呆」的意思，我的眼淚立刻湧出來，我一直刻意閃避的字眼，這老婦人竟直截了當的道了出來。如此清晰如此殘忍。

我開始明白「父母在」和「父母健在」是不同的，但我仍依戀仍不捨。

父親在南京旅館時有老友陳頤鼎將軍來訪。陳伯伯和父親是鄉故，交情素厚，但我告訴他陳伯伯在樓下，正要上來，他卻勃然色變，說：

「幹麼要見他？他做了共產黨！」

這陳伯伯曾到過台灣，訓練過一批新兵，那時是民國三十五年。這批新兵訓練得還不太好就上戰場了，結果吃了敗仗，以後便成了台籍滯留大陸的老兵，陳伯伯也就因而成了共產黨人。父親不原諒這種事。

「我一輩子都是國民黨。」他說，一臉執倔。

他不明白說這種話已經不合時宜了。

陳伯伯進來，我很緊張，陳伯伯一時激動萬分，緊握爸爸的手熱淚直流。爸爸卻淡淡的，總算沒趕人家出去，我們也就由他。

「陳伯伯和我爸爸當年的事，可以說一件給我聽聽嗎？」事後我問陳媽媽。

「有一次，打仗，晚上也打，不能睡，又下雨，他們兩個人睏極了，就穿著雨衣，背靠著背的站著打盹。」

我又去問陳伯伯：

「我爸爸，你對他印象最深的是什麼？」

「他上進，他起先當『學兵』，看人家黃埔出身，他就也去考黃埔。等黃埔出來，他想想，覺得學歷還不夠好，又去讀陸軍大學，然後，又去美國。」

陳伯伯位階一直比父親稍高，但我看到的他只是個慈祥的老人，喃喃地說些六十年前的事情。

爸爸急著回屏東，我們就儘快回來了。回來後的父親安詳貞定，我那時忽然明白了，台灣，才是他願意埋骨的所在。

民國三十八年，爸爸本來是最後一批離開重慶的人。

「我會守到最後五分鐘。」

他對母親說，那時我們在廣州，正要上船，他們兩人把一對日本沙魚皮軍刀各拿了一把，那算是家中比較值錢的東西，是受降時分得的戰利品。

「但願人長久，千里共嬋娟。」

戰爭中每次分手，爸爸都寫這句話給媽媽。那時代的人令人不解，彷彿活在電影情節裡，每天都是生離死別。

戰爭節節失利，爸爸眞的撐到最後，然後，他坐上飛機飛台灣。老式的飛機必須加油，所以當天下午暫停昆明，父親似乎很興奮能多這一番逗留，拍電報來說打算去遊滇池。母親接到電報本來高高興興打算第二天迎接丈夫，卻不料翌晨一早六點鐘打開報紙，頭版上斗大的字，雲南省主席盧漢午夜叛變投共。江山一夜易主，母親擲報大慟，父親在最後一刻被絆住了，成了共產黨人的俘虜，生死難卜。

那以後的情節就更像小說，盧漢並沒有得到新主子的歡心，憤而瞎了眼，對於管理囚犯的事也就有些輕疏。到後來簡直比「劃地爲牢」還自由，監獄成了免費宿舍，各人自可出去閒逛，到時間回來吃回來住便是了。反正那時候整個版圖都已經是共產黨的，而眾囚犯身無長物，又能逃到那裡去？

好在父親遇見了一個舊日部屬，那部屬在戰爭結束後改行賣紙菸，他便給了父親幾條菸，又給了他一張假身分證，把張家閑的名字改成章佳賢，且縫了一隻土灰布的大口袋作菸袋，父親就從少將軍官變成菸販子。揹上了袋子，他便直奔山區而去，參加游擊隊。以後取道法屬越南的老撾轉香港飛台灣，這一周折，使他多花了一年零二十天才和家人重逢。

那一年裡我們不幸也失去外婆，母親總是胃痛，痛的時候便叫我把頭枕在她胃上，說是壓一壓就好了。那時我小，成天到小池塘邊抓小魚來玩，憂患對我是個似懂非懂的怪獸，它敲門的時候，不歸我應門。他們把外婆火化了，打算不久以後帶回老家去，過了二十年，死了心，才把她葬在三張犁。

爸爸從來沒跟我們提他被俘和逃亡的艱辛，許多年以後，母親才陸續透露幾句。但那些恐懼在他晚年時卻一度再現。有天媽媽外出回來，他說：

「剛才你不在，有人來跟我收錢。」

「收什麼錢？」

「他說我是甲級戰俘，要收一百塊錢，乙級的收五十塊。」

媽媽知道他把現實和夢境搞混了，便說：

「你給了他沒有？」

「沒有，我告訴他我身上沒錢，我太太出去了，等下我太太回來你跟她收好了。」

那是他的夢魘，四十多年不能抹去的夢魘，奇怪的是夢魘化解的方法倒也十分簡單，只要說一句「你去找我太太收」就可以了。

幼小的時候，父親不斷告別我們，及至我十七歲讀大學，便是我告別他了。我現在才知道，雖然我們共度了半個世紀，我們仍算父女緣薄！這些年，我每次回屏東看他，他總說：

「你是有演講，順便回來的嗎？」

我總嗯哼一聲帶過去。我心裡想說的是，爸爸啊，我不是因爲要演講才順便來看你的，我是因爲要看你才順便答應演講的啊！然而我不能說，他只容我「順便」看他，他不要耽誤我的「正事」。

有一年中秋節，母親去馬來探妹妹，父親一人在家。我不放心，特別南下去陪他，他站在玄關處罵起我來：

「跟你說不用回來、不用回來，你怎麼又跑回來了？你回來，回去的車票買不到怎麼辦？叫你別回來，不聽。」

我有點不知所措，中秋節，我丟下丈夫孩子來陪他，他反而罵我。但愣了幾秒鐘後，我忽然明白了，這個鋼錚錚的北方漢子，他受不了柔情，他不能忍受讓自己接受愛寵，他只好罵我。於是我笑笑，不理他，且去動手做菜。

父親對母親也少見浪漫鏡頭，但有一次，他把我叫到一邊，說：

「你們姊妹也太不懂事了！你媽快七十的人了，她每次去台北你們就這個要五包涼麵，那個要一隻鹽水鴨，她那裡提得動？」

母親比父親小十一歲，我們一直都覺得她是年輕的那一個，我們忘記她也在老。又由於想念屏東眷村老家，每次就想買點美食來解鄉愁，只有父親看到母親已不堪提攜重物。

由於父親是軍人，而我們子女都不是，沒有人知道他在他那行算怎樣一個人物。連他得過的二枚雲麾勳章，我們也弄不清楚相等於多大的戰績。但我讀大學時有次站在公車上，聽幾個坐在我前面的軍人談論陸軍步兵學校的人事，不覺留意。父親曾任步校的教育長、副校長，有一陣子也代理校長。我聽他們說著說著就提到父親，我心跳起來，不知他們會說出什麼話來，只聽一個說：

「他這人是個好人。」

又一個說：

「學問也好。」

我心中一時激動不已，能在他人口碑中認識自己父親的好，眞是幸運。

又有一次，我和丈夫孩子到鷺鷥潭去玩，晚上便宿在山間。山中有幾椽茅屋，是些老兵蓋來做生意的，我把身分證拿去登記，老兵便叫了起來：

「呀，你是張家閑的女兒，副校長是我們老長官了，副校長道德學問都好的，這房錢，不能收了。」

我當然也不想占幾個老兵的便宜，幾經推扯，打了折扣收錢。其實他們不知道，我眞正受惠的不是那一點折扣，而是從別人眼中看到的父親正直崇高的形象。

八十九歲，父親去開白內障，打了痲藥還沒有推入手術室，我找些話跟他說，免得他太快睡著。

「爸爸，杜甫，你知道嗎？」

「知道。」

「杜甫的詩你知道嗎？」

「杜甫的詩那麼多，你說那一首啊？」

「我說〈兵車行〉『車轔轔』那下面是什麼？」

「馬蕭蕭。」

「再下面呢？」

「行人弓箭各在腰，爺娘妻子走相送，塵埃不見咸陽橋，牽衣頓足攔道哭，哭聲直上干雲霄。」

我的淚直滾滾的落下來，不知爲什麼，透過一千二百年前的語言，我們反而狹路相遇。人間的悲傷，無非是生離和死別，戰爭是生離和死別的原因，但，衰老也是啊！父親垂老，兩目視茫茫，然而，他仍記得那首哀傷的唐詩。父親一生參與了不少戰爭，而衰老的戰爭卻是最最艱辛難支的戰爭吧？

我開始和父親平起平坐的談起詩來，是在初中階段。父親一時顯然驚喜萬分，對於女兒大到可以跟他談詩的事幾乎不能置信。在那段清貧的日子裡談詩是有實質的好處的，母親每在此時烙一張麵糊餅，切一碟滷豆乾，有時甚至還有一瓶黑松汽水。我一面吃喝，一面縱論，也只有父親容得下我當時的胡言吧？

父親對詩，也不算有什麼深入研究，他只是熟讀《唐詩三百首》而已。我小時常見他用的那本，扉頁已經泛黃，上面還有他手批的文字。成年後，我忍不住偷來藏著，那是他民國三十年六月在浙江金華買的，封面用牛皮紙包好。有一天，我忽然想換掉那老舊的包書紙，不料打開一看，才發現原來這張牛皮紙是一個公文袋，那公文袋是從國防部寄的，寄給聯勤總部副官處處長，那是父親在南京時的官職，算來是民國三十五、六年的事了。前人惜物的眞情比如今任何環保宣言都更實在。父親走後，我在那層牛皮紙外再包它一層白紙，我只能在千古詩情裡去尋覓我遍尋不獲的父親。

父親去時是清晨五時半，終於，所有的管子都拔掉了，九十四歲，父親的臉重歸安謐祥和。我把加護病房的窗簾打開，初日正從灰紅的朝霞中騰起，穆穆皇皇，無限莊嚴。

我有一袋貝殼，是以前旅遊時陸續撿的。有一天，整理東西，忽然想到它們原是屬於海洋的。它們已經暫時陪我一段時光了，一切塵緣總有個了結，於是決定把它們一一放回大海。

而我的父親呢？父親也被歸回到什麼地方去了嗎？那曾經劍眉星目的英颯男子，如今安在？我所挽留不住的，只能任由永恆取回。

而我，我是那因爲一度擁有貝殼而聆聽了整個海潮音的小孩。

——一九九六年十二月．選自九歌版《星星都已經到齊了》

我撿到了一張身分證

似乎，事情如果不帶三分荒謬，就不足以言人生。

有個朋友Y，明明是很好的水墨畫家，卻有幾分邋遢習性，畫作上不知怎的就會滴上幾點不經意而留下的墨跡，設計家W評此事，說：

「嗯，這好，以後鑑定他的畫就憑這個，不滴幾滴墨點的，就不算眞跡。」

聖人的生命裡充滿聖蹟，偉人的生命裡寫滿了勳業，但凡人的生命則如我那位朋友的畫面，一方面縱橫著奇筆詭墨，一方面卻總要滴上幾滴無奈的濃濃淡淡的黑墨點子。

就像黑子是太陽的一部份，墨點也必須被承認爲畫面的一部份。噯！我且來說說我近日生活中的一滴暈散在素面畫紙上的墨點吧！

事情是這樣的，我的身分證掉了，我自己並不知道。直到有一天我去辦公室影印一份唐詩資料才警覺。那資料是一首短歌謠，只佔半頁，我環保成性，總認爲剩下半頁太可惜，（雖然用的是舊紙的反面）便打算找出身分證來湊合著印，反正，身分證影本是個不時需要的文件。

但是，糟糕，它竟然不在我的皮包裡，我匆匆印完資料，把自己從全唐詩的巨帙裡拉回現實，並且追想我最後一次看到身分證是在什麼時候？啊，身分證眞是一件詭異的物事——我是我，我確確實實的活著，然而一旦沒有那張巴掌大的小東西來證明我是我，我就會忽然變得什麼都不是。一百六十公分的一個人沒人承認，人家只承認六公分乘以九公分的那張小紙片。

唉，我的那張小紙片在那裡呢？我把資料丟在一旁，苦思冥想起來，一時大有「不了此事，誓不爲人」的氣概。想著想著，倒也被我想起一些端倪來了，上一次，好像是去電視台，上楊照的節目，事後得了一筆錢，他們曾跟我要身分證影本供報帳，我便去印了給他們。

然而，那一次，我是在那裡影印的呢？會不會影印完了我就把它忘在影印機裡忘了拿走了？想到這裡不禁悲從衷來，覺得在此茫茫五百萬人口的大城裡，走失了一個「我」。也不知這個「我」流落何方？爲何人所撿拾？悲傷啊！我怎麼都不知道「我」已成爲失蹤人口？

我似乎是在統一超商影印的，家附近這種店有好幾家。趁著一個不用上班的星期天，我掛著一副悲戚的面容去一一走訪，彷彿去尋找「失蹤老人」或「失蹤小孩」，我殷殷打聽：

「請問有沒有人在影印機裡撿到一張身分證？」

咦？原來還眞有，好心的店員拿給我看，有身分證，也有駕照，然而那一把證件上的人都不是我。我瞪著照片上那一雙雙的眼睛默默致意，希望它早日給認領回去。我繼續一家家去找，終於絕了望，惛然返家。

彷彿是一場「自我追尋」的心理遊戲，卻碰了壁。我找不到「我」了，「我」消失了。更可怕的是，「我」可能淪落了。

這才開始悲傷起來，聽說有人專盜人家身分證去冒用，我的不必盜，只消撿就可以了。被冒用的身分證會變成什麼下場呢？聽說有的會賣給非法入境的人，而非法入境的女人會和色情業掛鉤，於是會有一個「我」出現在風月場中，這種事想像起來也令人魂飛魄散！又聽說有人會拿這種身分證去登記公司，於是「我」就成了董事長，人家就利用「我」去騙財，不久，「我」就有了上億的債務！啊，那張出走的「我」是可能給人家逼著去幹出各種事來的啊！「我」可以是任何人家派定的角色！

第二天是星期一，我下定決心去戶政事務所跑一趟，萬事之急，莫如此事之急。總算我還有一張戶籍謄本，一枚印章，和三張照片來作爲輔佐證據，證明我自己的確是一具活著的合法生物。

我估量一下時間，電話中他們雖保證只消半小時就會辦好補發手續，但加上來去的車程，少說也要花掉一個半小時。而一個半小時是生命中多麼不可彌補的損失啊！這一個半小時如果拿來對月、當花、與朋友聊電話、爲自己煮一餐端端整整的海鮮義大利麵，對著公園裡一隻小鳥發痴發楞都不算浪費，唯獨拿去辦人間繁瑣無聊的手續才眞是冤哉枉也！

我一面換衣服一面恨自己，恨自己糊塗大意，因此必須付上一個半小時的「生命耗損」以爲懲罰——要知道，這一個半小時是永世永劫都扳不回來的啊！我感到像守財奴掉了金子一般揪心扒肝的痛。

衣服是一套去年在廣西陽朔外貿街買的水洗絲休閒服。外貿街，是我取的名字，其實是條老街，但專做老外生意。這件衣服介於藍綠色之間，鬱鬱的，像陰天的海水。衣服的質地極其柔軟，觸手柔滑如液體，我的心情稍稍好了一點。當下決定辦完手續便去朋友推薦的一家咖啡店，享受一杯咖啡，外加一塊玫瑰蛋糕。他在詩作裡曾經提過「玫瑰餅」害我垂涎，事後他坦白對我說，其實是玫瑰蛋糕，但因爲湊韻律，所以改成「玫瑰餅」。詩人也眞有點可惡，爲了押韻竟竄改事實，散文家就比較老實。

但是，且慢，如果去喝咖啡，豈不浪費的時間更多了嗎？不，對我而言喝咖啡不叫浪費時間。生活裡的許多事都像音樂上的板眼，一個小節接著一個小節，一個二分音符等於二個四分音符，一切都得照節奏來，徐急不得有誤。但喝咖啡的時間等於是那個延長符號，而延長符號是不納入節拍的，你愛拉多長便拉多長，它是時間方面的「外國租界」地，不歸本土管轄。它又像打籃球時叫一聲「暫停」，於是那段時間便不計在分秒必爭的戰局裡。

然而，荒謬的事發生了，就在此刻，正在我要離家去辦身分證補發申請，卻忽然覺得夾克的內層口袋裡有個怪怪的硬卡，伸手一摸，天哪，竟是我那「眾裡尋它千百度」的身分證，我以爲自己永世再也見不到的「我」。證上的舊日照片與我互視良久，我把它重新放入皮包。喜悅興奮當中也不免微微失望，因爲不必出門了，那杯咖啡也就取消了。

這天早上我感覺恍若撿到了一張身分證，而既然有了這張身分證，我便可以冒用上面的資料好好活下去！我好像又有理由有憑恃可以在這個城市裡立足了。我撿到了一個「我」——在我以爲我們彼此已失之交臂的刹那。重逢不易，自宜珍惜。

這場前因後果說來眞有點荒謬，不過，我不是已經說過了嗎？事情如果不帶三分荒謬，就不足以言人生。

好，我這樣告訴自己：

我撿到了一張身分證，在我夾克的內層口袋裡。仔細勘驗一下，這身分證上的女子其實滿不錯哩！

她有個很令人怦然心動的職業，她是個文學教師，她可以憑著告訴別人何以「庭院深深深幾許」是個美麗的句子而謀得衣食。讓我且來冒充她，好好登壇說法，好讓頑石也點頭。

她且有個不錯的男子爲丈夫，讓我也來扮演她，跟這個男子結緣相處。

還有，她的住址也令我羨慕，我打算頂她的名，替她住在那棟能遮風避雨的好屋子裡，並且親自澆灌她養大的蘭花和馬拉巴栗樹。

啊！容許我來認眞的做一做她吧！

——一九九八年五月·選自九歌版《星星都已經到齊了》

春水初泮的身體

——觀雲門「水月」演出

朋友的朋友，是個傑出的蒙古年輕學者。有一次，有人讚美蒙古族人能歌善舞，他憤然，說：「哼！請問什麼人才跳舞給別人看？你看過皇帝跳舞給別人看的嗎？」

言下之意，當權者都是看人跳舞的——而跳舞給人看的，其實都是倒楣的弱勢人。

我聞此言，乍然楞住，不知該說什麼。他顯然對自己的民族有悲情，有悲情的人你大概很難跟他爭辯。

上天選中的「特權份子」

可是，從那次以後，每逢舞蹈演出，我都睜大眼睛，因爲我急於知道，那些舞者——或者說，那些跳舞給別人看的人——是不是弱勢的次等人。於是，我看藏人之舞，我看白族之舞，我看峇里島之舞，我看平劇崑劇中的舞動系列，我看芭蕾，我看瑪莎葛蘭姆，我看雲門……，當然，其中有些是錄影帶，有時我也讀杜甫「公孫大娘舞劍」的詩，我試圖去碰撞世間一個一個舞者，想知道擁有那樣身體的人，是怎樣的身世？

如果，讓我遇見那憤懣的蒙古年輕學者，我想，我終於有一個結論可以奉告了：

「不！朋友，我想，你說的不對，在世間芸芸眾生中，唯舞者的身體是一副『被祝福的身體』！它們顫動如花，凋零如花，然而卻仍是蒙上天深深祝福的身體。也許，他們只是跳舞給人看的人——給皇帝看，或者給市井小民看——但能跳舞的人顯然是幸福的，他是上天選中的『特權份子』，他的酬勞便是得到一副『被祝福的身體！』」

是的，這蒙受祝福的身體：

它柔若靜懸的絲巾，復強如大野的朔風。

它延展，如千里相思不絕。它凝縮，如萬重不肯說破的憂愁。

它揚昇，如曉日之騰雲。它垂墜，如乍然中箭的鴻鵠。

它恆動，它亦恆靜。

它稚拙天眞，柔弱而不事設防。它機敏詐譎，變化詭幻，如魑魅魍魎。

啊！世間怎會有這樣的身體！令人驚豔，令人嗟嘆。

有人慕財、有人慕德、有人慕權、有人慕才。但茫茫人間，短短身世，眞正值得渴想思慕的，無非是這般蒙上天祝福的身體啊！

天神住在舞者的四肢和呼吸裡

上古「巫」「舞」不分，舞者的身體一向被視爲詭奇的，有神靈相附的。與其說，神明住在神聖華美的殿堂裡，不如說，天神更愛住在舞者的四肢和呼吸裡。

去看雲門的新舞「水月」，坐下來的時候，忽然覺得歲歲年年，自己已在舞集的幕前整整守了二十五年了。而此刻，舞者如晨光中的白荷，緩緩展開自己，只是展開，再無其他。於是我們忽然覺得那些激情的故事或迭起的情節都是前世的事了。連早期舞碼裡那些鷹揚的人物，亮眼的道具，也一併從記憶裡消失。所有的視線，今夕都全然回歸到舞者的身體上。

許久以來，我們已習慣把身體定位爲「固態」的。但今晚，舞者卻令它恢復爲「液態」。「固態」是膠著的，殭滯的，如崔嵬冰岩。但此刻冰岩消融，如春水之初泮，並且澌澌然流佈四方。

啊！那汩汩而流的身體。那嘩嘩然如小河按歌的身體。那圓柔無憾的身體。那喜悅無求的身體。那自在任眞的身體。那純淨了然的身體。

如果說，人體有百分之七十的成份是水，則舞者體內水必是輕吻著海沙的潮汐，是生態豐富的沼澤，是暗夜中靜靜自墜的淚滴，是深情眷眷的欲雨濕雲，是喜悅的眼波，是一捧老茶盞上裊裊漫起的煙氣。

彷彿嬰兒，一無所有，卻自有其赤子柔弱而又一無畏懼的身體。被神所祝福，被人所讚歎。啊！爲這美麗柔和的身體，我願意再守候二十五年。

——一九九九年一月·選自九歌版《星星都已經到齊了》

鞦韆上的女子

楔　子

我在備課——這樣說有點嚇人，彷彿有多模範似的，其實也不是，只是把秦少游的詞在上課前多看兩眼而已。我一向覺得少游詞最適合年輕人讀：淡淡的哀傷，悵悵的低喟，不需要什麼理由就愁起來的愁或者未經規畫便已深深墮入的情劫……。

「鞦韆外，綠水橋平。」

啊，鞦韆，學生到底懂不懂什麼叫鞦韆？他們一定自以爲懂，但我知道他們不懂，要怎樣才能讓學生明白古代鞦韆的感覺？

這時候，電話響了，索稿的——緊接著，另一通電話又響了，是有關淡江大學「女性書寫」研討會的，再接著是東吳校慶籌備組規定要即交散文一篇，似乎該寫點「話當年」的情節，催稿人是我的學生張曼娟，使我這犯規的老師惶惶無詞……

然後，糟了，由於三案並發，我竟把這幾件事想混了，鞦韆，女性主義，東吳讀書，少年歲月，粘黏為一，撕扯不開……。

正文

漢族，是個奇怪的族類，他們不但不太擅長於唱歌或跳舞，就連玩，好像也不太會。許多遊戲，都是西邊或北邊傳來的——也真虧我們有這些鄰居，我們因這些鄰居而有了更豐富多樣的水果、嘈雜淒切的樂器、呑劍吐火的幻術……以及，哎，鞦韆。

在台灣，每個小學，都設有鞦韆架吧？大家小時候都玩過它吧？

但詩詞裡的「鞦韆」卻是另外一種，它們的原籍是「山戎」，據說是齊桓公征伐山戎的時候順便帶回來的。想到齊桓公，不免精神為之一振，原來這小玩意兒來中國的時候正當先秦諸子的黃金年代。而且，說巧不巧的，正是孔老夫子的年代。孔子沒提過鞦韆，孟子也沒有。但孟子說過一句話：「咱們儒家的人，才不去提他什麼齊桓公晉文公之流的傢伙。」

既然瞧不起齊桓公，大概也就瞧不起他征伐勝利後帶回中土的怪物鞦韆了！

但這山戎身居何處呢？山戎在春秋時代住在河北省的東北方，現在叫做遷安縣的一個地方。這地方如今當然早已是長城裡面的版圖了，它位在山海關和喜峰口之間，和中共高幹常去避暑的北戴河同緯度。

而山戎又是誰呢？據說便是後來的匈奴，更後來叫胡，似乎也可以說，就是以蒙古為主的北方異族。漢人不怎麼有興趣研究胡人家世，敘事起來不免草草了事。

有機會我眞想去遷安縣走走，看看那鞦韆的發祥地是否有極高大奪目的漂亮鞦韆，而那裡的人是否身手矯健，可以把鞦韆盪得特別高，特別恣縱矯健——但恐怕也未必，胡人向來絕不「安於一地」，他們想來早已離開遷安縣，遷安兩字顧名思義，是鼓勵移民的意思，此地大概早已塞滿無往不在的漢人移民。

哎，我不禁懷念古鞦韆的風情起來了。

《荊楚歲時記》上說：「秋千，本北方山戎之戲，以習輕趫，後中國女子學之，楚俗謂之施鉤，涅槃經謂之罥索。」

《開元天寶遺事》則謂：「天寶宮中，至寒食節，競豎鞦韆，令宮嬪輩，戲笑以爲宴樂，帝呼爲半仙之戲。都市士民因而呼之。」

《事物紀原》也引《古今藝術圖》謂：「北方戎狄愛習輕趫之態，每至寒食爲之，後中國女子學之，乃以條繩懸樹之架，謂之秋千。」

這樣看來，鞦韆，是季節性的遊戲，在一年最美麗的季節——暮春寒食節（也就是我們的春假日）——舉行。

試想在北方苦寒之地，忽有一天，春風乍至花鳥爭喧，年輕人的心一時如空氣中的浮絲游絮飄飄颻颻，不知所止。

於是，他們想出了這種遊戲，這種把自己懸吊在半空中來進行擺盪的遊戲，這種遊戲純粹呼應著春天來時那種擺盪的心情。當然也許也和叢林生活的回憶有關。打鞦韆多少有點像泰山玩藤吧？

然而，不知爲什麼，事情傳到中國，打鞦韆竟成爲女子的專利。並沒有哪一條法令禁止中國男子玩鞦韆，但在詩詞中看來，打鞦韆的竟全是女孩。

也許因爲初傳來時只有宮中流行，宮中男子人人自重，所以只讓宮女去玩，玩久了，這種動作竟變成是女性世界裡的女性動作了。

宋明之際，禮教的勢力無遠弗屆，漢人的女子，裹著小小的腳，蹭蹬在深深的閨閣裡，似乎只有春天的鞦韆遊戲，可以把她們盪到半空中，讓她們的目光越過自家修築的銅牆鐵壁，而望向遠方。

那年代男兒志在四方，他們遠戍邊荒，或者，至少也像司馬相如，走出多山多嶺的蜀郡，在通往長安的大橋橋柱上題下：

「不乘高車駟馬，不復過此橋。」

然而女子，女子只有深深的閨閣，深深深深的閨閣，沒有長安等著她們去功名，沒有拜將台等著她們去封誥，甚至沒有讓嚴子陵歸隱的「登雲釣月」的釣磯等著她們去度閒散的歲月。（「登雲釣月」是蘇東坡題在一塊大石頭上的字，位置在浙江富陽，近杭州，相傳那裡便是嚴子陵釣灘。）

我的學生，他們眞的會懂鞦韆嗎？他們必須先明白身爲女子便等於「坐女監」，所不同的是有些監獄窄小湫隘，有些監獄華美典雅。而鞦韆卻給了她們合法的越獄權，她們於是看到遠方，也許不是太遠的遠方，但畢竟是獄門以外的世界。

秦少游那句「鞦韆外，綠水橋平」，是從一個女子眼中看春天的世界。鞦韆讓她把自己提高了一點點，鞦韆盪出去，她於是看見了春水。春水明豔，如軟琉璃，而且因爲春冰乍融，水位也提高了，那女子看見什麼？她看見了水的顏色和水的位置，原來水位已經平到橋面去了！牆內當然也有春天，但牆外的春天卻更奔騰恣縱啊！那春水，是一路要流到天涯去的水啊！只是一瞥，只在鞦韆盪高去的那一刹，世界便迎面而來。也許視線只不過以二公里爲半徑，向四面八方擴充了一點點，然而那一點是多麼令人難忘啊！人類的視野不就是那樣一點點地拓寬的嗎？女子在那如電光石火的刹那窺見了世界和春天。而那時候，隨風鼓脹的，又豈是她繡花的裙襬呢？

眾詩人中似乎韓偓是最刻意描述美好的「鞦韆經驗」的，他的鞦韆一詩是這樣寫的：

池塘夜歇清明雨
繞院無塵近花塢
五絲繩繫出牆遲
力盡纔瞵見鄰圃
下來嬌喘未能調
斜倚朱闌久無語

無語兼動所思愁
轉眼看天一長吐

其中形容女子打完鞦韆「斜倚朱闌久無語」、「無語兼動所思愁」頗耐人尋味。「遠方」，也許是治不癒的痼疾，「遠方」總是牽動「更遠的遠方」。詩中的女子用極大的力氣把鞦韆盪得極高，卻僅僅只見到鄰家的園圃——然而，她開始無語哀傷，因爲她竟因而牽動了「鄉愁」——爲她所不曾見過的「他鄉」所興起的鄉愁。

韋莊的詩也愛提鞦韆，下面兩句景象極華美：

紫陌亂嘶紅叱撥（紅叱撥是馬名）
綠楊低映畫秋千（〈長安清明〉）

好似隔簾花影動
女郎撩亂送秋千（〈寒食城外醉吟〉）

第一例裡短短十四字便有四個跟色彩有關的字，血色名馬驕嘶而過，綠楊叢中有精工繪畫的秋千……。

第二例卻以男子的感受爲主，詩詞中的男子似乎常遭鞦韆「騷擾」，鞦韆給子女「一點點壞之必要」(這句型,當然是從瘂弦詩裡偷來的),盪秋千的女子常會把男子嚇一跳,她是如此臨風招展,卻又完全「不違禮俗」。她的紅裙在空中畫著美麗的弧,那紅色眞是既奸又險,她的笑容晏晏,介乎天眞和誘惑之間,她在低空處飛來飛去,令男子不知所措。

張先的詞:

那堪更被明月
隔牆送過鞦韆影

說的是一個被鄰家女子深夜打鞦韆所折磨的男子。那女孩的身影被明月送過來,又收回去,再送過來,再收回去……。

似乎女子每多一分自由,男子就多一分苦惱。寫這種情感最有趣的應該是東坡的詞:

牆裡鞦韆牆外道
牆外行人牆裡佳人笑
笑漸不聞聲漸悄
多情卻被無情惱

由於自己多情便嗔怪女子無情,其實也沒什麼道理。盪鞦韆的女子和眾女伴嬉笑而去,才不管牆外有沒有癡情人在癡立。

使她們愉悅的是春天，是身體在高下之間擺盪的快意，而不是男人。

韓偓的另一首詩提到的「鞦韆感情」又更複雜一些：

想得那人垂手立
嬌羞不肯上秋千

似乎那女子已經看出來，在某處，也許在隔壁，也許在大路上，有一雙眼睛，正定定的等著她，她於是僵在那裡，甚至不肯上鞦韆，並不是喜歡那人，也不算討厭那人，只是不願讓那人得逞，彷彿多稱他的心似的。

眾詩詞中最曲折的心意，也許是吳文英的那句：

黃蜂頻撲鞦韆索
有當時，纖手香凝

由於看到鞦韆的絲繩上，有黃蜂飛撲，他便解釋為打鞦韆的女子當時手上的香已在一握之間凝聚不散，害黃蜂以為那繩索是一種可供採蜜的花。

啊，那女子到哪裡去了呢？在手指的香味還未消失之前，她竟已不知去向。

——啊！跟鞦韆有關的女子是如此揮灑自如，彷彿雲中仙鶴不受網弋，又似月裡桂影，不容攀折。

然而，對我這樣一個長於二十世紀中期的女子，讀書和求知才是我的鞦韆吧？握著柔韌的絲繩，藉著這短短的半徑，把自己大膽的拋擲出去。於是，便看到牆外美麗的清景；也許是遠岫含煙，也許是新秧翻綠，也許雕鞍上有人正起程，也許江水帶來歸帆……世界是如此富豔難蹤，而我是那個在一瞥間得以窺伺大千的人。

「窺」字其實是個好字，孔門弟子不也以為他們只能在牆縫裡偷看一眼夫子的深厚嗎？是啊，是啊，人生在世，但讓我得窺一角奧義，我已知足，我已知恩。

我把從《三才圖會》上影印下來的鞦韆圖戲剪貼好，準備做成投影片給學生看，但心裡卻一直不放心，他們眞的會懂嗎？眞的會懂嗎？曾經，在遠古的年代，在初暖的薰風中，有一雙足悄悄踏上板架，有一雙手，怯怯握住絲繩，有一顆心，突地向半空中盪起，隨著花香，隨著鳥鳴，隨著迷途的蜂蝶，一起去探詢春天的資訊。

——一九九九年六月・選自九歌版《星星都已經到齊了》

杏林子作品

杏林子

（1942～2003）

本名劉俠，陝西扶風人。從小以三愛出名，愛哭、愛講話、愛生病。12歲罹患類風濕關節炎，一病50年也不累。最高學歷為北投國小畢業。1997年獲靜宜大學榮譽博士學位，創辦伊甸福利基金會，首任中華民國殘障聯盟理事長，國策顧問。著有《生之歌》、《杏林小記》、《另一種愛情》、《美麗人生的二十二種寶典》等。曾獲十大傑出女青年獎、國家文藝獎、吳三連社會服務獎。

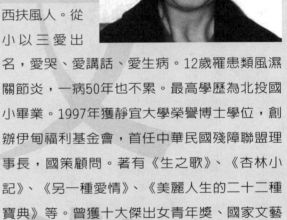

花月正春風

桃花的故事

一定是那天小餐館的燈光色調特別柔和，要不然就是那天來的客人我都不熟，只好靜默一旁，故作「文靜嫻雅」狀。事後，曉風逢人宣揚：

「杏林子漂亮得不得了！」

是不是眞的漂亮得不得了，杏林子自己不敢誇口，又不願謙虛，只不過透過文學家的渲染描述，杏林子十分的虛榮是絕對可以肯定的。

之所以故，杏林子決定這個春天，送自己一株桃花。

如果覺得這個理由有點牽強，那麼，我還有一個很好的理由，那就是杏林子最近身體不太好。

不太好的原因可能是太累，自從開始社會福利工作之後，才眞正體會到「人在江湖，身不由己」的滋味。小老百姓的機構一個人往往得抵好幾個人用，忙起來昏天黑地，人仰馬翻，體力長期透支。也可能是心情煩躁，多少時候，滿腦子欲寫的衝動卻因爲工作忙碌不得不強制壓下，驟然抽出幾天空檔腦子卻又一片空白，一點文思全無，心裡好像烤著一塊炭火，散不出的熱就在內心漸漸形成一股低氣壓，不知什麼時候會起風暴。也或者是冬天酒釀吃多了，有人從香港帶了些酒麴來，我們便自己做著吃，自己做的酒釀又甜又香醇，免不了常常吃，而據說，酒釀是發的……其實，所有這些可能的原因也都可能不存在，我的病本來就是出了名的難以捉摸，全世界到現在也找不出眞正的原因。只不過人凡事都喜歡歸納組合一番，以免「事出無因」，總之，我的關節又痛了就是了。

接著新正大年初一傳染感冒，虎年細菌果眞是不同凡響，其勢洶洶，好好一個年假就在鼻涕、眼淚和幾乎要將肺臟爆烈的咳嗽中度過。其實，關節疼痛和感冒和桃花都沒什麼關係。

是沒有關係。只不過躺在床上很無奈，很無聊，接下去的發展自己也很清楚，因爲無奈便免不了咳聲嘆氣，自憐自怨；因爲無聊便免不了胡思亂想，走火入魔，於是，不舒適的地方更加不舒適，不愉快的地方更加不愉快……而我給自己的原則是，對命運也好，環境也好，要不就欣然接受，要不就默然忍受，如果兩樣都做不到，就反抗，只是千萬別抱怨。

所以，我就反抗了。找了朋友一起去逛花市，買桃花。

管家大驚。「你不是生病嗎？」

「沒錯。」

「生病還出去瘋？」

「就是因爲生病才要出去。」我振振有辭：「誰規定生病的人一定要躺在床上哀哀呻吟？」越想越有理。是啊！誰規定生病的人一定要神容枯槁、面色憔悴？誰又規定生病的人一定脾氣暴躁、情緒不穩？既然沒人規定，那麼，我爲什麼不能照我自己喜歡的樣子生病？

「而且，天氣這麼好，風這麼暖和，」我忍不住嘻嘻笑起來：「而且……而且春天已經來了呢！」

管家跟了我快兩年，多少已經習慣我的瘋癲，只白了一眼就回房睡覺。她也感冒，不過，她喜歡做躺在床上的病人。

奇怪的是，花市居然買不到桃花。

有紮成一小束一小束插花用的，而我要的是有根有枝有葉，可以種在泥土裡年年生長、年年開花的那一種。

打扮得像花一樣鮮豔的胖胖老闆娘勸阻我：「臺北市不適合種桃花啦！臺北市太髒、空氣污染、有酸雨……」

我當然知道臺北市不適合種桃花。桃花只適合種在江南的溪水邊，只適合種在塞北莊前莊後的山坡上；桃花只適合種在無生死憂慮、無戰亂饑荒，甚至也無歲月的世外。臺北是不適合的。

正因爲不適合，我才格外想要在臺北種一株桃花。樸月問：「你爲什麼一定要桃花呢？梅花不也很好嗎？梅花是國花啊！」

我知道。可是因爲梅花太聖潔、太高貴、太高不可攀，不像桃花這樣民間，這樣鄉土，這樣貼近大地。而我們這種凡夫俗女也只要擁有一株桃花就夠了。

「更何況，詩經裡不就有桃花了嗎？可見桃花是多麼古老多麼中國的花了！」我又找到一項振振有辭的理由。

我當然也記得那兩句詩「桃之夭夭，灼灼其華」，接下去兩句就不用理它了。如果一定要追究春天桃花盛開是一個多麼適宜婚嫁的季節，就未免太傷感情了。而一切傷感情的事都不在我的原則之內。

不知道是不是這些緣故，我竟然被邀請參加一場演講。講題是別人早就爲我訂好的「千山明月我獨行」——談如何做一位快樂的單身女郎。

其實，我從來不曾刻意追求快樂或製造快樂，我只是刻意把一切不快樂的事從我身邊避開，如此而已。

所以，日子還是灼灼其華的。

所以，當樸月追問我爲什麼一定要種桃花時，我忍不住笑得像桃花一樣粲然：「你可曾聽說人面梅花相映紅的？」

你看，這不能怪我，一定要怪就怪崔護吧！他不該寫這樣一首桃花的詩，特別是在春天的時候。

這就是關於桃花和我的故事。

不能不出牆的杏

既然要種桃花，順便也想植一株杏花。

理由之一。桃杏原本不分家，有桃當然得有杏。

理由之二。我的故鄉就是杏花的故鄉。不論父親怎麼描述，我都想像不出春到大地，漫山遍野皚白如雪的杏花是怎樣一種驚心動魄的美麗，以至於離家四十年，他仍念念不忘。而我，也只能種一株杏樹，表示我是來自北方一個古老名叫「杏林鎮」的地方。

我對故鄉已經沒什麼印象，我對它的情感甚至不及初抵臺灣時的北投小鎮。也許有一天，看到年年如新的杏花，我會突然懂得父親的鄉愁。

理由之三。我是農曆二月出生，二月的花令就是杏花。雖然我不喜歡二月的花神楊貴妃，不是因爲她差一點弄得大唐朝翻天覆地，拱手讓人。那不怪她，怪只怪唐明皇老而昏庸，楊貴妃唯一的錯誤是不該生得太美麗，尤其是不該不小心讓她公公看到。

所以，杏花也只能生長在尋常百姓家，移到皇宮大苑就要闖禍的。

種一株杏花，算是送給自己的生日禮物吧！一向對自己要求得太過嚴苛，難得這樣浪漫一下的。

花市不賣桃花，卻有杏花出售，十分意外。

只是望著豔紅一如櫻花的顏色，不免疑惑，下意識裡一直認定杏花是純白的，怎麼可能有紅色的呢？

「沒有錯，這就是杏花啦！」花市老闆一再強調。

猛然想起一句成語「紅杏出牆」，敢情鬧得許多夫妻失和、家起勃谿的就是它呀！倒要仔細瞧它兩眼。紅杏自然有它的風流，只不過……

朋友嘻嘻哈哈打趣我：「紅杏出牆有什麼關係，杏林子不要出牆就好了！」

紅杏出牆一時倒管不到它，問題是我想出牆呀！這話說得語焉不詳，十分曖昧。

家住山上時，視野遼廣，天爲屏，地爲障，何需門牆，及至搬到臺北，不僅人與人之間防衛森嚴，便是大街小巷也全是一堵堵六尺以上灰色高牆，高牆之內尙有鐵門鐵窗鐵欄柵，每一戶都是一座獨立的城堡，各自在自己的世界裡哭笑，或者生死。

雖然我比大多數臺北市人幸運的是尙有一方小院、一棵烏桕、幾株桂花含笑，然而，視力最多也只能走上十來步就被左右前方三堵灰牆所阻，天空則被附近的高樓切割得只剩下一點碎布零頭。清早起來，我必須很認眞的分辨那一小塊天空到底是晴天還是陰天。

而所有的日子就是不斷從這一扇門走進另一扇門，從這一堵牆鎖進另一堵牆。實在悶不過了，就去燙一個爆炸頭，所有親友皆掩目不敢正視，弟弟形容有如擦鞋墊子，恨不得在上面踩兩腳。燙爆炸頭其實和生活環境狹窄也毫不相干，只不過和居住其間人的心態起伏變化有莫大關聯。這就是爲什麼越是人口密集的地方，越是五花八門、千奇百怪的事情多，而女人對這方面尤其敏感。

有時候我們也出門散步。穿過光復南路三十二巷，越過平交道，繞一圈延吉花市，再往前走幾步就是號稱「臺北銀座」的忠孝東路四段。冬天，我們去「吳抄手」吃一碗辣乎乎的熱麵，夏天就吃一客——冰淇淋。

管家每次都忍不住嘀咕：「這麼一小球冰淇淋就要五十塊？」

「你小聲點，這五十塊裡還包括了忠孝東路四段一坪一萬五的房租、水電、裝潢和稅金知不知道？」我最近才學到一個名詞「投資報酬率」，所以總不厭其煩的解釋著。「快吃吧！小心你的五十塊要溶了！」

有時也逛到敦化北路環亞附近，其實，臺北市的大街道小街道都差不多一個面貌，無非是機車、攤販、神色匆匆或是閒極無聊的人群。而所有的生活空間幾乎都是灰色的，灰色的馬路、灰色的房子、灰色的天空，甚至連人的面孔也似乎是灰撲撲的。

看到小孩在巷子裡玩棒球、在陽臺上跳方塊、在電腦的小螢幕前玩「大地尋寶」，就忍不住「訓誡」那些忙著跑三點半或是方城之戲的父母：

「要多帶孩子郊外走走呀！多接觸大地，小孩子的心胸才能寬廣如大地……」

做父母的通常是一副很愧疚的樣子。「到哪裡走呢？去陽明山賞花，人比花多，去碧潭釣魚，只見垃圾不見魚……」

所以，你看，不止是紅杏想出牆，我想出牆，恐怕臺北還有太多太多的人也都想出牆，這和春風多不多事一點關係都沒有。

荷的聯想

從搬下來的第一天開始，我就想養一缸荷。

第一年沒有缸。臺北只賣塑膠缸，塑膠是現代文明的產物，爲福爲禍尚不得而知。養荷在內，不僅滑稽，而且不倫不類。

第二年陶藝班的老師親手拉了一口缸送我，可是又找不到荷種。有人說直接把蓮子撒下去就行了，又有人說這樣太慢，得找一節藕埋進去，眾說紛紜中，春天一陣風雨陣雨就不見了。

董敏說：「我有迷你荷花，要不要？」

好像變成一種流行趨勢。沒有一望無際可供奔馳的青青草原，於是有了比狗大不了多少的迷你馬；沒有可供守望、供吠影吠聲的莊院，於是有了可以裝在口袋裡的吉娃娃，沒有柳岸流鶯、十里荷塘，自然只好以一方瓷缽替代，然而，螢白耀眼的日光燈也能替代「半湖明月」嗎？

不知這到底屬於都市人的悲哀還是幸運？

對某些事物，我有著不可解釋的固執。缸就一直空置那裡，提醒我一個關於荷花的夢想。

喜歡荷花的原因一時很難說清楚。喜歡它「華實齊生」、「百節疏通」的平和實在，也爲它「恣意橫出」、「亭亭物表」的風華心折。而荷之爲君子，該是它出淤泥而不染吧！

然而，我也越來越發現，這個世代的君子，恐怕不止要出淤泥而不染，更要入淤泥而不染吧！

我不知道是我與社會隔絕太久，還是這個社會變遷太快，很多父母教導我的、書本教導我的、上帝教導我的行事爲人的準繩，在這個社會竟然不是很能適用。我總以爲是就該說是，非就說非，很單純的道理。可是如今偏偏有太多的人說是成非，說非成是，甚至口裡說是的時候，行出來卻是非。

這個社會也多得是被塑造出來的英雄，廉價的愛心。人與人之間充滿虛僞和功利，有時候你很難分辨展現在你面前的笑臉究竟出自眞心，還是經過精心的包裝？

很多初入社會的年輕人，要不了幾年，一張清純的臉就被名利薰得五官模糊，猶如一面鏡子一樣擺在眼前。

免不了會有一點小小的憤怒和失望，小小的悲哀和無奈，甚至因爲疲倦而厭棄想要逃避。不過，大多時候，我都會用一種很阿Q的方式化解：「有一天我老了，這些都是很好的寫作題材。」腳步還是不停的向前跨著，每天仍然不可避免的會遇到一些「不可思議」的人和事。「在這彎曲悖謬的時代，做神無瑕疵的兒女。」對我而言，各各他之路仍然充滿荊棘、挑戰和勇氣。

我想養的又豈止是一缸荷呢？我也在養性情、養風骨、養八方風雨的胸襟氣度，以及蓮心那一點雖苦猶不爲人知的清涼委婉。

雖然，臺北市也不是一個適宜養荷的地方。明呂初泰說：「蓮膚妍，宜涼榭，宜芳塘，宜朱欄，宜碧柳，宜香風噴麝，宜曉露擎珠。」

這些我都沒有，有的不過是「一點芳心只自知」罷了！

荷能愉性，想來它是不會在意的。

——一九八九年十月・選自九歌版《感謝玫瑰有刺》

董　橋作品

董　橋

福建晉江人，1942年生。成功大學外文系畢業，倫敦大學亞非學院深造，曾任香港美國新聞處編輯、英國廣播電台節目製作、香港美國國際交流總署出版組編輯、《讀者文摘》中文版總編輯、《明報月刊》及《明報》總編輯。現任香港《蘋果日報》社長。撰寫文化思想評論及文學散文多年，中、港、台出版文集三十多種。

桂花巷裡桂花香

人到中年格外依戀帶著鄉土氣息的景物人事。前夜燈下讀《晚春情事》，窗外微風細雨，沒有人影，沒有車聲，彷彿回到了兒時的古宅舊院之中，只是聽不到老樹下池塘裡的那幾聲蛙鳴。我眞的很惦念書中那個叫春燕的女人：她把頭髮打散，慢慢抹上桂花油，濃密的青絲頓時顯得又黑又亮。她纖秀的雙手匆匆把頭髮綰成一個鬆鬆的髻，再插上一朵水紅的小花，同時在臉上頸上打上一點薄薄的香粉，走起路來飄著一陣香風。到了「夏日炎炎的午後，偌大的張家宅院悄無聲息，濃濃密密的樹葉在陽光中輕輕搖曳，春燕幽幽地步出臥房，下了樓梯，穿過長長的走廊，穿過天井，出了後門，來到對街朱家店舖裡買繡花線。早上張母替她擦的胭脂還部份殘留在臉上，看起來別有一番豔豔的風韻」。

小說拍成了電影，演春燕的是陸小芬，十足台灣南部小鎮富貴人家的少艾：清素的螺髻，水靈的眼神，嘴角永遠透著幾分倔強、幾分柔情。她演的那部「桂花巷」也教人低徊不已；巷子裡那一幢深深庭院我依稀認識，像三十幾年前一位老同學的老家，天井裡一株七里香的花氣至今難忘。

不必老到清末、不必舊到民初，張愛玲筆下的洋場金粉也盡是樟腦的味道了。最近到台北歷史博物館看「流金歲月」展覽，那些舊廣告畫舊月份牌都凝成二三十年代的殘夢，襯著一套套的紅木家具，手搖的電話，鐵鑄的熨斗，高眺的花几，黃澄澄的燈光下，人人苦苦等候張愛玲睡醒下樓見客。走下博物館的石階向左一拐，但見露亭一角，賣茶賣水，亭邊矮籬藤蔓青翠，一株老樹開的小花如殘雪點點，紛落一地。老台北灰蒙蒙的天空竟見三兩啼鳥匆匆飛過，原來再走幾百步就是植物園了。我突然聞到淡淡的荷香，心中浮起學生時代讀《蓮的聯想》的哀愁。“Sometimes the details in a poem will remind me of a day I would otherwise have forgotten.”。

文學原是記憶的追悼。語言文字的魂魄藏在奶奶的樟木箱子裡、藏在爺爺的紫檀多寶格裡、藏在母親煎藥的陶壺裡。Arthur Brisbane勸新聞記者一生俯首讀沙翁(Read Shakespeare all through life.)，還要讀一些經典古籍。他要新聞記者緊記歌德的話：在默默中培養才華，在世界潮流中鍛鍊品格(Talent is built in the silence, character in the stream of the world.)台灣的高樓大廈我都覺得陌生，只有小巷小弄裡殘存的紅門灰瓦不斷喚回前塵影事。評審聯合報散文獎的時候，我偏愛的竟是那幾篇描繪老字號和舊情懷的文字。對著語文，我聞到的是春燕身上的桂花香。

——一九九六年八月・選自未來書城版《倫敦的夏天等你來》

是心中掌燈的時候了

月光照不亮瀝青路。月亮的柔光只有在鋪滿白色卵石的小徑才能反射出來，為夜歸人掌燈。我偶然看到Frances Mayes的新書 *Bella Tuscany*，寫意大利甜美的生活，果然也說到月下卵石小路照明功能。她說，鋪了瀝青之後，月夜的路暗淡無光。在古老的南洋小城，在樸素的台南古都，在戰前的越南西貢，在泰晤士河南邊的破舊小鎮，在歐洲許多遲暮而秀雅的大城小鄉，我都留意過黑夜裡的月光照亮了卵石小徑。是晚春，是初夏，是深秋，是殘冬，月光下的卵石都顯得格外晶瑩潔白，靜夜路人的腳步聲於是變得踏實而愉快。

Frances Mayes是三藩市州立大學的文學系教授，在意大利山鎮Cortona買了一幢老房子，放假去住，寫詩歌，寫小說，寫飲膳，寫遊記。她的那本 *Under the Tuscan Sun* 曾經上過《紐約時報》暢銷書榜的榜首。我還沒有讀過這本書，卻在林文月《飲膳札記》的附錄〈生活其實可以如此美好〉一文裡先迷上了那一片小鎮豔陽。林先生說，她是在閒逛Diesel書店的時候給這本書吸引住了。林先生把書名譯為《杜鎮豔陽下》，對書中長短不一的食譜尤其喜歡。她跟這位教文學創作的梅耶一樣，是學者，是烹調家。

每一次在秋冬的豔陽下散步，在寂靜的書房裡讀書，我都深深感到心情平和：像我這樣的老去的傳媒人，那是最珍貴的產業了。這是一個充滿希望的行業，也是一個絕望的行業；這是一個高雅的行業，也是一個庸俗的行業；這是一個眞誠的行業，也是一個僞善的行業；這是一個不容易薪火相傳卻又必須承先啓後的行業。這樣子承傳了好多好多年，這個行業已經是一個非常疲倦的行業了。在電網恢恢的時代裡，在清流濁流的紛爭裡，在商業掛帥的社會裡，文字傳媒的生存空間是越來越狹窄了。在夜以繼日的拚摶過程中，我們往往沉淪在意氣用事和爭長護短的泥沼之中，忘卻原則，忘卻自省，忘卻冷靜，忘卻虛心長進。

我們的行業不是披星而是戴月的行業。隨著電子商業走上閃電資訊公路之際，我們都走在暗淡無光的瀝青路上，教人加倍懷念我們的報業前輩走過的月光下的卵石小徑。夜深沉，我們的路沒有了舊時的月色：是我們在心中掌燈的時候了！

——一九九九年十二月・選自未來書城版《倫敦的夏天等你來》

舊日紅

1

我偏偏愛說我是遺民。近日坊間邂逅幾柄漂亮的舊折扇，阮性山民國三十六年畫梅花的那柄題了集句七絕：短牆缺處插疏籬，始見寒梅第一枝；獨有高人愛高潔，爲渠費盡雪橋詩。另一面郭若愚一九四四甲申夏天畫的也是墨梅，只題庭空月無影，夢暖雪生香；右下角鈐了一枚白文方章「梅清石瘦齋」。這樣的風月當是遙遠的絕響了。寒梅清幽，靈石清癯，配起時下這滿城新潮和滿街俗物，不啻在老橡樹上繫一根黃絲帶，渾似千瓣心香。

劫後的意識形態，值得依戀的正是這些殘留的舊時月色，跟臥薪的憂鬱倒是沒有干係了。不必效魏國管寧之安復社稷，不必效徐廣收淚抱怨「君爲宋朝佐命，吾乃晉室遺老」，那些都是末期政治消渴病人，喜歡隔簾偷窺新貴的寵妾，爲了撩來翩躚的綺思。文化遺民講品味，養的是心裡一絲傲慢的輕愁：急管繁絃雜梵聲，中人如夢又如醒；欲知此夜愁多少，試記街前長短更。老家收過一幅趙眠雲的字，錄的是譚延闓這一路詩作。那光緒進士譚組庵當過都督、當過國民政府委員會主席、當過行政院長，這些詩的趣味遠比他的宦海格局高得多了。他的法書先學劉石庵，中年專意錢南園和翁松禪兩家，晚年參米南宮，比他賣字的弟弟譚澤闓的墨跡稀世。我只有一柄譚延闓寫的扇子，寫書中仙手李北海刻碑並非世上傳說是親手刻的，猜想是家裡有刻工專爲他刻，「古刻工皆妙手人也」！小小箑頭天高地大，字字骨力雄厚得驚人。

2

我一九六〇年夏末辭別老師亦梅先生到台灣讀書。一九八〇我從英國回香港做事，老師已經離開印尼萬隆回廈門定居了，卻常過來香港和滿堂子孫歡敘天倫。八十二、三了，一身銅皮鐵骨硬朗得要命。一年孟冬，老師來香港過年，星期六下午到我家聊天，說起他早年鎮宅之寶王冕墨梅冊頁，近來有人出美金高價要買，弄得他心緒不寧。那本冊頁我一九五八、五九年在萬隆煮夢廬裡翻過好幾回，還經老師逐頁給我指點，冊頁所附歷代文士的題詠後來也都影印在老師詩集的附錄裡，八成以上我都背誦得出。我勸老師不要賣，老師說：「這已經不是第一回的誘惑了。你該還記得蕭姨吧？她千叮萬囑要我留給子孫。斯文都掃地了，留一件是一件，她說。」

蕭姨跟老師同齡，長年穿著淺色絲綢旗袍，花白的頭髮梳得絲絲服貼，圓圓的髮髻永遠插著一枝翡翠髮簪，寬寬厚厚油綠得誰也捨不得雕琢，只沿著四圍陽刻一道細緻花邊。我忍不住讚美兩聲，蕭姨樂透了：「傻小子，這叫大雅不雕，內府的上好水種啊！等你討個俏媳婦兒蕭姨送你做聘禮！」她是蘇州人，嫁給一位華僑巨富，守寡多年，家業靠成材的獨子張羅，那幾年越發火紅了。蕭姨天天拜佛畫畫吟詩吃燕窩，細膩的粉紅膚色襯著精巧端莊的五官，簡直錢慧安的淡彩工筆仕女。

老師說，上海當年有個鴛鴦蝴蝶派的文人團社叫星社，社裡騷人墨客都是蕭姨父親的詩友畫友，蕭姨家裡藏了一櫃子清末民初大小名家的精品。一天下午，老師剛在書房裡給我改好一首七律習作，蕭姨來了，順手拿去一看，誇我終於摸出舊詩的竅門：「輕愁寫得夠古秀了！」她那天興致好，硬拉老師和我到她家喝下午茶。萬隆天氣四季清新微冷，蕭姨一身粉藍旗袍，套上一件薄薄的墨綠毛衣，連老師都說她標致：「冷豔全欺雪，餘香乍入衣……」沒等老師唸完，老美人先白了他一眼：「老豆腐餿了，還吃！」

3

蕭姨家在城郊幽靜的斜坡上，深院大宅四周花木萬千，像個小植物園。正宅是荷蘭洋房，大廳正中掛著顏文梁一幅大油畫，畫江南水鄉人家，濃濃的油彩抹成粗粗的筆調，遠觀竟成一片迷濛的雨景，石橋兩邊的樹影人影都在動，小船過處，灩瀲的燈影頓時浮起宋詞元曲的嬌韻，老師笑說：「那小窗裡該是小紅低唱之處了！」蕭姨接著輕輕唸出好嗲的蘇白道：「曲終過盡松陵路，回首煙波十四橋」。她指著偏廳牆上瘦瘦長長的條幅對我說，「你看那上面不就題了松陵趙眠雲嗎？」

趙眠雲收藏折扇兩千多柄出名，吳江老家原是富戶，從小享盡蔭下之福，天天過著舊社會裙屐風流的雅士生涯。到了家道中落，夫人中年下世，只得離開上海遷回蘇州，境遇越見窘困，賣字賣畫換飯吃，咳嗽、氣喘、腳腫，負病多年，終於支持不下，一九四八年四十六歲去世。聽說，蕭姨娘家跟趙眠雲熟，跟鴛鴦蝴蝶派作家畫家書家也熟。我在她家後園書齋春綠館裡果然看到不少張善孖、陳迦盦、陶冷月、陳巨來、朱其石、錢瘦鐵、江小鶼的作品，還有嚴獨鶴、蔣吟秋、范烟橋、程小青、徐枕亞的書畫扇子。

蕭姨謄錄了一小本藏品清單和書畫家生平，亦梅先生覺得有些參考價値，要我借去鈔錄一份，我用複寫紙鈔了兩夜，自己留一份。七十年代，我在倫敦的學院圖書館裡借了許多鴛蝴小說消遣，翻出那份清單，竟像舊愛重逢，親切極了。這幾十年來溷跡市廛，心境遲暮，寄情玩物，收了印石、竹刻、硯台、玉器收字畫、收折扇，那份清單雖然殘破模糊了，心中倒是印得深深的，碰到蕭姨春綠館裡那些似曾相識的箑頭姓名，總是横不下心任由他們流落坊間。文化遺民的癡想顯是越老越濃了。

去年早春，開書畫店的朋友收到一柄黃淡如的淡彩工筆張鶱泛槎圖折扇，品相大佳，我又想起蕭姨手頭那柄浪子燕青夜會李師師的細筆扇子，但見浪子脫膊露出身上刺青，那妖艷娘子尖尖玉手輕輕摸他藍藍的花繡：「黃淡如畫人物是一絕，這把艷畫還是先父托王西神向黃淡如求來的！」蕭姨說。我年少迷戀《水滸傳》，只顧把玩半天不忍釋手。「傻小子，這把不能給你，」她說，「蕭姨改天寫信到上海找人請房虎卿替你畫一柄武松打虎！」我到現在還只買到房虎卿兩柄折扇，一柄畫清秋佳品，一柄畫雲龍山虎，心中暗怨蕭姨當年敷衍我。

4

那個星期六下午，我問亦梅先生蕭姨還常不常來信？老師說她兩年前下世了：「春綠館裡那批書畫也全泡湯了！她兒子是讀洋學堂的生意人，不懂這些國粹，蘇州有個遠房親戚說是可以賣個好價錢，她兒子眞的全運回去，一年後結帳，存了五千塊人民幣在銀行，要她兒子隨時回國去花。天下還有這等便宜事！」老師頻頻搖頭嘆息。「那裡頭有仇英，有董其昌，有王翬，有八大山人，有虛谷，有羅聘，有伊秉綬！蕭姨頭上那枝翡翠髮簪倒在美國賣了好幾萬美金。那叫春風又綠蕃國岸！你知道那春綠館取的正是蕭姨寶愛那枝翡翠的心意嗎？」

我知道的事情少得很。老師和蕭姨那一代人一走，月光下的茶也涼了，害我這樣的半吊子舊派人熬過了大半個世紀還嫌自己舊得不夠地道。上海畫家程十髮書畫價錢一路上升，他的筆頭花卉人物畫得很好，錄些古詩詞也疏秀妍雅；偶爾追求政治正確，扇子上竟鈔了魯迅的詩，上欵還稱呼人家爲同志，實在掃興。我還有一柄施淺伊畫給鄭慕康的山水小折扇，筆意蒼勁遒麗，古拙幽深，字的那一面忽然錄上毛主席的一闋清平樂，塡得雖好，畢竟因人毀掉這柄傳統藝術品的八分古意！

六年前丙子除夕，鄰居琴翁上海倦遊歸來，送我一柄朱鏡波一九二七丁卯年畫的桃花扇，臙脂斑斑，枝葉蕭疏，題識也多。醜簃吳湖帆寫了一段翰墨因緣，平齋接著錄了醜簃題扇兩首絕詩，第二首格外幽眇：幾見芳菲露井東，閒情收入畫圖中；阿誰笑比香君血，崔護重迷舊日紅！

說的是前朝情事，只怨瞬息紅雨彈盡，徒然惹人低徊。像我這樣的文化遺民，盼的只是瀟湘水雲之間，風霜滿面的過客不忘叮嚀一聲：劫後的烟樹和人面，其實還在案頭燈下的片楮零墨之中，不必過份牽掛。

老師回廈門三四個月了，忽然寄來一柄殘舊的折扇，是民初名頭不大的畫家畫的武松打虎，還有一封短簡說：「偶得此扇，憶起三十多年前春綠館中舊事，代蕭姨買下送你。日前聽江浙朋友說，騙掉蕭姨那批古書畫的遠房親戚，竟是蕭姨嫁到南洋前的青梅竹馬舊情人！世風如此，蕭姨泉下有知，情何以堪！」那幾天，我常常想起蕭姨的粉藍旗袍和墨綠毛衣：崔護薄倖，初戀那片舊日紅，竟跟蕭蕭墓草一樣寂寞了。

——二〇〇二年九月・選自九歌版《從前》

古廟

1

青澀的歲月常常是一生人最緬念的歲月。未必都是密樹濃蔭、遠山含翠的金粉記憶；也許是一個看雲的心願在嚴師的書齋裡破滅，也許是一次黃昏的約會在聽雨的殘荷邊落空，幾十年後對著飄霜的兩鬢細細回想，心中塵封的懊恨一瞬間竟給冉冉飄起的暖意蓋掉了。那其實是近乎淺薄庸俗的意興，經歷了一代一代人的渲染，中外追憶幼年往事的不少創作，卻依然打破時空撩起無盡的感動。

齊白石到老還忘不了童年河邊釣魚蝦的情景，晚年給于非闇畫的「釣蝦圖」題了一段憶舊的話，說他五、六歲在老屋星塘岸戲耍，淺水中見到大蝦而不可得，拿了粗麻線繫上綿絮爲餌沉入水中，蝦足鉗餌，線一拉上來，蝦也跟著出水了，比釣魚更有趣：「兒時樂事老堪誇，衰老恥知煤米價；憐君著述釣魚趣，何若阿芝絮釣蝦。」晚年的齊白石一邊恥知煤米之價，一邊畫出貴蝦之圖，戀舊的意興更比常人複雜得多。古廟裡的煒師傅當年常對我們說：「想得簡單、活得簡單才會長肉。」可惜人生追求簡單並不容易。

2

那所破舊的古廟建在小城郊區的山坡上。是熱帶南洋天氣，山色長年蒼翠，雨季染多了一層迷濛的水墨，遠遠看去，更見縹緲。廟邊一條蜿蜒的小河，潺潺的水聲像三五村姑壓低了嗓子議論旖旎的流言。我兒時常跟大人拎著水果鮮花到廟裡燒香拜佛，年前還寫過一段隨筆追憶昔日景象。龕燈微弱，爐煙裊裊，古若沉檀的雕佛滿身是歲月的蛛塵。後堂供奉的觀音大士金容悲慈，永世低眉諦聽堂內的人語和堂外的風聲。逢年逢節，穿梭膜拜的善男信女有的像孔乙己，有的像周樸園，有的像祥林嫂，有的像陳白露。

稚童跟著大人喃喃祈願，求的總是菩薩保佑大小平安，順風順水。昏暗的佛堂已然陰森，偏門裡冷不防邁出一兩個披著袈裟的和尚，孩子們嚇得趕緊躲在一邊。苦苦等到鐘魚無聲，香燈漸燼，進香的人紛紛跨出古廟的門坎，暮色已經初合，廟前幾株晚香玉飄起幽幽的花氣。

小學五六年級，我和兩個同學都學會了騎腳踏車上學，放學經常結伴騎到郊外兜風遣悶，古廟河邊成了我們戲耍的桃花源了，煒師傅就在那段時期闖進我們的水滸天地裡來。先是不斷看到他在古廟後面的菜園裡澆菜除草，烈日下挑著兩個木水桶到河邊舀水，一個下午來來回回總有四、五趟。二十上下的青年，永遠赤著膊子露出一身曬得又黑又亮的虎背熊腰；頭髮剪得短短的，一張方方的臉釀上清秀的五官，跟那魁梧的身軀不很相稱。

我們起先都說他是和尚。他說他姓陳，沒當和尚，要我們叫他阿煒；我們認定他武功高強，想拜他爲師，都叫他「煒師傅」。同學癩子說煒師傅是太平天國故事裡的漚鐵：「氣雄力壯，眞是恨天無柄，恨地無環，要不，他准會扯下天來，提起地去！」可是，煒師傅說他空有一身氣力，武功還淺得很：「日本南侵，爹娘死在砲火中，我成了孤兒，是廟裡的普仁老和尚把我養大的。」他說。

3

進香的人越多，煒師傅越忙。他是廟祝，是菜農，是挑夫，在山那邊的鎭上小學畢了業，到城裡讀了兩年中學。老和尚年老多病，煒師傅寧願留在廟裡伺候他，不上學了。他懂木工、懂水電，常到鎭上人家家裡去做活，賺了錢塡補廟裡的開銷。上了初中，我們有一段日子見不到煒師傅，有個和尚說，他跟一班水泥工人到城裡給人建米倉。那一趟，師傅好像賺了不少錢，平日補了又補的那些短褲不見了，換了好幾條不同顏色的新貨。

「這回眞的撈了優厚的工錢，」一個多月後他回來對我們這樣說，「夠我師父高興大半年了！」這個消息也許很快就傳到鎭上去，找煒師傅修東修西的人更多了，我們好幾次玩到天快黑了才看到他回來挑水澆菜。有一天，師傅心情大好，在河邊教了我們一套新拳，還帶我們到他廟後的小房間裡分了許多花生糖給我們吃。「鎭上的桂香嫂自己做的，好吃嗎？」我們沒吃過那麼好吃的花生糖，說是加了桂花油做的。「她對我最好了，每次做完活總是要我吃完她燒的飯才讓我走。」

煒師傅掏出塞在褲腰間的毛巾抹掉身上的汗，臉上浮起迷惘的歡愉。我一眼瞥見師傅床頭躺著一本張恨水的《胭脂淚》。回家路上，滿肚子鬼胎的黃豆悄悄說：「莫非是潘金蓮在給武松灌迷魂湯？師傅看來是六神不見了四魄了！」癩子一聽，抿著嘴笑得更神秘：「師傅掏出腰間那條毛巾抹汗的時候，我聞到一陣淡淡的桂香了！」他說。「是花生糖裡的桂花油吧？」我心裡嘀咕。

初中一年級的功課比小學重，我們總要苦等好長一段時日才挪得出一個下午到古廟去玩。記得是考完幾天小考的午後，我們扔掉書包先騎車到鎮上吃豬腳麵、喝椰子水；接著，三部腳踏車沿著長長的山路一口氣飛上古廟。廟裡大殿靜得出奇，和尚也許都下山做法事去了。我們躡手躡腳穿過天井走上後頭的觀音堂，一個年輕的胖和尚坐在椅子上打盹。堂邊是狹狹的走廊，走到盡頭就是菜園了。菜園外的幾棵楊桃樹長滿了楊桃，煒師傅房前那兩株高高的杧果樹正開著黃黃的花，山上風大，樹葉沙沙響個不停。

黃豆示意我們不要說話。師傅的房門關得緊緊的，門邊那扇破木窗倒是破得裂開了一些小縫。我們把臉貼在小縫上往房裡看：半暗半亮的光線中，一個女人坐在床沿上扣好上衣的鈕扣，匆匆攏了攏長長的烏髮，靈靈巧巧綰起一團髻，那張尖尖的臉粉粉嬌嬌的，好看極了。我們只瞄到師傅站在床前的側影。一眨眼，那女人霍地站起身來，緊緊抱住師傅赤裸的上身，窸窸窣窣親了一朵又一朵，彷彿恨不得親掉他虎彪彪胸膛上的每一顆汗珠。師傅紋絲不動，像一座山。再一眨眼，她仰起頭來凝望師傅，眼神裡汪滿萬般的難捨。師傅摟著她的蜂腰替她撥了一下披在臉上的幾綹秀髮，輕輕牽起她的手，捧在嘴上香了好久。癩子拍了拍我和黃豆的頭，我們三個人拔腳一溜煙往山坡下的河邊跑。

4

是桂香嫂。丈夫是鎮上的水果批發商，美妻如花，生意興旺，可惜拜堂快十年而膝下猶虛，鎮上的人都引爲海棠無香的憾事。那天，我們在河邊洗了一把臉，沒等師傅下來就匆匆下山了。山腳下，我們看到桂香嫂打著一把陽傘欸步走去搭三輪車：淺淺的碎花薄綢衫褲迎風招展，小小一對翠綠耳墜襯出她細膩的脖頸子。烈陽下，她的頭髮更顯得是濃濃的烏雲，娟秀的臉泛出紅暈，十足粉彩仕女圖。「怨不得師傅英雄氣短啊！」癩子說。

那之後的幾個星期，我們星期六下午都到河邊練拳戲耍，煒師傅也來了幾次，心情一次比一次重，眼神一次比一次累。有一天，我們在山腳下的小冰店裡喝汽水，門前幾個三輪車伕蹲在樹下聊天：「興許是老闆娘借種吧？」他們說。「阿煒那小子鐵打的身體遲早耗乾，說不定還要惹一場刀光之災！」

那年暑假，我們找不到師傅了。廟裡的和尚都不說話。問了好幾次，冰店老闆也嫌煩了：「小孩子問那些事幹什麼！你們師傅給老和尚趕走了，下山那天跟我說要去跳海了！」我初中畢業出外求學，臨走前夕，舅舅帶我到古廟燒香：菜園子荒蕪了，師傅房前那堆雜草更放肆，都半個人那麼高了。

——二〇〇二年九月・選自九歌版《從前》

周志文作品

散文卷

周志文

筆名周東野，浙江鄞縣人，1942年生。東吳大學中文系畢業，台灣大學中文研究所碩士、博士。曾任中學、大學教師，《中國時報》、《中時晚報》主筆，及各報專欄作家。1997至98年曾應聘捷克查理大學，擔任該校東亞研究所漢學講座教授。現任台灣大學中文系教授。著有《三個貝多芬》、《冷熱》、《布拉格黃金》、《尋找光源》等，及學術論著、小說集、評論集專著數種。

野薑花

野薑花是一種生長在水潭畔的草本花，在台灣的鄉下，它是十分普通而廉價的花，在有些地方，它甚至算不上廉價，因爲根本沒人用錢買它，它有點像野地蔓生的牽牛花，誰會花錢去買牽牛花呢？

隨著水源逐漸枯竭，溪流在經過城鎮的時候，又受到污染，有些城鎮乾脆在經過的河上加上蓋子，把原來有活力的溪流變成暗溝，濕地和水源被破壞了，野薑花也就不容易見到。要找，就要到人煙稀少的鄉下，在還沒怎麼被污染的河流邊上，那裡或許還長著一叢叢泛著濃濃香味的野薑花。

摘下來的野薑花要它長得好，必須勤於換水，它雖然不很値錢，但它對水是很挑剔的。水最好是一天換兩三次，它需要大量而清潔的水分。水好，它的葉子就會很挺拔，葉邊不會泛黃，它的花就會依序開放，它的花有點像純白的蘭花，所以野薑花也叫薑蘭，但比一般蘭花更爲嬌弱而透明，原來支持它生命的，就是純粹的水呀！

另外，野薑花對空氣的要求也相當嚴苛，假如放在不通氣的房間裡，它不僅很快就枯萎了，而且它散發出來的香氣，是濃重而停滯的，假如空氣是流動的，也就是有輕風徐徐吹過，它散發的香氣就變得輕快而有活力，深深的吸一口，有時會有「提神醒腦」的作用呢。

有一次學生來看我，帶來了一束野薑花，他們將包裝的玻璃紙解開，無疑的，這束野薑花是從花店買來的。他們把花插在一個裝滿清水的陶瓶內，然後坐下來，輕聲的和我談話。這時，窗口的野薑花散逸出來的香氣，卻有點令人沉入夢境的感覺。學生發覺我心不在焉，交換了一個眼色，一個學生問我：

「老師，是不是不喜歡這束花？」

「不是的。」我說。

「那這束花是不是讓老師想起一些事呢？」

「具體的事，是一件都沒有的。」我說：「只是野薑花總令我想起一些關於熱帶叢林的、像幻夢之類的事。」

我變得有些混淆、又有點口吃起來。我跟她們說，野薑花令我陷入一種夢境，那個夢境有點像法國畫家亨利・盧梭 (Henri Rousseau) 的畫：在沙漠的夜晚，圓月當空，一個沉睡的吉普賽女郎平直而安穩的躺在地上，魯特琴在她的左手位置，也跟她一樣的躺在地上，一隻揚起尾巴的雄獅，正出神諦視她的沉睡，一點也沒有驚動她的意思。盧梭還有一幅名字就叫作「夢」(Le Reve) 的畫，在一處熱帶叢林中，不知名的花盛開著，一個裸女半躺半坐的在畫的左邊位置，畫的中間，在闊葉林中間，一個半裸的黑膚少女，正吹著管狀的直笛，兩頭雌獅正透過濃密的草叢，看著左側的裸女，整幅畫面，以常理判斷，是危險而緊張的，但在盧梭的筆下，卻令人覺得神秘而寧靜，覺得在那個世界，是不會發生任何事的。

「老師，」那個學生不等我說完就問：「盧梭爲什麼透過不安來表現寧靜呢？」

「也許他認爲，人必須返回人原來的自然屬性，也就是回到野性，才能獲得眞正的安頓和寧靜吧。不安是人爲的，是人類自己造出來的，不安其實是，至少盧梭認爲是不應存在的。」

「老師，不知道這個問題有沒有意義？」她爲她的多話而靦腆起來，「盧梭的兩幅畫都畫了獅子，而老師的夢境中，代表野性的是什麼？」

「蛇！」

「蛇？」她們都被這個字驚嚇住了。

我告訴她們我少年時帶著外甥到河邊採野薑花的故事。小時候的宜蘭鄉下，水潭邊是很容易看到這種花的，小河邊尤其多，但在陸地這邊的花，大多被人摘光了，剩下的，都開在臨水的那邊。一天黃昏，我們決意到河水那邊摘花，我在一般用作救生圈的輪胎內圈放上一個盆子，準備用來裝採下的花，然後跳下水去，游向多花的水面。那是夏天的黃昏，水很清，因爲日曬的緣故，一點也不冷。我推著救生圈游呀游的，終於游到花叢前面，天呀，那不只是花叢，那其實是一堵隔絕水面與陸地的花牆，漫天漫地的，都是盛開的野薑花。突然，我覺得在花葉之間，甚至在水面上有許多眼睛在瞪著我，仔細一看，盡是大大小小的蛇，牠們有的攀緣在樹枝上，有的身子在水裡，將頭探出水面，原來牠們都沉醉在野薑花的花氣中呢。看到我，牠們開始游開，樹枝上的蛇，一條條的躍入水中，我才知道，蛇躍身入水，是可以不發出任何一點聲音的。

「那次您採了花了嗎？」她們問。

「我一朵也沒有採，並不完全是因爲害怕，那種感覺相當奇怪，我確實有一點害怕的，蛇一條條躍入水裡，從我身邊游開，我知道，在比較遠的地方，依然有些蛇正藏在花葉之間窺伺著我，我如果害怕，我可以很快的游開，但我沒有游開。當時我有一點被震懾住了，被眼前奧秘而寧靜的秩序震懾住了，樹葉、花朵、水、蛇和瀰漫在四周的空氣，都是這個秩序的一部分，我沒有採一朵花，原因可能是當時我覺得，那種嚴肅而神秘的秩序，不容許我作任何的破壞。」

她們不再提問題，我也不想說話，於是我們陷入一段沉思式的寧靜。那時候，插在陶瓶的野薑花，已將它充滿野性的香味，散布在房間的每一寸空氣之中。

——原載一九九三年十一月十四日《中國時報》人間副刊

皮匠與理髮師

托爾斯泰的一篇短篇小說中有一個皮匠，名字是什麼我已忘了，這位皮匠是一位天使，因犯了天國的罪愆被謫到人間的。他赤身裸體的倒臥在一處泥地中，被路過的一位老皮匠發覺，老皮匠收容了他，他康復後便在老皮匠店中學各種手藝，後來就成了皮匠了。

過了幾年，他的手藝逐漸勝過了老皮匠，老皮匠也更老了，便把店裡的大部分工作都交給了他，他慢慢的成爲附近最好的皮匠了。有一天，國王獵到了一隻漂亮的鹿，打算將鹿皮做一雙靴子，便率領了一些隨從臨幸這家店，讓皮匠爲他量腳，並指定靴子的樣子。國王走了後，皮匠就立刻剪裁起來，老皮匠雖然將主要的業務交給了他，但國王的靴子畢竟是重要的，便在旁邊看著他工作，做了約莫一半，老皮匠便大驚失色了，從來沒有這麼要命的錯呀！原來他竟把那美麗的鹿皮做成一雙沒有鞋跟的拖鞋了，在俄羅斯，這種式樣的拖鞋是死人入殮時穿的，老皮匠大聲的喝止，但他似乎聾了似的沒有聽到，正在這時候，門外車聲大作，國立的隨從氣急敗壞的來通知，剛才訂製的靴子改作拖鞋吧，因爲國王在進城門的時候斷了氣。

當他把國王的拖鞋縫上最後一線，這時刻，他在人間的貶謫便已結束。天空一道光束穿過了屋脊，四周響起了仙樂，是他回歸天庭的時候了，老皮匠幾十年來第一次看清楚了他的臉，原來是那樣的光耀聖潔呀！他向老皮匠道謝，這是他幾十年來第一次開口，老皮匠說：「等一下，我能不能問你一個問題呢？」他點了點頭，老皮匠問：

「國王來訂做靴子的時候，你怎麼決定做成拖鞋呢？」

「很簡單，我一個名叫死神的朋友，正混跡在國王的隨從之間，他還跟我打了個招呼呢，我便知道國王的時辰已到。」

這是托爾斯泰的皮匠的故事。

皮匠與理髮師有什麼關係呢？

是這樣的，這位理髮師不是托爾斯泰筆下虛構的人物，而是我家附近的一個眞實人物。理髮師是一個中年婦人，她在三角小公園邊開設家庭理髮店已經有十多年的「歷史」了，我十多年前讓她理髮的時候，她小的小孩，還在襁褓之中，有時要停下工作去張羅孩子的事，現在，最小的孩子已經上高職，而老大已經準備去當兵了。她的手藝十餘年來沒有一點進步，理髮店的設備也沒有顯著的改善，但我沒有什麼選擇的機會，只好長期作她的顧客。

她的優點是不太說話，笨拙一點的手藝，往往可以解釋成是老實可靠這種性格的附帶贈品，便也沒有什麼不可以包容的了。在浮華的城市，爾虞我詐欺騙詞語充斥的世界中，靜默與笨拙，有時反而令人珍惜。

那天我在她狹小的理髮店等待。她正爲一個在頭髮與面容上看來已逐漸從中年邁入老年的男子理髮，收音機裡播著台語的賣藥廣告，忽然，與那賣藥廣告同樣的男聲，竟化成了一位佛教的法師，油嘴滑舌的宣傳著佛法起來了，最令人難受的是那位「法師」在唸阿彌陀佛的「佛」字時，總把它誇張的唸成「呼」這個聲音的入聲唸法，好像用一口氣把蠟燭吹熄時所發的那種聲音。一位信徒請求開示，說他自己是一個保險公司的收費員，有一天被人逐出門，並且罵他是乞丐，「請問師父，這時我該怎麼辦？」

「啊哈——」收音機裡那師父竟發出了舞台上濟公和尚所慣發的怪聲，「我該恭喜你，我該賀喜你，你被叫作乞丐了！你要知道有多少人修行了幾世也修不到被人叫作乞丐呀！想當年，我們的『呼』祖，釋迦牟尼『呼』就是乞丐，不只釋迦牟尼『呼』，西天的諸『呼』諸菩薩，沒有一個不是乞丐，……」他還在繼續「呼」下去的時候，那位中老年的顧客說話了，理髮師正在修剪他所剩不多的華髮，「唉，看看這一頭頭髮，老闆娘，是你把我從黑頭理成白頭的呀！」

理髮師笑笑，沒有說什麼，顧客續續說：「這樣下去，恐怕不久了——不過，老闆娘呀，你是不了解的。」

但我覺察出這位理髮師潛藏著智慧，說她不了解，其實她比誰都了解。她有點像托爾斯泰筆下的那個皮匠，皮匠做過無數鞋子，終於了解了生命的眞諦，理髮師理過許多人的頭，將無數黑髮剪成白髮，當然也了解了生命的意義，只是，托爾斯泰的皮匠是天使的化身，他其實無須經歷便已了然了世間所有的眞相，而這位理髮師呢？

那位顧客走了後，理髮師示意我坐上那還有些微溫的椅子，收音機裡的那位「法師」仍然在那裡「呼」來「呼」去的宣示著教義，她一刀剪去我鬢角的頭髮，落在白色的圍巾上，我仔細看，已經有很多根閃爍著銀光了。我看鏡中的理髮師，正巧她也在看我，她面上浮現著一種帶有安慰又有一點詭譎的笑容；這時候，我突然覺得她像托爾斯泰筆下的那位皮匠一樣，只要剪完這次頭髮，她便完成了人間的貶謫，隨時會向一個我們不知道的國度飛去。

——一九九五年十一月・選自九歌版《三個貝多芬》

愛島嶼的人

從海岬的突出岩石上看過去，大約十五海里之外的那個島嶼就會呈顯一種特別的「氣質」，而這種特殊的氣質在其他地方，諸如在這邊的沿海公路上就看不出來，不論公路多麼蜿蜒，坐在車上可以從各種不同的角度看這個島，這個島其實只是一個普通的海島罷了。但在海岬的這塊極大的岩石頂上看就不同了，前面的這個島像一個側身坐在海面低頭沉思的巨人，它左邊的一個突起的塊狀物，上面泛著一種近乎咖啡色的黃色，由於這個塊狀物正好在這個島嶼的一半高度，而黃色一直從半山延伸到海面，如果你善於想像的話，它與羅丹的那個題名叫「沉思者」的雕像確實有點相似，那黃色的縱線很像雕像腿部的線條，而山頂右側的一部分稜線，則與雕像上彎曲的背脊有些相近。總之，島嶼在其他地方看起來只是一個平躺的小山，但在這裡，它卻顯得直立而陡起，比較容易令人幻想出一些平常想不到的事情。

當然，如果不被人刻意指點的話，我是不太會想起它與羅丹的關連的，指點我的，是一個跟我完全素昧的人。他早於我到達這座海岬，至於他什麼時候到的，我完全無從判斷。我只是路過這兒，將車子停在海邊的公路上，獨個走出來透口氣，我坐在一塊石頭上看前面這個島，初看並不覺得它像什麼，我注意的是一艘滿載貨櫃的輪船，從島的右邊向左邊航行，島與海岬之間的海面，無異是一條重要的航道。我不知道這陌生人什麼時候走到我邊上，他伸手將菸盒遞給我，我向他致謝表示不抽菸，隨後，他用嘴叼出一根，在風中技巧的點上火就抽了起來。他問我像不像羅丹的雕像時，我心中有一點反感，將事物刻意與有名的藝術聯屬，常常令人覺得卑俗可厭，「你看像不像梵谷的那幅鳶尾花呀？」「簡直就是畢卡索藍色時期的筆調。」……我們偶爾走出城市，其中的一個原因就可能是避開這些廢話和濫調吧。

「在這裡看那個島，是最好的角度。」他並沒有察覺我對他的厭惡，自顧自的說：「但這不是個夠好的天氣，最好的天氣不要太晴朗，陰暗反而好。因爲陰暗的時候，海面的反差不那樣強烈，所有的景物不那麼清晰。有時島的頂部被雲霧遮住，島似乎縮小了，其實不但沒有，反而增加了面積，因爲整個海面泛著非常深沉的鐵灰藍，那顏色和島的顏色十分接近，島一下子好像把它的領土延伸到這邊來了。」

他一口氣說到這裡，我驚訝他對形象與色彩把握的精準，這時我有點高興他沒有感覺到我起初對他的不快了。他深深的吸了口菸，任風把菸屑吹上他揚起的頭髮，我注意他的頭髮，是有些花白了，他的臉上分布著幾條剛毅的縱紋，他對這個島嶼的視察，證明他絕對不和我一樣是個普通的過客而已。這時，我用他的方法去看這個島，它眞的與羅丹的那個雕望有點相像了，他繼續說：

「每年這個時刻，從這裡看，由於太陽總是從後方升起，日出的時候，這座島就會顯示一種神秘的氣勢。你該選一個早上，來體會一下這個奇景，……」

「對不起，」我不得不打斷他的敘述，「請問你是住在附近嗎？」

「不是的。雖然我很想住在附近，可以整天無語的面對這個島嶼。」

這個答案和我想的比較符合，他的語言方式和獨特的觀察力，絕不是生活在這裡的人所具有的，但他如果和我一樣是個過客的話，他又怎能夠看出這座島嶼不同時刻的景象呢？

「那上面原本住有的人，後來可能是水源有問題，人都遷到這邊來了。我那時想，假如有錢的話，把這座島買下來就好了。買不下整座島，買一塊地也好的。後來知道，整座島都是公有地，就是有錢也不賣的。那時我又想，既然以前住過人，我要是一個人搬上去住，誰又奈何了我呢，島上的水，供應我一個人應該不成問題吧。」他是對著我說的，但並不在意我是否在聽，所以他的話更像在獨白一般。「後來我拿了一筆錢，雇漁船載我到上面走了一趟。有規定一般人民是不可以搭漁船的，所以我還花了一筆不算少的錢呢。結果我上了那座島，島確實荒涼得厲害，那裡現在已經絕對不能住人了。原因你知道嗎？並不是因為它荒涼，而是海軍把這座島當作艦炮射擊的靶場，每年定時會向它射幾千發炮彈，你看那條從山腰起向下延伸的黃線，就是被艦炮轟掉的一半山壁，也就因為這樣，使得這個島在這個角度看，像是羅丹的沉思者了。」

他說完就靜靜的坐在那兒，眼睛盯著那座令他心動的島嶼，一直到我離開，再也沒有看我一眼。我想起D．H．勞倫斯的一篇名叫〈愛島嶼的人〉的小說，故事中主角真的買下了一座小島，而且住了上去。而我見到的這位愛島嶼的人，卻只有坐在此岸，看他夢寐以之的島被艦炮轟掉半邊山壁，他充滿神經質的言行，恐怕一半緣自他的心碎吧。這樣一個敏感而容易受傷的人，是不適合生存在我們這一個時代的，但到底那個時代適合他的生存呢？我一時也想不出解答。

——一九九七年八月・選自爾雅版《冷熱》

沉默的人們

我去參加朋友父親的喪禮。喪禮簡單極了，並不是在殯儀館舉行的，只是在一個普通家的客廳一般的一個狹小空間裡，寥落的親友向逝者告別，黑色鏡框裡的照片，顯然是朋友父親還算年輕的留影，是個有些英氣的中年人呢。照片的布幔後面，就是亡者的棺木了，棺木是沒有上漆的白木，薄薄的，蓋子早已釘上，是不準備讓人瞻仰遺容的了。沒有樂隊，行禮完畢，他們就把棺木運到附近的火葬場。據說時間早已排好，遺體放進爐裡，只要一個小時，就可以把骨灰裝罐，然後送到靈骨塔裡放置。

我的朋友跟我有一層同學的關係，那是童年時候的，但長大了所學不同，職業也沒什麼關聯，所以就很少來往了。大約一個月前，我到天母附近的一個小型畫廊參觀，出來的時候正好遇見我的朋友，他提著一袋衣物，說要到醫院去看他住院的父親。我說伯父怎麼了，是得了什麼病嗎？他說年紀大了，又得到中風的毛病，現在已不能行動，只得住到醫院裡。他說他父親的病房就在附近，問我是否願意隨他一起去看看，我當然說好，於是我們一同走向醫院。

我原來以爲他說的醫院是指榮民總醫院，因爲榮總距離這家畫廊不遠，而且他父親以前是軍人。但他帶我走的巷道愈走愈窄，終於來到一個普通住家的門前。他推門進去，一樓院子被搭蓋起來，裡面十分黑暗，他再推開一扇門，就是一般住家的客廳吧，在一片慘白的日光燈下，裡面赫然躺了六個臥病的老人，「天哪，這就是你說的醫院嗎？」我不禁問，他回頭跟我說：「不是的，我們的在裡面。」他帶我走進後面更小的一個房間，那個房間大約六坪不到，裡面放了三張病床，他父親我一眼就看出，正躺在最裡面的那一張床上。

他父親大致還保持著我小時見慣的樣貌，除了向後垂落的白色頭髮外，其餘並沒有改變多少，他不像久臥病床的人那樣瘦削，臉上的氣色還好，只是兩眼發直，不曉得看人。我的朋友俯身告訴他我來看他了，他也沒有什麼表情。朋友告訴我他已經不能言語，這一方面是因爲腦溢血使他失掉了大部分的神智，另一方面，則是抽痰器必須從喉頭切入氣管，使他發聲的器官受損。「現在他的病況已不須要抽痰了。」我的朋友對我說。但傷口仍然在，只是用紗布蓋著，打開的洞並沒有癒合，也不須癒合，因爲隨時可以裝上抽痰器。這種病人的痰是特別多的。

朋友的父親，當時維持的，其實只是一種近乎植物的生命罷了，他的呼吸像秋天的風吹過枯焦的樹林，發出嘶嘶的聲音，除此之外，他並沒有什麼特殊的生命跡象。我的朋友不愧是個孝子。他將父親的身體翻成側面，用力的按揉他腰部的肌肉，又用沾濕的毛巾擦拭他的背。他每個動作之前都會喊爸爸、爸爸，並且柔聲的問：「痛不痛？痛不痛？」這種狀況，令我幾乎涕零。他父親依然自若的接受他兒子的安排，既不喊痛，也不表示舒服。擦完，他繼續平躺著，姿勢和剛才一模一樣。

「為什麼不住榮總呢？」朋友安頓好了父親，稍事休息的時候我問他。

「那裡住得進去呀！」他說：「父親跌倒後我們送進醫院，在急診室裡待了兩個禮拜，病房一點都沒有空。命是搶回來了，雖然還有危險，但急診室也不能久留，醫生介紹我們到這裡來，這裡還好，每天有醫生巡房，如果緊急，離醫院急診室也不遠，我們只得搬過來。」

「伯父的狀況，有沒有進步？」我問。

「這種病維持這樣已經算穩定了，如果說要進步，也是很緩的，我覺得，」他看著他父親對我說：「還是在進步的。他不能說話，但我跟他說話的時候，他有時會緊緊握住我的手，他心裡面應該是清明的，只是他也許有根神經斷了，他不能表達得太清楚。醫生說要多給他刺激，他的能力可能會恢復的。」

但是我的朋友不可能給他父親太多的刺激，據我所知，他父親早年曾經在大陸作敵後工作，隨時可能喪命，生活中的刺激是很大的，現在他給他再大的刺激，也比不上從前，我心裡想。這時我突然聞到一陣排泄物的臭味，原來是看護鄰床的一個女人不慎把床下的一個罐子的蓋子弄開了。她趕緊把它蓋上，我隨即被床上躺著的一個老婦人嚇住了。她已瘦得只剩皮包骨，似乎已沒有眼皮的雙眼骨碌的在瞪著我，嘴裡唸唸有詞的，看護她的女人發覺了，側過身來跟我說不要怕，說她就是這個樣子的，我問她她在說什麼呢？她說她見到任何人都說她不要火葬，因為她怕燒。她回過頭安慰那老婦人說：「不要擔心，我們不會的，我們不會的。」

我朋友搬來一張椅子，他旁邊原來有把椅子的，這樣我終於可以和他一併坐下。「這裡原應該男女分開來的。」我朋友說：「但住在這裡的，全都是喪失了神志的老人，人老了，其實已經沒有什麼性別的差異了。我告訴你，榮總附近，像這樣叫作家護中心的病房，起碼有一百間呢。而住的幾乎清一色的是外省的老人。」

「有這麼多嗎？」我問。

他並沒有回答我，反而問我：「你去過瑞芳和三貂嶺那邊的山區嗎？」我不明白他的問話，我當然知道瑞芳和三貂嶺這些地名，小時候我們住在宜蘭，這是東線鐵路過了基隆往宜蘭、花蓮必須經過的兩站。「你知道，近十年來，我每次巡山都有新的發現。」我期待他說出答案，但他似乎無意一下子把話說清楚，他的眼睛望著空中的一點，獨自墜入思緒的漩渦之中。

我的朋友因家境的緣故，沒有讀大學，高中畢業了就從軍，後來讀測量學校，測量學校畢業後在軍中服役了十幾年，退役後，又轉業到一家政府機構的測量部門，工作除了測量土地之外，每年都要帶著儀器到各個山頭測量基準點，就是他們稱之爲「巡山」的，「你知道，十多年前，」他說，我高興他終於回神過來，他低下頭，緩緩的說：

「十多年前，我第一次經過那邊山中煤礦區的時候，耳朵聽到的都是閩南話。那時候，煤礦已很枯竭了，幾次礦災，使得一些礦坑封起來了，但還有些礦坑在經營著，不過看得出來，煤礦已經是黃昏事業。過了幾年，礦區裡的語言加入了部分的國語，我起初也不知道是什麼原因，後來和裡面的人熟了些後，才知道那些說國語的是山地人，也就是現在說的原住民，本地人有些不再做這危險的行業，遺缺就由山地人代替。近幾年來，那些還在經營的礦坑幾乎到處都聽到國語了，很少再聽到閩南語，因爲又空出了的位置，就由外省人尤其是軍人的第二代第三代來取代。有一天我竟然發現其中的一個領班，是我以前眷村的一個鄰居玩伴，比我們都小的，不是他叫我，我才認不出身上臉上裹滿黑色煤屑的人呢。」他將他父親身上的毯子往下拉了一點，他以爲父親會覺得熱，而其實，是他自己覺得熱的緣故。

「我說這樣的話，有人認爲是挑起省籍情結，其實不是的，我的妻子是本省人，我那會呢？」他停了一下繼續說：「我只是對社會既存的某些族群，抱著一種悲憫的心情罷了。正巧，或者說不巧的是，我也是那個族群其中的一員。有人說，本省人做礦工就應該，外省人做礦工就不應該嗎？我其實也不是那個意思。我眞的說不怎麼上來——」

他雖說不上來，我卻能夠體會他的一些心情，他對他自己所屬的族群由盛而衰的感觸，並不是基於偏執，而是基源於一種廣泛的同情，這種同情比較接近人道主義者的想法；不過這種同情的觸媒，應該是他父親住院這一件事。他說在他父親還在生病的時候，家務事原來已有點照顧不上來，把七十多歲的父親留在台北舊公寓裡，確實令人放心不下，所以父親打算住進榮民之家，他基於事實的考慮，也是有些贊成的，但他不知道榮家的環境如何，特別陪父親去走了一趟。從榮家回來，他就執意不讓他住進去了。幾個父親早年的「戰友」，已經變得瘋言瘋語的，有一個竟然已經完全不認得他父親了；這還不是最大的原因，最大的原因是那個榮家後山的墓碑，在數量上已經和住在裡面的人差不多。「再過兩年，裡面的鬼一定比人還多的。」他說，他不忍把父親送到那個充滿詭異與死亡的環境中，所以雖然不很方便，仍然讓父親和自己一家住在一起。

「你知道嗎？榮總這附近，和東部的那個榮家其實也沒什麼不一樣。」他說在他父親住進這家護中心以及之前住在榮總急診室的時候，他和他妻子是以日夜班輪流來作看護的，他幾乎已經完全「融入」榮總附近的生活圈之中。「每天一清早，看到許多以前是軍人、現在已垂暮的老人從北台灣各個不知名的地方過來，沉默的聚集在這附近。他們之中有的認識，大部分不認識。給我的印象，他們是完全靜默的，即使他們說話，他們也是靜默的，有點像默片裡的人物。到黃昏的時刻，這個無聲的聚集又散去。這些人，以前為國家、為當時的社會是盡了一些棉薄的，所謂沒有功勞也有苦勞呀，但現在卻一點聲音都沒有的聚集在這裡。沒有任何人會為他們爭取，要他自己去爭，他們也不知道該怎麼爭，又要爭什麼，他們很多人其實到榮總連掛號都不知道怎麼掛的。他們像渙散的幽靈，——」他情深而無奈的看著他躺著的父親，停了一會，他轉過頭來看著我說：

「只是，真正的幽靈是晚上聚集，天一亮就散去，這裡的，是剛剛相反而已。」

我沒有一句話能夠安慰他，我知道，陷入這種悲愀的心情，再好的安慰，其實也是徒勞的。他父親的呼吸依然均勻而強烈，像風吹過秋天樹林的聲音。我拍拍我朋友的肩，表示我要回去了。在我離去的時候，他父親鄰床的老婦人又用驚恐的眼睛看著我，嘴裡唸唸有詞的。這時我已知道她在說什麼了。看護她的女人走過來，按著她的手說：「不會的，我們不會的。」

從我朋友父親的葬禮出來，我一個人有些刻意的經過榮總前面，想要體會一下我朋友的感覺。已經接近黃昏了，照我朋友說的，是那群無聲的聚集要準備散去的時刻，但不巧的是那天是星期天，榮總附近幾條路，尤其前面那條，顯得格外空曠，幾乎沒什麼行人呢。偏斜的日光，將一些路樹的影子拉得長長的，我仔細看，那些都是俗名叫作羊蹄甲的紫荊。初夏時分，滿樹的繁花都凋零殆盡了，但其中有一棵，卻不屈服似的仍然在恣意的盛開著。一朵朵分開看像蘭花的羊蹄甲花，本身具有相當優美的姿態，然而可能是黃昏時特殊的光線和氣氛吧，那些紫色的花朵聚集一棵樹上，竟然令人覺得像在猛烈的燃燒著一般。

——一九九七年八月・選自爾雅版《冷熱》

亮　軒作品

亮　軒

本名馬國光，遼寧金縣人，1942年生。美國紐約布魯克林學院傳播研究所碩士，曾任《聯合報》專欄副主任、國立藝專廣電科主任、電視及電台節目主持人。現任世新大學口語傳播學系專任講師、中國人權協會理事。著有散文集《在時間裡》、《筆硯船》、《書鄉細語》、《說亮話》等，及小說集多部。曾獲中山文藝散文獎、中國時報散文推薦獎、吳魯芹散文獎。

失去的早餐

請問，你到底有多久沒有用早餐了？我也可以問別人，也可以對著鏡子自問。

問題並不是「早上吃了東西沒有？」理所當然的，就是指比較像一回事兒的那種早餐了。平常上班上學的日子能一家人——不必是大家庭——在一張乾乾淨淨的餐桌上用早餐，已經近乎神話了，周日的第一頓，大多又是中餐。有板有眼的早餐，對如今的成年人而言，差不多與「童年」同義。年紀愈長的，他們對早餐的回憶也就愈豐富，並不見得眞代表吃得特別好，而是早餐附帶的故事很多，早餐不僅是生活裡的一部分，甚而是頂要緊的一部分。

一位客家籍的長輩就曾經告訴我，他們當年的早餐吃乾飯，每個人都能吃個兩、三碗，不用說那個碗也非今日尖底三角形的小小和式碗可比。現在很多人早上什麼都不吃，不是吃不起，而是吃不下。現代人消夜吃得凶，無遠弗屆，爲了吃個消夜，可以開車一兩小時，什麼雞城鴨城一套一套的吃，許多人一天之中最豐富的一頓，居然是過去上海人夜半一碗餛飩麵或是酒釀湯圓那種食量的十倍，價錢則可能超過百倍。豈知客家人早餐老早就已經相當凶猛了，當然價格是遠遠不及如今之許多消夜的。客家老鄉親告訴我，他們一頓早餐能扒下兩、三碗乾飯，仍是因爲天還沒亮就起床，下田的下田、挑水的挑水，男女老少已經各自幹了一、兩個小時的活，肚子當然餓了，早餐不僅結實，也應當特別的香。我們閉起眼睛都想得出那位客家人家庭的畫面：紅磚砌就的大灶早早就餵進了稻草梗、甘蔗皮、花生殼以及道道地地的生煤，從爐門門縫可以看得見紅豔豔的熊熊火光。婆婆、媳婦、小姑諸人，洗的洗切的切蒸的蒸炒的炒，乒乒乓乓好生熱鬧，米香菜香瀰漫在這一日之始的時辰中，不一會一家人陸續到齊，老老小小十來口在刷得乾乾淨淨的老桌子邊圍著用早餐，那個跟午餐晚餐內容沒什麼兩樣的早餐。吃過幾年這種早餐的人，一定有一些我們從小就愛賴床的人沒有的本領。梵谷那幅「食薯之家」，畫的是赤貧的一家人在一盞昏昧的燈光下圍吃馬鈴薯，站的站坐的坐，老的老小的小，全是暗藍色的調子，可是僅僅那麼一圈燈光，很頑強的映照出畫中人物臉上、手上、身上的稜角，肯定而尖銳，你可別跟我說，他們用的不是早餐。

客家人的早餐不免讓人聯想到成功嶺接受基本訓練時每天用的早餐。雖然配的是豆漿還是稀飯，那個大饅頭可不能小看，半個腦袋大，有的學生兵居然呑得下兩、三個——為什麼？因為清早五點二十分起床號響，便開始了一日之初緊張課程的第一階段，或者是搬石頭除草，或者是朝陽下繞著教練場跑了幾圈，也許竟為了不久之後的夜間急行軍課程，在一大清早先作了些小型山路行軍操練的。回到營區，豆漿饅頭花生米，其香無比，一口一口呑嚥下去，直接的感覺到生命也一口一口的雄壯起來。客家早餐大概也是如此的滋味。對很多曾經經歷過成功嶺軍訓中早餐的人而言，在那短暫的訓練之後，他們一生一世的早上也就再也沒那麼飽餐過。

早餐也有非常之細緻的，記憶中很早很早，早到眞實與夢境都不太分得清楚的年紀，曾經吃過很典型的上海闊人吃的早餐。闊人吃得講究，而吃得講究與吃得好並不一樣。講究是瑣細，譬如說吃肉鬆，闊人與不甚闊的人都吃同一品牌的肉鬆，可謂吃得一般的好，但是不甚闊的人把肉鬆直接用筷子撥到稀飯裡，攪攪拌拌呼嚕呼嚕就喝下去了，闊人則有僕人把肉鬆、醬瓜、豆乾、荷包蛋、切成一小段一小段的油條及醬油、醋、蔴油等佐料，一件一件小撮小撮的放在鑲了洛可可花邊雪白的貿易瓷小碟中，新米熬的粥面上泛著淡淡的青綠影子，恰到好處半圓造型白瓷碗放在直徑四、五寸的襯碟上，長長的象牙筷子跟光潔的筷架，如此這般間隔相當的擺在約摸四、五人同用的圓形桃心木餐桌上，桌布當然是手工勾花鏤空四方連續的了，這才叫作講究。記憶中好像是在正對西湖邊的一家歐式木造旅館二樓陽台上用的，那一回如夢似幻的早餐，事隔四十餘年猶不能忘，並且也沒有再度享用過。

如果可能的話，普通一點的早餐，在今生今世情況尚可時得以享用，也就不錯了。西洋人的漫畫上常見到早餐的題材，有的時候是男主人愛看報紙上不理女主人，女主人氣不過於是事先偷偷把報紙剪一個大洞疊好，男主人打開報紙，看到的「頭條」竟是女主人得意的面孔。或者兩個人都無話可說，各自看報，同時還可各自爲對方倒茶、遞牛油果醬，因爲長年訓練有素，可以毫釐不差……。可能可以找到一本專門以早餐桌上的人際關係，特別是男女關係爲題材的漫畫專集，看漫畫的人看到藉此題材一次一次的嘲弄人生，當然覺得好笑，可是，你要是想到自己已經十幾二十年沒有與全家人從容安逸的吃過一頓早餐，你連受嘲弄的資格都不具備，那就不太笑得出來了。

現代生活已經把早餐一事根本的變了質或是摧毀。英文Breakfast這個字，看看就讓人覺得不痛快，前半個字通常都是中止、斷裂、打散，還是攪和的意思，後半個字便是「快速」了。對英文有研究的人不曉得要怎麼說，我們平常人，特別是對於早餐還殘留了一點浪漫遐想的人，一見到這個讀起來也是零零碎碎的字，就免不了要怪罪西方的工業文明奪走了我們的早餐。不論是在客家人廚房裡的早餐，還是西湖湖畔陽台上的早餐，表現的都是團圓、快樂、幸福與希望。西方文明約定俗成從早上八點到八點半要上學上班，又弄出一個人口向大都市集中的生活方式，逼得大家早出晚歸，「家」與「窩」沒什麼兩樣，只是打尖睡覺的地方。早上六點多鐘就出門的人多得是，早餐？昨天半夜你老婆肯給你準備個三明治扔在餐桌上由你自行取食，就算很對得起你了。夫妻都要做事，她也得淋浴化粧挑一身合於今天的業務的衣裳，早餐算什麼？

因爲主婦與早餐疏遠，又產生了早餐企業。日本人傳統的早餐跟我們差不多，而且以京都的早餐爲佳，一樣一樣的小菜非常精緻，不過「京料理」的早餐日本人一輩子只吃過一次兩次還是根本便無緣消受者大有人在，日本人吃得最普遍的早餐喚做「立呑」，望文生義，比那個西洋人的Breakfast還要恐怖，那個「呑」字，似乎要噎死人，偏偏連個座位還都沒有。「立呑」乃動詞轉作名詞用，一碗熱騰騰的味噌烏龍麵，打兩個生雞蛋，撒一把蔥花，做這一碗早餐與呑這一碗早餐的時間差不多。在各大十字路口與各大車站、地鐵販賣亭邊都有，「呑檯」寬約半尺，圍成一個小圓圈，老闆在中央，三百六十度服務，從高處鳥瞰，彷彿一群螞蟻圍吃一塊小圓餅乾，而來來往往輪換奇快，令人目不暇給。「立呑」也有連鎖店，家家興隆，足見日本人立而不覺委屈，呑而不覺倉促，說不定以此效率為得意。有道是人在福中不知福，方是眞福。人在可憐中而仍不知其可憐，是否可云之眞可憐？

可憐的不僅是日本人，西洋人、中國人——至少在台灣的中國人，也好不到哪裡去。連午餐晚餐都可以"Breakfast"，早餐都幾乎抽象化了。有的人早餐是兩顆糖，也有人是一個奇異果，或者一小片蜂蜜蛋糕，還是小小一盒硬殼果仁，早餐至此跟零嘴沒有分別。也有以一杯紅茶、檸檬水還是販賣機裡吐出來的運動飲料為早餐，他們「喝」早餐。許多人把早餐熱量的卡路里計算到個位數，進入精密科學之境界，花生米幾粒都要點數記錄，這連零嘴的水準都及不上，或者說，境界太高，近於玄學，而且全都得獨自修行，類似「自在禪」。走路、擠車、打盹、看報，隨時隨地都可以「修」這種早餐。我有一位朋友，他的早餐是一支長壽香菸，多年不見，不知這位仁兄成仙得道也未？

如今一頓從容不迫並且內容豐富的早餐，常常是在度假旅遊時享用的。只有斯時斯地才能給自己留下一點在早餐桌上坐下來的時間，並且保證不是「早餐會報」。可惜能有福氣度假旅遊者不多，度假旅遊不受導遊催趕者不多，無人催趕自己也不慌張者更少。很多旅客是寧願賴在房間床上貪睡，白白犧牲早餐的，何況他們腸胃中隔夜的消夜還來不及消化哩！我總覺得，旅遊中肯用早餐的人，才眞見得出山水之勝。

感謝退休制度，給了我們重新享用早餐的一線希望。夫妻頭髮白了，沒什麼事要趕了，兒女遠走高飛另起爐灶自吃中、晚餐去了，朋友也都行動不便少來往了，於是齒牙亦復動搖的老先生老太太，可以一塊兒在小廚房裡燉煮一兩樣柔軟好消化的早餐吃吃。用不著說什麼話，就跟漫畫家諷刺的那種兩個人都邋邋遢遢，彼此視而不見那樣好了。人生暮年而能得如此早餐，窗外的風景，不論是在何處，詩情畫意，一定連杭州西湖都比不上。

——原載一九九〇年三月二十一日《聯合報》副刊

輸家物語

那麼焦慮的感覺，現在回想起來，還會頭皮發麻。我跟老德卡在大雨滂沱的洛杉磯街道上，平常三十分鐘車程就可以抵達機場的這條路，我們已經開車開了一小時二十分，飛機還有三十分鐘起飛，幾乎所有的交通號誌都壞了。美國人開車不太有按喇叭的習慣，成千上萬的車子，各色各樣，都只是安安靜靜的等，一吋一吋的蹭，大雨瘋狂的刷著擋風玻璃，我們已經沒什麼可說的話，並不是說我們有什麼彼此不開心的過節，而是橫阻在我們心頭的一件事把其他的話題也都壓得透不過氣來，老德知道，我更知道，我那堂「電視製作」的教授非常難纏，開學第一天就聲明在先：你家裡死了人了也不能缺課！大概他們美國人忌諱少，所以他還加上一句：「甚至於你的親娘！」那麼缺課怎麼辦？什麼辦法都沒有，只好當掉，研究所有一門當掉，等於你要多唸一年。我算得好好兒的，洛城飛到紐約，還有兩、三個鐘頭的餘裕，可以從容的趕上這堂課，可是這場大雨是人算不如天算，我的妻兒等著我幾個月以後回國、學校的聘書也肯在今年秋天給我，這是難得的機會，所有的所有，都朝著不久就要回家發展，但是這場大雨，不敢說甚至於比親娘怎麼樣還要怎麼樣，其嚴重性與親娘怎麼了也相去不遠吧？我們在車裡安安靜靜的聽雨聲，嘩啦啦嘩啦啦，欣賞透著擋風玻璃的雨景，哪裡有什麼雨景，全是車，前後左右模模糊糊，如一幅流動不止的抽象藝術，也十足的象徵了人生的困局。

我們有一搭沒一搭的說話，都沒說心裡最關切的話，慢慢的向前蹭，手錶卻毫不講情，一圈一圈的掃過。交談愈來愈少，雨愈下愈大，路況愈來愈擠，不用說，趕回去上「電視製作」，是愈來愈沒指望。

「趕不上又怎麼樣嘛！」他終於蹦出這麼一句話，我一時不知應對，心裡七上八下一大堆問題：又怎麼樣嘛？當掉嘛！當掉了又怎麼樣嘛？重修一年嘛！重修一年又怎麼樣嘛？沒錢也沒勁兒嘛！那麼不修可不可以嘛？不修就沒學位嘛！沒學位又怎麼樣嘛！

「沒學位又怎麼樣嘛？」我是為學位負笈來此，不是為了學問，這一點請你相信我，但是就算我沒來，又怎麼樣嘛？忽然間，靈光一閃，一句話比我想得還快的衝口而出：「對！趕不上又怎麼樣嘛！」

我們一下子就心花怒放了，把收音機的音量加大，我們一看錶飛機要飛則已經飛了，覺得痛快得要死，你飛你的去，你們上你們的課去！你要當就當你個死臭老美！我們縱聲胡扯大罵然後大笑不止，開心得要死。他老兄小有損失，今天不到班，要扣薪水，我看他還有點覺得損失太小不夠看有些遺憾！

那年我四十歲，說來慚愧，到了四十歲才平生第一次發現認輸認栽如此爽快。並不是從前沒有受過教訓，誰也不可能一帆風順，但年紀輕還是智能太差就不會有覺悟。有的感覺懵懵懂懂的也有過。少年的時候有一陣迷上籃球——是看籃賽，有的狠將實在了得，氣人的是他老要犯規，裁判吹到第四次，我都快要氣炸了，他怎麼打怎麼跑怎麼傳怎麼上籃一概看不到，只擔心裁判再吹哨子，一顆心吊在籃圈上，終於——嗶！他又犯規了，畢業出局！全場一片嘆息，我卻如釋重負。我想我不能打籃球，我會巴不得五次犯規提早畢業算了！你裁判會吹，老子偏不給你吹！有多累呀？要吹就吹我要怎麼就怎麼才不甩你！有多爽呀！高中時有位同學，混的那種，坐在靠後面窗子的座位上。我們的英文老師很凶，大家都怕，也不曉得他怕不怕，有一回大家正在聚精會神的跟著老師一字一句的唸英文，突然嘎嘎啦啦聲起，原來這位老兄在開窗子，全班霎時間靜默下來，個個回頭看看他，老師冷森森的問一句：「你幹麼？」

這位仁兄一邊解開領口的鈕扣，一邊望望窗外：「熱死了，透透氣。」他根本不在意你當不當他，學校開不開除他，於是他就有了呼吸新鮮空氣吹吹涼風的權利。

好！算你狠，我退出！賭過梭哈的人應該有此經驗，對方的注愈下大，離了譜了，你光是躊躇著怕他詐你，反而要詐詐他，爾虞我詐下來有些吃不消了，終於下定決心：「輸！」於是退出，登時海闊天空，桌上其他兩三人還在拚鬥，而你，彷彿在看鬥雞也似的興味盎然好不自在。你還會告訴自己說輸點錢算什麼？搞不好下一把又贏回來。

人世間怎麼都放不下那把牌的人卻很多，結果，籌碼用完了，用完了簽支票，支票用完了押戒指，戒指下去了還有項鍊，再怎麼樣還有門口那部車！要不要我的房地契？世間所有的大輸家，都是從死不肯輸非贏不可的那種人變過來的。多年前讀到一則掌故，說是有一位名人病重在床，某位先生去探望，滔滔不絕的饒舌議論，這位病重的老兄眞的受不了了，他並沒有下逐客令，只輕聲的打斷了他的興致：「對不起，我要死了。」然後背過臉去嚥了氣。可不是？我死了總可以了吧？書上不知道有多少英雄名士，我記得住的只這一位，名字還忘了，又怎麼樣嘛？

我們身邊有兩種人，一種是緊著教你如何贏，教練型的人物，讓你不敢恨他也不敢愛他，當教練至少要有一點虐待狂的傾向，只許成功不許失敗的人也有被虐待狂傾向。我家旁邊一所職校，多年來一直是全市軍歌比賽之類的冠亞軍，全體師生視爲莫大的榮譽，於是至少有兩個月的時間，你會天天聽到年輕人吼叫一些他們一點都不懂的「黃埔」之類的詞句，還要摻雜「一！二！三！四！」跟「主義！領袖！……」等乾乾巴巴零零碎碎的口號，使勁的踏著步伐。這是虐待狂與被虐待狂的大結合，人間不少榮譽都是這麼來的。

眞正疼你的人不會逼著你贏，甚至於寧願你輸。有位朋友當年考過學校去看榜，不僅榜上有名，還是第一流的學府，興匆匆的騎車回家報喜訊，沒料到老父候在大門外，遠遠看到她回來，一路嚷嚷：「回來就好了，考不上沒關係考不上沒關係！」她當時氣得眼淚都掉下來，現在提起此事的時候眼眶也會紅，卻是感激老爸如此的疼愛她。有的父母——雖然不多，在飛機場送孩子出國留學的時候，在孩子臨出關前會附身交代一句：「吃不消就回來，打個電話，我們給你寄飛機票去。」不知道父親節母親節有沒有可能也把這一類爸爸媽媽表揚表揚？我相信一定有改善社會風氣的作用。

年紀漸漸大的人愈來愈難得有人疼愛，就要學會自己疼愛自己，我的辦法很簡單，還是認輸。你曾經受過冤枉，也公開、私下設法澄清說這是冤枉的，但是他們還是冤枉你，見到你像罵兒子般的罵你，你能怎麼樣？罵孫子一般的罵回去？你還沒罵出口就氣結了。打官司？小題大作！上報告？師出無名！你最好說算你狠，老子退出，可以吧？你身邊的女人動不動就責怪你沒出息，要你別喫虧，逼你與人爭奪，我建議你悄悄的訂一個離家出走的計畫，假如有一個不嫌你沒出息，還很欣賞你的柔弱、你的傻的女人，你就到她那兒去。而在一連串梅雨之後乍放晴光的早晨，你可以打電話到辦公室去請假，事由則塡「天氣太好了！」今年考績乙等好了，我又不差那一點錢。

消極嗎？未必！你們這些贏家，若非我們輸家，怎麼會那麼光彩？失敗爲成功之母，誰大誰小也不一定哩。傻瓜才把人生用成功失敗二分法來看，一個人失去了看山看水的能力，失去了無所爲而爲冥想的習慣，失去了從軀殼中跳出來嘲弄自己一下子的興趣，也是一種失敗，而且，不妨重新想想，是隨時可以退出的人比較有用？還是三頭馬車也拉不起的人比較有貢獻？古往今來，多得是想贏偏贏不了，想輸偏輸不掉的故事，你自己就是。

——原載一九九〇年七月二日《中國時報》人間副刊

花間櫻語

已經回台北一個多月了，偶爾閉目閒想，日本姬路城城牆上斜斜伸出、高高懸起，數百年來對著護城河冷冽冽的清波臨水自照陷溺在極深極深自戀情結裡那一株又一株盛開的櫻花，偏又禁不住的感受到生命眞幻難解的況味。

本來也沒有對櫻花的美有什麼特別的感受，曾經在歐洲大陸跟英國海德公園看過櫻花，也拍了幾張還算得過去的風景照片，引起朋儕的讚美，性格中不免倔強的我就有了點「偏不看日本櫻花」的叛逆。只是在夜深人靜翻閱東洋美術畫冊的時候，看到豐國的浮世繪裡表現兩個武士拔劍相向，在寒森森的白刃映照中，生死毫髮之間，然而，引起激動的卻是武士頭頂上閒閒飄落的幾片櫻花花瓣。這是一個什麼樣的民族？在刀光血影中一心不捨那種淒美又是怎麼樣的心情啊？及至有一天從姬路城艷色逼人的盛景中見到那一種清淨交織著熱情、繁華牽纏著凋落，還有在漠然裡更爲著意的搔首弄姿，許多困惑彷彿也都有了答案，一下子明白了千利休預知死亡而不躲避、三島由紀夫切腹自殺、坂東玉三郎舞台上任何女人都難以企及的風姿，還有含情脈脈卻不怎麼在意展露柔膩溫婉的胴體的日本女子。初春輕寒的晚風微微的搖曳著向四面舒展綻放著千萬朵櫻花，沒有更清楚的答案了。

那種偏不賞日本櫻花的頑強，在吉野山六、七萬株把山峰山谷幻化成一片連天蓋地的山光的時候，就猥瑣得不及一片凋零的花瓣了，幾千年來，自琉球而九州而四國本州而北海道，含著春雨水氣的春風吹過，億萬朵櫻花便隨著隱隱然的默契次第開放，東風夜放花千樹，是櫻花，把整個天地全粧點得晶瑩玲瓏，讓人禁不住想要化作煙、化作雨，飛入花心化作花魂，再也不肯多瞄一眼曾經眷戀無限的塵世。

但是你眞看到櫻花了嗎？請問。花道與茶道的大師千利休居然把櫻花列爲「禁花」，從花道的題材中剔除，他寧可借重桃花、茶花，就那麼清冷冷的三、五朵掩映在刻意修剪安置的枝葉間，櫻花他卻禁了。如果逼近一簇一簇的櫻，櫻的美便太露骨、太妖冶了，聚生的花蕾綻放時又太缺乏挪讓的含蓄了，推推擠擠少了那分從容，最可憐見的是朵朵櫻花都有瞬息間凋落的貧血蒼白，他們說，櫻花才一開，就謝了。不對不對，我跟你說，櫻花的開就是櫻花的謝，若不顧一切爆發出最原始的情慾縱身與你相愛的青春女子，嚇壞了她身邊的男人，令人疑惑著她愛的是自己的愛還是他這個俗世的生命？而櫻花分明在她的愛瞬息間昇華到頂峰之際便要捨身而去，不待一絲一毫的遷延改變。櫻花的生命是抽象的，從一朵一朵的放肆與墮落裡才讀得出來。如此的任性不免使得世間任何的花與非花都無法與她並列了，大阪江邊迤邐無盡的粉櫻乍然盛放時，微雨中漫步花下，只有透過天光雲影才見得出櫻的率性之美，花遮住了枝幹、遮住了遠山近水，如幕府時代絕色天香原本遠遠的，頷首低眉輕移蓮步款款而來，忽然之間那一襲精工縫製價值連城的友禪染和服在眼前翩然起舞，由不得你不跟著她目眩神迷。千利休一定厭棄她的這種無常與霸道了，櫻花萬萬朵，有的全是燦爛與頹廢，不見花道中最講究的和敬清寂。

描述櫻花之美的電影無過於早年市川崑拍的「細雪」吧？那一家的姊妹，總也讓人定不下心來到底應該愛那一個才好。她們，原作者谷崎潤一郎這麼寫著：「從那取水節過去的時候就期待花開，拐彎抹角地盤算著要穿去的外褂、帶子，以至於長襯衣的細節的情景，連旁觀者也看得出來。」我們迫不及待的趕到銀閣寺前的哲學之道，疏水渠兩側的櫻花只那麼默默然的閉合著，偶爾三兩個花苞露出一點點端倪，只屬於嗅覺還是第六感才能察覺出的開放，也是不情不願比白居易遇到的琵琶女還要猶抱琵琶，但是你一定可以感覺到密密裹著花蕊花瓣的花苞比屋中的紙門還是屏風更為柔弱，櫻花她們早就在裡面顛來倒去的盤算著驟然門開屏撤時身上穿的是什麼樣的外褂帶子和長襯衣，要跟千門萬戶的姊妹們爭奇鬥妍，而朵朵也都保密防諜也似不肯透露一點的風聲，然後誰也不准取巧偷跑，或是故意等美麗的時令散去了才施施然的搔首弄姿，嘩啦啦一大片一大片的爭相而出，又擺出一副很不在意姐妹們如何打扮如何散發出魅力的淡然，那就是這一家姊妹了，好像幸子一想再想的，跟雪子今年一道賞花，今年說不定是最後一次吧？每一朵櫻花都在想今年跟眾姊妹共有的初春又該是唯一的「一期一會」吧？憐惜如此的機緣，又生怕被她人的艷麗侵奪了顏色。只那麼一樹的櫻花也就數也數不盡了，她們都映照出整個初春的精魂，在梅花謝了、桃花淡了、眾花還曚曨未醒的時分，是她們揮灑出大地的春天，渲染得鳥也醉人也醉，在夕陽餘暉中投影在寺院的地上、牆上、台階上的時候，株株櫻花都深深的吻著她們即將逝去的情緣，即使須臾之間繁華落盡，那一株株綠葉成蔭的櫻全然不識自己前身的模樣，我們還可以從林間寺壁廊柱還是靜靜庭院清清池水中，辨識得出每一朵櫻花的吻痕，日本人是忘不了櫻花的，雖然春夏秋冬只在倉卒間那麼短暫的擁抱與親吻。

喜歡玫瑰的日本人大概很少吧？四季常開反倒讓人容易忽略她們的存在，於是玫瑰就更艷更香。美與美感都很勢利，最不捨的是飄忽不定來去無蹤，玫瑰美得太典型、太忠誠。直到今天還是納悶：那個名叫潘乃得的美國女人類學家，寫的怎麼是「菊花與劍」而不是「櫻花與劍」？並且得到很高的評價？至美僅僅存在於期待與回味中，現實不是甜得太膩就是苦得發澀，櫻花只是眞美的一種幻象。賞櫻的目的不在櫻之本身，而是在從幾個月以前就開始預測櫻花將要在何時何地如何開來萌發櫻之美的。他們年年都有不同的「櫻曆」，要計算得以日爲單位那麼精確，卻又焦急惶恐的害怕失誤，不斷的以新的資訊校正，愈近花期愈爲緊張，最後連航空公司、鐵路局、旅館聯盟、餐飲、百貨店、博物館等各行各業也一併加入，若是在所有的報導中把「櫻花」的字眼與圖案取消易之以其他代號的話，絕對與預測什麼時候一顆超級外星撞地球沒有兩樣，包括預測時的表情在內。接著轟然一聲所有的日本人都淪陷到櫻花裡了，一家一家、一街一街、一城一城的，不分日夜的花下歌花下舞花下飲花下醉，所有的日本人，從三歲的奶娃到九十歲的奧巴桑，從文人雅士到黑手粗工，隨便花下鋪開塑膠布放縱自己隨花盡興，人人都知道此情此景稍縱即逝，在放眼所及每一寸的空間裡都浮動著惱人的春光，然而霎時間春雷響動一陣徹夜的春雨，大阪的江水到京都的鴨川，還有無數寺廟裡外的山溪與池塘，都被繽紛落英染成了綿綿不斷的粉紅絲綢，而剛才無邊勝景突然間只餘下株株裸枝，瘦骨嶙峋目送著自己的一去不復返的風華。日本人就在這靜悄悄的畫面裡淡出了，又靜悄悄的溶入許多高樓大廈以及小街小巷中。在櫻花未開以及開盡的時候，不管他們怎麼裝得若無其事，我都知道，他們個個都在問：「明年的櫻花何時開呀？」你說，心裡橫了這麼一個問題，那來的玫瑰以及玫瑰以外的花朵？

這是一個浮動在櫻花的波濤之上的國度，千年以來嗜櫻成狂，最後還要把落櫻鹽漬成為櫻茶飲入胸臆以官能捕捉住最後一瞥的風神，而我，只是看櫻歸來，竟爾也是夢魂相繫依然暈眩，我曾經看過櫻花，在日本，當我頭髮開始花白的時候，我相信，再度迷亂於花間，我一定似曾相識的恍如隔世。我已經是櫻花的精魂。

——原載一九九四年六月六日《中國時報》人間副刊

席慕蓉作品

席慕蓉

祖籍蒙古，生於四川，成長於台灣。1943年生。台北師範藝術科、台灣師範大學藝術系畢業後，赴歐深造，專攻油畫，兼習蝕刻版畫，1966年以第一名成績畢業於比利時布魯塞爾皇家藝術學院。在國內外個展多次。曾任新竹師院教授多年，2002年受聘為內蒙古大學名譽教授，著有散文集《金色的馬鞍》及詩集、畫冊等四十餘種。近十年來潛心探索蒙古文化，以原鄉為創作主題。畫作曾獲比利時皇家金牌獎、布魯塞爾市政府金牌獎、歐洲美協兩項銅牌獎以及金鼎獎最佳作詞及中興文藝獎章新詩獎等。

離別後

——異鄉的河流之三

前天傍晚，到淡水街上去取回加洗和放大的相片，年輕的店員先把相片從封袋裡拿出來端詳了一下，在交給我的時候，再微笑著問了一句：

「席老師，這是你去旅遊時拍的罷？」

其實不過是句隨意的寒暄，我只要點個頭，說聲「是的」，也就好了。可是我竟然沒有辦法回答他。

剛好有兩個客人同時推門進來，店裡一下子變得很熱鬧，我就付了帳說了再見。走出店外，小鎮的街道上已經開始亮起了五顏六色的燈光，我把紙袋小心地拿在手中。

紙袋裡裝的是我在一九九八年秋天拍的一些萊茵河邊的風景，是異國的風光，也當然應該是只有在旅遊途中才會拍到的相片，人家問的並沒有錯。

我可以這樣回答：

「這是我父親在德國住家附近的景色，我從前常去的地方，現在父親已經過世了。」

這樣的解釋也不算冗長。

但是，在那一刻裡，眞正讓我難以啓口卻又很想說明的，還有一些別的。

我其實還想說：

「當時拍完了洗出來之後，覺得很普通的相片，前幾天收拾抽屜的時候看到了，才忽然發現它們對我所代表的意義，所以才會再來加洗和放大，因爲，在我拍著這些風景的時候，我的父親還在。」

這些相片拍的都是那一段河岸，一九九八年十月中旬，那天，河面有很濃的霧氣，樹葉已經逐漸從金黃變成褐紅，在河邊的小公園裡，有些行道樹的葉子還是深綠色，天很涼，沒有什麼行人。

在這段平坦的河岸上，在這些因著四季而變換著顏色和面貌的行道樹下，父親和我並肩同行，不知道走過多少次。即使那天我拍的只是無人的風景，但是，在那一刻，父親還在我的身邊，還在人世。因此，這些風景所代表的意義，對此刻的我而言，似乎有了一種全新的絕對的價值——這是當時還有我父親在其中的那個世界所留下來的最後的影像。

一個半月之後，父親就永遠離開了。

可是，這些話別人要聽嗎？即使他願意，我又能夠很清楚地說出來嗎？

我想，這應該就是我在那極爲短暫的一刻裡忽然躊躇難言的原因了罷。

然而，還有更多的難以明言的什麼，是在我開著車一個人慢慢往回走時，在黑暗的山路上忽然逼到眼前來的。

在黑暗的山路上，我流著淚問自己，我到底是不是眞的在意父親的離去？

我到底是不是眞的愛他？

答案應該不是否定的。因爲我心裡的疼痛，我對他的想念，還有那在人前強忍著的悲傷和淚水，應該都不是虛假的。

可是，爲什麼在那個秋天，我還會爲萊茵河邊的秋色動心？還會去爲那些有霧的河面和鋪著落葉的小徑一再取景？

當然，我可以說，因爲父親身體一向非常健壯，因此即使是在那個秋天忽然明顯地衰弱下來，我也毫無警戒之心，以爲日子還會繼續這樣過下去？

或者就是心裡隱約有點明白了，但是就是不想去面對？

還是說，要到了父親眞的不在了的時候，才會明白我從來沒有全心全意地愛過他？

我流著淚問自己，父親已經走了，這些不斷糾纏著的疑問到底還有什麼意義？

車子右彎進一條狹窄的上坡路，還有一公里就到家了，在不遠處暗黑的山影之上，一輪初昇的明月就在我的正前方。

還是說，要到了父親真的不在了的時候，才有可能在回溯的淚水裡，用各種或者眞實或者縹緲的線索，去試著全心全意地愛他和了解他？

●

也許，這父與女的關係，在對父親的了解中，反而成了一種「蒙蔽」？

即使是從一九八九年的夏天之後，在萊茵河邊，我們父女之間曾經有過那麼多次的深談，然而父親依舊是針對我的需要所設定的角色——女兒如今想要知道自己的原鄉了，於是她的父親詳盡地作答。

到了蒙古高原之後，這幾年間，我曾經訪問過幾位老人。有的訪問已經寫成文字發表了，像是〈丹僧叔叔〉、〈歌王哈札布〉，有些還是草稿。但是我自認已經把握到重點，可以在幾千或者一萬多字裡，寫出他們顚沛流離的一生。可是，我從來沒有想過應該也對自己的父親作一番更深入的了解。

我所有的資料，都是片段的，零亂的，只因爲他是我的父親，是生活裡那樣熟悉因而似乎已經固定了的形象。

直到在追悼儀式中，父親的同事，波昂大學中亞研究所的韋爾斯教授(M. Weiers)站到講台上，面對大家開始追述父親一生的事蹟之時，我才忽然明白，我一直都在用一個女兒的眼光來觀看生活裡的父親，那範圍是何等的狹窄。

「對我們而言，拉席・敦多克先生這一生所經過的是多麼漫長而曲折的道路。他從那麼遙遠的地方走來，在此爲我們講述那古老而豐美的蒙古文化，讓許多人從此熱愛蒙古……」

我的父親，確是經歷了流離傷亂。

尤其在前半生，爲了爭取內蒙古自治所遭遇的種種艱險，那條漫漫長路，充滿了我所不能想像的坎坷和災劫，甚至包括自己兄長的被刺身亡；然而，這麼多年來，他卻也始終沒有失去那樂觀到近乎天眞的本質，有的時候，我們作子女的，甚至在生活裡爲此而怨怪他。

可是，如今從一位異鄉友人的眼中來觀看自己的父親，卻讓我領會到，父親所代表的，不正是我一向尊崇的那種近代蒙古知識分子在政治與戰爭的亂流中掙扎求存，無限辛酸卻又無比執著的典型嗎？

曾經在慕尼黑大學東亞研究所與父親共事的法蘭克教授(H. Franke)，是與父親相交超過四十年的老友，他在知道父親逝世之後，寄給我的信裡寫著：

「我會永遠記得令尊，他是位淵博的學者，高貴的典範。」

父親啊！父親。

●

妹妹常向父親提起要接他到自己家裡來住，父親卻總是回答：

「等我老了的時候罷。」

而父親眞的好像總也不老。八十歲之後還到處去旅行，甚至有一年還去了埃及！然而他卻不肯應邀回去內蒙古講學。他對我說：「老家的樣子全變了，回去了會有多難過？」

八十六歲那年冬天，德國的朋友們援例爲他在波昂近郊的中國飯店裡擺壽宴，有許多蒙古國和內蒙古的留學生都來了，我也從台北飛去湊熱鬧。那天父親眞是容光煥發，妙語如珠，當他在筵席之間，舉起一杯香檳向大家致意之時，我搶著拍了一張，回到台北後剛好可以放進我要在大陸出版的蒙古高原散文選裡作插圖，那篇散文是〈父親教我的歌〉。

在那個時候，我並沒有想到，兩年之後，我會把這張相片放到父親的訃聞上。

第二年夏天，海北和我一起去了波昂。翁婿兩人多年不見，竟然就在我眼前拚起酒來。海北的開始喝酒，還是當年訂婚之前，陪著女朋友到慕尼黑拜會準岳丈的時候，被強迫著學會了的，不過後來好像有些青出於藍。

當然，我還是要假裝惡言勸止，他們兩個人也都假裝充耳不聞，那個夏天的陽光很足，父親陽台上的天竺葵開得很旺，艷紅艷紅的。窗內的我們歡聲笑語，窗外也有飛鳥閃著輕快的翅膀喧鬧著飛掠而過。

而那還不是最後的幸福時光。

即使在這年秋天，父親忽然生病了，生平第一次住進醫院，八十七歲的老人，生的並且是很嚇人的病——膀胱癌，弟弟和我一起去照看。然而，父親恢復的能力極強，危機也很快地過去了，出院回家，家中有朋友來加強注意他的飲食起居。

回到台北後，每次打電話去，電話裡父親的笑聲爽朗，中氣十足，就可以讓我安心好幾天，生活在表面上好像又如常了。

第二年的五月，我飛去探望。在這幾年裡，每當我單獨去波昂的時候，已經不再住旅館了。父親把他客廳的沙發換成一張活動的沙發床，到了晚上拉開來給我睡，白天再恢復原狀。我們父女共處的時間因此又多了一些，在這個春天，也常一起去河邊散步，還去那間早已重新整修好了的臨河的旅館吃晚餐。父親吃得不多，卻一樣喜歡縱容我在餐後點額外的甜點來吃。然而他是比從前瘦了，走路的速度也比從前慢了許多，我還是需要調整步伐，卻再也不是為了追上我的父親而是要陪伴他等候他了。

然而我們還是快樂的。在向晚的萊茵河邊，春風撲面，美景如畫，河對面山上的樹林全長出了柔嫩的綠葉。

「那山上風景很不錯。」

父親是這樣說過的，我當時也附和著他，說是那天過河去看一看。

眼前真的並沒有什麼立即的憂慮，父親按時去作追蹤檢查，都是完全正常的結果。應該是不要太擔心了罷？

●

只是，在那個春天，我可能做錯了一件事。

我帶了本書去給父親，是位讀者在我的一場演講會後送給我的。書名叫作《蒙古高原橫斷記》，就是日本的江上波夫和赤崛英三那些人組織的「蒙古調查班」，在一九三六年到內蒙考古後所出版的報告。

前幾年，烏尼吾爾塔叔叔曾經幫我譯出其中與我祖父有關的一段，裡面也描述到父親老家附近的景象，我曾經據此而寫出那篇散文〈汗諾日美麗之湖〉。

如今自己手中有了這本書，最欣喜的是，書裡有張相片，拍的正是我們家族的敖包。

這處敖包山雖然在我第一次回到父親家鄉的時候，族人就帶我上山獻祭過了，相片也寄給父親看過了，然而那畢竟是幾十年後的相片，由石塊堆疊而成的敖包形狀已經不大一樣了。但是，在這本六十多年前的老書裡，祖父還在，那相片上所顯示的敖包還是父親在年輕的歲月裡曾經親眼見過的模樣啊！

我像獻出寶物一樣，把書翻到這一頁拿給父親看，父親果然驚呼起來，然後，幾乎是整個晚上，他都在來回翻讀這本書。雖是日文，然而配合著圖片內容與一些零星的漢字，那些相片底下的解說也是可以明白的。

書中所有的圖片，雖然都是黑白相片，但是品質很好。從曠野到溪谷、從穹廬到寺廟、從馬牛羊群到孤獨的牧者、從衣裳簡單的少女到滿頭珠翠的貴婦、從父親的察哈爾盟到母親的昭烏達盟，都是父親曾經行過走過笑過哭過歌過同時無限愛惜過的故土家園啊！

在夢中珍藏了五十多年的舊日家鄉，如今忽然同時都來到眼前，並且清晰潔淨，光影分明，對於一個八十八歲羈留在天涯的漂泊者來說，該是何等深沉的悵惘和疼痛？

原本只是希望討他的歡心。但是，當我看到整個晚上，父親都不說一句話，只是用稍顯顫抖的手，在燈下急速地把發黃的書頁翻過來又翻過去的時候，我不禁深深地後悔了。

而就在今夜，就在此刻，我才想到，那天晚上當父親在翻看著從前的蒙古高原時，在他混雜的思緒之中，會不會偶爾閃過和我在今夜的燈下翻看著這幾張剛剛放大了的萊茵河岸相片時一樣的想法——這是當時還有我父親在其中的那個世界所留下來的最後的影像。

父親啊！父親。

——二〇〇二年二月．選自九歌版《金色的馬鞍》

啓蒙

——異鄉的河流之四

船正在江上，或是海上。我大概是三歲，或是四歲。

我只記得，有一隻疲倦的海鳥，停在船舷上，被一個小男孩抓住了，討好地轉送給我。

我小心翼翼地把海鳥抱在雙手中，滿懷興奮地跑去找船艙裡的父親。

可是父親卻說：「把牠放走好嗎？一隻海鳥就該在天上飛的，你把牠抓起來牠會很不快樂，活不下去的。」

父親的聲音很溫柔，有一些我不太懂又好像懂了的憂傷感覺觸動了我，心中一酸，眼淚就掉了下來。轉身走到甲板上，往上一鬆手，鳥兒就撲著翅膀高高地飛走了。

啓蒙的經驗是從極幼小的時候開始的。

父親是爲我啓蒙的最早也最親的導師。在他的導引之下，我開始對人世間一切的美好與自由無限嚮往。

生命是需要啓蒙的，然而，死亡也需要嗎？

面對死亡，也需要啓蒙嗎？

●

父親逝世之後，在波昂火化。

當我和弟弟從殯儀館回到父親生前居住了多年的萊茵河畔的寓所，把裝有父親骨灰的圓柱形的骨灰盒放在他臨窗的書桌上時，我心中的惶惑與紛亂已經達到了極限。

我沒有辦法解釋眼前的一切。

父親在四樓上的公寓，原本就因爲有大面積的玻璃門窗而總是顯得特別明亮，那天天氣又很好，十二月中旬的陽光難得的燦爛，前一天晚上我只是把書桌的桌面騰空、拭淨，然而桌面下的抽屜，牆邊的書櫃和屋子裡的其他物件都還沒有開始整理，沙發旁邊的茶几上擺放著老花眼鏡、煙斗和父親正在讀的那本書，我也還捨不得收起來，書頁裡夾著父親慣用的那張灰綠色的書籤，標示著他還沒讀完的那個章節……

我坐在沙發前的地毯上，久久環視著周遭，整個房間和從前完全一樣，沒有任何變動，充滿了熟悉的物件和熟悉的光影，所有的溫柔和美好都還留在原處，好像父親只不過剛剛起身走開一會兒而已，然後就會再回來的。

然而，回來了的父親再也不是從前的父親了。我從小仰望的高大健壯俊朗而又親愛的父親，如今已是這一盒抱在懷中微微有些分量的骨灰盒中的灰燼，就擺在明亮的窗前，擺在他使用了多年的書桌上。

我實在沒有辦法順從這眼前的一切。

生與死的界線，在這一刻裡怎麼可能是如此的模糊和溫柔卻同時又是如此的清晰和決絕？

面對著父親的骨灰，我恍如在大霧中迷途的孩子，心中的惶惑與紛亂難以平服。原來曾經是那樣清楚的目標和道路，曾經作爲依憑的所謂價值或者道德的判斷，甚至任何振振有辭的信念與論點，在灰燼之前，忽然都變得是無比的荒謬薄弱因而幾乎是啞口無言了。

在灰燼之前，什麼才能是那生命中無可取代的即或是死亡也奪不走的本質呢？

●

多年來，每次去德國探望父親，我都是搭乘火車往返法蘭克福機場與波昂市之間，路程雖然固定，但是由於在這兩個鐘頭的車程中，其中有很長一段都是沿著萊茵河邊行駛，冬盡春顯，夏去秋至，四季裡對岸的山色有無窮變化，一次又一次的收進我的眼底。

不過，這一次，住在美國的弟弟，到了法蘭克福機場之後就租了一部車北上，與我在波昂會合，一起參加了父親的追悼儀式，然後再一起護送父親的骨灰回台灣，安葬在母親的旁邊。

所以，回程就由他駕車，由我捧著父親的骨灰盒上路。

前一天晚上，朋友已經給我們指引了一條捷徑，不需要繞道市區，只要在附近的河邊碼頭搭乘汽車渡輪到對岸，再翻過一座山之後，就可以接上前往法蘭克福的公路了。

我們是在清晨起程，過河的時候河面上還有一層薄薄的霧氣，凝視著霧中若隱若現的水紋，忽然想到這是與父親相伴最後一次走過萊茵河了。

弟弟開車很穩，每逢轉彎和上坡之時都會稍稍減慢車速，經過了河邊的小鄉鎮之後，我們就開始往山上駛去，由於爬升的坡度比較大，山路頗有轉折。

我們幾乎是在一片無止無盡的密林之中行駛，山路不寬，然而修得非常平整，因而更像是一條緞帶在林間迂迴繞行。如果是在夏日，繁茂的綠葉可能會阻擋了所有的視線，但是，此刻是葉將落盡的初冬，樹梢只有稀疏的細枝，透過這些深深淺淺的細緻而又濕潤的枝椏，不時可以瞥見林木深處幽微的美景。

從來沒有走過這樣美麗的一條山路。

我幾乎是全神貫注地在貪看著眼前的一切，照理說，這個季節裡山野的風景，原該給人一種蕭索的感覺，但是不知道爲什麼，在這個早上，這一整片無止無盡的山林，特別濕潤和秀美，竟然有點像是初春的林木，充滿了生機。

車子轉了個彎，從右邊的車窗望下去，忽然看見在低低的山腳下，萊茵河蜿蜒而過，正閃動著淡淡的波光，而對岸岸邊那一條細長的道路，不就正是我熟悉得不能再熟悉的曾經和父親同行過無數次的那段堤岸嗎？

我猛然領會，那麼，此刻我們所在的地方，就是我曾經從對岸眺望過無數次的那片山林了。

就在這個春天，一九九八年的五月，站在岸邊，父親還曾經對我說過：

「那山上的風景很不錯。」

我還記得那一天，向晚的萊茵河邊，春風撲面，美景如畫，在河對岸的山上，整片樹林全長出了柔嫩的新葉。

我還記得那一天，一如往常，我們父女兩人交談的內容除了孩子們的近況之外，就是關於蒙古高原的今昔。

從一九八九年的夏天開始，九年來，好像是爲了加倍彌補那前半生的空白，我一次又一次去探訪蒙古高原。不單是見到了父親和母親的故鄉，更在心中設定了目標，東起大興安嶺，西至天山，南從鄂爾多斯荒漠，北到貝加爾湖，在這片無邊無際的大地之上，一步又一步地展開了我還歸故土的行程。

因此而累積了許多歡喜與困惑，長途電話裡談不完的，都在萊茵河邊的暮色裡一五一十的說給父親聽了。

父親總是耐心地爲我解答。在他的記憶裡深藏了半個世紀的故鄉，不曾被污染與毀壞，還保留了由幾千幾百年的游牧生活所鑄造而成的文化與社會的原型，不是一些現實的災劫或者誤解所能夠輕易動搖的。

在一條異鄉的河流之前，父親是如何地盡他所能去帶引我認識我的原鄉啊！而我們父女之間能夠互相印證和分享的，還包括那在千里萬里之外的山川的顏色和草木的香氣。

萊茵河在我們眼前慢慢地流過，暮色用那幾乎無法察覺的速度逐漸逐漸地襲來，如今回首望去，才知道那曾經是多麼美好的時光。

●

而在此刻，滿山的樹葉都已離枝，我從小仰望倚靠好像從來不會老去的父親，形體也已成灰燼。在這個清晨，辭別了那空空的寓所，雙手捧著父親的骨灰上車的時候，我心中充滿了悲傷和惆悵。

可是，就在剛才，在這片山林之間，我曾經全神貫注地貪看著周遭的幽微光影，幾乎已經忘記了自身的悲傷了。

就在我突然領會到自己正置身在父親曾經讚美過的景色裡，剛剛走過的也正是父親曾經走過的路途之時，心中不由得湧上一股暖流，覺得有種微微的歡喜與平安，好像父親並沒有眞正離去，還在我的身邊，在這條美麗的山路上，與我同行。

「爸爸，這是啓蒙的第一課嗎？」

我在心裡輕聲向父親詢問。

這時，我們的車子已經接近坡頂，路牌上標示著再往前行就快要翻越過這座山了。我向右邊的車窗靠近，試著從林木的空隙間望下去，山腳下，晨霧已散，安靜地流淌著的萊茵河，遠遠地向我閃動著一層又一層溫柔的波光。

——二〇〇二年二月．選自九歌版《金色的馬鞍》

無題

在舊的戶籍法裡，孩子都跟從父親的籍貫，並且視為理所當然。因此，長久以來，我們家裡就有三個山西人，一個蒙古人。

其實，在台北出生，在新竹和龍潭長大的這兩個孩子，從來也沒背負過什麼「血脈」的包袱。在家裡，他們對我那種不時會發作的「鄉愁」，總是採取一種容忍和觀望的態度，有些許同情，然而絕不介入。慈兒甚至還說過我：

「媽媽，你怎麼那麼麻煩？」

想不到，這個多年來一直認為事不關己的旁觀者，有一天忽然在電話裡激動地對我說：

「媽媽，我現在明白你為什麼會哭了。」

那是紐約州的午夜，她剛聽完一場音樂會回來，從宿舍裡打電話給我：

「今天晚上，我們學校來了一個圖瓦共和國的合唱團，他們唱的歌，我從前也聽過，你每次去蒙古，帶回來的錄音帶和CD裡面都有。可是那個時候什麼感覺也沒有，為什麼今天晚上他們在台上一開始唱，我的眼淚就一直不停地掉下來？好奇怪啊！我周圍的同學都是西方人，他們也喜歡這個合唱團，直說歌聲眞美，可是，爲什麼我覺得那歌聲除了美以外，還有一種好像只有我才能了解的孤獨和寂寞，覺得離他們好近、好親。整個晚上，我都在想，原來媽媽的眼淚就是這樣流下來的，原來這一切根本是由不得自己的！」

然後，她就說：

「媽媽，帶我去蒙古。」

那是一九九五年的春天，因此，夏天的時候，我們就動身了。先到北京，住在台灣飯店，準備第二天再坐飛機去烏蘭巴托。那天晚上，我們去對面的王府飯店吃自助餐，慈兒好奇，拿著桌上的菜單讀著玩，中式的什麼「廣州燴飯」、「揚州炒飯」，和台北的菜式也沒什麼差別，我問她要不要試試？她說沒興趣。

因爲對她來說是第一次，所以，到了蒙古，我特別安排在烏蘭巴托飯店，房價雖然比較貴，但是飲食可以選擇西式或者蒙古式，慈兒還覺得我多慮了，她其實什麼都可以吃。

這句話好像說得太滿了一點。等到過了幾天，我們飛到更北的布里雅特蒙古共和國時，她胃裡的「鄉愁」就慢慢出現了。到了離開烏蘭烏德的旅館，開車穿越山林到貝加爾湖，住進了畫家朋友在湖畔的木屋的那幾天，慈兒眞可說是什麼都吃不下去了。眼前的風景是美得不能再美的人間仙境，然而每天的食物卻是蒙古得不能再蒙古的傳統滋味；羊肉、馬奶酒還都是小事，有一天竟然在野鳥靜靜迴旋，野花怒放的河邊現殺現烤羊肝給她吃，晚餐桌上是畫家的夫人、女兒和女祕書忙了一個下午灌好的血腸，煮了滿滿的一大盤，大家都勸我的女兒要多吃幾口。臨睡之時，慈兒悄悄在枕邊對我說，這幾天晚上她都在默念王府飯店的菜單，回北京之後，可不可以去點一客揚州炒飯？

當然，這個願望不久就實現了，在王府飯店的餐廳裡，慈兒的快樂是看得見的。後來，我去德國時，就一五一十都轉述給父親聽，想不到父親聽到羊肝和血腸時卻忽然輕輕嘆了口氣，無限嚮往地說：

「唉！那可眞是好東西啊！」

——二〇〇二年二月·選自九歌版《金色的馬鞍》

吳晟作品

散文卷

莊芳華／攝影

吳　晟

本名吳勝雄，台灣彰化人，1944年生。屏東農專畜牧科畢業，曾任溪州國中生物科教師；教職之餘為自耕農，親身從事農田工作，並致力詩和散文的創作；1980年應邀美國愛荷華大學「國際作家工作坊」任訪問作家。現專事耕讀，並兼任靜宜大學講師，教授文學課程。著有散文集《農婦》、《店仔頭》、《無悔》、《不如相忘》、《筆記濁水溪》、《一首詩一個故事》等，另有詩集多部。

稻作記事

母親已年逾八十，仍日日勞動、操持農事。或整理自家菜園，種植蔬菜瓜豆，或開闢田邊、水溝邊一些空地，種植花生、玉米、番薯。最主要的是一期又一期的稻作。

母親雖然還健壯，但畢竟已老邁，身軀又粗胖，負荷較重，雙腳容易痠痛；心臟較肥大，容易氣喘。體力明顯的衰退不少，行動較遲緩，常須坐下來。

因此最近經常感慨：全村和我同年齡的婦女，只剩下我一人，而我從年輕時陣站著工作，一直做到彎下腰蹲著做，如今站也站不久、蹲也蹲不住，還是繼續坐著工作。

臺灣農村主要作物是水稻。母親從年少操持農事、耕作稻田，已整整一甲子。而我返鄉教書，課餘跟隨母親實際參與耕作，也匆匆過了二十餘年。每次聽到母親的感慨，不免興起無數回想，回想稻作方式的種種演變，農業政策的多次變遷，並和母親不曾休歇的勞動生活，緊密連結一起。

隨著工業化時代的來臨，稻作方式從浸種、育苗、犁田、整地、插秧、除草、施肥、放田水、噴農藥、割稻、晒穀，每一項粗重繁瑣的工作，逐漸擺脫完全依賴人力、畜力，而以機械代替，確實如母親所說輕鬆太多了。以往農民必須擔負的苛捐重稅，多重剝削，也逐漸減輕。然而經歷過的艱苦和辛酸，以及面臨的農地新困境，若非親身體驗，深入探討，實難領會。

臺灣稻作分二期。因氣候關係，每項農事的日期，由南而北逐次推進，略有先後。以中部來說，一期作約在春節左右插秧，插秧前一個月浸稻種、育秧苗，並進行犁田整地。

而這正是一年之中最寒冷的時日，農民卻透早就要出門下田，不驚田水冷霜霜。

每分地稻田約需十臺斤稻種。先浸水槽中三、四天，稻種即撈起來，堆在地面，覆上布袋保溫，早晚撥翻一遍，並灑水保持潮溼。約一星期，都已孵出細根白芽，才密密撒上整地妥當的秧田。

冬末的秧苗成長較慢，又容易受霜寒侵害，尤其是大寒天氣，天剛矇矇亮，即須趕去秧田潑水，將夜晚的冷霜潑掉，以免太陽一出來，霜水溶化枯萎了秧心。

薄薄的透明塑膠普遍流行之後，很多農家買來覆蓋秧田，但傍晚蓋上，早晨仍須掀開，只因秧苗若不直接照射陽光，必將太柔軟而站立不直。

一面培育秧苗，同時積極進行犁翻土壤、打碎土塊、輾平田地。每樣過程都須使用不同農具，也都必須依賴牛隻。人牽畜、畜拉物，在泥田一腳高一腳低的景象，一步一步踩出稻米的來源。

直到七〇年代，耕耘機湧現，小型貨車也逐漸取代了牛車，農鄉的牛隻迅即減少，終至幾乎見不到蹤影。可以說這是千百年來的稻作最大變革。

活生生的牛吃草，必須人工照料，牛舍、牛糞、放牧牛隻，是多數鄉間孩童共同的親切經驗。而硬梆梆、轟轟作響的耕耘機吃油，省時省力，但必須花錢去購買，這不但是人力畜力與機械力的明顯分水嶺，農村風貌的大改變，也是商品大舉入侵，消費文化逐漸取代了平實儉樸種種傳統價值觀的轉捩點。

無論是人牽畜、畜拉物的犁田方式，或是直接操作耕耘機，畢竟都只要單獨個人即可勝任。插秧則需要一、二十人組成一個班底，成員分二種，一種是功夫較生疏的生手，數人合用一支秧稈，秧稈上有分格標誌，每格約七寸半，代表一行秧苗，每人占四、五格，一起播秧、同時移動秧稈，各人唯恐落後，互相「牽制」，不敢拖慢，因此顯得近乎緊張。

另一種是經驗熟練的老師傅，無需秧稈，完全憑靠目力測準距離，一次也是播四、五行，一行一行、一列一列，又直又整齊，確實不容易。

插秧俗稱「播田」。每拉播田人都帶一個比臉盆大一些的木製秧盆，放在平坦的水田裡，身體移動時，順手推一下，就像小舟在滑行。秧盆剛可容下竹編秧簍，秧簍內疊放著秧苗。

秧苗的供應是請來數位婦女，拿著手掌般大的小鐵鏟，蹲在秧田，一鏟一鏟連著薄薄的泥土，鏟起手掌般大的一片一片秧苗，疊在秧簍裡，將秧簍挑去放置一條一條田埂上，讓播田的人便於取去放進秧盆。

爲了趕時趕陣，不只插秧的全班成員必須整天彎著腰，透早趕到透暝，久久才偶爾伸直一下腰桿，迅即又彎下腰身，專心一致工作，無閒理會深冬田水有多寒冷刺骨，或盛夏陽光有多熾熱猛烈。負責鏟秧苗、挑秧簍的婦女，也跟著手腳加緊，不得偷閒休息。只有吃點心的時候，才略可輕鬆一下。

只要有人下田，就要有人準備點心。點心其實往往就是正餐，可爭取作田時間。試想二十餘人的一大缸米飯，及多樣菜湯，裝在二個大菜籃挑去田裡，雙肩要承受多少重量。

不過，在田野吃點心，是許多鄉間孩童成長中，難忘的溫馨記憶。

插秧機的來臨，不必再動員那麼多人力，只需一人駕駛，另一、二人從旁協助，搬運秧苗。秧苗培育也配合插秧機而有專用秧場，使用木箱，可一箱一箱拿出來捲成圓筒，放上插秧機。

當稻穗金黃成熟，便是收割期。收割期簡單說是指割稻和晒穀，卻是非常繁雜，忙碌多日，幾乎家中大大小小都要參與。

割稻工作也有一定成員組成班底，每班約二十人左右，大都事先排定順序、訂日期，班員的稻田理所當然較有優先權。插秧時，每一叢約五、六支秧苗；收割時，一叢水稻正好一握、每人一手持鐮刀、一手握住稻莖底部，彎著腰一叢一叢敏捷地割過去，數叢擺在一堆。同時借助打穀機，將稻穗上的穀粒脫落乾淨，一袋一袋收集。

打穀機的演變最多樣，這些機械改良，主要作用是如何更快速更有效脫落稻穗上的穀粒。

最早的打穀機，其實不如說是一個大木箱，割稻者雙手抱著一大把稻莖，向打穀機內用力拍擊稻穗，摔落穀粒。這麼簡陋的打穀機，沿用了很長年月，才在打穀機中間裝設一個大圓筒，圓筒上面布滿鐵勾，俗稱「機器桶」，底座另有一踏板，每二人一組，輪流踩動踏板，帶動圓筒，並將稻穗放在圓筒上轉幾圈，穀粒就一一脫落。

一組一組來來往往，輪流踩動踏板，一起收放稻穗，那樣齊一的韻律，是田野中充滿了力與和諧的美學最佳表現。從汽油馬達代替了踏板轉動「機器桶」，這種勞動美學，已成絕響。

每一個裝滿稻穀的布袋，重約一百公斤，從田裡一袋一袋扛到肩膀背上牛車，載回稻埕傾倒出來，首先需要爪耙散開穀粒，一層一層掃去殘留的稻莖稻葉，才開始晒穀。農家的晒穀場，尤其是夏季，有如競技場，只因天色變幻不定，常有帶來驚惶的西北雨。須趁著陽光，一遍又一遍不斷耙翻稻穀。

稻穀晒乾，還必須一畚箕一畚箕倒進「風鼓」，慢慢旋動，靠風力將不稔的「冇穀」及雜質吹走淘汰，留下精實穀粒，收進穀倉儲存，或一布袋一布袋裝起來。

如果收成期間遇上連續多日雨水不停，稻穀很容易發芽、發霉，即使收成量多高、穀實多飽滿，也是空歡喜。直到新式割稻機和稻穀烘乾機的出現，不但免受連綿雨水的威脅，而且就如插秧機，大幅改變農村人力結構。

正是這一大批農村人力，提供了各工業區的廉價勞工。

水稻種子叫「穀」，穀去殼即稱之米。全世界約有二十億人口以稻米為主食。臺灣稻米大致可分秈稻（俗稱在來米）及粳稻（俗稱蓬萊米），有紅、黑、白三種顏色，但以白米爲主，紅、黑色較少，大抵是糯米。

臺灣水稻經農業試驗單位不斷研究、改良，培育了許多適應力、抗病性較強的新品種，只因大自然環境不斷改變，也許某種病蟲害對某種水稻將產生大威脅，品種多則風險少。眞是用心良苦。

整個稻作過程，當然不只插秧和收割，非常繁雜而緊迫，其間瑣瑣碎碎的工作，如做田岸、除田草、拔稗草、灑肥料、噴農藥、巡田水，每一項都要流不少汗水、費不少力氣。實在難以一一描述。

其實，眞正牽制農民生活的最大因素，並非體力上的辛勞，也不必然是久旱、豪雨、颱風、蟲害等天災，而是如影隨形的農業政策。

無論是日據時代殖民政權和大地主的重租苛稅、戰爭末期的嚴密搜括糧食，乃至國民政府的水租（繳不起便有半夜來捉人）、田賦（必須繳納稻穀）、肥料換穀（不准民間買賣、只許稻穀交換，曾經一百斤稻穀只換一包肥料），以及長期壓制糧價等等政策，莫不是榨取農民稻穀，廉價供養廣大的軍公教各階層人士，並扶植工商業的發達。

母親從年少操持農事、耕作稻田，已整整一甲子，隨著母親逐漸老邁、力氣逐漸衰老，每項稻作的方式，也逐漸演變爲機械化，確實如母親所說輕鬆太多了。

然而母親就像大多數農民，從來只知盡力流汗、打拚耕作，不懂什麼農業政策，更不懂什麼

ＷＴＯ的衝擊。殊不知糧食只須仰賴進口、而臺灣稻作面積已快速萎縮，稻作農業似已完成世紀任務，即將全面放棄。付出昂貴代價換取而來的各種精良稻作機械，即將廢置無用。

我眞不敢想像，沒有稻田、沒有稻作的臺灣農村，將是怎樣的風貌景象。而臺灣，你是四周環海的島嶼，果眞不再需要自給自足的稻作嗎？

——二〇〇二年·選自華杏版《當代散文家系列——吳晟》

不如相忘

又是清明時節，天氣卻晴得出奇，既無紛紛細雨，也不見絲毫陰雲，早晨燦亮的陽光，照耀著整個公墓。

全鄉各公家機構派出的代表，陸續前來，齊集在屬名爲懷宗堂的厝骨塔前。九點鐘左右，陽光逐漸透出燥熱的氣息，大家終止交談，站成數排，舉行公祭。我是代表我任教的學校而來。

這是吾鄉第三公墓，緊鄰本村東側，鄰近數個村莊的道路，和鄉民的腳步，無論坎坷與否，泥濘與否，終究一一引向此地。而這座厝骨塔，就在公墓中央，前年實施公墓公園化後，才建造完成。

公祭儀式非常簡單，不外乎獻花、獻果、獻酒、讀祭文，不多久即祭拜完畢，各自離去。大家到底是懷著怎樣的心情在祭拜呢？可有些微虔敬或感傷？或者只是交差式的應付？從他們匆匆離去的情形，我不得而知，我的心情十分黯然，只因父親的白骨也安放在厝骨塔內。

厝骨塔內密密麻麻建了無數排木櫥，高及屋頂，每一排木櫥分成無數格，每一格的高度和寬度，剛可容下一個金斗甕。裝著父親白骨的金斗甕，和所有親族的金斗甕，一個緊挨一個排在一起。

默默走進塔內，很快尋找到安放父親金斗甕的位置，拉開木門看看是否安好，默立良久才走出來。

厝骨塔前的廣場，搭了數排板桌，早已擺滿魚肉和四果。獨自站在臺階上，放眼整個公墓，四處都是前來掃墓或燒香祭拜的人群，絡繹不絕。思緒不停起伏，片片斷斷的回憶不斷湧現。

年少時候，每年清明節日，我們都跟隨父親和同公族的親戚，一大群人去公墓祭掃祖先的墳墓。

只是當時小小年紀豈懂得死別的悲傷，何況父親幼年即喪父失母，我們無緣和祖父母一起生活，更不識任何祖先的顏面。

整個公墓約占八甲多地，遍生草莓、龍葵等野果，我們一大群孩童，常只顧四處尋覓野果採食，哪裡顧得掃墓。與其說是去掃墓，還不如說是抱著好似郊遊湊熱鬧的心情，趁機去遊玩更恰當。

直到父親獨自留在公墓等待我們前去祭拜，年年清明節日，我和弟妹仍隨同公族親戚，在約定時間一道去掃墓，只是帶領我們前去的，已不是父親，而是滿懷悲戚的母親，這才真正了解死別的傷痛。

當大家一起祭掃過阿祖、阿公、阿嬤等公族內每一門「公墓」，各房收拾祭品，各自分散，母親便帶領我們到父親的墳前。

母親常念念不忘父親最喜歡清爽的環境，因此都要費不少時間，先將父親墳上的雜草清除，重行鋪上嫩綠的草皮，再將四周打掃乾淨，才叫我們跪在墳前，一面祭拜，一面將家中情形向父親稟告。在母親悲傷的哭聲中，我們怎麼禁得住汩流而出的眼淚？

父親去世那一年，二位姊姊早已出嫁，大哥遠在國外求學，起初那幾年清明節，都是我和弟妹，還有幾位父親生前極爲疼愛的子侄輩，隨母親去祭掃父親的墳墓。

而後我從學校畢業，返鄉教書，並結婚生子，二位妹妹先後完成學業，偕同夫婿遠去外國做生意，弟弟畢業後則在警界工作，每逢假日反而更忙碌，不能趕回來，幾位子侄輩也都紛紛出外謀生活，這些年來，便只有我和妻，及我們的子女隨母親前去。

然而子女跟隨我們同去祭掃父親的墳墓，看來也和我年少之時隨父親去掃墓一樣茫然無知。

於今父親去世整整二十年了，但時間並不能減卻思念，而是將思念沉積得更深更厚。父親的影像，父親的言行，在我的日常生活之中，時常一再湧現，尤其我自己當了父親之後，逐漸更加體會父親在生之時，對我們的種種操勞和苦心，想念父親之情，愈加深切，愈加綿密。

遠居各地的兄弟姊妹，每年清明節雖然未能回來祭拜父親，也很少再提起父親，但我深信，他們對父親的思念，必然也是深藏在心中，只是不忍提起，不願徒然增加彼此的傷心。

遺憾的是，俗語說日有所思夜有所夢，而我卻很少夢見父親。

只記得父親去世不久，曾有過兩個夜晚，父親站在我床鋪旁的窗邊，好似有很多話要告訴我，我卻一句也聽不見，父親臉上的表情顯得很急切，我也感到越來越著急，極力掙扎想聽清楚父親的話，終而出聲喊叫父親，此時父親的身影卻逐漸隱退，我一急醒了過來，已淚流滿面，沾溼枕頭，啜泣良久。

或許父親並非不在我的夢中常常出現，只是我對父親的思念已化在每日的生活中，到底是夢，還是思念，已難分辨清楚吧？

早上臨出門時，我詢問母親要不要準備祭品去厝骨塔前祭拜，母親平淡的說：拜只是拜個心意，你們父親不一定眞的知道，何況已無墳可掃，無墓可拜，不拜也罷！等我老去以後，你們也不必拜我，不必想我。

等我老去以後，你們不必拜我，不必想我。這是母親最近曾有過多次的感嘆，每次聽了，都悵然良深，內心隱隱作痛。

或許父親的心情也和母親一樣，爲了顧念我，不願擾亂我的心緒，不願我們因思念他而徒增悲傷，不如彼此相忘，只是父親因車禍猝然去世，來不及如此交代，因此才強忍住想念，不來我夢中相會吧？

然而，父親傾注了一生給我們的慈愛，是這樣深，我們怎能相忘？這樣深的繫念，怎能切斷？父親應該知道，我是多麼希望父親來夢中相會啊！

——二〇〇二年·選自華杏版《當代散文家系列——吳晟》

水的歸屬

1

桌面上攤開一幅台灣地圖，圖上顯示的，只是幾條水藍曲線，繪在綠、黃、褐色澤交混的平面上，梭形的島嶼包圍在藍色汪洋之間；在世界的大版圖上，台灣島嶼只是歐亞大陸塊邊陲上的一個小點。

猶記得年少時候，我曾經看過一部日本電影，片名翻譯爲「日本誕生」。象徵日本國的富士山噴發熔融的岩漿，與史前的恐龍怪獸，交織成一部既富神話想像又有歷史人文思考的巨片。有時候我也會幻想早年台灣島嶼如何從浪沫間誕生，那究竟是怎樣的情境？想當然不是如科幻影片般的瞬間變換，而是歷經久久長長的時間軌道，才換得今日空間的面貌。

原生的Formosa在我的想像裡，是一部色彩瑰麗的卡通影片，變幻著無限可能的圖像感。而我一個現代人，以一個被文明馴化的身軀，如何追溯亙古洪荒的容顏？

二〇〇二年春天，又一處隱藏在深山的巨大檜木林被發現，令人歎爲觀止的宏偉風貌，正是未開發之前的台灣島；如果在台灣的各鄉野小鎮走一走，到處都留有清水、龍泉、水頭、湧泉、長流、溪洲……等等與水相關的地名，雖然這些地方現在看起來和其他乾涸的城鎮沒兩樣，天然水泉已不見蹤跡，但似乎在述說從前的台灣，到處都是水溶溶。

小小的台灣島，遍佈丘陵、臺地、高山。以這些山脈的坡面爲源頭，匯聚的流河，在資料上有記載的就有一二九條，長度超過一百公里的有六條，濁水溪則是全台灣最長的大河，流域遍佈南投、彰化、雲林、嘉義四個縣境。

雖然與世界上許多領土廣闊國家的大河相較，濁水溪顯然不足誇耀。但因爲台灣山勢的高聳，把低、中、高海拔的縱線空間拉開，從最高的山稜上，順著山勢千迴百轉的河流、加上多變化的海島型氣象，卻孕育了島嶼生態的豐富性。從低海拔處熱帶性、亞熱帶、溫帶，到高海拔的寒帶生物垂直分佈，好像把地球從赤道到極地的生態相，「壓縮」在小小的台灣島上。

許多世界上獨一無二的特有種生物，許多值得驕傲的豐美景象，讓世界各地的生物學者驚豔歎賞。有生物學者稱：「台灣是世界物種的博物館。」

2

中央山脈從奇萊主峰以北的畢祿山，向西南方向縱走一直到能高山，巍峨的山勢，成爲南投和花蓮的縣界。我們若以南北爲經，東西爲緯，南投恰是台灣的心臟地帶。若以天地爲縱座標、海平面爲橫座標，則台灣島距離地平面最高的頂點，正落在南投、雲林、嘉義、花蓮的縣界上。

一年來，我和妻爲了「展讀」南投，忙碌的行腳可以用「奔波」來形容。親自走在大地上讀地理，才深深體會，地圖上所標示的幾筆簡略線條，想要一一踏臨，還眞是一門浩瀚的學問呢。整個尋覓濁水溪的歷程，越走越覺得走不完，心境總是在讚頌豐美和慚愧於無知二者之間擺盪。

我初抵濁水溪上游水源地，看群巒疊翠，一座比一座互爭高低，山稜的曲折弧度，還有深淺不一的碧綠，其間的微妙差異，眞不是一個平日生活與高山無緣的莊稼人，所能理得清楚的。

山巒以龐大的身軀，前前後後相互阻隔，隨著天頂陽光的位移，向陽坡面與山蔭間繪著虛實莫辨的輪廓，山與山的交疊處，都自成一個神秘天地，讓觀看者除了讚美山勢的浩然之氣外，更感嘆想要理解山岳的眞實面貌，眞需要一番艱苦跋涉，追尋探索的大工夫呢。

「不動如山」是我們習用的成語，顯示山的恆久與安定。但如何拉長我們的視野來看「地史」，眼前恆久不動的大山，就和不停流動的水一樣，也都處在不斷成長與衰退的循環變動當中。

大約在二百到四百萬年前的「上新世」末期，大洋中的菲律賓海板塊與歐亞大陸板塊相互擠壓，板塊與板塊的交鋒，形成所謂的造山運動。於是台灣島嶼，從太平洋沿岸的海底隆起，與相鄰近的日本、琉球、菲律賓等島嶼，連接成環太平洋濱的「花彩島弧」。

看似堅硬的地層，在強大自然營力的作用下，卻像一塊富有彈性的軟泥，板塊的位移，造成一波又一波的重複推擠，大小不一的波狀褶皺，就這樣形成。最龐大的中央山脈以及台灣島的其他高山峻嶺，都是這樣誕生的。大氣降落的雨水，匯聚在各個山脊谷地之間，即爲無數的溪流。

爲了尋覓濁水溪水的源頭，沿著「十四甲」公路上合歡山，我們在沿途的武嶺停車眺望。

「武嶺」，目前是全台灣公路線所能抵達的最高點。置身在空曠的高地，群峰都在身邊、腳下，世界在視野中彷彿縮小了。從平地上看起來龐然高聳的大山，現在只是峰與峰相互接壤的好鄰居，感覺近在身邊。但是視覺的想像瞞不過雙腳跋涉的艱難，那山山之間的眞實距離，你若想靠行走親身抵達，確實深不可測、遠不能及啊。

站在武嶺上，聽當地人指點，再與手中的地圖比對，才知道東邊偏南的對岸，一列岩壁顯得蒼黑、剛楞突兀的山脈，原來就是頗富神秘傳說的所謂黑色奇萊山系，尖頂突出之處就是奇萊主峰。

佐久間鞍部像堅實的地母，坦開寬厚的胸懷、高高舉起兩臂，億萬年來接納天上落下的甘霖，兩大山系的水，涓涓滴滴都順著無數大大小小的野溪匯入鞍部，成爲濁水溪的水源頭。

一趟讀山、讀水的經驗，我感覺實體的山嶽，比水流更不容易認識。從平面的地圖要與縱、橫、上、下多面空間的山岳對照，很難在抽象中理出具象，至於川流不定的水系，倒比較像繪在大地的藍色公路線，若能置身高地，向下俯瞰，與紙上的地圖一對照，就會有比較清晰的概念了。

3

根據資料統計，地球上地下水的蘊藏量是河川水的八千倍、是湖泊水的八十倍。原來看不見的地底，就是一個龐大的水庫。水和長年蘊藏的石油、煤礦一樣，同樣是地球老祖宗爲我們留下的豐厚祖產。

天降雨水時，濃密的森林、植被，為大地護守了這些豐厚的水源。當地層或岩層露出地表或斷裂成懸崖時，地下蘊藏的水就形成泉水或瀑布，再匯集流進較深的谷地，開始河川長遠奔流的旅程。

河流的所謂源頭，究竟該從哪一點算起？來自天頂的第一滴水，最早落在哪一處山巔？千萬年來蘊藏在地層、樹根間的地下水，又如何釋放出來，成為奔走的水流？

我設想自己就是那從石墨片岩間滲出來的第一滴水，冰晶狀的水滴是台灣希望的源頭，從踞高處出發，穿越密林間、奔走石隙縫、忽而墜下懸崖，忽而入土隱伏，忽而出土湧泉，一一撫觸台灣中部大面積的土地，然後悠悠出海……。

的確，活水是生命的起源，河域是文化的化育之地。世界上任何古文明都發源於大河流域區。印度的恆河、中亞地區的幼發拉底河與底格里斯河、中國的黃河……等，都被稱為人類文明的搖籃。小小島嶼的台灣，一樣佈滿密密麻麻的水系，是台灣生民的生活命脈。數千年來，各種同中互異，異中又相互交融的生活模式，繪出台灣的文化輪廓。

我一直住在濁水溪下游的農鄉，濁水溪從我家田園的南方經過然後出海。從小就常常看到母親為了爭取耕種用水，大白天要「巡田水」、漆黑的深夜，還要一個人坐在田頭「顧田水」。母親整夜守護著細細的水流，不敢回家睡覺，因為新插的水稻秧苗不能一刻缺水。一旦自家田邊的圳溝斷水時，母親就必須扛著鋤頭沿田埂走到更遠的埤仔頭，截引濁水溪的水源流進自家的田來。

「水」是農家人的命脈，因此有不少性急的鄉親，爲了爭取較多的灌溉水，和「田邊」鄉親爭執起來，甚至演出「全武行」的事件。

對於仰賴溪水灌溉生產作物的農民，濁水溪一直不是溫婉的母親河。在大量降雨季節，濁水溪雄渾滾滾，好像大地上翻攪沙泥的巨龍，一發不可收拾，雨季去後又只剩細小水流，一年中更多時候河床乾涸，礫石遍佈，讓沿岸的農田飽受缺水之苦。變幻不定的水量和難以捉摸的氣象，一樣不可信靠。

究竟河川的活水源頭是什麼？如果河流上游長年都有穩定的水源，爲什麼來到下游會不見蹤跡？位處太平洋氣流帶的島嶼台灣，水氣豐富、雨量豐沛，爲什麼竟然留不住水，讓沿岸的生民、作物因無水而苦？

曾經被譽爲森林之島的台灣，爲何涵養不住水源，讓一時的雨水狂暴逕流，毀壞家園？如此不是患澇就是乾旱的河流，我們又如何稱頌它爲「母親之河」呢？

走一趟河川源頭的朝聖之旅，能給予我們怎樣的反省？

4

在河床上　嬉戲　奔跑
在堤岸上打滾

是你　讓我的童年更加豐富
是你　滔滔水流
哺育了家鄉田土
經常在夢中出現的活水源頭
似近還遠　召喚我去探尋……

我參考國民中學教本《認識台灣》〈地理篇〉說：濁水溪全長一八六公里。究竟這個數據有沒有包含所有支流水系的總長，還是就一般所謂的濁水溪本流的距離？我並不確切了解。

尋覓濁水溪的旅程，我們先沿著「十四甲」公路上合歡山頂，俯瞰奇萊北峰與合歡山東峰間的佐久間鞍部，山下溪澗中，正在流動的萬大溪水，被稱爲濁水溪本流，應該是上個冬天，山上霜雪溶化之後的水流吧。但是若要親身撫觸溪水，必須離開峰頂，下到河階谷地。依傍濁水溪源頭最深入的村莊，應該是靜觀部落了。

濁水溪流入廬山溫泉區之前的上游地段，稱爲萬大溪又稱爲霧社溪。泰雅族原住民沿溪流的河階地逐水而居，建立部落。由上游以降，分別成爲靜觀、平和、平靜、及廬山、春陽村落。

在廬山國小的前方，車子通過「入山檢查哨」，沿著合作產業道路溯濁水溪而行，約六公里處，右側有一分叉道可經屯原到天池。據說這一條就是過去的「能高山越嶺古道」。目前這條路況充滿險阻，若沒有內行的山地人引導，我們不敢冒險前進。

「天池」是塔羅灣溪水的源頭處，「天池」的名字清新雅淨，讓人有登臨天界的聯想，總以爲一定像個神仙境界。雖然我尚無緣到達，卻曾經讀到報導說：目前天池的水也面臨了嚴重的污染，優氧化的藻華讓這個高山湖泊正在逐漸死去，看了令人無限感傷。

我們的車子不往右轉到天池，仍繼續順著濁水溪的曲流沿岸往東北行，先過平靜部落，再走六公里可到達靜觀部落，這是濁水溪上游最深處的部落社區。「靜觀」，這個引人沉靜深思的優美地名，現在被喚作「合作村」。

到達靜觀，我才明白所謂的水源並不是一個特定的點。當車子沿山緣峭壁環繞上行時，一路看見身旁的岩壁，這裡、那裡，「山水」汩汩滲出，隨處懸吊成大小不一的瀑布。剛剛驚喜發現右側一條白練，車子轉個彎左方遠處又出現一大疋銀緞，清冽湧泉始終跟隨在車道左右流竄，稱得上處處飛瀑、處處流泉。

我眞的訝異於河流上游的豐沛活水，竟然千年、萬年來永遠流淌不盡，把整個靜觀村莊包圍在溶溶水聲之中。

靜觀分成上、下兩部落，我們把車子停在下部落的合作國小門前，沿產業道路步行下河階谷地，就置身在一片烏黑晶亮的河床上了。濁水溪正在兩山之間的U形谷地，嘩啦啦奔流，穿過靜觀橋。

碎石　細沙

迤邐出一片寬闊的河床
蒼樹　老藤
呵護著峻峭的岩壁
水聲　鳥鳴
似在幽林　又像在水濱
引我久久流連……

5

環繞濁水溪兩岸的山脊，地質大都是由黑色晶雲母礦組成。這些山岳在億萬年前還是層層積累在深海底部的泥巴，變質成爲片狀板岩。在某些地殼陷入熔岩底層的「岩石循環」進行當中，此岩層卻由深海隆起誕生，所謂的造山運動讓這些山陵成爲台灣島的脊樑。

不斷在升高當中的山岳，也不斷同時進行崩解碎裂的復原過程。經歷漫長歲月的蛻變、新岩石上升、老岩石崩解、加上雨水沖刷與風化作用，由大量晶雲母石組成的巨大板岩，碎裂、淘洗，成爲平鋪在河床上的鐵板砂。

靜觀部落的濁水溪河床上，板岩碎裂成長條狀，滿地都是「石筆」，攤在陽光下。晶雲母的細石反射出灰黑晶亮的光彩，這些岩礫最後都將成爲下游黑質壤土的母土，再進入海底沉積。

從石墨片岩間隙溢出冰晶狀小水珠，不受囿限順地勢穿流匯聚成河。如果把我在源頭區所看到，千萬匯聚進入主溪流的小支流都計算在內，我相信所謂濁水溪的總長度，絕對比資料上的數字一八六公里更大更長吧。

在這裡水這麼豐沛，住在水源頭的居民，不必像平原居的我們一樣，仰賴自來水公司給水用，因爲到處都是水源，各家人各自接水管引水回家，就是最清冽的礦泉水了。

土地上，自然汩出的甘泉，可能是百年、千年之前滲入廣大森林地底，被盤根錯節的植物根系吸附、儲藏在岩隙間，經過大地層層過濾而來的地下泉水吧。

這樣豐沛的水源，曾經孕育了濃密森林，濃密森林餵養了大大小小的野生動物，野生動物和狩獵爲生的泰雅族人間，能形成穩定平衡的生態系，水正是構成這種豐足生活的主要因素。

而今，狩獵時代已遠，個人獨佔的經濟觀點，隨著無遠弗屆的傳媒入侵。燒山墾地的耕植生活，從河川下游坡地開始，也一路蔓延侵入上游水的源頭區。農業上山，使得甘冽山泉面臨質變的危機，不知這些生來就擁有好山好水的部落居民有沒有警覺？

——原載二〇〇二年七月十二日《聯合報》副刊

鍾玲作品

散文卷

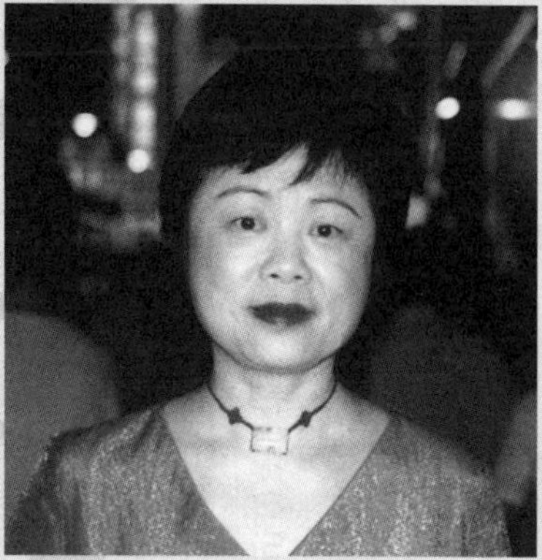

鍾　玲

廣州市人，1945年生。東海大學外文系學士，威斯康辛大學麥地生校區比較文學博士。曾任教紐約州立大學、香港大學。1998年起回台擔任中山大學外文系教授，曾任中山大學文學院院長，高雄大學教務長。著有散文集《赤足在草地上》、《山客集》、《群山呼喚我》、《日月同行》等。曾獲聯合報文學獎、國家文藝獎等。

碧眼的中國詩隱

——記訪華盛頓州三位美國作家

二〇〇一年夏我赴美國西岸專訪了十多位受東方文化薰陶的美國作家。第一站就是美洲西北岸的華盛頓州。有趣的是在華盛頓州訪問的四位美國作家之中，有兩位在台灣定居超過十五年，而且都娶了中國太太。他們兩人回到美國後，都過著像中國古代詩隱的生活。可以說他們本身就是東西文化融合的一種典範。

七月十三日我由西雅圖市坐班橋島(Bainbridge Island)線渡輪，橫渡內海，到西華盛頓州去探訪這兩位與台灣淵源很深的作家：比爾．波特(Bill Porter)，與邁克．奧康那(Mike O'Connor)，還有他們兩人的文友兼登山家提穆．麥克那提(Tim McNulty)。第一位見面的是比爾．波特，他自號「紅松」(Red Pine)，這名字令人聯想到道家傳說中的仙人赤松子。

前一天晚上與紅松通電話時他告訴我，他會開一部舊的富豪車(Volvo)來碼頭接我。在碼頭等了不到兩分鐘，果然有一部富豪車停在面前，不過是老舊到藍色都褪成了淺灰色。紅松彬彬有禮地下車替我拿行李，他蓄了大鬍子，鬍鬚皆灰白斑斑，衣著不修邊幅，神情和悅，說話緩慢，聲調如大提琴，與我想像中的工作狂完全不同。根據他近年的出版紀錄，他是位多產的翻譯家和作家。十年間出了七本書，包括隋唐詩人寒山詩的英譯、宋詩人石屋詩的英譯、道德經的英譯、禪偈子的英譯、宋朝宋伯仁《梅花喜神譜》的英譯等。他翻譯的《金剛經》也正在排版。還有，他五次出入大陸，去尋訪隱居修行的僧尼和道士，寫了一本書。你會問說，一九四九年以後，中共不是強制所有出家人都還俗嗎？那裡會有這種修行的隱士？經過參訪，紅松證明他們存在，而且爲數甚多。他們藏身在中共幹部找不到的深山之中、中共幹部不會勞神涉足的地方。紅松這本書就是描寫這些僧尼和道士，還附有他們的照片。這本書叫《登天之道：中國隱士之遇》(Road to Heaven: Encountering with Chinese Hermits)，你看他孜孜於專訪，勤於出書，說他是工作狂，實不爲過也。

上了紅松的車，寒暄兩句後問他：「你當年來台灣，往台北什麼地方？」

與台灣淵源深厚

他的答案令我大感訝異，他說他先去的是高雄：「因爲我的擔保人住在高雄，他叫陳國寧。」這下我不僅訝異，而且目瞪口呆了：「陳國寧？你是說曾在文化大學博物館任館長的那位？眞的是她！天啊！她是我在左營眷區童年的玩伴啊。你怎麼會認識她呢？」陳國寧的父親與家父是黃埔海軍官校同班同學，兩代的交情。

紅松一面開車，一面慢條斯理地回答說：「當年我在哥倫比亞大學的人類學系攻讀博士，但是越讀越覺得學術生活不適合我。我主修人類學與中國語文，那時對佛學產生很大的興趣，正好我有個哥大的同學由台灣回來，他在佛光山遇見陳國寧，交了朋友。他告訴我，既然我有意到亞洲學佛，他可以問陳國寧願不願意做我的擔保人。於是我就到了高雄。我在佛光山住了一年，但是因爲比較喜歡規模較小、安靜一些的寺院，就去了板橋附近位於樹林的海明寺，住了三年。很幸運有機會向悟明法師請教。後來又在台灣娶妻生子，共在台生活了近二十年。」

「你住在寺院時做些什麼？打坐、作早晚課嗎？」

「也有，可是主要的是研讀佛經，還有，讀中國古典詩歌。不知道我對古詩的熱愛是不是不能割捨的，等到有一天有人把這剝奪了，我才知道自己能不能割捨它。我想如果有一天不允許我讀中國古詩了，我將會失去我的空間。」

居然有外國人對我們中國古詩如此一往情深！

家裡擺飾很中國

五十分鐘後我們抵達湯森港(Port Townsend)。紅松的家是座木頭洋房，坐落在小山丘上，可以遙望太平洋。他家大門前種了一大叢修竹，我問他：「這是你種的嗎？」

他用中文回答：「是的，無竹令人俗。」

好一個中國文人的標準答案。他家裡面到處是中國文物，有幾尊銅鑄的佛陀像，有台灣的陶缸、陶甕、牆上掛了鄭板橋竹畫的拓本、寒山拾得像的拓本。你會以爲進了一位台灣中文系教授的家。紅松貌似閒散，做事卻有條有理，而且善於經營，他把這個舊房子加以翻修、擴建，現在住了兩位房客，他們的租金已可以跟他的房貸打平了。在閒適的格調與雅好中國古詩這兩方面，紅松頗有中國古代文人之風。

不久，另一位詩人邁克．奧康那與他來自台灣的妻子玲慧也到了。邁克話不多，個性有些羞澀。他在讀大學時就主修詩歌創作，三十五歲時到台北在聯合報系任英文編輯，也在台灣對外貿易發展的機構中擔任過英文編輯。他在台灣住了十六年，與紅松往來甚密。一九九五年回到美國，到湯森港來探望紅松，當下愛上了這個山水明媚的小海港，就在附近租了房子與老友結鄰。邁克出版了幾本詩集，其中有一本專門描寫他在台北的生活，叫《盆地：在一個中國省分的生活》(The Basin: Life in a Chinese Province)。這應該是第一本西方人整本都爲台灣而寫的詩集。還有，他最喜愛中國古代隱逸詩人的生活方式，也翻譯他們的詩，英譯過唐朝詩人賈島的詩集，還有英譯過台灣當代作家東年的小說集。

玲慧是位舞者，在湯森港有自己的工作室，個子小巧結實精瘦，標準的舞者身材，個性溫和而可人。原來邁克與紅松在台灣住那麼久，像玲慧這樣的女人是主要的因素。這是紅松自己說的：「差不多我所認識的、每一個到台灣來住的外國人，都與台灣女人結了婚。還有不少特地與美國太太離婚好娶他的台灣女友，歸根結柢，是因爲東方女人的個性不同。因爲他們在美國經驗過美國女人的剛強個性，來台灣找到了陰性的、柔性的女子，而不是半剛半柔的女子，這是件一新耳目的事。我就因此結了婚。那是我當年留在台灣的主要原因。」紅松的妻子是文化大學哲學系的畢業生，他們育有一子一女，近期他太太將由郵局退休，一家人將很快地在湯森港團聚。

我們四個人越談越開心，他們兩個美國人說到他們住台灣期間發生的趣事，連害羞的邁克也述及他一則妙事。他說有一天他走下台北街頭十字路口過街用的地下道，下了樓梯對面一大片鏡子，映照一堆走下樓梯的人群，他看見其中竟有一個白種人，心想：「怎麼有個洋鬼子夾在我們中間！」再一看，那個白種人就是他自己！我想這件事足以證明他已完全認同了我們的族群、徹底地融入了我們的社會。

邁克寫台灣的那本英詩集《盆地》分成四部分，都以大台北地區爲名：「景美溪」、「竹子湖」、「紗帽山」、「台北」。他這麼描繪一九八〇年代初台北的早晨：

綠湖畔一輛摩托車；
景美旋即一萬輛摩托車。
然而在重重陰影之中
菜販騎著她吱吱叫
的腳踏板車經過，
她的叫賣聲如翅飛翔、如爪緊扣
傳來像攝住我們的古代咒語。
……

似乎在遙遠的某處
誦經梵唱揚起
當太陽從太平洋升起越過崖上松樹巔。

One motorcycle at Green Lake;
ten thousand soon by Chingmei.

But still in shadows
the vegetable vendor
creaks along on her pedacart,
lifts up her winged and taloned cry
and sends it like an ancient spell upon us.
......
And from somewhere seemingly
removed
begins a chanting of the sutras
as the sun from the Pacific lifts

above rim pine.

(O'Connor 12–13)

邁克不僅喜歡寫詩與他的文友如紅松與提穆相唱和，還喜歡與中國古代詩人相唱和。在他自己的詩集中，常常巧妙地插入他英譯的中國古詩，以與自己的詩形成對話關係。《盆地》中有一首詩是致贈紅松的：〈訪寒山詩譯者住所不遇〉「On Visiting the Translator of Han Shan and not Finding Him Home」(O'Connor 26)邁克跑去北投的竹子湖探訪紅松，卻撲了個空。像王維「坐看雲起時」，又像王子猷訪戴逵不遇，乘興而來、興盡而返，邁克就坐在紅松家門外的石頭上，望望七星山上的白雲、打打坐，自在得像一隻鷺鷥，在這首致贈紅松的詩之前，他排印了賈島的〈尋隱者不遇〉的英譯及中文原文；其後又排印了李白〈訪戴天山道士不遇〉的英譯及中文原文。讓讀者體驗到這位二十世紀的美國詩人由唐朝的中國詩人那兒學到了詩情畫意和道家的境界：學到訪友不遇，也一樣能完全自適、自得其樂。

別看邁克一副文弱的樣子，其實他是位生龍活虎的登山家，他土生土長於大山大海的華盛頓州，從小就愛攀登此州的諸大山脈。他有一位二十多年的登山友兼唱和的文友提穆．麥克那提。一九八三年邁克一個人在台北爬七星山，背囊中就攜帶了提穆的詩集：《爪印山徑》(Pawtracks)，打算上山去讀提穆的詩，卻遇大雨；他把這段經驗寫成一首詩；還給提穆起了一個中國名字——馬明詩。

竹中行／打蛇棍
紅色的小背包
馬明詩的詩
帶去大聲朗誦
在雲中
在山
之巔。

但是山徑
消失在剃刀般的草中，
迷霧化爲雨
我在古松下
避雨
……

Bamboo walk/snake stick
red daypack
Poem of Ma Ming-shr

to read aloud
in clouds
atop
the mountain.

But the trail
runs out in razor grass,
the mist turns rain
and I take shelter
under ancient pine.

……

(O'Connor 57)

這位馬明詩就是我要訪問的第三位作家提穆·麥克那提，此時他也抵達了邁克的家。他住在距離此約一小時車程的迷失山(Lost Mountain)之中。他不僅是詩人，也是位生態家，替美國許多國家公園撰寫過專書。提穆的體態高瘦而強壯，十足一位登山家的模樣。跟他一談就知道他西方文學的素養很深，雖然沒學過中文，卻透過英譯讀過不少中國古典詩和日本古典詩。紅松、邁克、提穆三個人，在生活上是互相照應的朋友，在文學創作上，是唱和與切磋的知己。三個人都選擇了大山大海的西華盛頓州隱居。他們雖然身在美國，卻或多或少擁有中國古代詩隱的情懷。

第二天提穆開車帶我及邁克夫婦去登山，其實是美其名曰登山，我們只是走一小段高山上的山徑而已，都因爲我在台灣尚未出發前曾用電子郵件告訴他們，我也熱愛大山，但是先天不足，一爬陡坡就會大喘。所以提穆設想周到，帶我們去一個不必辛苦攀爬，卻能欣賞高山景致的地方。由湯森港開車一個多小時就進入奧林匹克國家公園Olympic National Park。我們驅車不斷地盤旋上升，山勢越來越險峻，直上五千七百多英尺的旋風嶺訪客中心(Hurricane Ridge Visitor Center)。下了車一望，這兒的山景震撼得我髮根都發麻了。隔著龐大的山谷，對面是無以名狀的一列巨峰。天啊，我上過玉山國家公園，地勢比此地更高，可是論氣勢之磅礴，實無法與奧林匹克山脈相比。在旋風嶺南望，對面森然羅列了四、五十個巨大的山峰，像是希臘神話天庭的眾神全部群集在此，頭上都披著白雪，肅穆峻峭。他們撐天而起的氣勢，令你覺得自己渺小如沙粒；但是有這種機緣與他們的偉壯面對面，又覺得自己像一朵白雲給提升起來。

提穆指著其中兩座大山之間的河谷對我說：「那就是厄瓦河(Elwha River)河谷，加利・史耐德(Gary Snyder)就下過這個河谷，攀爬上旁邊的多傑頂(Dodger Point)，他爲這座山寫過詩，邁克與我也爬過這個山峰，也爲它寫過詩。」

提穆的話令我領悟到這裡的大山大海才是他們的根。也正因爲如此，縱使邁克與紅松熱愛台灣、縱使他們多少承繼了中國古代詩隱的傳統，落葉歸根，他們中年以後還是回到北美西岸的山水之中。

引文書目：

O'Connor, Mike. *The Basin:Life in a Chinese Province*. Port Townsend:Empty Bowl, 1987。

——原載二〇〇二年十一月二十五～二十七日《中國時報》人間副刊

黃碧端作品

散文卷

黃碧端

福建惠安人，1945年生，長於台北。台灣大學政治系學士及碩士、美國威斯康辛大學文學博士。歸國後任教中山大學，任外文系主任，並應邀為《聯合報》副刊撰寫每週專欄，持續17年。曾任國家兩廳院副主任，並創辦《表演藝術》月刊；暨南大學先後任語文研究中心及外文系主任、人文學院院長；曾任教育部高教司司長，現任台南藝術學院校長。著有散文集《有風初起》、《期待一個城市》、《沒有了英雄》、《下一步就是現在》等。曾獲吳魯芹散文獎、聯合報年度十大好書獎等。

說文人之名

張愛玲寫出她最好的作品——也是公認近代文壇的最好作品——的時候，才是二十出頭的年歲。她描寫自己書剛出時，跑到書攤上假裝不經意地問，這書賣得怎麼樣啊？而心裡吶喊：來不及了，來不及了，成名要趁早啊。

我讀到這段文字的時候還在念初中，雖然並不預期張愛玲的問題會是我的問題，但這樣坦率的「成名焦慮感」卻眞使人要會心微笑——天分才情和時間生命永遠存在一種拉鋸的緊張，所有的水仙花情結，都是一種向歲月抗爭的姿態。後來我在美國念書，熟朋友當中有一位也屬早慧，要拿博士學位那學期，他才快滿二十三歲。我留意到，學期最後幾天，他的情緒緊張極了——不是怕過不了關，而是怕手續有一點延誤，學位會落到下一季才正式授予，那時他的生日便過了，便「老」了一歲，便不是「二十二歲念完博士」了。我猜想，倘若他這時已經三十二甚或四十二歲，也許反而不會在意慢了一時兩刻。

水仙花情結，當然很多人都有。有這情結的人，如果是張愛玲，我們會心，說她是該有這樣的自信，有這情結的人，如果是杜審言，我們也會心，說這人眞是欠缺自知啊——這杜老先生，臨終時懺悔，說因爲有自己在，害得周圍的人都出不了頭。（「吾在，久壓公等。」）其實，杜審言之才，那裡「壓」住了誰呢？若非他有個叫杜甫的孫子，歷史大概早把他忘了。

我覺得有趣的倒不是杜審言，因爲錯估自己的才情能力的人到處都是，時間終久會爲他重新定位；我覺得有趣的是，「張愛玲」們會不會看不出自己的價値，或者即使看得出而自視淡然？「文章」既然是千古之事，則那自知得失的「寸心」豈是眞能平靜的？

可是他們有許多卻彷佛眞是很「平靜」。曹雪芹花了十年血淚寫成紅樓，卻連自己的名字也沒想留下一個；莎士比亞是世界級的曠古絕今，然而生平資料少到後世甚至懷疑世界上是不是眞有過這個人；還有呢，詩人狄金遜(Emily Dickinson, 1830-1886)，身後留下了一千八百首詩，成爲美國文學的瑰寶，平生卻只發表過七首，她甚且從三十幾歲起就成了杜門不出的隱者；……這是怎麼回事呢？據說麗質天生的美女，總是難以自棄，這些不世出的天才，他們不知道自己的麗質麼？

要回答這個問題，也許看看曹雪芹的隱喻吧：「紅樓」可是鐫刻在天界的大石上，要等待有心有緣的仙道攜入凡間代爲傳布的，這口氣，豈是小可！莎士比亞雖沒有給自己留下什麼平生資料，但他在許多十四行詩中直言，即使世人都停止了視息，他的詩篇仍將存在，即使情人的美貌消歇，仍將藉他的詩句而不朽，這正是他對自己身後文學生命的預估；而隱晦如狄金遜，也曾斷言：「如果名聲該屬於我，我絕逃不掉！」

他們都沒有「逃掉」，對這些人，令名固然只是寂寞身後之事，他們不曾及身見到，但是，該他們的，他們都沒有逃掉。——然而，我倒也不敢說這是個定律，因爲，湮失了的天才就湮失了，不會成爲我們的例子，眞正寂寞身後的，是那些我們從來不曾相識的名字。

——一九九三年五月·選自九歌版《沒有了英雄》

孫將軍印象記

——兼記一隻箱子

孫立人將軍在十一月十九日告別了他充滿傳奇的一生。

前年夏初，我曾因偶然的機緣見到孫將軍，得半日的盤桓閒話，此時寫下來，也許聊可作爲一點歷史註腳和對孫將軍的紀念。

先翁和孫將軍是清華的同學，在校時少年意氣相投，曾一起組隊打籃球，且結拜爲兄弟。先翁來臺之初因此曾在臺北的孫府小住，有一隻大皮箱當時便留在孫宅。其後不數年，孫將軍被黜，形同幽囚，三十幾年間整個世界都失去了他的訊息。這隻留置孫宅的箱子，先翁自己都可能忘了，先翁過世後，晚輩更無一人知道。七十七年的春天，忽然親友輾轉傳話，說孫立人將軍有電話，希望我們去取回一隻先人的箱子，了卻他一樁心事。外子和我因此在那年暑假驅車臺中，按圖找到向上路孫府。

當時爲孫將軍平反之聲已漸起，這也許是他開始較能和外界聯絡的原因。我們到時，應門的人，據後來將軍告訴我們，也已經是保全人員而不是治安人員了。

應門的大漢進去通報，我們在院落裡等著。我想起水晶寫張愛玲，說見到張愛玲，「諸天都會起震動」。手無寸鐵的張愛玲使諸天震動，曾經統率大軍屢建奇功的孫將軍，出現時「諸天」又當如何呢？我在等候的那一兩分鐘裡，心情是好奇，也不無一種伴同期待而來的忐忑。

然後孫將軍從庭院一端的小徑走過來了。不，我當時並不能確定是不是他，因爲以一位年近九十的人來說，他是極挺拔而步履安穩的。然而，是孫將軍，遠遠地帶著微笑走來，諸天並沒有震動。孫將軍彷彿完全忘了自己的彪炳功業，眼前只是一位清雅而祥和的老人。他穿著格子襯衣，米色長褲，腳上穿雙跑鞋，是非常輕便而年輕的打扮，他的臉色紅潤，幾乎沒有什麼皺紋。在隨後的二、三個鐘頭裡，我發現我早先注意到的微笑，其實是他面容的一部分——一個你也許期待他不怒而威的將軍，結果竟是不笑時也永遠有一種和悅如微笑的神情。

孫將軍仍有極好的記憶。先翁少年的事情，小輩們都不甚了了，將軍談來則仍歷歷在目。他提到同期幾位一起打球的朋友後來結拜爲兄弟，先翁長數月，是老大，將軍居次。那一屆的清華同窗人才濟濟，聞一多、梁實秋都是。當時清華是留美的預校，這些人後來也就同時赴美，但各進了不同的領域。

孫先生住的是日式宅院，屋裡放著唱機，他說年紀大了，看東西吃力，日常還是聽聽音樂的多。屋角的一隻凳子是象腿做的，我笑問是不是將軍從緬甸或印度打來的，他說是啊，本來是一對。另一隻我竟不記得他說下落如何了。他又領著我們看了屋裡各處，有一個小神龕，他說是太太拜佛用的，樓上還有一個，說著轉頭問我們：「你們信不信教？」我們回說都沒有宗教信仰，他於是放心說：「我也沒有，我只信這裡——」他說時把右手貼在左胸上。

走過一大櫃書時，孫將軍停下來說，這些書是當年撤退時一路運來的，我正考慮捐給清華大學，那是我的母校嘍，但不知他們能不能安頓一個好地方，這些都是善本，隨便放著，壞了可惜。——那櫃裡都是宋明版的線裝書，渡海來臺時將軍正當叱咤風雲的盛年，但是，持劍的將軍並沒有忘了書，我一直聽說孫將軍中、英文根柢都好，從他對那一櫃書的牽掛，也許也可以看出性情的一斑。

當然，談話並沒有觸碰到「孫案」，外子只試探地問，這些年，心情一定很受影響吧？將軍看了我們一晌，淡淡地說：「歷史一定會還我公道的。」我不知道他是寧願這樣相信，還是眞對歷史的公正有這麼大的信心。他顯然正急切地要在餘日中把惦記的事情一一清理好，包括那一櫃想捐給清華的書，包括那一隻要我們來取的箱子。對瑣事尚且如此一絲不苟，對於事關他一生榮辱的兵變案件，他能淡然到什麼程度，當然不是我們一次晤面淺談所能觀察到的。歷史也許會使眞相更貼近眞相，但歷史卻也可能使是非判別的角度扭轉。孫將軍極在意自己的清白，我卻忍不住要生出一點淘氣的想法來：歷史會不會雖然證明了孫將軍的清白，卻又顯示他爲了清白而作的倫理堅持並沒有絕對的意義呢？孫將軍的悲劇無疑在這裡：他爲忠誠受疑而付出代價，在生命中其他的榮耀都被剝奪之際，他唯一在意的是要證明自己的忠誠。歷史還報他的，會不會是類似岳武穆的史評，使他贏得了尊敬，但否定了他的忠誠的絕對意義？這問題，也只有歷史能回答了。

孫府的後院種了不少花草蔬果，孫夫人指點給我們看各是些什麼。顯然花草多數是她在費心照顧。那隻成為隔代緣會的引線的大箱子就在後院的儲藏間裡，兩位「保全」人員幫忙抬出來，箱子厚重，生鏽的鎖也無鑰匙可開，先翁隸籍陝西，孫先生看著箱子開玩笑，說這箱子看來還是陝西牛皮做的呢！但我們卻疑惑，這箱子，沒有任何名牌標記，蒙塵鏽垢的程度顯示三、四十年間沒有人啓動過，其間將軍自己又經過天翻地覆的大變動，家當都是別人安置他時一併「移送」的，怎麼證明是該我們取回的呢？但將軍堅持，說我不會記錯，這是陝西老牛皮做的箱子。兩名保全人員建議把它撬開看看，其中一個隨即去拿了起子槌子來——我想他們的好奇程度可能猶甚於我們——將軍仍說不要不要，完整地帶回去再處理，你父親怎麼交給我的，我就怎麼交還你，他對外子說。

我們於是一路帶著這隻「陝西老牛皮」的大箱子回到高雄，找鎖匠剪斷了鎖。裡頭這樣重，竟只是些尋常鍋盤碗碟，已經發硬的衣物，還有一頂蚊帳。一直到找到一截先姑過世的輓聯，才終於證明這隻箱子果然是該我們領回的。這隻箱子想來是先翁來臺時匆促間胡亂塡充就帶著的，後來過孫府小住，發現裡面並沒有什麼需用的東西，便留置下來沒有帶走，可能日後自己也完全忘了有這隻箱子了。

然而，這隻箱子，在孫將軍心靈顛沛的歲月中跟著他謫遷，上面雖然沒有任何標記，他卻清楚地記得是誰的東西，而在終於能夠有限度地跟故人通音訊的九十高齡，他要箱歸原主（即便只是原主的後人）。

我想起蘇格拉底飲鴆前不忘向鄰人借過的一隻雞，但是，才借的雞容易記住，我不能理解的是，孫將軍如何在三、四十年間牢牢記住別人不經意留下的一隻破箱子！

自古美人如名將，不許人間見白頭，從前讀到這樣的句子，曾想到對孫立人將軍特別適用，也許因爲他彪炳的勳業和煥發的英雄形貌同時喚起我們對英雄和美人的兩種珍惜之情。而英年被黜，使他意外地在老去的歲月裡維持著英雄不老的形象，像濟慈或雪萊，在生命光燦之際離場，或者像岳武穆，把壯志未酬的遺憾留給世界，從此再不老去。

因此，我不能不說，意外地有一個機會去看孫將軍的時候，我固然有一種去看一個英雄的期待，我也因爲終究要面對英雄白頭而有一絲不忍和遺憾。然而，原來老去的英雄仍可以極動人，這卻不一定是我先前所曾想到的。告別時，孫將軍殷殷送到門口，說下回你們來，也不必約定，我除了上醫院檢查以外，總是在家，你們有時間就來便是。我們唯唯，卻因路途遙遠，且也知道九十高齡的人不一定禁得起太多訪客的攪擾，因此始終沒有踐履再訪之約，隨後不久看到各界爲孫將軍祝九十大壽，盛況足可視爲非官方的平反，將軍重新出現在眾人面前，也許百感交集，也許對歷史的公正更增了信心，減低了憾恨吧。

然而我終也不敢說孫將軍一定有怎麼樣的憾恨，有時想起見到他的情景，輪廓有點模糊了，那彷彿成爲表情的一部分的微笑卻是極度鮮明，還有他以手按胸，說自己不信教，「只相信這裡」的神情。許多英雄人物，在極度失意時都以宗教力量來幫助自己度過難關。在這一點上，孫將軍是勇者中的勇者，這樣的勇者不待宗教的天國迎接，人間最終的是非便是他所信仰的天國，當他說「歷史一定會還我公道」時，恐怕便是以一種宗教的虔誠在講吧。

如其然，走進歷史的孫將軍也就無懼地走進屬於他的國度了。

——一九九三年五月·選自九歌版《沒有了英雄》

張愛玲的冷眼熱情

從大約四分之一世紀前水晶「夜訪張愛玲」，歷數那一面之緣的得之不易，和見面時的「諸天震動」之後，張愛玲一步步上升成爲一則神話，而同時又「影子似地沉落下去」（〈自己的文章〉）。沉落到四分之一世紀後的有一日，當不得不破門而入的人進門看見她躺在地上，早已安安靜靜離開這個世界，而諸天依然震動——大約，對於張愛玲，每一次認眞的謀面，都是要諸天震動的。

在水晶努力要去見張愛玲的時候，她還在柏克萊加大的東亞研究中心工作，如果只爲「看見」她，到她必經的路上等著，也總見得到。但那也是張愛玲還固定在世人眼前露面的最後階段，不久她就辭去了加大的工作，下一個努力想靠近她的人，用的是搬到她的公寓鄰室，每天翻搜她倒出的垃圾的辦法了。

對人生的熱切

可是，張愛玲——即使是張愛玲——也似乎並不是自始就離群的。好像是周瘦鵑吧，寫過當年上海這位二十出頭的年輕女作家爲自己的文章登門看望他——多少是「拜碼頭」的意思。那時的張愛玲，恐怕對許多事都還是熱切的。夏志清教授曾指出過，「在《流言》裡，年輕的張愛玲對人生的一切表示了強烈的好奇，強烈的愛好。」（《張愛玲的小說藝術》序）。事實上，《流言》期的張愛玲，不只是對人生熱切，對自己的私事也不隱諱。我們所知道的她的童年期的種種不尋常和不愉快，差不多都是從《流言》裡的自剖得來的，她用幾分自嘲、幾分叛逆的口吻說自己「愛錢」，抓週的時候抓的就是個小金鎊——因爲母親特別清高，再困窘都不肯談錢，「我就堅持我是拜金主義者」。她也不諱言父親弄了個繼母，她在那環境裡吃過毒打、禁閉的苦，尤其爲撿繼母的舊衣服穿而反感，後來因而成了「衣服狂」。她寫自己的懦弱沒志氣的弟弟。她寫〈自己的文章〉、〈存稿〉，爲自己的寫作下注腳。她寫她的姑姑，「亂世的人，得過且過，沒有眞正的家。然而我對於我姑姑的家卻有一種天長地久的感覺。」（〈私語〉）在後來收入《張看》裡的〈姑姑語錄〉中，她又坦承「她（姑姑）對我們張家的人沒有多少好感——對我比較好些，但也是因爲我自動地黏附上來，拿我無可奈何的緣故。」我們，說實話，不大能想像一個會「黏附」人的張愛玲。）她還一再地寫炎櫻，好些事情都是這個錫蘭和中國混血的女孩陪著一起做的。（《流言》裡收了〈炎櫻語錄〉，常見人引用的張氏警句「每一隻蝴蝶都是從前的一朵花的鬼魂，回來尋找它自己。」其實是炎櫻說的。張愛玲特別說她「於俏皮話之外還另有使人吃驚的思想」。）超過一甲子之後，張愛玲在一九九三年出的《對照記》裡，有數的照片中就有七張是炎櫻替她拍的，張愛玲並且有幾分引以爲傲地加注，「（炎櫻是）校方指派的學生長，品學兼優外還要人緣好，能服眾。」

和她一貫的冷眼看世俗「成績」的語氣大不相同。

所有這些，當然並不能證明張愛玲本質裡沒有離群厭人的傾向，但絕對說明了她有過熱烈愛著周圍的人、事的階段，而且是不憚於以私事示人的。對照了後來，在長長的半個世紀的後半生中，張愛玲對自己生命中的兩件大事——兩度的婚姻，竟無一字提及，不能不說是強烈的對照，且也暗示了她的轉變的關鍵。

死生契闊

張愛玲對第二任丈夫Ferdinand Reyher，在與人談話中還偶曾提及，與第一任丈夫胡蘭成的婚姻關係則我們所知全都來自胡所寫的《今生今世》和胡晚年在台現身後所作的透露。短短的三年婚姻裡，比張愛玲年長十五歲的胡蘭成在寫作、文化偏好和感情上無疑對她有深遠的影響，而對遍寫過人間怨偶，對女子們的不能掙脫情愛枷鎖有著無人可及的描寫功力的張愛玲來說，如果我們一定要找她對男女情愛有過什麼正面的期待，有過什麼較浪漫主義式的肯定的話，是她不止一次引用過的《詩經》裡的句子：「死生契闊，與子成說；執子之手，與子偕老。」這幾行，出現在她的〈自己的文章〉裡，也出現在她最不諷世的愛情故事《半生緣》裡。「執子之手，與子偕老」也許也是二十三歲，決定接受胡蘭成的追求的張愛玲內心的期待吧。然而胡蘭成到底才三年就另結新歡，張愛玲見事無可挽回，乘船回上海，給胡的信上說，「獨自一人望著滔滔江水，涕泣甚久。」半年後她寄了一些錢給胡蘭成，結束了兩人的情義，從此，生死契闊，張愛玲不再給胡蘭成任何回應。

不再給胡蘭成任何回應，就張、胡關係的話題來說，她也不再給世人任何回應。

經歷大時代

張胡分手是一九四七年，大時代的變局已經迫在眉睫。張愛玲對「大時代」有深刻痛切的第一手觀察：那雲母屏風上黯淡下去的前清遺事、日軍炮火裡的上海、城傾之後的香港、淪陷後江山易色的大陸……。張愛玲在一九五二年才逃出大陸，這之後所寫的《秧歌》和《赤地之戀》，歷史見證的意義稍稍多於小說藝術了。但也許是一種歷史感結合了小說家的滄桑意識，使她在五〇年代自港赴美後，仍維持著一種對人的熱切——對歷史人物的熱切。《張看》裡有一篇〈憶胡適之〉，寫成的時間大約是六〇年代末期（張愛玲的作品都不自附寫作時間，堪稱是一個壞習慣）。裡面從一九五四她人還在香港的時候寄了一冊《秧歌》給胡適寫起。胡適在五五年的一月二十五日回了她一封信，對《秧歌》相當稱許，說「仔細讀了兩遍」。這封信，張愛玲「一直鄭重收藏」，並且讓朋友抄存一份。信大概是反覆地一讀再讀，張愛玲注意到胡適一處給書名加了引號，另一處卻仍用民初慣用的波狀曲線，說她覺得，「在我看來都是五四那時代的痕跡，『不勝低徊』。」

坦然的表白

張愛玲生在一九二〇年，正是五四運動發生的次年。胡適這位五四的英雄人物顯然對她而言有著震撼性的分量。她把自己再去信的底稿也鄭重收著，「適之先生：收到您的信，眞高興到極點，實在是非常大的榮幸。……」那年的年底，張愛玲也去了紐約，仍是炎櫻，陪她一起去看胡適，這回她對炎櫻竟不知道胡適的重要性，多少是有一些遺憾的，「我屢次發現外國人不了解現代中國的時候，往往是因爲不知道五四運動的影響。……只要有……所謂民族回憶這樣的東西，像五四這樣的經驗是忘不了的，無論湮沒多久也還是在思想背景裡。」張愛玲坦承，「跟適之先生談話，我確是如對神明。」後來張愛玲住進簡陋的救世軍女子宿舍，胡適曾去看她一次，寫胡適離開的一段應該編入民國傳記文學文選，這段文字，我相信也是張愛玲對人世有過的熱切和坦然表白的最後紀錄，值得大段照錄：

我送（他）到大門外，在台階上站著說話。天冷，風大，隔著條街從赫貞江上吹來。適之先生望著街口露出的一角空濛的灰色河面，河上有霧，不知怎麼笑迷迷的老是望著，看怔住了。他圍巾裹得嚴嚴的，脖子縮在半舊的黑大衣裡，厚實的肩背，頭臉相當大，整個凝成一座古銅半身像。我忽然一陣凜然，想著：原來眞像人家說的那樣。……我也跟著向河上望過去微笑著，可是彷彿有一陣悲風，隔著十萬八千里從時代的深處吹出來，吹得眼睛都睜不開。那是我最後一次看見適之先生。

這次會面距離張愛玲寫這篇追記文字的時刻已經過了十幾年，胡適也已經在一九六二年去世。她自己說是因爲想譯《海上花》，想到該是胡適會高興推介的，「這才覺得適之先生不在了。往往一想起來眼睛背後一陣熱，眼淚也流不出來。要不是現在有機會譯這本書，根本也不會寫這篇東西，因爲那種倉皇與恐怖太大了，想都不願意朝上面想。」這樣對自己情緒的直寫，張愛玲曾經給她的小說人物，但不曾用在自己身上過。寫胡適的張愛玲，收起了她一生慣用的冷眼，在「十萬八千里的時代悲風」裡，她放任自己流一次熱淚（雖然「流不出來」），說是爲胡適，也許也因爲胡適背後整個時代的重量。

時代的悲風裡

而這時，夏志清已經把張愛玲重重地寫進他的英文《中國現代小說史》裡，許許多多的張迷正從四面八方構建張愛玲神話，而水晶辛辛苦苦謀得的一面是幾年後才要發生的事。然而我們從此不曾再見到一個坦然表白眞情的張愛玲，在剩下的近三十年歲月裡，她靜靜地沉落，影子一般。也許，母親的、姑姑的、炎櫻的、胡蘭成的、Reyher的、胡適以及整個歷史的……記憶，都在那影子裡，但是世人已無緣分享。

一九九三年，張愛玲出了舊照的《對照記》，也立了遺囑，要求死後火化，骨灰撒在空曠處。（火化據報導在一九九五年的九月十九日舉行，骨灰將撒到大海裡。）立這樣的遺囑的時候，我總想，張愛玲也許心裡正有十萬八千里的時代悲風吹過，風裡有她的冷眼與熱情。

——一九九六年二月‧選自天下文化版《期待一個城市》

柯慶明作品

柯慶明

筆名黑野，台灣南投人，1946年生。台灣大學中文系畢業，留校任教迄今。曾參與《現代文學》、《文學評論》編務。著有散文集《出發》、《靜思手札》、《省思札記》、《昔往的輝光》及詩集等。曾獲金筆獎評論獎、五四獎評論獎等。

看瀑布，走！

在嘩然奔瀉的瀑聲水響中，「愛而不見，搔首踟躕」，透過四顧白茫茫裡，偶然浮現的一枝恍若水墨淡筆之孤松的幽姿……

旅店的燈孤寂的亮著。燈外是黑沉沉的夜色，山的輪廓完全隱沒在黑暗中，只是以它龐大厚實的牆立包圍壓迫著我們。讓人有小時候被大人摟抱時的既溫暖又窒息的感覺。同伴們終於聚齊，就在一聲：

「看瀑布，走！」

我們零星散落的步入了黑夜。天色沒有一絲凌晨的曙意，完全是一副夜未央的模樣；可能有點薄雲，竟也看不到任何星光。我們費力的辨認著蜿蜒於山中的路途，雖然這已是經過開發，可以任汽車行駛的公路了。同伴開始三三兩兩的攀談，可能是不習慣於夜暗所帶給彼此的隔離，就像夜晚航行於海洋中的船隊，彼此不斷的以燈號確知彼此的存在。我默默的將兩手插在夾克的口袋中，以髮眉與臉龐感觸著夏夜山中彷如初秋的涼意，邁步向前。這樣的岑寂毋寧是一種享受。

想想我們平日經歷的是何等的喧囂擾攘的日子！

「前面轉彎的地方，養著一群狗，我不要走前面！」充任導遊義工的女同學這麼說著。於是，很自然的我加快了腳步，不知不覺我就成爲走在最前的先鋒了。經歷了一陣犬吠，以及兩三隻小狗自山邊彷如工寮的房間衝出來，對我們既吠且嗅的巡禮了一陣之後，我們終於又進入了夜暗中的寧靜。許是因爲怕狗拖延了，或者竟是沉浸於談話之中，同伴們似乎越落後越遠了，漸漸終於聽不到他們喁喁的語聲。我靜靜的前行，感覺整個山、整個夜，彷彿一陣緩緩的風，吹掠流經我的整個存在，而漸次的梳理過去。是不是這也可以算是一種「山浴」？「夜浴」？但我似乎有被滌淨、被清理的感覺。心靜了下來，除了節奏性的邁開腳步，整個人也彷彿進入了一種無思無慮的空空蕩蕩的精神狀態。這就是禪僧的「修行」眞的要包括千里迢迢的「行」走的道理嗎？

天空漸漸的發白。在霧濛濛的氤氳中，山的造形，樹的稜角，像浮雕一樣的漸漸在眼前，在前後左右凸顯了出來。若有若無，似眞似幻，但它凸顯的部分卻是那麼清晰明確，渾然的厚重中有著繁複的細緻。我們彷彿在一座龐大寬廓的宮殿的層樓中攀行，到處充滿雕欄玉砌的綴飾，而樓的盡處還是樓，甬道的通口還是甬道，山巒起伏無盡，叢樹交疊連綿，但越走越低……突然一個轉彎，就像找到了出口，迎面而來的竟是一大片豁然開朗，漸帶藍意的天空。延伸的路竟然走出了這片山的環抱，而通向了一塊狹長的谷地。雖然還是在四山的圍繞中，但畢竟有一分開敞空闊的餘裕，就像步出了宮殿來到了接連於宮殿之間的後花園。但，不是花園，只是一片荒涼的草地，偶然有幾棵錯落的小樹。面對著谷地，我站定等候遲遲未至的同伴。孤獨嗎？不！淺淡的天空像鵝絨被一樣的覆蓋著谷地，也覆蓋著我。

山路蜿蜒向谷地之際，迴轉出了一個交叉路口。路口的一端有著往瀑布方向的指標。指標的對面，在四下沉寂的荒野中孤零零向前伸展的道路旁，竟然獨自的佇立了一臺供應飲料的自動販賣機，就像一個沉靜的看守著這片山谷的守夜人——開發與貿易精神的守夜人？我要不要像華勒斯・史蒂文生(Wallace Stevens)想像他所置放於田納西州山上的一隻開口瓶，就令整片山野升起朝拜的馴服了荒野那樣的，來讚賞這臺山中的自動販賣機？在晨光的熹微中，兀自亮著五顏六色的各式標誌與燈光。它挺立像具吃角子老虎，方便如新興二十四小時服務的便利商店，但形狀卻活像一座具體而微的貿易大樓。或許它眞的是現代文明以及現代文明無遠弗屆的侵略了荒野自然的象徵吧！即使這只是一個四山環繞的荒谷，但只要出現了柏油路，或許自動販賣機，正像沙漠中的加油站，諸如此類事物的出現，就不是那麼不可思議吧！但「四圍山色中」，我寧可懷念的是「一鞭殘照裡」，以及張君瑞與崔鶯鶯的離愁和深愛。畢竟，一個瓶或一臺機器，不過就像一片彩陶或一只黑陶，只有膜拜物性文化的人，才以為那代表文明！

我等到了初識的同伴們走近了，才繼續前行。穿過了這片谷地，漸漸的就聽到了潺潺的水聲。路是傍山而開，但也是隨水而行。澗水出現在我們的腳下，我們正是逆流而進。淘淘的水流像直朝著我們湧來。穿撲向山腳的石塊岩礁，或激昂的奔騰，或溫柔的潺湲。水質清澈明亮，時而翻捲如碎玉，時而跳擲若明珠，或者濤白似雪花，或者映岩像啤酒。而水聲是永恆的歡唱，熙熙攘攘，此起彼落，像是節慶中的混聲大合唱，正在盡情的頌讚，熱鬧喧嘩中自有清晰的理路，眞是所謂亂中有序，動而愈靜。大自然作爲一個藝術家，雖然身兼譜曲與指揮，包辦構思與製作，但顯然他並不迷信幾何形狀的整齊，更不祈援機械節拍的劃一，所以創發的是如此繁複豐美的和諧，凝塑的是如此深刻精微的寧靜。讓人耳目不暇給，卻又心思皆澹蕩。

流水的嬉戲聲突然加劇了。初陽也像逗弄著幼孩般頻頻以它的若隱若現的手指，拍撲向對岸的峰巒，撫觸著近處的岩壁，撩撥起一株株矗立的碧樹，舔舐樹上害羞的繁枝，枝上含情脈脈的翠葉。當我正全神沉醉在溪水與陽光嬉舞的酣暢之中。

「瀑布到了！」

同伴的歡呼使我的注視轉向路途盡處的山頂，一泓清泉像安格爾(J. D. Ingres)浴女圖中甕口流出的柔波迤邐而下。那遠看似細細的一縷瓶中的甘露，悠悠然傾注向乾渴口中的瀑布，到了近觀也自有其幾十丈奔墜澎湃的弘壯聲勢。一匹匹的白練撒開，飛舞成千姿萬變的輕紗，然後挾著衝鋒陷陣的氣勢，凝聚爲柱，叱咤成雷，前仆後繼蠭擁而下，似乎要給山腳的岩石當頭一錐，千鈞重擊，而終於四下迸濺成洶湧洄漩的一潭，潭水又汩汩激湧流散……而撒開不息，而飛舞不止，而蠭擁不盡，而錐擊不停，而迸濺不已，而洄漩激流不絕……靜靜的仰望著這以自由落體與流體力學所交織幻變而成的連綿動蕩圖像，像觀賞著一捲即過的立軸，來不及看清圖中的種種細節、題畫的行款，說明的文字……而耳中盡是水流穿越空氣，彼此推擠，敲打岩石，洄濤交激，各類的聲響，彷彿無數的話語，無樂的深意，來不及思索，來不及理解，前興後起交疊不盡的一直湧入湧入湧入，透過薄薄的耳膜，湧入心中湧入……我的心靈像是承接瀑布的小潭，被傾注飛瀉的水流充滿，而又不斷的因爲太多的豐盈而流溢，而流失……傾注、充滿、盈溢、流失、來來往往、進進出出，我再沒有比那一剎那更能體會自己只是一具滑稽的容器，一隻小小的瓶，而大化流行無盡，宇宙的奧義原在其生滅不息中，沒有疆界，沒有定止，無常勢，無成形，無可得，無可失……

懸流在晨山陰翳中的瀑布，其實只是樸實無華，平常得像饅頭、吐司，或者說陽春麵一樣的小瀑布。既沒有「連峰去天不盈尺，枯松倒掛倚絕壁。飛湍瀑流爭喧豗，砯厓轉石萬壑雷」的驚險；亦不具「金闕前開二峰長，銀河倒挂三石梁。香爐瀑布遙相望，迴崖沓嶂凌蒼蒼」的幽奇。不但和平生經歷過必須採廣角鏡才能周覽的尼加拉瓜大瀑布的全方位的壯觀，相形之下有如幼稚園的小巫；甚至比不上昨天在陰雨中去探訪的另一個瀑布，因爲全爲雲霧所遮掩，只得在嘩然奔瀉的瀑聲水響中，「愛而不見，搔首踟躕」，透過四顧白茫茫裡，偶然浮現的一枝恍若水墨淡筆之孤松的幽姿，意往神馳的想像那瀑布的萬種風情，千般韻致，要來得更加引人遐思。而沿路談興不絕的同伴們，到了之後雖然也抬頭仰望了一會，甚至大家也都循著階梯走到瀑底，看著眼前白花花湍沫橫飛的一大片，但或許正因爲它的平常，幾乎不曾中止過他們的談話。然後很快的大家就決定了步上回程。

我雖然依依於與此瀑布的短暫契會，心裡泛起的卻是杜甫暮春遊「曲江」的詩句：

傳語風光共流轉，暫時相賞莫相違。

無論如何，沒有了這個小小瀑布作爲目標，就沒有我們的這次小小的拂曉夜行。而這短暫的行腳，對於久蟄城市的我終究是一番洗滌。想到昔日站在跨河大橋上觀賞尼加拉瓜大瀑布，甚至穿了雨衣坐了汽艇去到猶如置身暴風雨中的瀑底，或者買一疊顯然是直升機上拍攝的瀑布全景的明信片，由於四處的環境皆已過度的開發，感覺的與其說是自然的雄偉宏壯，無寧是康德所謂人類心靈和偉大自然抗衡的意志，以及由此意志所轉化出來進一步征服自然的現代科技的神奇。自然只成了材料庫與遊樂場，在現代商業文明的方便心理下，一切皆可以花錢購買……尼加拉瓜瀑布的偉大也不例外，花個十分錢你可以買一張全景的明信片，或者你帶了相機，傻瓜的一按，它的精魂就全收攝在你的膠捲裡了。除了觀光企業的便捷與消費遊樂的痛快，除了集體機制與個人經歷的驕慢自豪，想想實在未曾有過任何性靈的啓迪。而昨日霧裡觀瀑的水墨意境，其實泰半來自往日臥遊畫中山水的心營意構，想像幻境畢竟只是想像幻境，何曾眞正有過遇合契會的充實，溝通交流的滿足？

在清晨的爽氣中，我禁不住感激起同伴們邀約的盛情。假如自己一個人，恐怕是不會半夜爬起來，作這一趟的瀑布之遊吧！於是匆匆趕上前行的同伴們，靜靜的走在他們旁邊，聆聽他們妙趣橫生的談著：買電子辭典給年邁的父親作玩具、孩子在作文簿上寫著的天眞語句，高中時代如何和教官捉迷藏、捉弄女生……天色已經大亮了，晴陽的光影分割著滿山遍野的曙色，我說：

「今天會是個晴朗的好日子！」

後記：

文前的引句，是發表時，由聯副的編者摘出的，未詳其用意，但姑且保留，以誌有此一段因緣。

——一九九六年四月・選自爾雅版《省思札記》

閱讀

1

大量的資訊足以窒息思維。

正如在數量龐大的群眾中，個人開始喪失了他的人格特質與深切的彼此認知，更不必談到深入的彼此關注與眞實的彼此關懷了。

當我們在淺嘗輒止的情況下，我們可能擁有較多的消息，但體會與經驗反而減少，甚至變得空洞了。因而視而不見，聽而不聞，就成爲這種認知方式的特徵了。

現代人的焦慮，或許有一部分就是經由這種知覺習慣產生的。因爲當我們是「視而不見，聽而不聞」時，我們也就是「生而不活」，雖然存在卻無眞實的生命體驗，因而深深陷於「虛生之憂」的空洞與飢渴裡。❶

當我們無法彼此深切的認知，無法深入的彼此關注與關懷時，我們就成了「孤寂的群眾」❷，心情比「銜草不遑食」之「走索群」的「孤獸」還悽愴❸，因爲我們已經在「群」「眾」之中了。

我們的「孤寂」，似乎是雞尾酒會中，不是無人可以攀談；而是像酒會的主人，在努力招呼每一位客人之餘，發現他自己千言萬語皆是招呼，除了千篇一律點頭微笑，稱名介紹之外，竟無隻字片語眞正及義，甚至連歡快與娛樂都只是客人的。或許唯一的滿足是：場面盛大，「面子」十足！

這是一種「相識滿天下，知交無一人」的「孤寂」。

弔詭的正是當我們「相識滿天下」之際，就必然會「無一人」是「知交」。「知交」永遠始於專意的持續的投注，甚至是「任憑弱水三千，我只取一瓢飲」，屛除一切分心旁騖的專情。只有朝夕諷詠，反覆的閱讀，以至心領神會，意醉神馳，深覺意味無窮之際，一部經典著作才會成爲我們的「知交」，而超克了我們生命的彷徨與孤寂。

只有經由深切的「尙友」一個偉大的心靈，我們的生命才能提升到一個「充實之謂美」的高度。因爲他永遠成爲我們精神靈感的泉源，而許多的思想、信仰：甚至種種的文化創造就是這麼開始的。

2

處理大量資訊是電腦的「運作」方式，而不是人心的「思維」方式。當我們的閱讀，數量越來越多，速度越來越快，效率越來越高，以至於越來越接近「掃瞄」之際，或許我們就眞正的進入了一個「電腦化」的時代。

所謂閱讀的「電腦化」時代，並不是指的我們使用電腦，或透過電腦閱讀。指的是，對應於資訊爆炸的情況，使許多的人以高度的勤奮與超人的努力，把自己的心靈壓縮成某種意義上是架高效率的「電腦」——只是輸入大量資訊，按照既定程序處理，然後再加以輸出的工作機器——，因而任令資訊窒息了他們的「人心」，人心的「思維」的年代。

全神貫注於終端機掃現的股市行情——或許是「電腦化」閱讀的一個最簡明的象徵。雖然數據龐雜，規則繁複，效率不可同日而語，但在「人心」的「思維」和精神上開展的層次，其實和求神問卜的「大家樂」並無本質上的不同。當「人心」的「思維」未能開啓，人們的精神未得啓蒙，不論窒塞心靈的是原始的迷信或高科技的資訊，其結果是人們只有繼續生存在無所歸往的茫昧與蒼涼。

即使經典性的古今名著的閱讀，亦可以是另外一種「股市行情」的掃描，當我們以投資報酬，買進賣出的「程式」心態，大量輸入輸出……沙特曾經指出我們是可能以辨別字母的方式，讀完一本書。那時我們就眞的很像「電腦」閱讀，只是效率奇差。

正如今日的「行萬里路」，只是乘坐飛機，並沒有經過沿途跋涉的辛苦，只是空間迅速的跳移；現代的「讀萬卷書」，亦往往只是讀摘要或讀結論，對於其中精神體驗心理歷程並不重視——所以出現那麼多摘要、報導、引介的書籍與文章，而且引介的讀者永遠多於原著……這正是「電腦化」閱讀最粗淺的癥候。

但是一本經典性著作，猶如超越古今的一位偉大教師，或一個偉大心靈之値得效法與學習的，正是他所顯現的出於「人心」的「思維」。思維的方向、表現的形式，都是他的精神氣質的展露，都是他的人格風度的流漾。只有能夠受其精神氣質的浸潤感染，受其人格風度的潛移默化，他的人和他的書才成爲我們精神開展的無限靈感與源泉，才能開啓我們自己的「人心」的「思維」，而能在人性的生活上有所創造。

因爲偉大的「風格」展示了無窮創造的可能性，刺激也邀請我們去踐履，去實現他後續的無窮創造……

經典著作，一如任何書寫或印刷物，才不再只是一些「固定」的「觀念」與過去「資訊」的「陳跡」。而是精神的展示，風格的顯現——創造需要形式，所以我們所同時要學習的正是如何凝聚我們精神思維的「風格」。

告訴你「結論」或「答案」和教導你如何「思維」與「創造」，是截然不同的兩回事，但卻都是可以同時在一本書中，同一個作品中發生。從前者而言，所有的經典著作，都不免是已成「明日黃花」的「資訊」；從後者而言，則經典性著作之所以爲經典性著作，正因爲它「萬古常新」的開啓未來無限的心靈提升與思維，刺激預示了未來無盡的精神創造……不論在文化上、人格上，或者日常生活上。

附註：

❶洪自誠《菜根譚》：「天地有萬古，此身不再得。人生只百年，此日最易過。幸生其間，不可不知有生之樂，亦不可不懷虛生之憂。」

❷「孤寂的群衆」為美國社會學家Riesman、Glazer、Denney三氏合著The Lonely Crowd一書的中文譯名。該書雖以美國人性格變化之探討為主，對現代生活卻頗多啓發性的觀察。

❸曹植〈贈白馬王彪〉詩：「孤獸走索羣，銜草不遑食。」

——一九九六年四月・選自爾雅版《省思札記》

愛情

1

愛情，如同詩歌與其他的藝術，是在現實的世界之外，另創一個世界。

它是一對狂熱的靈魂的彼此擁抱。

它想在機械而無意義的宇宙，創造、滋生出意義的根蒂與泉源。

2

沒有亞當與夏娃的伊甸園是荒涼的。

而即使有了亞當與夏娃，但未曾相愛的伊甸園，亦依然是荒涼的。

只有透過亞當與夏娃的如醉如癡的熱愛，以及由此熱愛所滋生的慾望與夢幻，才使伊甸成了樂土。

沒有愛過的人是可悲的！

3

愛情就是神話。

而且只有達到了神話的境界，進入另一個世界，愛情才成其爲愛情。

因爲愛情就是狂熱的靈魂所創造的夢幻。

——在其間，人們脫離了支離破碎的狀態與冷酷的機械活動，開始顯現人格的光輝。

在愛時，被愛的人和去愛的人，都呈現爲完整的人格。

每一個細節都是這完整人格的暗示與顯露。

因而，人們進入了完全的接納，完全的擁抱；或者完全的拒絕，完全的排斥的狀態，也因此是全面的主觀的狀態。

所以，愛情無法論斤計兩，無法計較得失，更無法零存整付，累積計算——這些都是愛情在其夢幻消失之後，由神話世界墮入現實世界之後，才有的現象。

愛情是一種整體的觀照；而細節的計較，其實就是一種整體觀照的消失。或者說，以部分的細節的否定性與排斥性取代了整體本質的把握與認知。

愛情是整體本質的擁抱；而生活都是在細節中進行。所以愛情和生活，正如神話世界與現實世界，是有矛盾有距離，甚至是有衝突的。

因此，假如不是以神話來啓示世界，引領生活，使我們的歲月充滿了熱情與希望，美麗與夢幻；就是現實以其支離破碎的細節，遮蔽、腐蝕、否定了愛情，使生活成爲機械的運作與重複。

在愛情消褪之際，重要的並不是現實取而代之，而是彼此逐漸忘卻、忽略兩人的內在本質，互相漸次以碎片相對待、作接觸。因此，彼此慢慢的縮減爲表象與功能，而且只對表象與功能起反應，於是，不但生活，連兩人在一起，甚至是一起的種種的活動與經驗，亦逐漸的淪爲機械的運作與重複。

當然，在表象與功能之中，亦有彼此配合良好的，工作、甚至生活伙伴，正如設計良好的機器，合宜而適當的零件，亦可以組織成爲順暢而效率的運作，但那只是演練良好的兵操！（而與「愛情」風馬牛不相及！）

終究，愛情是完整人格與整體生命的交感，所迴環激盪的樂章。在音樂的旋律中，生活的一切照常進行，卻韻律化了每一舉手與投足，成爲整體舞蹈的一部分；深刻化了每一意興與言談，成爲整體情思的一部分，充滿了生命深邃的美麗與奧義，宇宙創生的脈動與豐饒……

——一九九六年四月・選自爾雅版《省思札記》

陳列作品

散文卷

陳　列

本名陳瑞麟，台灣嘉義人，1946年生。淡江大學英文系畢業，曾任教於花蓮花崗國中。1972年因「叛亂罪」入獄，1976年出獄後以自耕農為生，並從事寫作。九〇年代投身政治，獲選為國大代表。著有散文集《地上歲月》、《永遠的山》、《玉山行》等。曾獲中國時報文學獎散文首獎及推薦獎等。

三月合歡雪

即使到了四月，雪季仍會逗留在臺灣的某些高山上，這，我是知道的。但是今年三月初，我取道大禹嶺去合歡山，過了海拔約兩千八百公尺以後，目睹滿山遍野豐滿的雪在太陽下閃爍生輝，猶不免感到十分詫異。

因積雪過深，往霧社的越嶺路交通仍斷。沿途中，前前後後，大概有將近二十部車子埋陷在深雪裡，包括兩輛計程車和一部大巴士。雪還在車頂上慢慢融。有一班在演練作戰的士兵裹著厚重的衣服，戴著遮陽的墨鏡和包住整個頭的毛線罩，散躺在路邊危崖下的雪地上。

所有的山巒谷地因厚雪的堆積而柔和起伏，透亮的一片白茫茫，其間只時而出現一些靜靜佇立的蒼鬱冷杉林，以及偶爾嶙峋凸露出的一角黑褐色的破裂板岩。豔陽兀自熱烈照耀。絲毫無雲的藍天。極熱和極冷奇妙地結合成一種很清朗的氣勢，與顯得極其純粹的色塊、線條、形狀一起發著光，一起陪伴我孤獨的踱步，和著冷冽的氣息與味道，一一沁入我的心底。

我有時穿過山壁間忽冷了起來的陰影，有時走在坦然耀眼的雪坡上方。南湖大山和中央尖在左，凸出於很遠的天邊群山外，全面積雪的合歡主峰在右，隔著也積了雪的合歡溪上游，巍巍然的奇萊北峰則在不遠的前方一直引領著我。腳下窸窸窣窣的聲音迴盪在整個絕對無聲的寒山間；心緒似乎時近時遠，在一種極其清澄的喜悅裡晃漾。

三隻金翼白眉在路旁的四棵冷杉間跳躍。我有時停下腳步，揉一個小雪球，讓它急急滾下很深很深的也積了雪的山谷。

合歡東峰北坡下松雪樓的屋頂，雪約二尺厚，門戶甚至於也仍被擋住了一小截。我將背包安頓好之後，又回去雪地散步。

下午四時多，陽光從合歡主峰銀白的斜稜上方射下來。但熱力正迅速減低。大山的影子在雪地和一些山林間緩慢移動。一陣可能是被夕陽催起的霧，在很遠很深的谷地浮移，輕輕飄過一處密林的上方，飄過寒訓部隊覆滿了雪的營舍和操場，捲起散漫的白煙。從望遠鏡裡，可以見到幾個走動的士兵成小黑點在雪霧中忽隱忽現。

雪幾乎掩埋了一切，但也使這個高山世界變得異樣的單純和安靜。我時而停下腳步，如冷杉般定定地站立，希望去把握或認知這充塞於天地間的單純和安靜的奧義。

四隻岩鷚不知何時，竟然出現在我身後只露出車頂行李架的一部箱形車上。牠們時而嚶嚶吟叫，時而抬頭悠然四下顧盼，圓胖的身體在微風中張揚著灰中帶有赤褐斑紋的羽翼，好像與我一樣在守候一個雪中寒日索漠卻又輝煌的結束。

我和牠們保持在大約一丈多的距離，互望了十來分鐘。但是當我更爲靠近時，牠們就飛走了，隱入附近一處山彎後的暮色裡。

暗影聚合得很快，消失了遠遠近近的許多山和谷。冷氣刺人。我辛苦爬上一處大斜坡，再讓自己滑下來。雪花四濺，屁股也濕了。然後，我滿足地回山莊去。

隔天，我一大早就醒了。室溫攝氏一度。奇萊北峰的身軀凜凜然，正漸明顯地襯映在東方淺灰藍的曙色中。而它的北坡外，未被大山遮住的天際遠處，以橘紅爲主色的一長幅朝霞橫披延展，彩紋搖盪，不停息地相互渲染。我站在山莊的後門口，全身顫抖，凝視這高山的日子如何悄悄地從那豐潤顏彩層出不窮的幽微湧動中走出來，張望光影漸漸敷抹過所有的溪壑和數千個繞在我四周的山頭。雪地上的寒光閃閃透亮，從我腳邊開始，一直閃耀至千餘公尺外奇萊峭壁下鬱綠的森林邊。

我再去雪地徘徊時，發現經過一夜的冷凍，雪地表層都硬化了，甚至結成薄冰。足音清脆，在空山間傳得很遠。五、六隻烏鴉在合歡東峰高處一小片密閉的冷杉上方盤旋和起落，不時發出大略三種截然不同的叫聲。

我又爬上山坡去滑了兩次雪。由於雪硬，手腕割了好幾道傷痕，雨褲也破了。

太陽昇至奇萊北峰的稜線上。

我回去山莊煮咖啡，時而抬頭看山。

厚厚地積在屋頂上的雪，昨天融化了一些後，有的來不及滴落而被夜裡的冷氣凍結成許多枝尖削的冰柱，高高垂懸在屋簷邊。此時則又開始融化了，先是一滴一滴的落，然後轉爲快速連續而下，在陽光的照射裡有如亮麗的銀珠串，淅淅瀝瀝地在窗口的雪上響個不停。後來，有的冰柱整枝掉落，碎片甚至撞到我的身上來，驚起在窗外漫步的金翼白眉。

這些臺灣特有的鳥，眞是貌如其名啊；雙翼銀藍中泛著金黃，眉毛既白且長。牠們有時一隻、兩隻或是三、五隻，在堆疊至窗口的雪上與窗外不遠處的幾棵冷杉間來回飛躍棲停。牠們毫不畏懼人，經常自在地走到我伸手可及的地方，尾部上下擺動，和我那麼靠近，使我感到莫名的歡喜。然而牠們卻無平常的熱鬧喧譁，而只偶爾低沉鳴叫，叫聲中似乎還透著些微的寒涼和寂寞。

我不清楚牠們是整個冬季都待在這個冰天雪地裡，或是在遷降之後最近才回來，但牠們卻使我想到，對所有的野地生命而言，寒冬畢竟是相當殘忍的季節。在雪封的大地裡，絕大部分的生命是沉滯靜止的，有的甚或死亡了，如昆蟲，有的則長期睡在重雪下，將身體的功能降到最低，如箭竹、虎杖和高山鼠類，或者如一些鳥類乾脆出走他地。所有的動物和植物，都在大自然的寂靜裡感受著生存的嚴苛。

不過，春天總會來的。春分距此時只有十九天了。這些金翼白眉的低鳴和雪滴的聲音，或者也可能是一種和聲，一種生命的節奏吧。這和聲與節奏在冰雪上回響，和遠近不一的各個高山深谷相呼應，一起呼喚生機的重臨。

今年合歡群峰的春天也許眞的來遲了。然而高山上的春天本就不是一下子來的。暖陽和冷風一再地交替著分別照顧和吹拂之後，雪層才會逐漸消融；然後梅雨到來，解凍的水緩慢地點滴滲入岩隙，冷杉和枯灰了的箭竹則開始萌出嫩芽，小草急速發葉和成長；五、六月之後，某些植物趕緊開花，蟲卵也已孵化，而我這兩天當中不曾見到的酒紅朱雀、鷦鷯、深山鷹、栗背林鴝等，則將呼朋引伴回到這青蔥連綿的高山草原上互比歌喉。

昨天，有兩位在這個地區作鳥類調查的研究生，以不敢置信的語氣對我說，他們竟然會在小奇萊黑水塘附近的雪地樹林裡發現一群以中低海拔爲主要棲息地的紅山椒。

或許，這一切都是宇宙大地的祕密吧，是時序的祕密，風雲的祕密，大自然的祕密。

金翼白眉繼續在我的身邊走動，融化的雪更是不斷滴答著，時間的光影在雪地裡行走。一切都是美，都是令人安心、憧憬和快樂的秩序與奧祕。我喝了一口咖啡，抬起頭來，遠遠望見北邊南湖大山和中央尖山積雪的稜脈附近，正有一絲薄雲浮走。

——原載一九九二年十一月二十八日《中國時報》人間副刊

礦村行

五分車駛達終站時，降旗的聲音恰好傳了出來。最後的乘客陸續下車，消失在柵門外，司機和車長疑惑地望我兩眼，接著也走了。兩節車廂一時間變得異樣的安靜和空蕩。我獨自倚著窗口辨認那歌聲的來處，聽它越過錯落的屋頂，來到無人的水泥月台，然後在車內一排排暗綠色的沙發座椅間徘徊、沉落。幾名婦女在車站斜對面護堤上的煤集散場工作。她們遠遠的不時彎腰起身的身影，在下午欲雨的天光中，幾乎和煤堆同樣色調。而那歌聲，似乎也因摻合了她們揚起的煤塵和微淡的煤味而給人奇怪的感覺，彷彿帶著很深切的訴求，或是一種呼喊。

這歌，是我從小就熟悉的，所有的人差不多也是。歌裡稱頌美麗富饒的山川土地，宣揚高貴的理想。我們習慣在初昇的朝陽下或日落之前唱，有時在風雨中，在室內，在野外，立正筆直地大聲歡唱或靜靜聆聽，懷著戀慕的心情，充滿希望和信心，覺得自己正匯入了歷史的滾滾長河中，並在參與一個許諾了的偉大的時代，大家彼此鼓舞。雖然也曾在心神萎困時，這歌聽起來沒什麼特別的感受，但絕少這樣地讓人覺得失落遲疑，感到歌裡的讚美嚮往就像煤煙味那樣，散入灰色的空中，悠忽渺茫。

著名的一九八四年的去年，三次礦災死了將近三百人，餘生必須日日生不如死的植物人，姑且不算。

唱歌的是小學的兒童。他們行完了一天功課的最後儀式之後，終於放學回家了。我看到他們從鐵路來向的不遠處出現，沿著鐵路旁住屋門前的狹窄人行道，一個接一個走成單排。那麼規矩的單縱隊，那種沒有純眞地嘻笑喧嘩的場面，都是很難在其他任何小學放學的時候看到的。那樣的守秩序，看了卻反而使人心疼。他們無聲地走著，小小的臉孔和身軀，一個接一個，好像都不怎麼快樂。

在崎嶇的山嶺重重包圍的谷地裡，孩子能有個就近上學的所在，這很好。他們來學校認字，學加減乘除，求取知識，在鐘聲起落間，學習人與人的相處，從先賢哲人的教諭中，知道人類生活的理想。只是，這一切，卻往往無法拿來在他們的現實中應用和印證。他們最爲刻骨銘心的知識是死亡，而且是突然而來的，死亡。他們的學習動機，最根本的或許就在掙脫這人生的殘酷，背著父母的寄望，將來有能力遠走他鄉。否則他們仍然要步許多父老兄長的後塵，步入求生於地底的命運。

他們的校門有一對很大的標語分立兩旁，上面寫著：走出校門，步步留神。在我看來，這字句已不僅是指回家途中當心火車等等而已了，而是給這些小孩子的整個人生所作的眞實寫照。最為深沉而貼心的叮嚀；老師們無助的憐愛之意。當這些小生命走出暫時得以獲得安全的校園，當他們在侷促的人生環境中行走時，當外力已無法提供保護的時候，除了自我保重之外，他們又能做什麼？

這礦村已經很老邁了，而且看似不可能會再有什麼起色。

河水從村中穿過；這是一條有名的河流的上游，人們常遠來這附近郊遊看瀑布。水色鏽黃濃濁，不時冒出灰白的泡沫。河壁陡崎，叢生著雜蕪的密草樹木。更髒亂的是河床裡的垃圾。人們就依著高起的兩旁河岸聚住，隨地形起伏，屋頂一般都是塗了黑色瀝青的鐵皮。我從車站前面橫著的那條小巷走過時，僅有的兩三處菜攤肉店還在開張，一個賣麵的老婦人坐在玻璃櫥後的椅子上打盹，蒼蠅在菜砧上飛舞。礦場員工醫院是一座日式的舊房屋，面臨著鐵道，大門卻是緊閉的，外壁的木板因歲月而呈槁灰，只有牆前的一些花草還在歪斜的矮木柵後堅持著綠意生機。

河對岸有一處礦工的宿舍，格局外貌使它自成範圍。破落的磚造房子並排相望，中間隔著潮濕得有點黏糊糊且和著煤屑的甬道。霉綠的紅磚牆壁上只有少數的幾個小窗子，以及鬆脫的木板門。公共廁所散發出來的尿味在走道上、在晾掛於低矮屋簷下的衣服之間游移。我去時，只看到女人在勺水煮飯洗菜，廚具隱約在陰暗的角落裡。她們靦腆的臉容使我不敢向她們請教我心中的任何猜疑。一個老人坐在牆下的板凳上抽菸，冷漠地看看我，然後又急速低頭去撫搓瘦垂的小腿肉。幾個小孩在河邊的廢土堆上玩耍。在地下討生活的男人還沒回家。

當夜晚降臨，他們躺在河邊這些卑微的小屋裡，身體蜷縮著，或是夫妻彼此擁抱依偎，他們的心思到底會是些什麼呢？那時，風也許會從森黑的山頭下來，也可能從河邊亂草間呼嘯而過，挾著揮之不去的煤的氣味，震動起他們薄弱的窗門。而不論怎樣，他們都必須趕快入睡；疲倦是有的，絕望則不太可能，因爲後面實在已無退路。

礦坑垂直深度平均約四百公尺，某些更達九百，以長度計則可以長到三千。地熱溫度四十，大氣壓力增強，瓦斯充斥。無邊的漆黑，無援的深淵，接近閻羅殿府。坑道矮窄，跪伏曲身爬行、探勘、掘進和挖採。黑灰揚撲，沾在熱紅的皮膚和臉上，汗水滴在看不見的濕悶的炭渣裡。而且隨時都要準備死亡。落磐、瓦斯突出、煤塵爆炸、機電故障、海水河水侵入等等。這些都可以讓人永不見天日。二十年來，死亡人數在三千三百人以上；每三百公噸的煤等於由一百條人命換來。

職業病更是嚴重。最近五年內，災變次數和死亡人數都屬最少的是民國七十二年，但該年殘廢的礦工卻也有四八九九人，因病住院則達三千六百餘位。單是這一年，每五個礦工當中就有一個受害者。

這樣的工作是極其荒謬的。

然而，幾乎每個礦坑的坑口都有這八個大模大樣的字：安全第一，增產報國。

生活是不盡的忍受，的確偶爾會有厭倦，但也僅止於一時想起。對深坑底下的實況，以及對響亮的口號，他們可能早已麻痺。

但我來的時候，在車上看到的他們卻都很善良的樣子，頗有氣質。他們去別的礦場工作，然後搭車回來，手上拿著用布巾包妥的便當盒，有的還順便購回一些食物：幾把青菜，兩條魚，半斤肉。我原以爲他們這樣的勞動者應該是身強體壯舉止粗獷的，但他們卻胸部瘦扁，肩膀不寬，在車上安靜地或站或坐，談話時，話語和笑容同樣輕淡。白淨的臉孔難以使人和熱悶的炭坑一起聯想，可是依稀中也還透著類似冥紙的澀黃，在車外天光閃爍映照間，看起來涼涼的，不知道是不是長時埋在黑暗裡，沒曬太陽，或是所謂的矽肺症的關係。

柴油車輕輕搖晃，輪聲吱嘎，蜿蜒曲折地通過一個又一個的隧道和小站。濃蔭多濕的熱帶雨林、峭壁斷崖、深谷水瀑，以及稀疏的住戶人家和河階地。險奇的山巒時近時遠，向車後移逝。火車彷彿要進入一個幽深的荒莽世界。但這些在這裡行住謀生的人卻只那樣泰然地在車裡，在車聲中，文靜地閒談著車外他人耕作種植的事，單純而容易讓人識破地炫耀幾句兒女的學業，說一些平常的知識，然而總不提到自己。

我甚至於聞不出他們身上絲毫有煤的味道，更無法窺探內心的秘密，他們的愛恨情愁。我只能想像他們下工出坑時，熱切洗刷身體抹肥皀，想要擦掉潛意識裡的恐懼和黑色記憶的模樣。洗澡水嘩嘩地流，然後他們要去市場買些家人要吃的菜，然後坐下午三點二十分的車回來。

車聲吱嘎，伴著他們不便且難以爲外人訴說的心情。

災變既然隨時都可能發生，那麼時到時擔當，平常還是莫去觸及那恐怖的噩運、那生存的可悲吧。

驚慌失措擁擠穿梭的人群。警察憲兵。哨音此起彼落。救護車的尖吼和紅燈。擔架和氧氣筒。記者照相機。嚎哭哀叫或是啜泣嗚咽。淚水，深鎖的眉頭，憂慼無告的臉孔。夜以繼日的漫漫等待，相互探詢救災的進度。裝在袋子裡的死人。搜救者進坑又出來，出來又進去，心事重重，雙手廢然抱攏胸口，憤怒和悲傷。屍體並排放在木板上，臉部和身軀蓋著膠布麻袋，露出的腳腿焦黑紅腫。僵死的骨肉。盼望與絕望。披麻帶孝，坑口燒冥紙，呼叫丈夫兒子兄弟的名字，頓足搥胸。死了的心。紙灰在人的頭上翻飛。白衣護士掩面疾走。

然後，還得陪探望的舉步沉穩的官員四處巡視，作簡報，恭聽一次又一次的指示。

一次又一次的指示。內容也相當一致，無非是：一、對所有的礦場作迅速而全面性的安全檢查；二、立即徹查發生災變的原因和責任；三、盡一切力量救人，對不幸罹難或受傷者從優撫卹。

去年下半年的三次重大災變後，相似的這三點指示，生者死者也分別在地上地下重複聽了三次。另外還加上大大小小的通令、要求以及承諾從速檢討現行的煤業政策。

必然可以預期的是，下次再有災變時，仍是如此這般的層層指示、通令、要求和承諾。以及再來一次轉移焦點、助紂爲虐、上下插手干預的愛心捐款。至於礦主的社會責任、補償賠償、官員的政治責任、道德良知以及種種刑責和礦工轉業的問題，等事過境遷，也就不必再去細究了。

電視上，記者問一位倖免於難但傷重躺在醫院裡的礦工：「你希望政府能爲你們做什麼嗎？」「啊——」口張得大大的，長長的尾音，像呻吟，又像煩厭。「不知道。說都說過了……」接著別過頭去。

一位入坑救人的礦工出來時，嘆息著說：「救出來是他們的命，會死是天注定。」他一邊用圍在脖子上的毛巾拭著臉上的汗水和煤污。空茫的沒有著落的眼神。

人的無奈，莫過於如此。

所以一切苦難，看樣子都還不會有一個結束。

我要離開那個小礦村時，天漸暗了，開始下起毛毛的小雨。候車室大圓鐘的指針在剛亮起的日光燈下一格一格地向前跳動，如在顫抖。時間就那樣消逝。一位中年男子側坐在大門旁的木椅上，頭斜向站外的巷子，一腳伸向外面去，不知在張望什麼。一對青年夫妻無言地用波羅麵包餵他們年幼的小孩。兩隻貓在剪票口的木柵欄下走進走出，時而趴下來舐幾下背部。污漬斑斑的紅色大垃圾桶佇立牆角。在集煤場上工作的婦人已經不見了。四周安靜，卻也有站務人員在隔壁辦公室偶爾的對話聲，巷子某處大人催叫孩童的呼喚，車站邊小花園裡的嘰嘰蟲鳴，和晚風的低吟。氣氛卻好像很鬱悶。但這也可能只是我的心情。這時我才想起，這一趟旅程裡，我一直沒與人交談過；面對一些人艱難的生涯，我實在不知如何插嘴。

車子開走後，回頭看到瘦長的旗杆模糊地伸入向晚陰雨的空中。

——一九九四年·選自聯合文學版《地上歲月》

陳芳明作品

散文卷

陳芳明

台灣高雄人，1947年生。輔仁大學歷史系學士、台灣大學歷史研究所碩士。美國台灣文學研究會創辦人之一、美國《台灣文化》總編輯。曾任民主進步黨文宣部主任，現任政治大學中文系教授，開設台灣文學史與台灣文學研究專題課程。著有散文集《掌中地圖》、《夢的終點》等，及學術論著多部。

霧是我的女兒

霧是我的女兒，徘徊在窗外，在街口，在路燈下。霧是我的女兒，深邃、神秘而難解。不知道這場霧遊蕩有多久，瀰漫有多遠；我只知道在霧裡深處的什麼地方，一定有我女兒的蹤跡。中年心情的父親如我，坐在客廳等候女兒的夜歸。門外一片寂靜，霧來過又走了，只是女兒的腳步聲依舊杳然。總以爲年近半百，情感已經不再敏銳，至少是遲鈍得不會再有強烈的喜與憂。只因爲她逾時未歸，我竟忐忑不安，彷彿錯過了一場許諾已久的信約。

滿窗的霧，覆蓋著滿屋的期待。她只是去赴男友的約會，我卻好像與她有了一次久別。我是不是應該到霧裡去尋她？是不是需要驅車去接她？猶疑不決的問題，霧般纏繞著我的思考。欲言又止的情緒，使我跌回又像初戀又像失戀的幻境中。女兒大約是不會理解的，她的父親可能沒有找到恰當的方式來表達關切，但內心裡卻以著戀愛中男人的特殊情感珍惜她。

她不是全世界最美的少女。但在我的眼中，她絕對是動人的。披著長髮從樓上靜靜走下來，爲的是怕驚擾了我的讀書；她走到鋼琴架前，無聲坐下，然後細緻敲出那首水邊的音樂。在音符飄揚的時刻，我會情不自禁閉眼聆聽。女兒與我之間很少有促膝對話的時候，只有在她揮手揚琴的姿勢裡，似乎可以感受到兩人之間的交語。往往是在午後，夕陽斜照，我與她各據屋子的一角。起居室傳來的琴聲，流向我的讀書室。我微仰靠在椅背，讓眼睛輕闔，抑揚頓挫的音樂回響在四壁的書架。隱約間，一雙小手在梳攏我散開的頭髮，輕柔細數每根髮的滄桑。我錯覺地以爲有流水或微風拂過耳際，直到琴聲嘎然而止時，才怵然覺察女兒已經與我有了一次小小的低語。

什麼時候開始，我才發現女兒變得沉默？什麼時候開始，才知道我與她是以這樣的方式對話？強烈感受這些問題存在時，她已然是一位披著長髮、楚楚動人的少女了。望著她彈琴的背影，我痛悔有多少美好的時光已經輕擲。在流逝的漫長歲月裡，我一定失落了什麼；否則，絕對不會在一夜間突然發現她的成長。她不僅褪盡了童稚的容顏，而且也營造了一個不容我闖進的內心世界。樓梯傳來她的腳步，我抬頭望她，赫然看到一位身材纖細、胸部微聳的女性走下來。揉著眼睛，我告訴自己，是女兒沒有錯，但何時變成如此模樣？

就在三年前，妻神秘而倉皇告訴我，女兒的月事來了。我一時還不能意會那代表什麼意義。還記得幾天前，她與朋友在後院爬樹。就在那株楓樹下，她彎腰撿拾一片早紅的落楓。陽光穿過枝枒，投射在她發亮的臉龐。她問我要不要把這片葉子夾在書裡？然後就放在我攤開的書頁。我還以爲這樣的日子會無盡止延續下去；我還以爲只要從窗口望出，她就在草地上奔跑。有了月信以後的女兒，似乎與從前的她沒有任何變化。我仍然埋首在我的現實政治與文學世界裡，確信陽光繼續普照，在草地，在楓樹，在她發亮的肌膚上。

想必是在我構思一篇文章，在我冥想一段政治評論的時候，女兒趁機長大的。那總是發生在我看不到她的時光裡。她在我的世界，在我的時間突然失蹤。想必是在我遠行的時刻，在我聚少離多的日子裡，她決心向童年告別。有了月事的孩子，距離成人應該還很遙遠吧，我抱持這樣的念頭，在陌生的城市旅行之際。每當回到家，門開處一定站著一位盛開著微笑的女兒，張開雙手，向我迎來。她是我的依靠，是我揮別戀愛時期之後的假想戀愛的對象。我擁著她，摩挲她的小手，告訴我有多麼想念她。時間總是在那樣的時刻凝固，記憶也是，信心也是。

我是那種具有父權的男人嗎？這是我不知道的。我常常向她提醒，不要把我當作嚴肅的父親，而是一位可以對談的朋友。她的功課做壞了，與朋友吵嘴了，做錯事情了，我都樂於平靜坐下來與她討論。我容許各種話題可以交談，毫無禁忌。我仍清楚記得這樣一次對話，在我重病躺在床上時。「你會死掉嗎？」她以著輕脆的英語憂心問我。我說：「大概是吧。」她好奇追問：「如果你死了，願意選擇葬在山上或墳場？」我從未遭遇過這樣的問題，一時之間只好回答：「最好是在山上。」這時她的表情似乎有了些恐懼，但卻又忍不住提出她最關心的問題：「你會變成骷髏嗎？」從來沒有人是如此慰問病人的，我還是誠實回答：「是的。」她聽了後，臉色微變，然後立刻放棄慰問，退出房門。

充滿想像的女兒，喜歡問一些猝不及防的問題。那種高度浪漫的性格，想必遺傳自我。我深深相信，兩人對話的空間何等廣闊。在冬夜裡，我在爐裡生火，就知道她會自動伏臥在爐前，藉著火光讀書。那種溫暖，無須依賴任何言語，也不是來自燃燒的木頭，而是存在於她與我的透明心靈之間。她喜歡與父親一起享受著爐火，談一些無謂的話題。她依舊是那位眨著夢幻眼睛的小孩。在搖曳的火紅，我斜睨她的臥姿。那種無邪的神情，誰也不能確信她即將是一位少女。

我決定返回台灣時，知道女兒是不可能與我同行的。在異域誕生的她，早已習慣了英文的思考與閱讀。自她出生以來，我就已投入長途漂泊的歲月。由於政治的理由，我度過一段漫長的放逐生涯。從西雅圖移住洛杉磯，又從洛城搬到聖荷西，我未曾爲她許諾一個穩定的家居。每當她熟識了一些朋友，又因爲我的遷居而必須與她們告別。那樣小小的心靈，早熟地嚐到無數別離的滋味。作爲思想犯的我，可以不必認同陌生的土地，可以不必把美國當作我的家。然而，我不能不爲她思量。在那片土地上，她獲得生命；竟由於她父親的政治信仰而被迫過著流亡的日子。她沒有權利選擇自己的出生地，但至少有理由選擇她想定居的地方。我知道她愛極了聖荷西谷地，那裡陽光的金黃，樹葉的翠綠，天空的碧藍，已經化爲她肌膚的顏色，也已成爲她人格形塑的一部分。

我何忍分割她與她的土地。對於台灣的感情，於她是間接的。有關台灣的記憶與傳統，都來自我的轉述。她愛台灣，只因爲她愛父親。但是，在我必須回到台灣時，她終於還是選擇了聖荷西。我是具有父權的男人嗎？我可以把自己的意志強加在她身上，迫她與我返回台灣嗎？返鄉時機於我是成熟的時候，我變得何其殘忍，毅然把家留置在異域，使她失去了一位父親。

走在台灣的土壤上，我再次證明自己是屬於這裡的雨水，這裡的氣溫，這裡的風土人情。在微風吹送的夏天，在寒霜初降的冬天，我重溫了島上殘存的舊夢。這裡畢竟釀造過我年少時期的理想與愛情。然而，想起遠隔重洋的家，以及那位在草地上翻滾的女孩，往往不期然會有刀割般的痛楚劃過胸膛。在我失蹤的那段空檔，女兒想必是朝著她的世界奔馳了吧。她的內心，她的思想，是如何發生劇烈變化，我是看不見的。每當與她重聚，我總會在她的身上、她的語言，發現我非常不熟悉的部分。

面對我時，女兒沉默居多。沉默得像一個深鎖的秘密。我只能踮著腳尖繞著秘密的四周探尋、觀察，這樣一位少女對我越來越成為一團謎。在她與我之間，是如何築成一條寬長的鴻溝，已是無法追問的了。也許是有了情感的寄託，或是有了思考的出路，她似乎不會再像從前那樣，與我對談一些無謂的話題。

在困惑的時候，我不免有些狂想。倘然她也走在台北的街頭，身著高中制服，肩背學校書包，隨著人群穿越十字路口。倘然她也像台灣的新新人類，白天應付考試，晚上飆車飆舞，我會不會也恓恓惶惶擔心她會出錯？我不在家的日子裡，她已學會如何為自己下判斷、作決定，更學會如何規劃自己的生活。當她靜靜閱讀一疊厚厚的小說時，我忍不住問她讀什麼？是言情小說嗎？她說，不是的，是有關原始人類的虛構小說。她希望有一天變成一位古生物學家(paleontologist)。什麼是古生物學家？那是研究化石、恐龍的一種學者。她耐心為我解釋。我缺席的時光裡，她已發展出屬於她個人的興趣；而那樣的品味，已不是我能理解的了。

那天我坐在客廳，她說要出門赴約。是男友的約會？她點頭稱是。十七歲的女兒，刻意為自己化粧。淡淡的胭脂，輕施唇上。魔幻寫實的技巧，恐怕也比不上她的乾脆俐落。一轉眼之間，她已變成一位陌生的少女。我是多麼自私想留住她，多麼想與她討論有關古生物學的學問。我拼湊不出任何理由請她留在家裡。門鈴已響，她的男友已在等待。我只能看她開門，看她從容跨出門檻。門重新關上，我彷彿失去了一位女兒。

女兒是那窗外的霧，已是那一片我難以領會的霧。在霧裡深處的什麼地方，一定有她的蹤跡。她要遊蕩多久，要徘徊多遠，都是我的未知。我錯過了這一生許諾的信約，失落了許多無可挽回的時光。霧湧大地，湧來我從未理解的秘密。中年心情的父親如我，是失去戀愛滋味的男人，撐起滿窗的等待，咀嚼滿屋的寂寞。

——一九九六年二月五日　台北

——一九九八年九月・選自聯合文學版《時間長巷》

風中音樂

到山下的小鎭去喝咖啡，完全是出於偶然。小鎭的街道非常狹窄，路旁的建築則是新舊並陳，整個格局看來相當雜亂無章，鎭內大約有三、四家咖啡室，我走進其中的一間。選擇這家，是因爲裡面的擺設與裝飾都很簡單，而且玻璃敞開，感覺很明亮。酷嗜啜飲咖啡，是我生活中僅有的享受。如果這項嗜好被剝奪的話，我的日子大概會變得乏善可陳。在醇香的氛圍裡，我慣於沉思，或者冷眼旁觀，或者聆聽音樂。喝過咖啡，我的精神爲之刷新。

坐在小鎭咖啡室的窗口，我浸淫於初秋的微風。這時有細微的音樂隱隱吹來，隨著風的速度湧進室內。從哪裡會有這樣的音樂，清脆的鋼琴鍵敲得起落有致。仔細辨認，是舒伯特的小夜曲。還以爲這個侷促的小鎭貧乏無趣，風中音樂在街道流淌，使得凌亂無序的窄路突然理出了頭緒。我忍不住問店中主人，音樂從哪裡來的？他微笑說，從小學的擴音器傳來的，他們正要開始午餐時間。然後他又說，每天都會放音樂，而且都是不同的曲子。

我不禁喜歡這個濱海小鎭。秋陽下，音樂彷彿迷路了，到處叩問每一扇門窗。那飄揚的旋律，彷彿又是識途老馬，熟悉地在每一巷道流動。我想鎭裡的居民已習慣這樣的午間音樂，或許有些人與音樂一起作息也未可知。整個小鎮坐落在風尾處，只要音樂揚起，所有的屋簷與窗戶都同樣領受迷人的旋律。我飲著咖啡，想像著學童在操場與教室的忙碌景象。他們可能不知道，那耳邊風一般的音樂，已經溢出校園的圍牆之外，正在洗滌不知是什麼人的心靈。我坐在窗下，讓音樂穿透筋骨；我是開放的山谷，容許風拂過，也容許鋼琴敲打過。

與其說我喜歡上小鎮，倒不如說我喜歡那種洗滌的感覺。每當有音樂襲來，無論那是搖滾、爵士或鄉村歌曲，無論那是古典或現代，無論那是東洋流行歌或台灣民謠，我的耳朵很少抗拒。慵懶的薩克斯風，細膩的小提琴，流水般的鋼琴，動人心弦的吉他，都在我的心房蜿蜒流竄過。倘然有什麼能夠攜我度過難以自持的孤獨時光，我別無選擇，唯音樂而已。

我的整個七○年代，既是穿越陌生城市的時期，也是讓鄉村歌曲攜我流浪的時期。我總以為大學時代對鄉村歌曲著迷的脾性，已經淡化了。然而，在美北洲長途驅車的經驗，又迫使我收聽鄉村歌手的作品。沉迷在那種又是抒情又是抗議的歌聲裡，我常常錯覺地以為回到台灣的雨季。巴布．狄倫的〈風中吹送〉(Blowing in the wind)，繫住了我那年代許多青年人的情感。那時，台灣社會正在醞釀反美的風潮；至少對於美帝的批判聲音，已經在部分作家的文字裡浮現。不過，狄倫的到來，卻有點弔詭。他的音樂其實是隨著崇洋風氣登陸台灣，但是他的歌詞精神則是反戰的。對我個人而言，情緒上出現許多矛盾。我一方面不安地購買他的唱片，一方面又安心地複誦著他的歌詞。

如果說巴布．狄倫是我七○年代的鄉愁，也不是什麼奇怪的事。這也是為什麼在海外聽到鄉村歌曲時，我特別強烈想起台灣的原因。狄倫的歌聲粗糙沙啞，絕對不可能被歸類爲動聽的行列。然而，恰好就是他那不馴的喉音，適合發抒批判與叛逆的聲音。我仍然記得那首〈苦雨就要下降〉的旋律，曾經使我聽到心碎。一九八○年代中期我驅車穿越加州中部平原時，望著東西平行的奔馳山脈，迎面而來的是罕有的暴雨。收音機忽然傳出〈苦雨就要下降〉的老歌，我竟泫然欲泣，只好緊急停車，讓激動的情緒平靜下來。許多人聽到台灣民謠就會懷鄉，對我相當嘲弄的是，我的思鄉病竟然來自西洋歌曲。

與狄倫同時竄紅的瓊・拜茲，歌喉圓潤，也是一位反戰的歌手。狄倫寫出的歌由她來唱，往往變得更加迷人。瓊・拜茲詮釋狄倫的音樂，可謂恰到好處。這兩位歌手，開啓我對美國社會的許多想像；通過他們的歌聲，我也學習了如何觀察台灣。我看到了藝術工作者，並不只是扮演傳聲筒的角色。他們寫歌、編曲、演唱，絕對不是爲了贏得掌聲，而是表達對社會不公的抗議，也是對政府錯誤政策的批判。我稱他們是歌手，並不是歌星，理由就在於此。

耽溺於鄉村歌曲的時代，於我從未結束。在八○年代，我繼續聽Willie Nelson、Kenny Rogers、Lionel Ritchie……。只是未能使我忘懷的，仍然是狄倫與拜茲。他們的時代也並沒有結束，特別是狄倫在七○年代末期以降，不斷有新的作品問世。他的憤怒、悲傷與苦悶，總是在不同的時空傳達到我的心房。〈沿路血跡〉、〈紅色天空下〉、〈啊，悲憫〉、〈對你美好如昔〉、〈出了差錯的世界〉，一路唱下來，充滿了活潑的生命力，縱然我聞到衰老與死亡的氣息。只要他的歌聲不致凋零，我想我的時代即使氣如游絲，也還是一息尚存的吧。據說，他又將發行新專輯的歌曲〈心靈暫停〉。幾乎能夠想像，他那種拒絕現代錄音技術的喉聲，依舊會粗礫般刷過我的靈魂。

我到濱海的小鎮，是偶然的事。我沒有想到這個平凡無奇的鎮裡，會在午餐時間出奇地飄揚古典的鋼琴音樂。坐在敞開的玻璃窗口，我看到毫無秩序的小鎮沉沒在小夜曲的旋律中。神奇的事情也在這個時刻發生，風中音樂攜我回到大學時代，更回到海外遭逢苦雨的時期。那樣小的市鎮，那樣短暫的時間，恍然又讓我重新過了一生。音樂的魔力，竟有至於此者。要我變成山谷，我就是山谷；要我化爲深井，我就是深井。曾經有過的歡愉、憂傷，隨著風中音樂，飄拂過我的山谷，也注入我的深井。

——一九九八年九月・選自聯合文學版《掌中地圖》

樓上

我很少去那間咖啡室，只是爲了拜訪附近的朋友，便先在那裡用餐。我與學生坐在玻璃窗口，靜靜望著樓外的陽光與忙亂的車輛，未料久未見面的余光中先生也突然出現。他與詩人向明被服務生安排坐在餐桌的隔鄰。世界顯然沒有我想像那麼遼闊，別離二十餘年之後，今年我竟與他有了第二度的相遇。窗外豔陽看來特別暖和，而人行道上的綠樹也明亮得不比尋常，好像這樣的相遇得到了應該得到的祝福。

他的白髮閃耀一如霜雪，在投射進來的光線下閃閃發亮，令人不能逼視。如果是在往昔，我應該會侃侃而談，向他提起別後的一切。可能是別離過於長久，一時卻不知如何說起。我在這邊的餐桌啜飲咖啡，忍不住窺視他的白髮。恍惚之間，分不清楚兩人相隔的距離到底有多寬？許多記憶在時間的梳洗之下，不能不改變顏色。他的霜髮，我的兩鬢，果然都難以抗拒歲月的沖刷。那年，在他廈門街的書房一起閱讀他甫完成的詩稿，情景歷歷在目；現在追憶起來，聲音與氣味彷彿很不眞實。然而，確曾發生過的，畢竟都烙印在血脈之中。

二十餘年的時光流淌過去，我知道自己偏離了最初的道路。他仍然遵循著詩的夢想，不懈追逐。能夠選擇年輕時代就已預設的目標去追求，這樣的生命就是一種幸福。我的辛苦，在於走過一段偏僻而荒遠的旅路，使得自己的心情全盤兩樣。然而，也正是我繞過了迂迴的歷程，才與他有了分手。我並不認爲這是他的問題，也不是我的問題，而應該是這個時代的捉弄。捲入了政治的漩渦後，我看到了前半生未曾看到的歷史。全新的現實理解，使我不能不背叛我自己。一場背叛，必須放棄多少年輕時期倍加珍惜的事物。我終於也背叛了友誼，更嘗到了痛徹心肺的割裂。

背叛，並不等於遺忘。我無法忘懷余光中在《敲打樂》與《在冷戰的年代》兩冊詩集所收的作品，那些詩行與句法，觸擊了我那年的敏銳感官與脆弱心靈。即使現在回想當年讀詩的感覺，依稀還能咀嚼那時的觸電滋味。自《白玉苦瓜》以降的詩集，都出版於我在政治放逐的期間。猶記得在洛杉磯時期，我一方面撰寫充滿高度禁忌的政論，另方面卻在夜裡捧讀他的《與永恆拔河》。我再次印證了自己的情感，實在是無法忘懷他的詩句在靈魂深處引起微妙的震顫。

對於政治信仰，我越來越能體會，那只是個人思想取向的問題。無須爲如此的信仰在心靈上自我放逐，更無須在情感上自我割裂。我相信政治應該是在爲人解決問題，而並不是製造更多紛端。我回歸到台灣，也同時回歸到文學。繞道漫長的時光，我才發現自己並未放棄閱讀余光中。政治，原來並未全然毀壞了我。

在咖啡室樓上，余光中告訴我，他即將出版詩集與散文集，明年也將有他的一冊傳記出版。我欣喜於聽到這樣的消息；那種喜悅，近乎從前他讓我分享詩作新稿的那種感覺。過了中年，畢竟不是什麼事情都看得很淡。他帶給我的影響與啓蒙，豈能從生命中輕易淡化？

對詩的品味，我確實有過幾度更易。他擅長利用漢字的造型與音韻，釀造詩句的歧義變化。他也善於利用長短參差的句型，鋪張散文的錯愕效果。無論是詩或散文，他的作品往往能夠製造許多音響與回聲，那不只是適合眼睛閱讀，同時也適合耳朵聆聽。耽溺在他字與音相互照映、相互共鳴的世界，我度過了極為愉悅而華麗的年少歲月。不過，那樣對詩的品嘗，最後還是偏離了我的興趣。我與他漸行漸遠，主要是由於過分投入政治，而使自己的心情不時處於緊張狀態。心境的改變，攜我走向另一條不再回頭的道路。

使用割裂一詞來形容我向余光中作品的揮別，似乎是過於誇張的說法。我只是沒有像從前那樣，以著激情捧讀他的詩與散文。但是，我仍得承認兩人之間的情誼，誠然是淡了、疏遠了。望著他的白髮，我測量不出兩人的距離究竟有多寬？近在咫尺的余光中，絕對不是我的夢幻。在他身上，我依舊可以窺見自己曾經有過的追尋與懷抱，縱然看來已有些蒼老。二十餘年的風雲變幻，我背叛當年的我，到底又有多遠？

窗外是台北市仁愛路的一排行道樹，冬天的陽光溫煦地照亮每片綠葉。樹下的影子，湧動著微微的風，也震顫著我情緒的波紋。不能再回來的，是逝去的華麗歲月。我起身向他告別時，更覺許多光線、色彩與情調都已捨我而去。我下樓推門而出，車聲淹沒了蕩漾的情緒，卻淹沒不了我的記憶，我很清楚，詩的聲音與回響仍然留在咖啡室樓上。

——一九九八年九月・選自聯合文學版《掌中地圖》

蔣勳作品

蔣　勳

福建長樂人，1947年生。中國文化大學歷史學系、藝術研究所畢業，法國巴黎第一大學藝術史研究所研究，1981年應邀美國愛荷華大學「國際作家工作坊」任訪問作家。曾任雄獅美術主編、淡江大學、輔仁大學、台灣大學副教授、東海大學美術系系主任、聯合文學社長，現專事寫作並從事中國美術研究工作。著有散文集《萍水相逢》、《島嶼獨白》、《歡喜讚嘆》、《蔣勳精選集》等，另有詩、小說、評論等創作多部。曾獲中國時報文學獎、中興文藝獎章、吳魯芹散文獎等。

我與書畫的緣分

我與書畫的緣分，似乎始終在可有可無之間。

小時候，在父親的嚴格督促下，曾經勤練過書法，但是並沒有眞正喜歡過。每天規定要臨寫的柳公權的《玄秘塔》或顏眞卿的《麻姑仙壇記》，都成爲童年痛恨的事之一。一天的日課包括大字三篇，小字一篇，總是到父親快下班時才趕緊匆忙趕出；只有專揀那些筆畫簡單的「上」、「大」、「人」、「乙」等字來寫。父親回來檢查，自然挨了一頓痛打。晚飯後，重新研墨，父親坐在我的後面，握著我的右手，一筆一筆，在描紅簿上練習筆法。我記憶中的「書法」，其實更多的是父親粗壯結實的大手那有力的牽動，我的握著毛筆筆管的小手，便在那有力的頓挫點捺的掌握中感覺著父親平靜的呼吸、嚴正的表情。那筆畫的頓挫點捺，似乎並不只是書法，在二十餘年後，當我不自覺著迷上書法時，覺得那書法中全是生命的頓挫點捺。我開始在顏眞卿的字中，看到戰亂中生命一絲不苟的端正，那種「造次必於是，顚沛必於是」的歷史的莊嚴，其實遠不是「造型美術」四個字能夠解答，而更是一種生命的實踐罷。

但是，我還是始終不敢動顏字，到了西安看到刻石上顏字的原碑，刻得極深，鏤骨蝕髓，眞是大唐的風度，我知道自己離顏字太遠了。

讀研究所時，在莊嚴老師指導下寫了很長一段時間的「禮器」。莊老師大概要我收收心，寫規矩的漢隸，我卻仍然一心叛逆，自己私下總是特別喜歡魏碑，喜歡龍門造像中牛橛題記的怪誕荒謬，那種從隸體解散往楷書過渡時字體的混茫大氣，有民間的拙樸，用筆如刀，全是縱橫的殺氣。從龍門造像到「爨寶子」與「爨龍顏」，魏晉碑刻的書法給了我最基本的影響，也在理論上自然親近了康有爲《廣藝舟雙楫》的意見，對二王至趙孟頫的書法產生了成見。

在法國讀書期間，特別想寫書法，彷彿只有書法中的墨淚斑駁可以解異國的鄉愁。好友戴海鷹、何瀞華夫婦在書法上用力甚勤，我從他們所獲太多。而我的學生兼好友的司徒偉(Harvey Stupler)君臨別所贈金冬心的一冊《金剛經》，也在旅途中成爲我每天日課的對象。

如果，在書法上有所謂「進境」，大概只是對自己前一階段生命的浮躁囂張的一種慚愧之情罷。書法逐漸變成了我的宗教，看黃山谷的俊朗，米芾的狂傲，看蘇東坡蒼古與嫵媚中不可解的荒涼，都似乎是使自己更能收斂了浮躁之氣。平心靜氣，連看身邊的浮躁囂張都能有一種安靜。

西方從「視覺藝術」來看書法，總是有點隔靴搔癢，書法的精采也許恰恰不在視覺，也無關藝術。很日本風的把書法搞成造作的筆勢，總覺得像不成熟的孩子的虛張聲勢。

但是，即使滿街都是虛張聲勢的書法，也並不重要。因此而呼天搶地起來也頗令人可厭。其實走到故宮去，再細看一回顏眞卿的〈祭姪文稿〉，或蘇東坡的〈寒食帖〉，甚至偶爾路過裱畫店，看到臺靜農先生一幅小小的條幅，都很可以會心一笑。即使身在南朝，也自有坦蕩自在的生命啊！

比起書法，我與繪畫的緣分似乎更在可有可無之間。

小學在數學簿上畫的連環圖釘成好幾本，大概是愛畫的開始。初中以後，心血來潮，跑到民眾服務站的繪畫班去求學，被允許免費旁聽旁看。當時教山水的蕭一葦老師很熱心，也許覺得我年幼，便認眞督促我寫字、背古文，至於繪畫一事倒不多說，記憶中倒是常常教我懸腕執筆，在空白紙上畫一條條的水平線與垂直線。蕭老師是溥心畬先生的大弟子，他的工整我也始終望塵莫及。倒是教花卉的陳瑞康老師，當時還是師大美術系的學生，鼓勵我大筆揮灑，畫了許多公雞、牡丹之類的畫。

這次學畫只一年，因爲車禍右手骨折而中斷，所有的習作在住院兩月期間分贈與我友好的護校實習的護士們，也便中止了我與國畫的一段短短的緣分。

此後雖然隨姐姐常畫電影明星照片以自樂，不曾正式習畫，考大學時很想讀美術系，因家裡反對，也並沒有成功。只有碰到美術系同學時，央求替他們揹畫架來過過讀不成美術系的癮而已。

大學畢業後，繞來繞去，又繞到了藝術研究所。莊嚴老師帶著在外雙溪他的宅邸寫字，喝酒，看書畫；李霖燦老師陶醉多於說理的中國美術史的介紹，都使我記憶深刻。甫自香港來臺的曉雲法師教的是印度藝術，卻更多時間帶我們走在華岡上，聽溪水潺湲。

似乎「藝術」可有可無。最後一次見到莊嚴老師是在去法國之前，他已臥病在床，我第一次進他的臥室，四面全是書冊，他的床頭攤開一部柳詞《樂章集》，他仍然嬉笑調皮，一面告訴我法國國家圖畫館藏著宋拓的歐陽詢化度寺碑的拓本，一面用雪白的衛生紙擦拭口角上咳出的鮮血。

我的第二次習畫，是隨張穀年先生。他住在南昌街，我與好友奚淞每週去看他畫畫。他的江浙口音很重，我不很懂，唯一記得的是他很費力解釋筆法的「橫平豎直」四個字。「橫平豎直」，他一面說，一面在紙上示範。一個端正嚴謹的老人，很努力地使自己的手在空白的紙上完成規矩的「橫平豎直」。

繪畫上如果有所謂「進境」，大概也還是領悟了自己的浮躁囂張，願意靜下來懷慚愧之心罷。因此，有更多的時間想看一滴水在紙上暈開的速度的緩急。嘗試用清水在空白的紙上繪畫山水，水的印痕隨濕隨乾，一幅淋漓的山水可以在，也可以不在。紙上的滄桑斑駁也只是墨水之痕，可以有，也可以沒有。

書畫於我也許似修行罷，修行的原因是知道做得不好，可以繼續做下去。

我於書畫上敬佩的都只是一種生命的修行而已。好友奚淞在母親亡故後，以三十三個月的時間去畫觀音，我知道我還做不到，心中便有敬仰。

書畫界來往不多，有時也間或聽到「傳統」、「現代」、「工筆」、「寫意」的爭執。也許，對生命的修行不同，自然是無所謂的。

有時偶爾聽到跋扈囂張的言語，也只是覺得有趣，看一看那蹙眉噘嘴的臉，奇怪也有這樣的修行的一途。

能夠走到故宮看一看范寬的「谿山行旅」或黃公望的「富春山居」，自然是一種福氣。南方歲月滄桑，這些南來的人物品貌，都要在臺灣的山川上如花自開，可以是一次歷史的繁華。

——一九八九年十月六日於淡水

——一九九〇年七月・選自爾雅版《今宵酒醒何處》

分享神的福分

我在一個常年有戲可看的社區長大。演戲是爲了謝神，所以戲台總搭在廟口，是演給神看的。百姓看戲，是分享神的福分。

那個社區叫大龍峒，在淡水河基隆河交會的附近；那個廟叫保安宮，供奉的神是保生大帝。圍繞著保生大帝的生日，一年總有好幾個月都要演戲酬神，保生大帝又要與其他地區的神禮尙往來，迎送賓客，也都要演戲。一年中大大小小的節慶，上元、中元、端午、中秋，也照例少不了演一台戲。

戲台其實很簡陋，用粗粗幾根碗口粗的木樁橫直豎立起來，上面鋪上板，再圍上彩繪的大幕，區分了前台後台即成。

大概按社區慣例，演戲總由當地較有聲望地位的仕紳和殷實的商家出錢，請一台戲班演出，因此，戲台上常常貼滿紅紙條幅，上面用墨字寫出出錢仕紳與商家的姓名，以及贊助的款項數目。

在比較盛大的節日，或地方上特別富裕的年月，也許出錢的人特別多，有時就不止演一台戲。我看過一次三台共同演出的盛況，三個不同的戲班，在三個不同的台上，同時演出同一齣戲碼。記憶中那種興奮已很難用語言形容了，只記得當時尚讀小學的我，穿梭奔跑於三個並排演出的戲台下，看著大人們指點評論，比較三台的演出。不時有商家助陣，在紅色彩綢上貼出數千元的現鈔給某一戲班，便引起一陣騷動，燃放鞭炮之聲不絕於耳，演員也使足了勁在台上唱作俱佳的演出。

我分享了那個年代神的福分。就在戲台附近的小學當然遠不如戲台迷人。常常溜出教室，跑到戲台前看戲，但是，也總免不了被鄰居的歐巴桑看到，便嚴厲指責我不在學校上課，要告訴我母親云云。因此，逃學去看戲，有時就不太敢到前台，躡手躡腳溜到後台，攀上梯子，爬在後台看戲成為與神分享的另外一種福分，當然，神的福分中也有酸楚感傷。

爬在後台一角，看到滿頭珠翠的旦角，剛在前台嬌聲嬌氣扮演傲氣自負的千金小姐，忽然轉進幕後，便匆匆解開領口，掏出乳房，抱起在地板上嚎哭的嬰兒哺乳。嬰兒安靜地吸吮著母乳，千金小姐濃厚的油彩下看不清她眞正的表情，她很快又放下嬰兒，整理一下衣衫，依然嬌聲嬌氣婀娜多姿出去前台演好她的角色。

我仍然懷念那個戲台，懷念那台前台後華麗與傖俗，喜悅與酸楚，現實與戲之間奇妙的混合，好像知道分享了神的福分，即是對人生中的富足有感恩，對人生中的酸楚也有敬意。

母親的戲癮也絕不下於我。她在陝西迷秦腔，在河南時迷河南梆子；到了大龍峒，生活的辛苦煩勞，也絕不會阻礙她和鄰居歐巴桑一起拿了板凳坐在廟口看歌仔戲。

也許因爲戰亂的關係罷，在民國五〇年代左右，廟口的歌仔戲班中似乎也夾雜一些平劇、川劇、河南梆子的演員。民間的戲劇原有它活潑的一面，異鄉流離來的武生，一時失散了班子，爲了生活，寄託在歌仔戲班中，有的戲碼本來也就相同，於是一齣《白蛇傳》白娘子、許仙都是歌仔戲，忽然到了〈合缽〉一場戲，跑出一個哪吒，出口竟是河南梆子的腔。母親一時錯愕，不知道是感觸了什麼，呆呆看著這仙界哪吒，身手不凡地翻滾，台下掌聲如雷，對異鄉武生也有支持鼓勵，落難者也分享了神的福分。

也許是這些童年的經驗罷，使我至今看到好戲，總覺得是在分享神恩。神恩是知道了離、合、聚、散、喜、怒、悲、歡，都要有分寸。

七〇年代後期，剛從歐洲回來，常常晚上跑到中華路的國軍文藝中心看戲，票價三十元台幣，看了許多好戲，又是另一次福分。戲碼有時是演了又演的《四郎探母》、《蘇三起解》，但是，演員知道分寸，那個四郎，與親生母親、妻子、弟妹分離十五年，生死不知，一旦母親近在一夜之間即可探望的地方，思緒澎湃，那個公主，十五年來，忽然發現恩愛的丈夫原來是敵國的將領，有殺父之仇。我忽然意識到身旁看戲的老兵都陷入個人的迷惘中，什麼力量使人與人阻隔，什麼東西使人與人仇恨，什麼樣的政治，使父子不和，夫妻反目，使黨派的喧囂淹蓋了人的本性？

戲台上的四郎與公主都有分寸，所以猜疑過後，爭辯過後，人還是要回到人的原點，戰爭殘酷，兵荒馬亂，流離落難，但是人還要分享神的福分。

這些年，看戲看得少了，只是覺得有時候演員少了分寸，可以一開打，刀子掉了一台，演員無惶恐慚愧，還向台下觀眾做鬼臉，我就不再想看戲了。

戲和人生一樣，總在一種認眞，因爲認眞，舉止就不失分寸。

顧正秋的戲，我總想看，覺得每次看還有一種分享神的福分的快樂。

好的演員，往往脫開了年齡、性別，脫開了現實中利害的糾葛，在舞台上形成一種品格。顧正秋的鐵鏡公主，在精明中有寬厚的悲憫，她大約早已猜到丈夫是國法不容的敵邦奸細，但是，人與人有恩有愛，正是要控訴那「法」的荒謬殘酷罷。《鎖麟囊》中的顧正秋，從繁華唱到幻滅空無，生命在一彈指頃看到了嬌貴榮華竟都是虛罔，然而人世有恩，所以也還要同享神恩。《鎖麟囊》中顧正秋的分寸在唱腔，也在身段。唱腔是聲音的分寸，身段是舉止的分寸。《鎖麟囊》到了最後，恩人來拜，顧正秋幾個後退辭謝的身段，是身段美的極致，年輕演員或許只能當身段看，但是歷練了生命中的華貴與酸楚，對人世的大愛大恨坦蕩之後，顧正秋身段的分寸其實是一種文化品格。

把身段提高成爲一種美學形式，在顧正秋的《漢明妃》中特別可以看到。這齣歷來使好演員想要挑戰的戲，從表面來看，昭君、王龍、馬夫，三者在舞台上極高難度的唱腔與身段的錯落，其實也可能是更深一層文化品格的探索過程。在某一個意義上來看，王昭君是對整個民族怯懦、政治怯儒的一種反諷，她以一個孤獨女子的身段出走塞外，在蒼茫的天地中回看家鄉故國種種，千山萬水，顚沛流離，王昭君的自我放逐，剛烈中有一種蒼涼，是人生的坎坷裡自己對自己加倍的珍重與堅持。

因爲顧正秋的戲，覺得現實的慌亂喧囂中仍有一種安定，知道即使在慌亂中也不能失了人的分寸。

一個優秀的演員，是一個漫長的美學傳統源遠流長的總結，有好演員在，舞台上有典範，同樣，人世間也才有了典範。

——一九九五年十月．選自東潤版《人與地》

不可言說的心事

——談《四郎探母》

從小在臺灣隨父母看國劇，當時的國劇，大都隸屬軍中劇團，每逢節日，都有一些演出，供民眾欣賞。記憶中，常常看到的戲碼，並不多見，總是幾齣老戲，看來看去，連孩子時代的我，都覺得有些厭煩了；例如，每逢國慶，或領袖人物的壽誕，總是演《龍鳳呈祥》，我稍稍長大之後，就對這種應景應酬，或者爲了政治文宣，粉飾太平的戲，有一種反感。

記憶中，常常演出的戲目中，還有一齣，就是《四郎探母》。小時候看，其實不是很懂，先入爲主的認爲，《四郎探母》，就是一部宣揚「孝道」的戲，因爲戰爭，和母親分隔兩地，舞臺上，一個長鬍子的男人思念母親，頻頻揮淚，痛哭失聲，小時候看，也覺得有一點誇張罷。我坐在母親旁邊，看到楊四郎探母見娘，跪在地上，叩拜母親，口中唱著「千拜萬拜，贖不過兒的罪來——」看到母親竟然也從皮包中找手帕拭淚，我不能懂的是爲什麼，但是，這些記憶，也許是我開始關心「四郎探母」或「楊家將」爲主題的戲，最早的開端罷。

胡地衣冠懶穿戴，每年的花開，兒的心不開——

其實眞正教會我看懂《四郎探母》這齣戲的，不只是母親，而是服兵役時認識的一些軍中的老士官們。服兵役的時候在鳳山，擔任陸軍官校的歷史教官，從小在臺北長大，第一次離開家，第一次接觸到和我的成長背景完全不同的另外一羣人。

我住在陸軍官校裡，幫忙整理校史，在殘破不全的資料裡看到一個軍事學校背後隱藏的巨大歷史的悲劇，二十幾歲，甚至不到二十歲的男孩子，與家人告別，在戰爭中死去，各式各樣的戰爭，和軍閥的戰爭，和日本侵略者的戰爭，和共產黨的戰爭，或者，搞不清楚和誰作戰的戰爭，他們死去了，我要在校史上爲他們立傳，長官指示我，在他們臨終捐軀時，要強調他們高呼：黃埔精神不朽，中華民國萬歲……

我在撰寫他們的故事，覺得歷史的荒謬，覺得撰寫歷史的虛僞，感覺到疲倦而沮喪的時候，走到校園裡，碰到一些老士官，他們站起來，「少尉好！」他們必恭必敬向我敬禮，他們的年紀比我大很多，臉上蒼老黧黑，我覺得有些不安，和他們一起坐下來，忽然聽到他們身邊的收音機唱著一句：「千拜萬拜，贖不過兒的罪來——」我心中一驚，面前這些面目蒼老黧黑，一生顚沛流離的老士官，他們的故事，彷彿就是楊四郎的故事，是戰爭中千千萬萬與親人隔離的悲哀與傷痛，不可言說的心事，都化在一齣「探母」的戲劇中。

我開始注意鳳山黃埔軍校的校園中，或者整個黃埔村新的眷村中，總是聽到《四郎探母》，總是聽到一個孤獨蒼老的聲音，在某個角落裡沙啞地哼著：「我好比籠中鳥，有翅難展，我好比虎離山，受了孤單；我好比淺水龍，困在了沙灘……」

我在整理黃埔軍校的校史的同時，開始和這些在各個角落聽《四郎探母》的老兵們做朋友，聽他們的故事。

一個叫楊天玉的老兵，山東人，民國三十八年，在山東鄉下，連年兵災人禍，家裡已經沒飯吃了，他的母親打了一捆柴，要天玉扛著到青島城裡去賣，那一年他十六歲，扛著柴走了幾天，走到青島，正巧碰到國民黨軍隊撤退，他說：「胡裡胡塗就跟軍隊到了臺灣。」

我算了一下，他跟我說故事的那一年是民國五十八年，距離他被抓兵，離開家鄉，已經整整二十年。

他說：「楊四郎十五年沒有見到母親，我娘呢，二十年了，也不知道我是死是活，是到那裡去了。」

另外一位姓張的老兵，四川人，第一次認識他，我看他的名字，他笑了說：「少尉，名字不重要。」我不懂他的意思，他也說：「不重要，不重要。」後來熟了，才知道他兵籍號碼牌上的名字也不是他真正的名字，他說：「打仗啊，到處亂抓兵，軍隊都有一本兵籍簿，按著兵籍簿的名字發餉發糧發衣服彈藥，要是有一個兵逃跑了，就抓另外一個人來頂替。」這個姓張的四川人，逃了很多次兵，又被抓去作另一個逃兵的頂替者，他於是養成一種玩世不恭的調皮，總是說：「名字啊，不重要，不重要，楊四郎，楊延輝，不是也改了名，叫木易嗎？」

是的，許多有關《四郎探母》的細節，我是透過這些在戰亂中活下來的老兵讀懂了的，知道了爲什麼這齣戲可以歷經百年不衰，在人們口中一再流傳。

以後爲了歷史的癖好，去《宋史》中找楊業的傳，又找到鄭騫先生有關《楊家將演義》一厚本詳盡的考證，甚至，自己也做了不少卡片，準備寫有關楊家將歷史與通俗演義的比對，但是，不知道爲什麼，一想到那些老兵的臉，就忽然覺得一切歷史的荒謬，歷史上不會有一個叫作「楊天玉」的名字，整部黃埔軍校校史中沒有這個名字，但是他卻是我對戰爭的悲慘、歷史的虛假認識最深的人；就像在整部宋代歷史中，在宋遼交戰的歷史中，楊延輝是一個難以查證的人，但是，楊四郎卻爲空泛與滿是漏洞的歷史作了最眞實的補強。

從歷史上來看，《宋史》中有關「楊業」的紀錄非常簡略，這個五代時屬於北漢的將領，在宋代統一之後，歸於宋王朝，在雍熙年間，第十世紀的初期，因爲戰役，全軍覆沒，《宋史》上除了繼承楊業邊地軍功的兒子楊延昭（六郎）之外，並沒有涉及其他子嗣的紀錄。

因此，我們可以說，楊家將是從宋代以後，依據《宋史・楊業傳》的小引子，引發出了一套體系龐大的家族悲劇史。

這一套民間口述歷史，隨著不同的時代，以附加了當時社會不同的政治禁忌或政策，使楊家將的戲劇一再豐富，成爲足以反映民間心事的偉大創作。

關於楊家將中《四郎探母》這一部分的架構，可以看到隱藏著一種胡、漢矛盾的基礎原型。胡與漢，農業與游牧的民族，因爲生產型態的不同，產生了在中國北方長期的衝突，戰爭也自然成爲解決胡漢矛盾的要素，比較溫和的時代，則盡量避免戰爭，改用和親通婚的政策。

這個中國歷史上的基本原型，在《四郎探母》中被用爲戲劇的骨架，楊四郎代表了漢族，在與遼邦（胡）的衝突中，全家慘死，父親碰死李陵碑、大哥、二哥、三哥都壯烈犧牲，成爲胡漢對立，胡漢仇視的開始，有趣的是，第四個四郎，在傳統殉國的概念中成爲苟且偷生的背叛者，楊四郎一開始就扮演了顚覆中國儒家「忠」的角度，他改名木易，娶了遼的鐵鏡公主爲妻，夫妻和睦相處，生了孩子，十五年，唯一的遺憾，似乎只是思念母親。

把「忠」的概念移爲「孝」的眞情，《四郎探母》最初的動機其實已經違反了原來傳統中「移孝作忠」的大正統，我相信，這齣戲在清代產生，是有一定歷史背景的，滿清入關，努力調和胡漢的對立，從嚴厲的高壓，到溫和的懷柔，在舞臺上，我們看到楊四郎與鐵鏡公主相敬如賓，彼此恩愛，似乎也就解脫了胡漢嚴重的對立，國仇家恨，一旦化約成「親戚」，也就納入夫妻的恩情，化解了族群衝突的嚴重性。

如果《四郎探母》是清代官方的文宣，這種文宣是非常高明的，戲劇創作者抓到了人性的基礎，使人有機會超越現實政治的對立關係，從「人」的本性出發，使「人」可以互助互愛，不被團體（胡、漢）的族群分化限制，有更闊大的，也更健康的倫理態度。

鐵鏡公主是非常健康的角色，楊四郎的深情有極大部分來自這名健康女子的支持與鼓勵，在〈坐宮〉一段，楊四郎的自哀自嘆被公主發現了，是公主鼓勵他，也用機智引帶出楊四郎的壓抑，在楊四郎透露眞正的身分之後，鐵鏡公主的反應極複雜，這是自己深愛十五年的男子，這又是殺死父親的楊家的子嗣，在政治對立，族群對立中，挑戰了鐵鏡公主的選擇，她也曾經憤怒地說：「報知母后，要你的腦袋。」在政治分離的時代，我們都知道，多少親人家族反目成仇，用殘酷的政治手段對付親人，但是，《四郎探母》委婉地使胡漢對立緩和，聰敏的公主，體諒四郎思念母親之情，也信任四郎一夜之間即刻回來的信諾，一切的行爲只在一種對「人性」的相信，對人與人深情相待的信諾，所以鐵鏡公主偷盜了令箭，幫助四郎出邊境，回家探母。

在臺灣與中國大陸政治分隔四十年後，探親令下，我在報紙上讀到，忽然憶起那些軍中的老友，不知道他們是否都在回家探親的路上，在家鄉的老家中長跪地上，或叩首於母親的靈前，心中仍是那一句：「千拜萬拜，贖不過兒的罪來——」

是誰扮演現代的鐵鏡公主，成全了這些現代楊四郎的回家探母，這將是下一齣《四郎探母》的戲中故事罷。

一九七〇年中期，我從法國回來，常去當時中華路的國藝中心看戲，看的仍然是《四郎探母》，仍然是已經年邁的老兵，好像不是因爲心酸，而是因爲眼疾，頻頻拭淚，台上楊四郎的戲詞，他們每句都會，跟著唱，我帶年輕的學生去看戲，學生們討厭老兵，嫌他們看戲沒有禮貌，臺上一唱，臺下也跟著唱，我卻心裡知道，他們已眞正是現實中孤獨悲苦，無家可歸的楊四郎，只是學生年輕，不知滄桑罷。

後來有一陣子，不知道爲什麼，《四郎探母》忽然被禁演了，在政治恐怖的年代，眾說紛紜，沒有人講出什麼道理，卻都在耳語著。不多久，又解禁了，甚至加上《新四郎探母》這樣的名字。我趕去看，看到探母見娘一段，照樣痛哭，照樣磕頭，照樣千拜萬拜，但是，拜完之後，忽然看到楊四郎面孔冷漠，從袖中拿出一卷什麼東西遞給母親，然後告訴母親：「這是敵營的地圖，母親可率領大軍，一舉殲滅遼邦。」

我看了大笑，政治的情治單位，無所不用其極，害怕老兵想母親、想家，在那個可怕的年代，想家都可以有罪，想念母親即是「通匪」，因爲母親已經被劃在「匪區」了。

楊四郎的故事沒有完，在人被政治扭曲的現實中，楊四郎必須是埋伏的情報員，負有諜報的工作，因此，一齣驚天地動鬼神的戲，忽然使人對楊四郎產生了空前的反感。

楊四郎如果是爲通報敵情而回營探母，他對母親無深情，對鐵鏡公主也無深情，楊四郎就只不過是一個徹頭徹尾的虛僞者，他不會在這個舞臺上受人認同，我看到一些剛揉完眼睛的老兵，忽然離座，他們走出劇院，他們走進繁華城市的荒涼夜色中去，他們舞臺上的楊四郎已經被政治污染了。

爲了政治的粗暴理由改動一齣長久在人們心中形成力量的戲，其實是愚蠢的，在政治的粗暴過後，我們看到分隔四十年、五十年的親人，在戰亂之後，有一種人對待人的眞情在慢慢恢復，在電視上，看到一名老兵跟在臺灣娶的妻子，回到鄉下老家，到了門口，淚流滿面，如何也不肯進門，結果是臺灣老婆大大方方進去，向一位蒼老顫抖頭髮花白的婦人一鞠躬，說：「大姐，妳不要怪他，他也離開妳二十年以後才跟我結的婚！」

不知道爲什麼，這些場面總使我想起楊四郎，想起那些在戰爭中被迫害的人，不像西方那樣懂得反抗迫害，不像西方那樣用激烈的方法控訴戰爭，卻用最委婉悲涼的方法說著人在戰爭中的受苦。

《四郎探母》其實是一齣反戰的戲，它以人的深情對抗戰爭、政治的殘酷。

四郎要見母親，是眞情，四郎恨遼國，是眞情；四郎愛鐵鏡公主，也是眞情；四郎回家，見到元配妻子孟夫人，覺得心如刀割，滿是愧疚懺悔，也是眞情；楊四郎所有的眞情糾結成他現世的矛盾，成爲一種難以言喻的哀傷，人們愛楊四郎，跟著他一起唱：「我好比籠中鳥，有翅難展飛」是每一個人都暗自覺得自己也有楊四郎同樣的矛盾，在現實充滿兩難的矛盾中，只有更多自哀自嘆的自責罷。

楊四郎在舞臺上以暫時的團圓結束，但是楊四郎的悲劇並沒有結束，楊四郎的故事仍在世界各個角落，在戰爭與政治的迫壓下，每一日每一日的上演著，那些在與親人分離的歲月中，他們會永遠懂得《四郎探母》深情的眞義。

——原載一九九八年十月五、六日《聯合報》副刊

帝國屬於歷史，夕陽屬於神話

向南飛行的時候，朝向西邊望去，雲層的上端是一片清澄如寶石的藍色，透明潔淨。在近黃昏的時分，低沉入雲層的太陽反射出血紅的光。襯托在湛藍純淨天空中的血紅，像一種沒有時間意義的風景；沒有歷史，沒有文明，只有洪荒與神話。

Ly's M，你想像過創世紀之前的風景嗎？

沒有白日與黑夜，沒有水與陸地，沒有季節與歲月。在一切還沒有被定名和分類之前，在那巨大的混沌裡，卻蘊蓄著無限創造的力量。「無，名天地之母」的時刻，我在那時，已注定了要和你相遇，在不可計量的時間的毀滅中，經驗愛、經驗相聚與分離，經驗成、住，也經驗壞、空。

在飛行緩緩下降的時候，這個長長地向南伸入海洋的如長靴一般的陸地，露出它美麗的海岸。在血色加重的夕陽中，慢慢看到了巨大高矗在廣大廢墟中斷裂的石柱，使人記起這裡曾經有過的帝國。

帝國屬於歷史，但是，夕陽屬於神話。

Ly's M，我對你的愛，你應該知道，將不屬於歷史，它將長久被閱讀傳誦，成爲一則神話。

在七座山丘之間，一對吸吮母狼奶汁長大的兄弟，建造了這座不朽的城市。

在用馬賽克拼聚成的圖像裡，可以辨認一些已經碎裂卻粗具人形的城市祖先。好像在逐漸被時間逼退的時刻，仍然頑固地對抗著即將來臨的消失的命運。

我在處處是廢墟的城市中行走，閱讀歷史，也閱讀神話。好像過去與現在並存著，好像祖先與子嗣同時存在，好像幽靈與血肉的身軀共同生活。歷史上謀殺的血跡，在柱石的廢墟間開成豔紅的花朵。所以，歷史更像神話，我們也仍然是嗜食母狼之乳的子嗣，有一切獸的品行，有熱烈的交媾繁殖與殘酷暴烈的屠殺。

帝國的故事便從交媾與屠殺開始了。

Ly's M，我坐在廢墟之中，思念你，如同思念這裡曾經有過的帝國。

你使我了解到歷史如此虛幻。當我依靠你時，也如同依靠著帝國的榮耀；或許，一剎那間，我們的愛也都將盡成廢墟罷。

但是，我還是藉著夕陽最後的光輝，在廢墟裡走了又走。行走在巨大的石柱間，那被夕陽的光線映照得更顯壯偉的拱頂，那石柱頂端雕飾華麗的莨菪葉形的柱頭，那些深凹的龕和深洞，原來有著人或動物活動的空間，好像挖去了眼瞳的空洞的眶，沒有表情地凝視著時光。

我確定你和我在一起，從那古老的神話開始，共同認識了星球、黎明和黃昏，共同認識了海洋和陸地的誕生，爲水藻與貝類選取了美麗的名字。當彩色的虹在雨後的天空出現，我們的愛有了最初的誓言。Ly's M，在尋找你的時刻，我要用閃亮如鏡面的黃金盾牌和彎曲的劍，通過許多妖魅的阻礙。但是，風聲和洪水使海峽的浪濤如此洶湧，我完全忘記，一片月桂葉可以如此篤定，渡我到你的岸邊。

我在廢墟中拾起一片枯黃的月桂葉，圓圓的滿月已經升在城市的上空，我知道此刻你在睡夢中有了笑聲。

我看到你完全看不到的宿命。看到你好幾次的死亡，看到我悲痛的哭泣。看到你被雕塑成石像，立在帝國的疆城之中；看到我的詩句銘刻在紀念你的碑文上。

然後我獨自坐在滿月的光華中走入橄欖林去。

許多自相交配的野貓在林中流竄。牠們灰色的眼瞳，輕盈如鬼魅的腳步，因為微笑而顫動的觸鬚，都曾因為你的寵愛而被我記憶。我如此清晰看見你在那冬日的樹下蹲伏著，用手來回撫摸那貓的背脊；我在那弓起的貓的背脊上看到你輕柔的手指。每一根手指我都如此熟悉，彷彿樂師們熟悉他們的琴弦。我靜默無語，覺得每一個滿月我都仍然在這片依靠著廢墟的樹林中等待你，等待你從一次又一次的死亡中走回來，如同往昔，在我枕畔呼吸。

這個城市，每在滿月，仍然可以聽到母狼的叫聲。

在蜿蜒的河流四周分布的七座山丘，據說相應著天上的七座星宿。所以地上的故事只是神話的另一種流傳，我如此一次又一次地閱讀你的面容，便是因為那裡有一切神話的徵兆。

但是，你會走回來嗎？

在月光和樹影的錯亂裡，你可以藉著我的詩句，重新找到最初的起點嗎？重新戰勝那麼多次死亡的徵兆，在我悲傷的輓歌中，如一片新生的月桂葉，輕輕降落在我手中。

Ly's M，你無法理解了，你無法理解一種思念可以通過歷史，可以通過不可勝數的死亡與毀滅，可以通過最浩瀚的廢墟，使我再次如此眞實地看見你，如此眞實地站立在我面前，如此眞實地微笑著。

我從那些爲了銘記戰爭勝利的門下走過，走到曾經擁擠著人群的市集。從東方被帶來的奴隸和香料在這裡販賣，奴隸們信仰著不同的宗教，他們在被鞭打的時候，仍然跪著仰首禱告，祈求他們的神的賜福。

奴隸們被大批驅遣到巨大的圓形建築裡，被關在窄小的地牢中，等待節日時供野獸追捕吃食。這座圓形的巨大建築可以容納眾多的貴族觀賞奴隸們的死亡。各種酷刑，如同娛樂與遊戲，使奴隸們受虐的哭叫呻吟成爲節日慶典最豐盛的喜樂。

Ly's M，我們的祖先和我們一樣，有一切獸的品行。

在那奔逃哭叫的人群中，Ly's M，我，唯獨我，看見了你。看見你在襤褸衣裳下年輕的身體。看見你在酷刑的虐待中仍然完美的身體。看見你，在死亡的驚懼中，仍然沒有失落的信仰的容顏，如此純淨，使我落淚。

你使所有壓迫你的貴族黯然失色。在那時，我知道，一切深深射入你肉體的箭，都將一一折斷。而那些血如泉湧的傷口，也將如花綻放。有歷史不能理解的光輝將來榮耀你的身體。有新的宗教和新的信仰在你站立的土地上被尊奉和紀念。Ly's M，在那群叫囂的淫樂的貴族中，我是唯一看見你的死亡，並因此流淚的一名。但我仍然是他們中的一員，我仍然背負著使眾多的奴隸死去的罪行。在以後數十個世紀，將以思念你的酷刑流轉於生死途中，思念你、愛戀你，成爲護佑你的永不消失的魂魄。

在刑具仍被打造的年代，我已經偷偷在地窖中閱讀了信仰的經典，使我在眾多奴隸群中相信了愛與拯救的力量。我把經文編撰成簡單易懂並且美麗的詩篇，教會那些常常動搖了信念的徒眾，使他們相信在肉體的傷痛裡仍然可以保有心靈的喜悅與富足。

所以，在這個從神話到歷史的城市，人們可以再次了解，現世物質的繁華，權力的榮耀，並不如信仰那般堅固長久。Ly's M，我也因此確定，我對你的愛，單純到沒有故事可以敘述。我在物質和權力一貧如洗的境域愛上了你，這樣一貧如洗的愛，你可以接納，可以包容嗎？

是的，在走過帝國的廢墟之後，我知道，我是在一貧如洗中愛著生命的種種。在信仰的崇高裡，使自己回復成奴隸，乞求著眞正的解放、寬容、救贖與愛。

Ly's M，你使我鄙棄了自己貴族的血源，你使我第一次懂得了謙遜的意義。願意放棄現世的榮華，願意去揹負刑具，和奴隸們一同走向爲信仰受苦的道路。如此，我們才會通過一次又一次的死亡，再次相遇，再次以靜靜的微笑使對方相認。我們的愛是庸愚的俗眾不能了解的。

——二○○○年一月·選自聯合文學版《寫給Ly's M-1999》

李 黎作品

李　黎

本名鮑利黎，安徽和縣人，1948年生。台灣大學歷史系畢業，後赴美於印第安那州普渡大學攻讀政治學。曾任編輯與教職，現居美國加州從事文學創作與翻譯。著有散文集《別後》、《天地一遊人》、《悲懷書簡》、《世界的回聲》、《晴天筆記》、《尋找紅氣球》、《玫瑰蕾的名字》等，另有小說及翻譯作品多部。曾獲聯合報短、中篇小說獎。

尋找紅氣球

二月初的巴黎還是冷。也難怪，中國舊曆年都沒到，還算是隆冬呢。天色陰沉沉的，昨天飄落過一陣半凝凍的雨珠——眞下雪倒也罷了，濕冷才叫難受。總之這實在不是觀光巴黎的好季節。

而我此時走著的街道，更不是觀光客們有興趣造訪的名勝。來巴黎之前，我已先在地圖上查到這處地方，略有些概念了。昨晚宴會的主人問起我今天要看些什麼，我說出Menilmontant這個地名，主人有些困惑地皺皺眉：「我對那一帶不熟。只聽說有很多新移民住在那裡……知道怎麼去嗎？」我說知道，二號地鐵往北，拉雪茲神甫墓的下一站。他放心地點點頭，禮貌的沒有好奇追問。我們不約而同把眼光都投向窗外的夜景：塞納河靜靜流淌著，遊河船像承載著一船璀璨的珠寶無聲但絢麗地滑過，對岸的傷兵醫院屹立在閃爍的流光與冬日冷肅的夜空之間，愈發顯得金碧輝煌，而遠處發著柔光的鐵塔就簡直像幻景了。

此時我就走在Menilmontant的街道上，如此平常的一個星期四上午、如此平常的行人商店小販街景……與昨晚那般華麗貴氣的夜景截然兩個世界。這平日家居百姓的樣貌是我所預期的，然而找不到眼熟的景物——出了地鐵站佇立街頭，我有一陣短暫的徬徨，不知道自己是不是找對了地方。

天曉得我有沒有找對地方？我要找的景物是不是在這裡、是在這裡的哪段路上哪處轉角、事隔四五十年是否還在……全都是未知數。而我動念要來「找」也是一時好玩，現在眞的摸來了這裡，人生路不熟加上天寒地凍，想想自己實在有些傻。

事情起頭是一部舊電影和一個小男孩。

好幾年前了吧，有一天偶然在公共電視頻道上看到一段影片，已經演過大半了，沒有對話，但很親切可愛而且富想像力；我把它看完了，印象還久久留在腦裡。不久之前又是很偶然的，在一家出租影碟店裡、「外國影片」的冷門貨架上，不期而遇這部短片：「紅氣球」，一九五二年法國出品，導演是Albert Lamorisse，片長三十四分鐘。我立即把它租回家，錄下來，與孩子們一同欣賞。

故事很簡單：一個小男孩，一天在上學的路上撿到一只美麗的紅氣球。小孩帶著氣球去學校、回家，一路小心翼翼地愛惜它。漸漸的，他發現這只氣球有靈性：鬆手也不飛走，處處伴隨著小男孩，還會跟他玩捉迷藏，就像一隻可愛而忠心的小狗。氣球也給小男孩惹了些麻煩，譬如搭乘巴士、上學校或者教堂的時候，但這只加深了二者「患難與共」的情誼：氣球成了寂寞的小男孩最好的朋友。

一群年齡大些的頑童，羨妒小男孩擁有這麼美麗的氣球，伺機乘隙把它盜走，聰明的氣球還是逃回男孩的身邊。頑童們老羞成怒更不甘休，埋伏在大街小巷，把男孩和氣球追得無路可逃，結果紅氣球再度落在頑童手中。可憐的小男孩眼睜睜地看著他心愛的氣球變成頑童們彈弓的靶子，被射得遍體鱗傷，洩氣萎縮墜地……最後給一腳踹扁。

這時奇蹟發生了。忽然之間，全巴黎的氣球，五顏六色的，一個一個，從孩子們手中、從公園裡、從賣氣球的攤子上……全部飛向一處地方：那不再有生命的紅氣球，和坐在旁邊哭泣的小男孩。成十上百的氣球湧落到男孩頭上，愈來愈多，他驚喜地一一抓住，好多好多的氣球，載著男孩冉冉上升，飄過街道和屋頂，飄向巴黎天空的遠方……

我原是放給十二歲的明兒看的，沒想到迷上紅氣球的竟是兩歲的晴兒。

這部電影只有背景音樂，沒有對白，除了最後男孩出聲呼喚他的氣球——而英文與法文「氣球」發音是極相近的。兩歲的晴兒完全能夠認同小男孩與氣球的感情（可能比大人更能夠），也依稀理解小男孩的日常活動，不時以他有限的詞彙指認電影裡的物件。小孩家又喜重複；故事聽完要再聽，電影看完還要再看，一遍遍不但不厭煩，而且因熟悉和可預期性，變本加厲地更加喜愛，到了每天必看，有時晚上像聽床邊故事般看到睡著爲止的程度。

這使得我對電影產生好奇，找來一些有關資料：原來影片的編劇和導演全是Lamorisse同一人，連飾演小男孩的主角也是他六歲的兒子Pascal，此片曾獲電影學院最佳原作劇本獎、坎城影展大獎，及教育影片館協會頒贈的「十年度最佳影片」獎。拍攝地點當然是巴黎，且集中於Menilmontant區，導演還特別在片頭向該區的孩子們（想必是扮演小男孩的同學和頑童的那批臨時演員）致謝——也不忘幽默而深情地「向全巴黎的氣球致謝」。

陪著晴兒一遍遍地看紅氣球，奇怪的是我也不覺厭煩，反倒對片中親切家常的街景起了興趣。不同於外人耳熟能詳的那些烜赫的名勝古蹟，這裡美得好樸素，幾乎有點清寒了——正是那懷舊的歲月裡，五〇年代初，戰後才沒幾年，元氣都還未恢復呢。四十多年下來，這處地方肯定面貌不同了，不過也該還有些保持原樣的建築吧，譬如男孩隨奶奶上的單塔尖頂教堂、熱鬧的砌石大街、男孩住的公寓樓房、他的學校……我忽然冒出個好玩的念頭：過不久會有一趟巴黎之行，可惜不能帶晴兒同行，去到那裡若找得到彷彿電影裡的場景，拍些照片帶回來，等晴兒再大些就可以告訴他：媽媽爲他找到了紅氣球的老家呢！

主意既定，我攤開巴黎地圖，很容易便查到一條大道和一條橫街都叫作Menilmontant的，那兒的地鐵站也是同名；更巧的是附近正有一座單塔尖頂的教堂，而教堂後邊就有一段鐵路——片中有一景便是男孩牽著氣球在天橋上看火車從腳下駛過，白蓬蓬的煙霧一時把氣球的紅色給遮蔽了……沒錯，多半就是了！

然而一旦「身歷其境」卻又一無似曾相識之感時，我的信心和興致都有些動搖了。

沿著Menilmontant大道走，我拚命回想電影裡道路的寬度、兩旁建築的形狀，怎麼也無法跟眼前這些既不新也不舊、不算醜但絕不美的毫無特色的建築物聯想在一起——路口甚至有家麥當勞。至於街上的行人，當然更不見電影裡的小孩、老奶奶、老師、修女、貨郎小販和騎馬的警察等等，而是如同昨晚友人所說的，有很多顯然不是本地人的外來移民——當然完全不同於充斥在名勝古蹟的外國遊客，這裡的「外國人」一看而知是在過日子、謀生活的。於是我把肩上的照相機移掛到胸前，用風衣遮住，讓自己混在這群人中不顯得刺眼，然後慢慢朝一處吸引住我眼光的市集走去。

電影裡也有一處舊貨市場，小男孩駐足在一幅油畫前，畫中是個與他年齡相若的美貌小女孩。紅氣球呢，則發現一面穿衣鏡，興奮地在鏡前起起落落自我欣賞。

這個市集沒有舊貨卻有屏障，而且規模大得多。待我從頭走到尾，才發現它佔了一條大街的半側，長度正好是兩站地鐵之間。攤販擺售的貨物以食物居多——基本上是個菜市場，間有衣履等日用百貨。剝了皮的全羊、活蹦亂跳的禽類和魚鮮自不待說，稀奇古怪的蔬果香料醃漬熟食更是花樣繁多。由於這裡有來自世界各國的移民，貨品便十分國際化，多采多姿，正如賣東西的人和買東西的人一般有趣；吆喝還價的語言各種各樣，難以辨識。我忙著看東西、看人、聽話（偶爾還捕捉到幾句鄉音）、換算比較民生物資的價錢……簡直眼花撩亂，很快就忘了來到這裡的目的。直到走完整條市集、走出摩肩接踵的人叢，給冷風一吹，才想起紅氣球來。急忙掏出地圖辨認一下方向，決定找教堂和鐵路去——只剩下那裡是我比較有把握的地方了。

巴黎的路難找，即使按圖索驥也不易，因爲既不整齊又無規則，連建築也不肯方方正正，時常斜刺裡冒出一幢三角形的樓房，尖角指著你，劈開的兩條岔路夠你傷半天腦筋去選擇。我小心地沿著通往教堂的Rue De Menilmontant走，帶montant字尾的路名地名爲有不高不陡之理，逆著冷風的上坡路走得辛苦，我還不忘左顧右盼希冀奇蹟出現，讓我一眼就驚喜地看到小男孩住的公寓樓房，紅氣球悠悠飄在外頭守候的那個有著美麗紋飾鐵欄杆的陽台……可惜全都是些半舊的、毫無個性特色的商店樓宇，熱鬧地展掛著各國文字的市招，路旁停滿了車、人行道上擺著從商店溢出的貨物。這當然不是四五十年前那條閒適悠然的鄰里街道。

走錯了兩條橫街才看到教堂的側影。我有些緊張地繞到它的正前方，又站遠些打量再打量；然後閉上眼睛，對照腦海中的兩組鏡頭：其一，從教堂門口朝外看，小男孩和奶奶走向教堂來，氣球尾隨而至；其二，從我現在站的地點朝教堂看，紅氣球猶疑地飄進去找小主人，結果全給教堂的執事攆了出來……

睜開眼睛，我想自己終於找對了地方。用凍得有點發僵的手舉起相機，把教堂的形象納入鏡框——排除了周遭逼仄的小街、潦草的房舍，教堂顯得莊嚴巍峨起來，一如電影中的樣貌。我按下快門：一張、再一張……晴兒啊，你會認得出這是什麼地方嗎？

從教堂一側再往後走，是個有點冷僻的住宅區，不整齊地排列著半舊的廉價公寓，完全沒有歷史古意的建築。在這些全然眼生的街巷間繞了一陣，我終於來到一座小小的人行陸橋，底下果然是火車鐵道。我興奮地舉起相機，又頹然放下——攔著陸橋兩側的已不是電影中筆直好看的欄柵，而是孔眼繁密的鐵網，根本不可能透過它照相。是防止人亂丟什麼樣的東西下去呢，連欄柵都擋不住的？

我惘惘地折回教堂的方向，再返向大街。心頭湧現「捕風」與「捉影」兩個詞，此刻含義貼切地令我不無自嘲地微笑起來。找尋一個虛構的電影故事場景已是夠傻的了，何況那是近半個世紀前的事……空間、時間都已人事俱非；而我既非慕名瞻仰亦非懷古訪舊，只能算是——就算是一個影迷媽媽爲她的影迷寶寶發一次童心吧！

又過一天，與那晚宴請我們的友人在舊城區一家雅致舒適的館子裡小聚。酒過兩巡，友人問起我可去了Menilmontant？我回答去過了，然後告以「紅氣球」電影和晴兒出奇地喜歡之緣故……友人邊聽邊睜大眼睛，聽完驚喜地「啊——」了一聲，接著熱切地說：「我小時看過那部電影，印象很深，一直不曾忘記——我記得那個氣球、小男孩，最後悲傷又奇妙的結局……」

說話的人，原先臉上那種巴黎人的些許倨矜的神色，漸漸被一份溫柔取代了。凝視著他，我想到電影裡當時年僅六歲的小男孩，現在也有五十了，正是面前這個男人的年紀。而那創造出這一切的導演爸爸呢？現在還在人世間嗎？他永遠也不會知道，自己用鏡頭捕捉創造出來的一個世界，被那樣完好地凝固保存著，以致兩歲的晴兒與一個素未謀面的五十歲的法國人，會分享這同一個世界的美好記憶。魔幻的氣球、魔術的燈籠啊！

從沉浸在童年回憶中的友人臉上移開視線，望向窗外，發現不知幾時外面已飄起雪來。細細的雪從夜空絮絮落下，那天空，許多年前一個晴朗的秋日曾有上百的氣球飛過，每一個看過那幕景象的小男孩都會永遠記得。而此刻，雪也落在Menilmontant的街道上、教堂的塔尖上，還可能落在五十歲的小男孩Pascal家的屋頂上……以及，每一個在童年都曾擁有過又失去過一個美麗的紅氣球的大人和孩子，在他們的睡夢和記憶裡，雪靜靜落著。

——二〇〇〇年七月・選自聯合文學版《尋找紅氣球》

食有魚

其實我是不大有資格談食魚的，因爲既不善食，亦不善烹。

小時因是獨生女不免嬌慣，吃魚總有大人代勞，以致竟然不會吐魚刺，長大了常發生「如鯁在喉」事件。成年後學藝還不精就出國了，而西洋餐桌禮儀是只准入口不准出口——放進嘴裡的東西斷無取出的道理。我本就尚未充分掌握的民族絕技，如牙舌並用解構魚、蝦、瓜子，然後嚥下精華吐出糟粕，在西洋陋規下更無從研習了。

洋人吃魚技術水平既然比我還差，可以想見他們吃來吃去便只有那幾樣容易對付的：肉多骨少且大，在餐盤裡解剖起來歷歷分明……難怪鱒魚被捧爲至尊，連舒伯特都要爲牠作曲。佐魚的醬汁花樣也少，多半是白而稠的，故一律配之以白葡萄酒。中國吃魚的學問就講究多了：魚的燒法從極簡到極繁，調料從極清淡到極濃稠皆備，配酒自是不拘一格，紅酒白酒黃酒、淡酒醇酒烈酒，充滿無限組合的可能。所以吃魚文化絕對是「東風壓倒西風」的。

洋人慣吃的魚中，以鮭魚最爲多功能，生吃熟食皆宜。猶太人嗜食的硬麵包圈「貝狗」，對半剖開塗上厚厚的奶油乳酪，夾煙燻鮭魚片，外加兩、三片番茄及幾圈紅洋蔥，即是美味爽口又有嚼頭的Bagel with Lox。紐約的猶太人，做這道料理堪稱全世界第一。

北歐國家臨海多湖，自然不乏游水魚鮮；可是由於嚴冬苦長，不得不趁夏天將鮮魚風乾、鹽醃、煙燻，甚至發酵處理。瑞典著名的「辦桌」(smorgasbord)擺上百樣吃食，琳瑯滿目，起碼有一半便是這類處理過的海味；魚類不外乎鮭、鱈、鰻幾樣，「風煙」風味固佳，總覺寧可食其新鮮原味。我也鼓足勇氣嚐過他們的發酵生鯡魚，裹上大量奶油乳酪倒也還可以入口。此物異味特重，北歐的航空公司有明文規定：旅客不得攜帶罐裝發酵生魚進機，怕的是高壓下罐頭爆裂，據說機艙惡臭經年累月都清洗不掉。

說到北歐，便想起丹麥女作家艾沙克·丹妮蓀(Isak Dinesen)著名的中篇小說《芭比的盛宴》(*Babette's Feast*)，筆下那一對善良而保守的老姊妹，住在北歐濱海小鎮，數十年如一日吃著醃魚乾。芭比原是巴黎第一大名廚，隱姓埋名避難來到小鎮，屈居爲老姊妹的女傭，默默煮了十二年風乾鹹魚……最後那場一擲萬金的豪奢盛宴，一道道令人目眩神迷的大菜端出來，卻不見她上魚，大概是這些年下來恨透魚了——這是說笑，眞正原因是法國美食確是重肉輕魚。

近年來拜暢銷書《山居歲月》之賜，法國南部的普羅旺斯成了美食家朝聖之地。《山居歲月》全書淋漓盡致寫盡全年的美食佳餚，卻僅只兩三處淡淡提及鱈魚、鮪魚，既無形容詞也無動詞，與連篇累牘禮讚二足四足動物美味的熱情沒得比。無獨有偶，另一歐洲傳統美食文化重鎮——義大利北部的托斯坎尼(Tuscany)地區，一位舊金山女作家Frances Mayes爲了那兒的陽光與美食，特地買了一幢舊別墅住下，也寫了本暢銷書《在托斯坎的陽光下》(*Under the Tuscan Sun*)，書裡列出的節令菜譜竟也將魚排斥在外。此非獨立個案，我還有旁證：我們的義大利鄰居，亦是一位來自托斯坎尼的講究烹調藝術的紳士，閒來垂釣如有所獲，必將戰利品悉數親送上敝家門——他自己是不吃的。

飲食習慣自然是跟著地理環境走。到了南義大利、地中海地區、西班牙那一帶，餐桌上就又多見魚了，而且是不經醃製處理的新鮮魚。然而論保持原味的烹調手法，西方還是不及東方高明。

充分懂得魚的原味之美的還數日本人。生食魚，只有至鮮之魚與嚴格的潔癖才辦得到。有新鮮魚吃是運氣，能消受得了生魚是福氣。吃生魚最享受的一次是在札幌市，坐落驛前通夾南七條通的「壽司善」，那晚的金鎗魚肚腩(TORO)看著就美：雲母石圖案般的紋理，紅裡夾白絲如極品牛肉，肥腴滑嫩入口即化……我們的日本友人，在去之前就宣稱這家店的刺身爲札幌第一，待一盤沙西米和半瓶秋田清酒下肚之後，此店便躍升爲全日本第一了。

河豚也是在日本領教的。神戶北方六甲山的有馬溫泉旅舍裡，從榻榻米房間眺望窗外，漫山遍野嫣紅燦金的秋色，正是吃河豚的季節。面前矮桌上，雅樸的瓷碟裡花瓣狀陳列著河豚刺身，切片薄得半透明，入口微覺甘甜——但還不至於欲仙欲死。下火鍋略涮一涮，滋味不及生吃；尤其日式火鍋的醬汁帶酸，對本味並無助益。

中國地大，加上舊時冷藏技術根本談不上，內陸多山地區如四川，便發展出辣手下重味的「魚香」澆汁——其實正是用來遮蓋魚腥魚臭的。陳凱歌的成名作電影「黃土地」裡，西北黃土高原上挑桶水得走上十幾里地，魚當然比水又更金貴；娶媳婦喜筵上不能無魚，乃有一尾木雕魚形上桌，澆上滷汁，客人伸筷子沾沾「木魚」意思意思，一切的乾旱、匱乏、生活裡的欠缺與嚮往……都在那鏡頭畫面之中了。

《紅樓夢》裡的賈府珍饈玉饌，竟不見提及吃魚。唯一帶魚字的食物是「茄鯗」，卻只是借取「鯗」字的乾製法，與魚其實無關。八十一回目「四美釣游魚」爲的只是「占旺象」，沒提釣上的游水活魚如何處理，令人好生失望。印象深刻的倒是讓梁山好漢吃壞肚子的魚——《水滸傳》裡的好漢們，動輒大碗喝酒大塊吃肉面不改色，竟然吃了魚的虧；三十八回「黑旋風鬥浪裡白條」，寫宋江發配到江州魚米之鄉，先嚐了「三分加辣點紅白魚湯」即嫌魚不新鮮，待「浪裡白條」張順送上四尾游水活鯉才大快朵頤：一尾做辣湯、一尾用酒蒸了切膾；另帶兩條回營，一條送人、一條自喫（作者沒寫如何料理），夜裡便「絞腸刮肚價疼，天明時，瀉了二十來遭，昏暈倒了」，簡直是食物中毒的症狀！恐怕還是帶回營後魚不新鮮了，害得宋江從此再也不敢吃魚。「三分加辣點紅白魚湯」如何調理不得而知，想像中其味當近泰國式的酸辣魚湯吧：開胃醒酒，尤其在熱帶地區，可能還兼具消毒功能呢。

也曾吃過歷史最悠久的魚：以色列的「加利利海」其實只是個不算大的湖，我在湖畔古城提伯利亞住過幾天；中東食物乏善可陳，唯一可提的是每天都吃當地湖產的「聖彼得魚」，形色略似吳郭魚，因爲新鮮，談不上技術的乾煎效果尚可。想來這便是耶穌當年在加利利海邊收漁夫彼得（當時還叫西門）爲門徒、要他「得人如得魚」的那種魚吧，說不定還是餵飽了幾千人的「五餅二魚」的魚呢。說起基督教與魚的淵源可眞是深，早期被迫害時，教徒之間便用魚形作秘密記號，因爲希臘文的「魚」字正是「耶穌・基督・上帝之子・救世主」幾個字的頭一個字母組合。耶穌中文名裡也有個魚字，應該不會是翻譯者無心的巧合吧。

其實以色列食魚的選擇不多，因爲正統猶太人不吃無鱗魚，這是《舊約》〈利未記〉裡對各種動物能不能吃的種種繁瑣規定：水裡游動的活物若無翅無鱗則爲「可憎」，不得食其肉；株連到凡是介殼類的水產也一律視爲「不潔」而不可食，眞是打從心底爲他們叫可惜呀可惜。美國許多餐廳星期五的主菜是魚，原來是天主教的規矩：耶穌受難日是星期五，那天吃魚不吃肉含有齋戒的意思；流傳久遠成了習俗，並不見得每個美國人都知道來歷。世界三大宗教只有基督教與魚淵源深、魚的典故多；佛教不殺生，回教崛起於沙漠地帶，跟魚就不那麼沾親帶故了。

美國人也少吃帶魚、鮎魚這些無鱗魚，只有在南方一些州還有人吃鮎魚——英文名貓魚(Cat Fish)。由於吃的人少，連俗諺「There is more than one way to skin a cat.」——剝「貓」皮不止一種方法，意指做事不必拘泥於一格——很多人就搞不清緣由，眞以爲是剝貓咪之皮而大驚小怪；其實這裡的cat是Cat Fish的簡稱，skin a cat只是剝去鮎魚那黑油油滑不溜手之皮的工序而已。

記得小時母親有一道拿手菜「蔥烤鯽魚」：輕薄短小的鯽魚長度不過四、五英寸——可以想像清理起來多費工夫，把魚和蔥間雜著層層疊妥，浸在香麻油裡，加少許醬油、糖、酒、薑，慢火久燜，直到骨肉酥軟，頭尾通體皆可以嚼吃。這道菜是宴客必備，在親友之間頗負盛名。但它帶給童年的我的聯想，卻是請客時母親在廚下忙得蓬首油面，用一口煤球爐（頂多加一只小炭爐）

煎、煮、蒸、炒、炸出一道道菜端進飯廳裡，客人品嚐誇讚之際，不時虛意嚷嚷「請嫂夫人坐下來一起吃」，我心想廢話，她坐下來大家就沒得吃了！對主婦的辛苦抱著不平與反感，加上自己人懶，竟不曾學得任何烹調手藝就離家了。過了十多年異國粗菜淡飯的日子才幡然省悟，決定回台向母親拜師，第一道菜便想學蔥烤鯽魚，好做給比我更嗜食魚的丈夫吃。怎料得到鯽魚們經過品種改良「變胖又變高」，體積足足暴長四倍有餘，不再能勝任這個以小見長的角色了。於是這道精緻小菜便成絕響，親友中有年長而交情深遠者，偶爾見到還會提起，伴隨著一陣帶點惆悵的感喟。

遠行之後回鄉，總是一次又一次面對這一類昔時的失落、物非人亦非的遺憾；有的只是些淡淡的、微不足道的小小憾事，像這道永遠無法學得的菜，正是生命中一樁再也回不了頭去重拾的錯失。

半生虛度，我的廚藝仍停在勉爲其難的階段，但對付家中幾口半洋化了的胃還應付裕如。在我家，鮭魚排和鱈魚排最受歡迎：刺大且疏，易吃又安全；有肉類的肥腴卻無吃肉的沉重負擔；而且符合我的燒菜原則：能炒則不炸，能煮則不炒，能烤則不煮，名爲健康、實爲偷懶。我的「五分鐘微波爐烤鱈魚」正是懶人的福音，深得「做」者與食者的歡心。做法是鱈魚排用鹽、酒、胡椒粉略醃；另外蔥薑蒜切碎加兩、三匙橄欖油，用保鮮膜蓋好，微波爐熱一分鐘，然後悉數澆到魚上；再淋點醬油，蓋好再熱五分鐘——視魚的體積而定，若不熟就多加一、兩分鐘。如此簡單，自己寫著都覺得不好意思；可是省事省時而效果良好，何樂不爲呢？

「魚與熊掌」的千古兩難對我從來不是問題：無論從味覺、健康，到保護野生動物的考量，都該取魚而捨熊掌。我想在自己的有生之年，魚是不會淪為瀕臨絕種動物的；「食無魚」不會是我的噩夢。

——二〇〇〇年七月・選自聯合文學版《尋找紅氣球》

顏崑陽作品

散文卷

顏崑陽

台灣嘉義人，1948年生。台灣師範大學國文研究所畢業，曾任教於中央大學等校中文系，現任東華大學中文系教授兼人文社會學院院長。著有散文集《秋風之外》、《智慧就是太陽》、《手拿奶瓶的男人》、《顏崑陽精選集》等，另有小說集及學術論著等。曾獲聯合報文學獎、中國時報文學獎、中興文藝獎、中國文藝協會散文獎、九歌年度散文獎等。

貓奴

曾經，我當過「貓奴」。後來，大覺煩苦，「貓」送給了別人，「奴」也就讓他去當了。貓，是名種的「暹邏貓」，其性雌，還是個在室的少女。我喜歡她一身調色盤上調不出來的毛色：象牙白鋪底，再渲一層淡淡的鼠褐；臉龐、耳朵、腳爪、尾巴局部染以曼特寧咖啡。

她的毛色固然迷人，但最讓我動心的卻是那雙眼睛；那雙眼睛，我懷疑它不是貓所有的，而該屬於一個慧黠、慵懶，卻又有些憂鬱的女人。她有時候瞪著我，眼球圓溜溜地打轉，彷彿正想使出什麼詭計，捉弄她的情人。有時候卻瞇成細線，任憑怎麼逗弄，就是不肯睜開；彷彿剛剛睡醒的少婦，還慵懶地躺在床上，隨他春意的撩撥。有時候又靜靜地蹲坐在落地窗前，凝視著沒有盡頭的遠方，眼神是一泓寒煙濛濛的潭水。

我眞的被她迷惑了，竟然甘心做爲她的奴隸。

夏日午後，陽光仍甚凶惡。在家門口，我將一堆潮濕的河沙，分裝入廢糖袋中。然後，一包包扛上四樓，疊放在前陽台。

鄰人走過，疑惑地看著我。

「這麼多沙，幹麼？種花啊！」

我挺起很覺痠痛的腰肢，用肩袖揩去頰上的汗水，感到沙子摩擦肌膚的痲癢。

「不是。給貓兒拉尿拉屎用的！」

「好好的日子不過，幹麼當貓的奴隸！」

我是「貓奴」！那是埋在生命深處的蠱毒。

從前，有個人叫「陶侃」，每天在院子裡搬磚頭，聽說是爲了經國大業。而今，我在高樓前搬沙袋，卻是爲了貓兒的屎尿。

是不是我該有些羞慚？但是，舉世皆奴，並非獨我爲然。這樣想，便被「奴」得全無愧色了。

那是埋在每個人生命深處的蠱毒！

右鄰五樓住的是一個「鳥奴」，陽台上養了十幾籠鳥兒，金絲雀、畫眉、白文、九官……。餵食、除糞、蹓鳥，都非常勤快；但卻從沒見他抱過兒子。

左鄰三樓住的是一個「狗奴」，養了兩隻聖伯納，經常在假日替牠們洗澡、抓蝨子。有一次，母狗懷春，浮躁地吠叫。他徹夜守在籠邊，溫柔地安撫。

至於「車奴」，更是前後左右上下鄰舍都有。除塵、沖洗、打蠟、貼飾紙……大約只有初戀的情人，才能同樣得到這般細致的愛顧了。

「奴」輩之多，尚不止於此。餘者如花奴、魚奴、酒奴、藥奴、影帶奴、音響奴、電玩奴、明星奴，以及情奴、色奴、名奴、錢奴、權奴……彷彿這世間就是一個廣大的奴隸場。其中尤以色奴、錢奴、權奴最為熱門，世人爭相為「奴」而不疲。

舉世皆奴，那是埋在每個人生命深處的蠱毒，卻以各種不同的姿態浮現。

我是「貓奴」，莫名地惑於她的毛色與眼神，竟然甘心伺候著她的飲食，清理她的屎尿。有時候，撫摸著她，我卻奇異地想到遠方的母親。很久不曾見面，她去年大病了一場，衰弱地整日躺在榻上，仰賴父親細心的照拂，他們從不養貓。

他們當然也就不知道養貓的趣味：這是一幢ㄇ字形的五樓公寓，二十五戶，至少住了一百個男女老少，別人進出大門，她全無動靜。當我輕輕把鑰匙插入電動門的鎖孔中，咔嚓一聲，便立即聽到她在四樓的歡叫聲。我彷彿看到：她蹲在落地窗前孤獨的身影，整日在等候我回家。

那是埋在生命深處的蠱毒；一種被需要、被期盼、被依靠的感覺。我可以確定，她比任何一個會說愛我的女人都更為忠實，永遠不會背叛我。

父親直到年老，還那樣細心地照顧著大病一場的妻子；我的母親，在病榻上，已容顏憔悴，應該不會有什麼孤寂的吧！但是他們一直都不養貓。

他們當然也就不知道養貓的趣味：我半閉著眼睛斜靠在沙發上，她不斷喵嗚喵嗚著，偎在腳旁，柔軟而溫暖的軀體輕輕地摩擦著我赤裸的小腿。那雙眼睛，那雙眼睛一直仰望著我，似乎在渴求我的垂愛。我假裝不理睬她；她並沒有因此就走開，反而跳到我的大腿上，仍然喵嗚喵嗚地叫著，伸出右前腳，撥弄我的手背。她在示意我什麼？我當然知道。但是，我只輕輕地把她抱離我的身體，放回地板上，揮手叫她走開。她突然靜默了下來。

我發現，我在當著「貓奴」的同時，其實也在「奴」著貓；支配她、擺佈她。召之即來，揮之即去。當她渴求我的憐愛，我可以毫不垂顧；當她寂寞地躲在牆角，我可以抱她入懷，給予溫柔的撫慰。而她也從不曾反對過我，或拒絕過我。

那是埋在生命深處的蠱毒。萬物相奴也若是！

對於養貓，妻始終不很熱切。她比較喜歡狗。娘家住在偏僻的山腳下，養過幾代的狗。「狗，很實在，很可靠。」這是她喜歡狗的理由。貓，在她的眼中，是一團永遠看不清楚的霧，或是一具難以捉摸的幽靈。然而，狗這笨東西，我卻認爲他很市儈，是用錢就僱得到的門房。

費了幾天的工夫，我終於扛完數十袋沙子，大約可敷半年的使用。半年之後而又半年之後而又半年之後……呢？聽說貓兒可以活十幾歲，我忽然覺得肩膀上黏著一塊推之不去的石頭。「傻瓜也需要運動呀！」我聽得出妻揶揄的口氣。

從前，我只遠遠地聽過鄰居的貓兒叫春。如今，這貓兒就在我家裡，把春天叫成讓人毛骨悚然的樂聲，其聲如嬰孩飢渴的哀啼。她也正忍受著性飢渴的煎熬，但我卻束手無策。原來，在她的生命深處，也有我所不能支配，所無法給予滿足的需求。

我在床間，反側地難以入眠。只用耳朵，就彷彿看見她在落地窗前焦躁地徘徊、嘶喊。外面月光流瀉，天地寥廓，遠遠傳來與之相應的貓叫聲，同樣是原始野性的呼喚。然而緊閉的門窗，卻隔開了兩個世界。我是「貓奴」，卻以私愛的理由禁錮了她。「過些天，把她結紮了吧！」躺在身旁的妻提議說。但她沒有看到我在黑暗中搖了搖頭。不知什麼時候，我在朦朧間走到一處曠野，黑色的天幕綴滿閃爍不定的星星，恍若一隻隻猜疑的眼睛。我便在它們的窺伺下，和一個臉孔模糊的女人，躲進草叢中做愛。當鄰婦猛按門鈴，告訴我：「貓兒逃家」。我驚異地察覺到自己竟然「夢遺」了。

那是埋在生命深處的蠱毒，究竟要如何才能刮除！

父親始終毫無怨言地照顧著臥病的妻子。他們從不養貓，當然也就不知道養貓的困擾了。種種困擾越來越多，她身上長出了跳蚤，她吃膩了經常吃的幾種魚，她煩躁的時候就抓落牆上的字畫出氣……。最大的困擾，則是不能把她關在家裡而夫妻一起到遠方去旅行。有一次，我陪妻回娘家小住幾日，只好攜著她同行，暫時讓她住在一幢磚砌的倉庫中。當晚，她找到縫隙溜了出來，卻被忠實地守夜的狗追咬。她驚恐地喊叫，跳上屋頂，總算逃過那個惡棍粗暴的欺凌。

我爬上屋頂，在如銀的月光下，看到她那雙眼睛。那雙眼睛，此刻不是慧黠、慵懶與憂鬱，而是無邊的疑懼與委屈，彷彿覺得我不再可以絕對的信賴。她就這樣與我靜默地對視了許久。

「狗，這惡棍！」但是，妻仍然爲狗辯解，堅持他的實在與可靠。

當夜，我又在同樣的情境中「夢遺」了。那是埋在生命深處的蠱毒。

最後，讓我決定不再作「貓奴」，是由於妻的懷孕。醫學明載，貓身上寄生著一種很小的原蟲，會感染給人類，稱爲「毒漿體病」。孕婦得之，容易流產、死胎或生出異常兒。貓與兒子，只有一種選擇。

我把她送給一個詩人。他寫詩，也喝酒。

十年之後，我又碰到了詩人。他告訴我：貓兒老了，對什麼都沒有欲望，連最愛吃的魚也碰都不碰了。

然而，最教我驚愕的卻是，他平靜地向我說了一樁不幸的遭遇：

「我的妻子，和一個我所熟識的男人私奔了！」

那是埋在生命深處的蠱毒。幸好，我沒有繼續當「貓奴」！

——原載一九九七年六月二日《中央日報》副刊

被拋棄的東西也有他的意見

最近，我很想拋棄些什麼東西，我必須拋棄些什麼東西。

在一家診所，我靜靜坐著，等待遲到的醫生。對面粉牆上，是一幅讓我不斷焦慮起來的油畫。畫裡的女人穿著雨衣，撐著雨傘，卻抓著水管，正在雨中澆花。不知道那個女人爲什麼讓我這樣的焦慮！

我靜靜坐著，等待遲到的醫生。醫生到現在還沒有出現。候診的病患們都兩手環胸，垂頭打盹著。

醫生還沒有出現，到現在。我靜靜坐著。不！我走到那個女人的身旁，但卻有些猶疑起來，究竟要搶下她的水管？或揪走她的雨傘，剝掉她的雨衣？這就讓我一剎那間無法抉擇了。

「有些東西必須被拋棄！」我焦慮地說。

「……。」她翕動著嘴巴，但我沒聽見她說了些什麼。

醫生終於出現。我用力指著牆上的畫，示意把它拿下來。但是，他沒有任何反應，只瞪了我一眼，漠然地跨過我斜伸在走道上的右腿。這個只會拿聽筒的傢伙，難道他也不明白有些東西必須被拋棄嗎？

最近，我很想拋棄些什麼東西，我必須拋棄些什麼東西。是的，家裡的東西已多到令我窒息。他們毫不客氣地佔領了我的生活空間。並且對我充滿了敵意，我清楚地感覺到。

這許許多多的東西，究竟怎麼住進我家？已記得不很清楚了。但他們都明明在那兒，佔領了大部分的空間。有的像大北極熊盤踞著牆角，他說：「我是冰箱，你不能沒有我！」有的像獅子張大嘴巴蹲踞在櫃面上，他說：「我是電視，你不能沒有我！」有的像大豬公躺在客廳中間，他說：「我是皮沙發，你不能沒有我！」其他酒櫥、衣櫃、音響、放影機、電話、除濕機、冷氣機、餐桌椅、瓦斯爐……一呼百應，眾聲喧譁向我高喊：

你不能沒有我！

你！不能沒有我！

這些痞子，他們在要脅我。我眞的非要他們不可嗎？他們究竟怎麼住進我家？已記得不很清楚了。但恍惚間，我經常走在一條直通到地平線的彩色街道上，兩旁是一間接著一間的商店，落地窗全都彩繪著古典的春宮圖，每家門口站著一個披著面紗卻赤裸著身軀的女人。街道上熙熙攘攘的人群都戴著墨鏡東張西望。我與女人擦肩而過，走入街頭第一家商店，整間屋子從地板到天花板堆滿了紙尿布，成千成萬在地上蠕蠕爬動的嬰孩，你推我擠地爭搶著，「我不能沒有尿布！」他們說。尿布，我再也不需要的了，可惜它不能當作擺飾。

中間究竟進進出出多少種商店，買了多少種東西，實在也弄不清了。印象最深刻的卻是街尾最後一家商店。當我踏進門口，立刻被滿屋大大小小的棺材嚇住。最大的像貨櫃，「有人一定要這麼大，才襯得出身分。」老闆說。最小的卻只有鉛筆盒一般，但表殼密密地鑲嵌著中央信託局的金幣。櫃檯邊擠滿爭相搶購的人潮，「可以投資，也可以當作擺飾。你不能沒有他！」老闆說。

搶購，是的，我們經常都陷落在搶購的熱潮中。雖然我們什麼都不缺，但我們非搶購不可，那是一種焦慮，一種發洩，一種佔有，一種樂趣，很複雜的感覺。狗，不懂這種感覺。豬、牛、羊，甚至大象、獅子、老虎、野狼等等，也都不懂這種感覺。牠們只是低級動物，餓了就找東西吃，吃飽了就睡覺，怎麼懂得「搶購」的種種感覺呢！

這許許多多的東西，究竟怎麼住進我家，佔領了大部分的生活空間？現在我有些明白了，就是從一條很長很長直通天邊的彩色街道搶購來的。在那條街道上，所有東西隔著彩繪古典春宮圖的落地窗，向我招喊：

你不能沒有我！

你！不能沒有我！

就這樣，他們像一群政客，或像一群妓女，毫不客氣地就佔領了我的生活空間。有時他們互相排擠，互相叫罵。某一個午夜，我口渴起床喝水，迷糊間，差點兒被一個攔路的花瓶絆倒。這沒用的東西，我幾乎已忘了她的存在！怎麼又跑出來扯腿呢？

「始亂終棄，你還是人嗎？」她顯得相當悲憤。

我還沒開口，站在腳旁一個前幾天剛搶購回來的陶製垃圾桶已叫罵了起來：

「妳這擺著看的沒用東西，被拋棄也是活該，還有什麼意見呢！」

最近，我想拋棄些什麼東西，我必須拋棄些什麼東西；但被拋棄的東西也有他的意見。這的確是讓我頭痛的問題。不過，東西實在已多到叫人窒息了。別的不說，就先數一數我的私有物吧！

我擁有五十三條領帶、三十五條領巾、二十四件背心、四十一個電子錶、八雙鞋子。她們各有不同的性子，不同的姿色。就以領帶來說吧！有豐腴的、有瘦削的、有高的、有矮的；其色亦各異，湛藍者如七月烈陽下的海、翠綠者如三月雨後的山、或紅似玫瑰、或褐若琥珀；而且其性之殊，各具特色，有的柔滑如少女的肌膚，有的粗糙如鱷魚的皮。至於領巾、背心、電子錶、鞋子，她們的姿色，就像唐明皇後宮的三千佳麗，留給喜歡想像的人去想像吧！

這也沒什麼好驚異，更多的男人擁有的領帶諸物，還不止如此的數目，八十條，甚至一百條，他們從不嫌多。這和用不用得著，沒什麼關係；擁有，對，只要「擁有」，只要「擁有」的比別人更多，就爽透了。

我擁有五十三條領帶，她們被囚禁在衣櫃裡，像一條條的鹹魚垂掛在桿上。其中大多數都只在我的胸膛間躺過一、兩次。這也怪不得我，五十三條，每天換一條，也得將近兩個月；但我對她們早就失去興趣了。我知道，她們個個都想掐著我的脖子，靠著我的胸膛。「你，你不能沒有我呀！」她們爭著嫵媚地說。我卻沒有什麼回應；近來我強烈地需求「自由呼吸」的那種感覺，再也不願被掐住脖子了。

「始亂終棄，你還是人嗎？」聽得出她生氣了。她是一條海藍底色，雪白斜紋而寬幅的領帶。其實，我並沒有忘記她。因爲我當新郎的時候，特別在群芳之中選了她。之後，春山翠、玫瑰紅、琥珀褐……，不斷擁進家裡，她便被擠到我眼光眷顧不及的地方了。

「既然用不著，爲什麼當初搶著要我！」這一身鼠灰的傢伙，她說得那樣激憤；但我實在已記不得曾經搶著要她。可能一次都沒用過，就把她囚在櫃子裡。她不懂，對我來說，用不用得著，沒關係，只要我擁有的比別人更多，就爽了。

「你究竟想炫耀什麼！」這次說話的是一條棗黑的背心。她的語氣太尖銳了，刺得我相當難受。炫耀，既然有了些錢，不炫耀一下就是呆子。所有走在那條長長的彩色街道，戴著墨鏡東張西望的人，誰不是這樣！

最近，我很想拋棄些什麼東西，我必須拋棄些什麼東西；但被拋棄的東西卻也有他的意見，而且對我相當敵視，說了許多如利箭一般的話。我實在很煩，甚至幾次惱羞成怒，眞想放把火將她們全數燒掉。女人勸我去看看醫生，然而那個只會拿聽筒的傢伙，卻一點兒都不明白，有些東西必須被拋棄。

從醫院裡回來，剛剛午後，躺在床上，我認爲我應該是睡著了，可是卻又明明聽到喧譁的眾聲。有的從衣櫥裡傳出來，有的從抽屜、從鞋櫃，聲音如梟啼，如蟈鳴，如蛇叫，如空谷中急促的腳步。然後，我就赫然看見，一條一條的領帶與領巾，從衣櫥裡鑽出來，像一群雨傘節、龜殼花、竹葉青，向著我的床鋪游進。接著一件一件的背心，像一群夜梟，衝開衣櫥的門板，向我急掠而至。我驚嚇地翻身，卻看到一只一只電子錶，從抽屜蹦出來，像一群蠍子窸窸窣窣地爬向床鋪。然後，就聽見七、八種腳步聲，從樓下鞋櫃處開始朝著樓上奔來。

我一陣暈眩，恍惚間，平躺在床板上，被七八個壯漢抬著，緩緩地走在一條很長很長的彩色街道上，我的脖子間繫著幾十條各色各樣的領帶與領巾，兩臂上戴著幾十只電子錶，身軀因爲穿著幾十件背心而顯得臃腫。街道兩旁的人群，個個戴著墨鏡，向我指指點點。他們不停地翕動著嘴巴，我卻聽不見什麼。

壯漢們穿著皮鞋，踏出輕重不一的腳步聲。我躺在床板上，微側著臃腫的身軀，卻無法動彈。走到一家樂器行前，透過彩繪古典春宮圖的落地窗，我隱約看到一個少女正低頭彈奏著鋼琴。她抬起頭來，臉色一片漠然；我的女兒，她是我的女兒。但是，記憶裡，她還是一個六歲的小女孩，什麼時候竟然已這樣亭亭玉立！

她似乎沒有看見被抬著遊街的父親，只是專心地彈奏著鋼琴。我拚命地呼喊她的名字；但陣陣琴音掩蓋了我的呼喊。很熟悉的曲子，那是她小時候經常彈給我聆賞的歌曲——貝多芬「白色的雨鞋」。我仍然清楚地記憶它的歌詞：

我在森林中獨自徘徊，發現了一雙白雨鞋。
那是我從前在森林中遺失的白雨鞋。

經過多少風吹雨打，我從孩童長大成人。
經過多少風吹雨打，白雨鞋再也不經穿。

我的思緒忽然飛回了女兒的童年。那是一幢四面粉牆，空蕩蕩的，沒有擺設什麼東西的房子。客廳靠牆坐著一台雜牌中古的鋼琴。六歲的女兒，穿著一件鵝黃色、領口鑲著蕾絲的洋裝。她的小手輕靈地遊走在琴鍵上，一遍又一遍地彈奏著「白色的雨鞋」。我則站在琴旁，跟著反覆唱起歌詞來。琴音與歌聲交織成一片淡淡的哀愁。

當我陷落在許許多多東西的包圍中，什麼時候，我的女兒竟已這樣亭亭玉立了！但她卻聽不到我的呼喚。

我逐漸被抬離那家樂器行，女兒與琴聲也逐漸消失在遠方。我忽然覺得，在生活空間都被各種東西佔領的時候，每個長大了的人，都像是一雙童年被遺失在森林中的白雨鞋。淚水就這樣從我的眼角汩汩地流下來。我究竟將被帶往何方呢？

——原載一九九七年九月二十七、二十八日《中國時報》人間副刊

窺夢人

1

我認識「窺夢人」，這是眞的。

我並不打算寫一篇純屬虛構的小說，也不預備向你講個查無此事的寓言。我想告訴你的，都是平常發生在你我身邊的事。

這些事，全是眞的。或許，你不相信，硬說是假的。恐怕我們免不了要爭辯起來；但是語言最靠不住了，人們從未曾拿它弄清過任何眞相呀！還不相信嗎？那麼，我們就活在快被如浪的語言溺斃的世界，誰又確實弄明白過，那些每天口沫橫飛的人，背地裡想的是什麼，幹的又是什麼！

這世界，任何一件事都只能各說各話，「眞相」就讓「自以爲是」的人去相信吧！假如，這世界果然事事都有眞相，許多人將無法活下去。坦白承認吧！我們之所以還能放心地吃飯睡覺，完全是因爲這世界不會眞正的透明。

那麼，我說我眞的認識「窺夢人」，你根本無須與我爭辯，就當我在「痴人說夢」也罷；這世界向來是眞假難辨，因此聰明的人都學會沉默。

2

我們都喊他爲「窺夢人」，至於「窺夢人」的姓名，竟已被遺忘而不可考。問他，他有時一手指天一手指地，沉默而不答；有時則隨便胡謅一個姓名給你，什麼「孔仲尼」、什麼「馬基督」、什麼「牛七力」、什麼「李王八」……，然後反問：「你非姓×不可嗎？」

「窺夢人」究竟從那兒來？有沒有父母兄弟、妻妾兒女？也同樣一片空白。曾經有人費了不少工夫，從各種管道調查他的身世，卻空白還是空白，就像一口不知隱藏何物的黑箱。他一向不回答任何有關他的問題，只是笑笑地重複二句誰都聽不懂的話：

每個生命都是一口黑箱；而且必須是一口黑箱。

這句話，我開始也同樣聽不懂。後來，因爲幾個朋友的生命如黑箱被揭開蓋子而死亡，甚至「窺夢人」也在娶了妻子之後，由於某個與生命黑箱有關的事故而自戕，我才如禪修之頓悟。眞的，對任何生命而言，「幽暗」都是一種「必要」，被曝曬在陽光下而裡外透明的生命，都將在他人炯然的注視中枯萎。

對於「窺夢人」之死，我沒有悲傷，那不僅因爲他並非我的親人或相交莫逆的朋友，更因爲他只有死亡，才能驗證自己所說的至理名言：「每個生命都是一口黑箱；而且必須是一口黑箱」。這就讓人覺得，他的死亡有些滑稽，而滑稽之中又有些淚水悄悄地淌了下來。

從他身上，我們看到了人生恍然是一場如眞似假而哭笑不得的遊戲。

3

我之遇見「窺夢人」，起始就弄不清究竟是眞實或幻夢。

某個下雪的傍晚，我走進一間荒敗的澡堂。它的板壁朽壞而破了幾個大洞，從右前方的一處洞口，可以看到遠方積雪的山坳間，有一座紅瓦的寺廟。寬大的澡池裡，貯滿乳白色的浴湯；但卻空無一人。池面氤氳的水氣，飄浮如輕盈的棉絮。

我赤裸著身子，斜靠池邊，坐進浴湯裡。熱騰騰的水溫，彷彿千萬隻手搔抓著靈敏的皮膚，我感覺到胯間有物暴漲。這時候，澡池中央，忽然冒出一顆光頭，接著便看到雙峰堅挺的乳房，是個姣好的尼姑！她嘴角燦著微笑，像一條肥腴的錦鯉向我游了過來。

忽然，我看見板壁的破洞間，露出一張非常蒼白的臉龐，圓睜睜的兩隻眼睛，沒有瞳人，好似煮熟的魚目。我驚嚇地「啊」了一聲。

妻就躺在我身邊，和我一樣赤裸著身子，頭髮卻披散在籐枕上。她的臉色略顯酡紅，睜著眼睛注視著我，「作夢了！」她說。

我沒有告訴她關於澡池裡裸尼的事。她是個虔誠的佛教徒，準會呵責我如此的褻瀆。假如，我和她爭辯，只不過是個夢而已，怎麼能夠當眞。然而，在情欲與宗教上嚴重冒犯到她的這樣一個夢，她絕不會理智地去分辨眞假。說不定，還一口咬定：「夢比這現實更眞呀！」

我倒是向她說，看到一張沒有血色的臉龐、兩隻沒有瞳人的眼睛，她直呼好可怕好可怕，並且安慰我，只是個夢而已，世界上不會眞有這樣的人。人們總是選擇他想相信的去相信，而不想相信的事物便認定是假的。

其實，我也如妻一般認爲，世界上不會眞有那樣的人，直到遇見「窺夢人」，才開始懷疑，澡堂裡裸尼以及那張臉龐、那雙眼睛，究竟只是一場夢或眞實發生過的事？甚至，當時自以爲醒來，妻躺在我身邊，說我作了夢，並與我談論這場夢，如此情境，究竟是在夢中或現實的世界？

我在都城一座壅塞著人潮的天橋上遇見他，一張沒有血色的臉龐，兩隻沒有瞳人的眼睛。他就站在夕陽軟弱的橙光中，薄暮如紗的煙塵，讓他的身影恍然在大氣中飄浮著。這是在夢裡嗎？

「夢與非夢，怎麼分辨！」他說。

從前，有個樵夫到山野間去砍柴，遇到一隻驚慌的小鹿。樵夫將牠獵殺；但因爲他得繼續砍柴，就暫時把鹿藏在乾涸的窪池裡，並覆蓋幾片蕉葉。等樵夫砍完柴，卻已忘記而找不到藏鹿的地方。

「難道這只是一場夢嗎？」他眞的迷糊了。

回家途中，他將這件事說給人們聽。有個鄰人依照他所說，竟找到那隻覆蓋在蕉葉下的鹿，很高興地回家，告訴妻子說：「那個樵夫作夢獵得一隻鹿，而忘記藏在那兒。我卻把它找到了。

他的夢竟然是眞的！」妻子半信半疑，說：「說不定是你自己夢見樵夫得鹿吧！樵夫在那裡呢？不過，你的確把鹿扛回家了，你的夢竟然是眞的呀！」男人說：「管他是誰在作夢，我得到一隻鹿卻是千眞萬確。」

樵夫回家之後，非常懊惱，晚上眞的作了一個夢；夢見藏鹿的地方，也夢見鹿被那個鄰人找到而扛走了。第二天醒來，依照夢境尋去，鹿果然就在鄰人家裡。他非常生氣，一狀告到官府去。

「窺夢人」說了這則《列子》裡的故事，然後問我：「夢與非夢，怎麼分辨？」

此刻，我眞的迷惘了。「澡堂」與「天橋」，那一個是夢，那一個是非夢？而我卻同樣看到這張臉、這雙眼睛。假如「澡堂」是現實，那就是「澡堂」中的我夢見「天橋」上的我；假如「天橋」是現實，那就是「天橋」上的我夢見「澡堂」中的我。而裸尼呢！妻子呢！那一個才是現實中與我同在的女人？那一個只是夢裡無明的幻象？我該相信什麼？我不該相信什麼？倘若曹雪芹感悟到的是「假作眞時眞亦假」。那麼，此刻我感受到的卻是「眞作假時假亦眞」。然而，每一個人卻都自認爲在眞相之中而看到了眞相！

其實，這整個經過，最讓我害怕的還不是夢與非夢、眞實與虛幻之難以分辨；而是「窺夢人」竟然能夠在我這兩個世界中自由進出。「我在一個荒廢的澡堂裡看過你」！聽到他這句話，我不是訝異，而是驚恐。

我一向認爲，生命存在的眞假無從辨明，也不重要。重要的是彼此之間，允許自我「留白」；讓每個人在相互瞪視之外，也可以孤獨地躲進一個任何他者所無法侵入的世界。那也是我們可以安全地生活一輩子的理由。假如每個都是「窺夢人」，我不知道誰能放心地過完這一生？

4

我和「窺夢人」坐在都城東北邊的山腰間的一棵白雞油樹下的磐石上。都城已在如墨的夜色中，變成一口巨大的黑箱。箱面上鑲嵌著熠耀的明珠與鑽石，那是可以照灼幽暗的燈光；但是，生命的幽暗處卻向來是任何亮光所照灼不到。它在光之外，像是永藏不露的山陰，與山陽共成無法分割的山之實體。

深夜裡的都城，是一口巨大的黑箱，即使通明的燈光也難以照灼這黑箱中許許多多生命的幽暗。我們所能看到的只是黑箱的外殼。然而，因爲如此，所以都城繼續存在，人們繼續存在。

「窺夢人」彷彿融進夜色中，變成沒有實體的靈魅。他的眼球不長瞳人，在白天，看起來像顆煮熟的魚睛。這刻在夜裡，竟然泛著曖曖的磷光。他低俯身子，面對腳下如黑箱的都城。眼中的磷光像五月的螢火，閃爍不定。

「搭著我的肩膀，閉上眼睛；我帶你到幾個用眼睛看不到的地方。」他說。

請原諒我吧！我眞的無意去揭開任何一口生命的黑箱。然而，隨著「窺夢人」，我侵入了幾個生命的留白，看到了平常眼睛所看不到的景象。當時，我並不知道身在那裡，只以爲那是眞眞切切發生在這現實世界中，卻叫人震驚而難以置信的事。之後，才知道我們進入了某人的夢境，窺視了連他最親膩的人都無以察知的祕密。

其中，有些我認識，有些我不認識。不認識的，我就不說了；認識的，我挑一個說說吧！但我必須姑隱其名，你千萬不要繼續追問：那個人究竟是誰？

天似黑鍋，頂空卻破了一個大洞，散落如血的光芒。大地是滾滾的濁流，什麼都被淹沒掉，只有一座金色的高樓聳立水面。頂層的陽台上，一把長背的交椅，C君端坐彷彿冰冷的石像。他的右手拿著酒杯，左手摟著一個妖冶的女人。

陽台前端有把鐵梯垂懸到水面上。水面上，一個肥胖而衰老的男人，正在滾滾濁流中載浮載沉；他赫然是C君的父親。他不停地揮手向C君求救；但是，C君卻只是冷漠地瞪視著他——這個C君叫他「父親」的男人。

C父拚命地向自己金色的樓房泅泳，終於攀到了梯子。他疲倦而興奮地往上爬，眼看就要爬到梯子的頂端。C君站了起來，臉無表情，抬起右腳將梯子踹倒。

「窺夢人」在我身旁，漠然地看著這一幕悲劇；或許是他看多了，或許這些人這些事都與他無關。但是，我就不能那樣淡漠；C君是我最好的朋友，很知名的大學教授，向以孝悌爲我輩所敬重。C父則是一個擁有許多財富與女人的商賈，生了幾個不同母親的兒女。

C君怎麼可能做出這樣的事！但他卻在我眼前發生了。之後，我明白那是C君的一場夢，是C君生命黑箱中另一個幽暗的世界；我不應該侵入。然而，我卻已經侵入，揭開了黑箱蓋子的一個小縫。此後，每當見到溫文儒雅的C君，在眞假難辨中，竟感到一種奇異的陌生，甚至摻雜著些許的厭惡。

昔者，有「狐疑」之國，王忌其弟謀反而苦無稽焉。某日，一士自西方來，自謂能窺人之夢，以伺心機。王遣之偵察其弟，果得叛變之夢，因以爲據而殺之。復疑其弟魂魄爲亂，懼而不能自解，終癲狂而死。

5

我並非在講一個查無此事的寓言，這是平常或至少可能發生在你我身上的事。

自從「窺夢人」在我們的群體中出現，這世界就忽然複雜了起來。許多傢伙開始在最親近的人身上貼問號，「窺祕」是一種心靈自體潛生的病毒，被誘發之後，便很快的擴散開來。很多人都想揭開所親者的生命黑箱，讓他成爲一個完全的透明體。因此，他們都以很昂貴的代價，請求「窺夢人」的幫助。有夫窺其妻者，有妻窺其夫者；有父窺其子者，有子窺其父者；有至交之相窺者……而人人自以爲已看清對方生命的「眞相」。

他們究竟看到了什麼?誰都沒有說明白；但是，據我所知，已有好幾個人，卻因此而夫妻、父子、朋友彼此離散或相殘。

「窺夢人」總是漠然地進出很多人的夢境，並以此異術而致富；二十世紀末，在都城南區一座天主堂中，由安樂神父福證，而與鴛鴦小姐結婚。

婚後不到兩個月，「窺夢人」便開始酗酒。爲什麼會這樣?他始終沉默，但臉色明顯地堆積著層層的怨苦。後來，禁不住我的關心與追問；他終於吐露了實情：

「鶯鶯的夢裡有好幾個男人！就是沒有我。」

他每個晚上，幾乎都在窺視鶯鶯的夢。而他再也無法如窺視他人之夢那樣漠然。

「你就別進入她的夢裡呀！」我勸他。

「既然是X光，能忍得住不透視嗎？」他搖搖頭。

終究，「窺夢人」無法忍受這樣的煎熬，於二〇〇〇年「愚人節」當夜，從鶯鶯的夢裡出來之後，服毒自殺，遺書只留下二句他曾經說過的名言：

每個生命都是一口黑箱；而且必須是一口黑箱。

他早就這樣說了，卻沒有做到，竟然必須滑稽而悲涼地以自己的生命去驗證斯言！

我得再強調，這不是一篇純屬虛構的小說，也不是一則查無此事的寓言，而是平常發生在你我身邊的事；但是，請別找我爭辯它的眞假。說不定你身邊就有一個「窺夢人」，只是你沒有察覺罷了。

——原載二〇〇〇年四月二十七日《聯合報》副刊

高大鵬作品

散文卷

高大鵬

祖籍山東，1949年生。台灣大學中文系畢業，台灣大學比較文學博士，現任教東吳大學。著有散文集《追尋》、《移山集》、《吹不散的人影》、《永遠的媽媽山》等，另有詩集、文學評論集等多部。曾獲中國時報文學獎散文首獎、國家文藝獎、中山文藝創作獎等。

谿山行旅圖

無何有之鄉

美國女詩人——曾經是我年少時的最愛——艾蜜莉．狄金蓀曾有一妙語說：「我不識何爲好詩，除非它讓我有頭被砍下來的感覺！」

「頭被砍下來的感覺」，不知是什麼樣的一種感覺？想來應是極富奇趣、極其刺激的一種感覺吧！但站在一幅偉大山水畫幅下而爲之不由自主、不明所以地足股戰慄、毛髮聳然，全身冰冷如死，以至於「脊椎降到零度」的那種刻骨銘心的感覺，在我卻是與生俱來般的熟悉與親切哩！在我年少不識愁滋味，更不辨雅俗妍媸爲何物的懵懂歲月裡，這類似「被砍頭」的感覺早已暗暗帶領我走上美之巡禮的朝聖之路，且常在一幅幅偉大的佳山水下，一面恍然自失於完全的迷亂中有如蕩婦，一面卻又出奇清醒得有似神祇！美之猝然降臨於我恰似化身天鵝之大神宙斯猝然降臨於人間處子麗達那般令人手足無措卻又喜不自勝地完全沉醉於神聖的至福狀態中至於不省人事而沉溺不返了哩！

或許，這就是被詩砍頭的奇趣？

或許，這就是與美交媾之沉醉？

或許，這就是天人交戰乃至天人合一的戰慄與狂喜？

時常，帶著這份無以名之的狂喜，在一幅幅山水巨構前，我一次又一次地失去自己又得回自己，一次又一次地失去小我而得回大我，一次又一次地失去假我而得回眞我……就在這生生死死之間，就在這充滿低語和嘆息的畫廊深處，我找到了安身立命之鄉。而這裡卻是星光照耀不到、歲月流轉不及，蕭然自隱卻又花月宛然的一個至眞至美的無何有之鄉哩……

谿山行旅圖

說到「安身立命」，自古至今大概沒有第二幅畫比北宋范寬作的「谿山行旅圖」給人更深刻的印象了吧！且看它在蒼然凝重、森然肅穆的背景下，一座龐然岸然魁然浩然的鎭山巨巖巍然矗立，以頂天立地充塞宇宙的氣概獨占了三分之二巨大畫面的沉雄構圖，小立其下，眞能教人懾然屛息、肅然起敬，油然興起「高山仰止」的頂禮傾慕之情哩！若我是那位酷愛附庸風雅的乾隆皇帝，我將在那塊巨石上端揮毫題下這樣的字句：「大中至正百邪辟易，剛健篤實輝光日新」！因爲在我看，這就是它以震古鑠今的氣魄，充塞天地的氣勢給人以安身立命的莊嚴之感的精神所在吧！因此，對於這塊劇力萬鈞、氣勢磅礴的曠代巨巖，與其說它是一塊鎭山巨石，倒不如套愛爾蘭詩人葉慈的話，稱之爲「爲靈魂之宏偉而豎立的紀念碑」，或是「爲紀念永生的智慧而豎立的紀念碑」更爲恰當吧！

為靈魂之宏偉而豎立的紀念碑，爲紀念永生的智慧而豎立的紀念碑！對於葉慈歌詠拜占庭金碧輝煌的蘇菲亞大教堂的這兩句詩，范寬此畫是絕對當之無愧的！所謂「養天地正氣，法古今完人」，更是在這幅山水鉅製中找到它最典型的寫照！蕭條異代，悵望千秋，隔著歲月的千山萬水，我依稀看見這位落拓不羈、頹然自放的畫師他嶙峋的背影是如何穿越千巖萬壑而貞與天地精神相接，我彷彿看見，這位蕭然遠引、高蹈避世的畫家如何在入山惟恐不深，絕俗惟恐不遠的隱逸生涯中反而深切體察出歷史的軌跡和時代的脈動！臨風獨立在巍巍巨巖之上，他確乎體會到沛乎塞蒼冥的天地正氣是如何地凝聚天上的日星和地上的河嶽，又如何在人的身上振發出浩然的氣節，是這股浩然的正氣，使得「秦婦吟秀才」韋莊在五代那個天昏地暗、亂亡極矣的末世衰運中道出了：「大盜不將爐冶去，有心重築太平基」的豪語！身爲一介詩人，韋莊並未能重築太平的根基。同樣，身爲畫師的范寬也未能重建太平的根基。然而韋莊卻以詩人的敏銳，孤明先發地道出了北宋一代士人的心聲，而范寬也以他畫家的直覺「外師造化，中得心源」地勾勒出這個太平根基的大體輪廓，就在這幅氣象萬千、氣勢磅礴的〈谿山行旅圖〉中，他爲有宋三百年的時代精神獻上了第一塊鎭山巨石！這以堂堂之陣、正正之旗出現的鎭山巨石正和二百年後文相國的〈正氣歌〉一樣先後輝映地道出了有宋三百年的士節士氣，也爲那個撥亂反正、貞下起元，由大黑暗大混亂重新轉向大秩序大光明的關鍵時代留下了與天地並壽、與日月齊光的永垂不朽的紀念碑！

我不曾去過雲煙繚繞的拜占庭，也不曾一遊金碧輝煌的蘇菲亞大教堂，更不曾見識過那些金雕玉琢、栩栩如生的所謂「爲紀念靈魂宏偉而豎立的紀念碑」，但是在范寬的巨幅山水底下我確乎看見國史上那些宏偉的靈魂其凜然生氣至今猶存！我雖未曾見識過希臘金匠雕刻的「爲紀念永生智慧而豎立的紀念碑」，但在范寬巍巍的巨巖下，我也確乎看見了那與天地精神來往而又沛然塞乎蒼冥的智慧是如何燭照著每一個黑暗的時代而光輝不磨地直到如今！就在這塊鎮山巨石下，我識得了何謂「地維賴以立，天柱賴以尊」偉大擔當，識得了何謂「三綱實繫命，道義爲之根」的嚴肅氣象！在它的千仞崗上，我要振衣！在它的萬里流裡，我欲濯足！在它所勾勒所描摩所噴薄而出的歷史高峰上，我要放歌！聽呵，「不畏浮雲遮望眼，自緣身在最高層！」在王荊公聲振林木，萬山響應的高亢歌聲裡，依稀有我一份悠遠的回響……

是的！就在這幅地維賴以立、天柱賴以尊的鎮山巨巖下，就在這座爲訴說靈魂之宏偉而樹立的紀念碑下，我看見的不止是高蹈遠引、入山不歸的畫師范寬，不止是那位要爲太平重立根基的詩人韋莊。隔著歲月眺望，透過雲煙繚繞的千山萬水，穿過柳暗花明的時光幽徑，依稀彷彿之間我也看見了開宋學之先聲、集宋學之大成的一輩儒者！看見他們依舊逍遙容與於山涯水湄，徜徉吟詠於谿山深處……就在那星光照耀不到，歲月流轉不及，蕭然自隱卻又花月宛然的無何有之鄉裡，我彷彿看了……啊，那邊是深入泰山一坐十年，攻苦食淡，雖得家書，讀到「平安」二字即投入深澗不復展閱，以恐亂心的胡瑗！那邊也是退居泰山，種竹樹栗，高置風標，儼然守先待後，上下千古的孫復！泰山門下，我又看見那位發出「道大壞，由一人存之，天下國家大亂，由一人扶之」的壯語的石介！同樣是鐵肩擔道義，辣手著文章，我彷彿看見少年時代的范仲淹，看見他悄然隱居在長白山麓，晝夜苦讀，飲食不繼，至於斷韭畫粥、以水沃面！正是這等冰雪風操，映照一代，令人千載之下，聞風興起！而他「先憂後樂」，「以天下為己任」的呼聲更是響徹有宋一代，其勢猶如萬壑松風，此下一千年，沒有一個中國讀書人的心靈不在這一派松風的吹拂下渾然共鳴！

而在萬壑松風之外，在谿山行旅之外，我彷彿也看見隱居在廬山之下、濂溪之湄，吟詠自得、濯纓自樂的周敦頤先生。看見他如何衝犯瘴厲為民洗冤，又如何臨窗贊易、評點太極，悠然以青蓮自喻，所謂「出汙泥而不染，濯清漣而不妖」，他那「只可遠觀，不可褻玩」的棣棣威儀，不也深切著明地體現在范寬的鎮山巨巖之上？穿過這塊巨石，我彷彿也看見大程子「觀天地生物氣象」的仁者胸次，以及小程子危舟將覆而猶能正襟危坐的誠敬修持。看見朱子要在浩浩大化中安身立命的志節，以及他格物窮理、返躬實踐的嚴謹篤實。至於陸象山立志「先立乎其大者，而後不為小者所奪」的自信與乎他所謂「我雖不識一字，也須還我堂堂做個人」的人格氣象，更是不落言詮地表現在這方鎮山巨石頂天立地，充塞宇宙的崢嶸偉岸的絕世風標中了……

「外師造化，中得心源」，我不知道范寬是如何悟出這作畫之秘訣，或許就是那些拔地擎天的奇岩怪石讓他一再地失去自己又找回自己，一再地失去小我又找回大我，一再地失去假我又找回眞我……而終於在無數次大生大死之後找到了安身立命的歸宿，而事實上，外而貞定宇宙，內而安頓身心，中而主持世道，這種「合內外，一天人、貫古今」的努力正是有宋三百年承先啓後，繼往開來的偉大精神所寄吧！由此而鑄成了「靈魂宏偉的紀念碑」，由此而鑄成了「永生智慧的紀念碑」！范歐司馬諸公在五代大動盪大混亂之後以冰雪風操極盡慘澹經營之能事地重立起太平的根基。濂洛關閩諸儒在經歷了六百年佛道的大衝擊大滌蕩之後又極盡辯證實踐之能事地找回了天人之道的根基，開闢了混沌，消化了佛道之後，中國人重新找回了宇宙的本體和自我的主體——這，就是「外師造化、中得心源」的語源所出吧？這就是「三綱繫命，道義爲根」的自信所在吧？豈不是這一份貫穿日月、塞乎蒼冥的磅礴大氣讓張橫渠登高一呼萬山響應地道出了宋學三百年乃至整個儒學兩千年的共同心聲，曰：「爲天地立心，爲生民立命，爲往聖繼絕學，爲萬世開太平！」而范寬的鎮山巨巖！谿山行旅圖正匠心獨運地摹寫出這四句至言的精神風貌！如此因著找回精神主體而呈現出之頂天立地，自尊自信的人格氣象，對於我們這個忘己徇人，一意媚外的衰敗之世當有更多的話要說，更多的深意要表達，更多淵默而雷聲的微言大義慨然存於獨立不倚巍然不動的巨巖之上和那筆直不屈劃然直下的懸瀑之間，有待我們和我們一代又一代的子孫去諦聽，去體察，去細細省思和深深玩味的吧！

谿山無盡、吾生有涯！面對無窮無盡的層巒疊嶂，我們都只像谿山行旅一般短暫渺小且一去不返哩！然而，對於外契造化，中得心源的賢者而言，他們高華偉岸的靈魂亦當與高山流水一般深遠無涯且俯仰無愧於天地造化無窮無盡之期許與祝福的吧！仁者樂山、智者樂水，山水是中國人的靈魂，而亦惟中國人能向山水獻上誠心誠意的禮讚與乎至情至性的招魂！噫，江山不老，天地長新，故國神遊，多情應笑我，懷抱著對仁者壽而智者樂的憧憬與仰慕，竟亦將步趨老畫師之後頹然自放於重重無盡的佳山水外而渾渾然不知老之將至云爾……

——原載一九九六年一月二十一日《聯合報》副刊

潺潺雙溪入夢來

——春回東吳新世紀

年近弱冠時，我曾在臺北市外雙溪畔當過一年的大學新鮮人。三十年後重遊母校，我已是年逾半百的中年人了！而靜靜棲息在雙溪之畔的母校也載著她一百零一度花季的爛漫與風華，無限深情地駛入了新世紀新千年的新流域了……

前後三十年，母校在外貌上並無太大變化。遠遠望去，依然是依山傍水的好風景，依然是玲瓏有致的小樓台。好風景裡埋藏著少年時的好年華，小樓台上高懸過少年時的摘星夢。所不同的是，風物依舊，卻再找不回錦繡的年華。樓台無恙，卻不見了當年一同作夢的夢中人。三十年來，天上的星星是更多了還是更少了？我不知道！只當初並肩細數繁星的朋友早已星散四方……

差堪告慰的是，悠悠三十年過去，我仍活在故人的夢裡，正如故人也活在我的夢境中。就像潺潺入夢的雙溪水，我對故人的召喚也不能不款款兮以爲報焉。可喜的是，三十年後舊地重遊，竟猛然發現在那不勝滄桑的樓台上，赫然出現了母校一百零一歲生日的電子看板。時光精靈在電子看板上閃動著魔幻數字——年逾半百的我和年逾百齡的母校不遲不早地重逢在新世紀近千年的新起點上。白雲蒼狗、物換星移，驀地裡我感覺那潺潺而來的不止是流水的沉吟、故人的呼喚，而更是歲月的傾訴與歷史的詠嘆！那安排山水交會的也安排了人間的重逢，那移轉星河的也牽動著世事的流轉。望著魔幻的數字向天發報，我的心也像爬滿了繁星的天空，在那裡歷史老人正俯下身來微笑地翻閱著他遺留在人世間一頁頁的筆記、一頁頁的畫卷、一頁頁的滄桑……

遙想三十年前初識母校，「東吳」這兩個字對年輕的心並沒有什麼特別的意義。感動我的倒是雙溪的水，那般的清新、那般的靈透，正似一塵不染的少年心！溪旁小立，常令我油然憶起舒伯特的連篇歌集〈美麗的磨坊少女〉，而我心裡的風車也禁不住隨之悠悠轉動起來。聽流水之潺湲、望谿山之無盡，更令我想起英國詩人彭斯的名詩〈甜蜜的艾芙頓河〉而情不自禁地吟詠起來：

> 艾芙頓河啊，靜靜地流，兩岸綠悠悠
> 我歌唱、我讚美，我心愛的瑪麗已沉睡
> 喃喃的水呵，靜靜地流，切莫驚動，伊人的夢……

哦，是的，我的「磨坊少女」早已遠適他鄉，就在這雙溪橋下，我也深深埋葬下最美麗的青春夢。回想渾渾噩噩的少年時，除了詩歌與戀愛，哪裡識得什麼「養天地之正氣，法古今之完人」，這般古奧嚴肅的校訓。年輕的人所愛慕的是天地之逸氣，嚮往的是古今之奇人，夢寐以求的是在天一方的秋水伊人……

雙溪的水，不捨晝夜地流著，她帶走了太多的落花與人影——這裡面有同窗、有戀人、有師長，更有在歲月流轉中不斷變幻著的我自己的倒影。比彭斯和舒伯特都多活了二十多年的我，也早已不是那為「美麗的磨坊少女」所苦、為彼岸伊人所惑的文藝青年。文藝，仍然是我心之所愛，但它被賦予了歷史的傳承心和文化的使命感。在清幽的素書樓裡，我曾當面向那位獨向雙溪作獨語的老哲人請益，漸漸喚醒了埋藏在我心深處對故國歷史的一片柔情！年少時我曾親赴小樓拜訪過這位哲人，這難得的一面之緣永遠在我回憶中熠熠生輝。直到年逾九十的他有一天忽然失去了這座水木清華的素書樓，消息傳來使我震驚不已！就打那日起，雙溪水之於我只一夕間便由個人喃喃的獨語變成了歷史滔滔的召喚。高樓風雨感斯文，帝遣巫陽召我魂！文學仍是我的最愛，但這份浪漫的情懷卻由小溪的潺湲化作了大海的深沉。

見山思賢、飲水思源，慢慢地，我開始思索這穿山越嶺不捨晝夜而來的雙溪，在她欲語還休的潺湲裡究竟暗藏了哪些美麗的叮嚀和祕密的訊息？

「我家江水初發源，宦遊直送江入海」，小立溪畔，望著三兩白鷺或飛或立，我的思緒也像東坡當年面對江邊古寺一般，一面感慨人生到處不過雪泥鴻爪，一面卻又情不自禁地要緬懷那終古不息的生生之流。遠在江南的蘇州大學我未曾去過，不知道在那極富林園之美的姑蘇城裡，她是否也有一衣帶水的天然形勝。外雙溪本不是水中最美的，自不能與杏花春雨裡的江南河相比。但我以為，這條彎彎流水對於一座大學在人文上的重要性要遠超過她在地理上的天然形勝。遙想上古的太學——或天子的辟雍，或諸侯的泮宮，它們或四面環水或三面環水，同樣都標示了學宮的遺世獨立、一塵不染的士林清華。盈盈一水使學宮和紅塵保持了美的區隔與乎詩的寧靜，但流水環璧也象徵了禮樂教化的周流四方、道濟天下。從這裡出發，可以看見禮儀三百、威儀三千，也可以看見周遊列國、僕僕風塵！哦，青青子衿、悠悠我心。振振白鷺、我心所慕！

沿著歷史的長河逆流而上，猶可以看見「吳太伯三以天下讓」的至德高風，不但爲孔子歎賞，太史公且以他爲《史記》世家之冠冕。古吳諸賢中，更有延陵季子數以王位讓，他曾說：「潔身清行，惟仁是處，富貴之於我，如秋風之過耳！」這樣動人的山水清音，在今日的雙溪水中還復有其餘響麼？至於季札觀樂，見微知著，宏覽博物，慕義無窮！解寶劍以掛墓樹，不以生死而負故人！這般的雲情高誼、風流博雅，依舊迴盪在雙溪的風聲、雨聲和讀書聲中麼？

然而雙溪之所以爲雙溪，在於一溪之外猶有一溪。一溪源自東、一溪源自西。公元一九〇〇年，八國聯軍攻北京，就在槍砲聲中，西方的傳教士卻也在姑蘇城裡催生了中國第一所民辦大學——蘇州大學。在北京，西方列強企圖以洋槍大砲摧毀老中國的同時，在蘇州一群宣教士卻希望藉著十字架上捨己的大愛來完成洋槍大砲所不能完成的——一個古老文明的更新與變化。這群宣教士源出英倫的循道會，源出一位名叫約翰·衛斯理的傳奇人物。這位傳道人曾在有生之年改寫了大英帝國的精神版圖——這個最早反對販賣黑奴的人，這個不容於英國國教而走出教堂露天佈道的人，這個把麵包、書本和福音奉獻給貧民礦工的人，這個乘著馬車行遍萬里路寫出萬卷書的人，這個堅信天父大愛絕無等差地遍及一切處、一切人的人——是他溫暖了無數掙扎在飢餓線上的受苦的心，緩解了貧富懸殊的階級矛盾，使英國倖免於羅伯斯比·列寧式的暴力革命大手術。

這個出身於牛津卻甘心獻身給窮人，一生僕僕風塵、周流四方，不知疲倦地宣講著愛與救贖的福音使者，他那滔滔不絕、誨人不倦、堅定不移的證道之聲，還能在雙溪的潺湲中聽見他的流風餘韻麼？他和弟弟查理的讚美詩還能透過淙淙的流水聲讓疲憊的旅人、逃家的浪子駐足傾聽、慨然思返麼？

東吳，一百零一歲了！電子看板如是說。然而在我內心的電子看板上，她卻不止一百零一歲，而是三千歲了！吳太伯三讓天下的高風、延陵季子掛劍墓樹的高誼、范仲淹先憂後樂的高致，乃至於衛斯理獻身貧民、講道於墓園、僕僕於道途的高懷，在在都是電子看板上應當顯示出來的美麗莊嚴的校史。一九〇〇年八國聯軍攻北京的罪行，在姑蘇城裡一所高舉十字架的學院裡聽見了歷史救贖的呼喚！

「四時最好是三月，一去不回惟少年」！已不再年輕的我面對永遠年輕的杏花天以及沐浴在駘蕩春光裡永遠美麗的母校校園，除了緬懷百年滄桑千年巨變，預祝她在新世紀新千年裡有更明媚更榮美的遠景外，我這浮雲遊子一般的老校友還能爲她奉獻些什麼、頌禱些什麼呢？俯聽流水細訴，感嘆逝者如斯，就讓這無盡長旳溪流道出我無窮盡的祝願吧：

雙溪水，靜靜流，兩岸綠悠悠——
我歌唱、我讚美，不廢江河萬古流！

——原載二〇〇一年四月五日《中央日報》副刊

邱坤良作品

散文卷

邱坤良

台灣宜蘭人，1949年生。中國文化大學歷史系博士班研究，法國巴黎第七大學文學博士，1989年應加州大學柏克萊校區之邀，任「大眾文化研究計畫」資深研究員。曾任台北藝術大學戲劇系主任、劇場藝術研究所所長，現任台北藝術大學校長。著有散文集《南方澳大戲院興亡史》、《昨自海上來》、《馬路・游擊》等，以及論著、編導作品等多部。

男兒哀歌

1

我一直認爲阿坤旦這輩子彷彿被開了個大玩笑似的，做人做得很辛苦，也很失敗。他那一夜的談話令我印象深刻，至今都覺得有些淒慘。

這當然是我個人的想法，是不是這樣，只有他最清楚。也許，他認爲自己一生多采多姿也不一定。他平常看起來總是笑咪咪的，很少暴怒急躁或愁眉苦臉，再怎麼大條的事，也是嘻嘻哈哈，旁人消遣他、罵他，他只會用更尖更細、更嬌嗔的聲音，回罵一句「死賤人！」或「你家死人！」不容易看出生氣「指數」。不過，我還是相信他的一生是悲苦的，如果他仍認爲他的人生不悲苦，那麼，他大概不知道眞正男人的快樂在那裡。

我叫他「阿坤仔」，他叫我「哭A」，我什麼玩笑都敢開，就是不敢觸及到他個人「生理衛生」問題——直接講就是性關係。我問他，他一定不會生氣，但就是不好意思開口。也許我跟大家一樣，早已根深柢固地認爲他的所作所爲是不正常的「削死削症」，基於「同情」朋友，避免尷尬，我不敢觸碰我自認爲的禁忌。雖然如此，有關他的一些八卦與隱私，我知道的還眞不少，都是從蜚短流長中拼湊起來的。

他說他的啞巴兒子要認他那天是大甲媽祖出巡的前一刻，深夜的鎭瀾宮香客大樓內外沸騰，一陣一陣音量高低不一的鞭炮聲、鑼鼓聲顯示熱鬧驚爆點的範圍與人潮湧進的狀況。外面嘈雜，裡邊也不得安寧，穿著花花綠綠的男男女女進進出出，川流不息。提供給遠來香客休息、睡覺的通鋪有些像大營房，也有些像菜市場。我坐在他床位旁邊的上鋪，中間隔著一個小通道，居高臨下，可以清楚的看到他。

他打開有航空公司標記的藍色旅行袋，拿出一個阿瘦皮鞋的盒子，先把袋子往床鋪內推，大屁股直落木床，一腿拉到床面，一腿屈膝，像他平常賭「十胡」的姿勢，皮鞋盒就放在大腿上。

「我那個啞巴仔要認我了！」他邊說邊打開盒蓋，盒子裡面裝的不是皮鞋，而是一堆旦角裝扮用的頭飾與鈿片，另外還有一個小紅盒，他小心翼翼地用手擦擦它的紅絨布外皮，好讓顏色更豔麗。他說話的時候我正忙著看學生遞來的資料，一方面哼哼哈哈地虛以委蛇，沒特別注意他講話的內容，只直覺他低著頭說話，有些像自言自語，也彷彿對小紅盒交代什麼。

在這個可以容易二百人的通鋪，西側兩列雙層床鋪都是來自台北藝術學院的學生，在即將展開的八天七夜「繞境進香」中，學生要演出隨駕戲，就是在大甲與新港之間任何媽祖神駕停駐的地方演戲，這種不分晝夜的流動演戲方式阿坤旦早已司空見慣。他穿著一件白汗衫，加上半長短褲，算是他的睡衣，也是休閒服，他不演戲的時候經常就是這樣穿著，在喧鬧的香客大樓看起來像極進香的歐巴桑。不過，他這次不是來進香，也不是來演戲，而是來「贊助本團光彩」，專門爲演員化妝、穿戴行頭的，算是藝術學院團的一份子。

離子時神駕出發還有一些時間，有些年紀大的香客早已呼呼入睡，同學則顯得精力充沛，三三兩兩在聊天、嘻戲，沒有人注意阿坤且的言行舉止。大概看我沒什麼反應，他仰著頭又說了一遍：「喂！哭A，阮啞巴仔要認我了！」

「喔！要認你了！」

「是我小妹跑去問他們，他們親口說的。」阿坤旦繼續說著，淡淡的口氣中有些興奮與期盼。我邊看資料邊敷衍兩句，隔了一會，才想到這件事對阿坤旦生命的意義。很自然地略略抬起頭循著斜下的視線看著他。他從小紅盒中取出一只金戒指，站了起來，趨前貼近我的床邊，伸開一個手掌，說：「八錢，開一萬多，這是要給阮啞巴仔。」我接過他的金戒指，戒指上鐫刻著「福」字，他說：「阮啞巴仔叫作有福！」說話的語氣宛如一位與兒子久別的慈母。

「另外，我也包三萬元給伊。」他所謂的伊，就是那位無緣的太太。好像怕我不相信他的大手筆似的，邊說邊從睡褲暗袋裡掏錢。

「要給你太太？」我阻止他陶錢的舉措，他還是把看起來頗飽滿的紅包袋揚了一揚，對他而言，送貴重的禮物給妻小，是多麼值得紀念與回味的大事！

「我小妹也問伊，說阿坤要來看你好嗎？伊惦惦著不說話。大概是答應的意思！」他口中的「小妹」其實是遠房堂妹，祖宗八代親戚，也只有這個「小妹」同情他，有些來往。

阿坤旦說起這件事竟然有些嬌羞，臉上一直帶著微笑，一百七十多公分高的身材在他的世代裡算是相當英挺。即使已經六十多歲，仍然長得細皮嫩肉，體態婀娜，說話輕聲細語，尤其是肥大、圓俏的臀部很難不讓人聯想到女性的柔媚。他在舞台上裝扮起旦角，比女人還要女人，我沒看過中國四大名旦、四小名旦，從他們留下的劇照來看，阿坤旦一點也不稍讓，但論舞台上的成就，卵包比雞腿，不值別人一根腳毛，連做人的基本條件都因爲腳色錯亂而活在人際夾縫之中。

正因爲如此，飄浪多年的阿坤旦能與妻小相認値得慶賀，我也替他高興，故意開玩笑說：「那要快一點給她，要不，過幾天，你那些錢會輸去，或者被人騙去……。」

「不會啦！這些錢存多久你知道嗎？我怎麼拿去賭博。」他信誓旦旦地說。賭博是阿坤旦的重要休閒，他不像社會新聞傾家蕩產、賣某賣子的賭徒，反倒像街坊口中不守「婦」道、不顧家庭，被丈夫追著打的好賭懶婦。阿坤旦不煙不酒，也不在意穿著、旅遊、吃喝，畢生積蓄不是賭桌上輸掉了，就是花在交「朋友」，而在「朋友」身上所下的賭注也大於「十胡」。送紅包與買戒指這筆錢就算不吃不喝不交「朋友」，也夠他存好幾個月。

2

我初見阿坤旦其實可追溯到三、四十年前的童稚時期，地點就在南方澳。這裡的媽祖廟或哪吒太子廟一有廟會就演戲，一演戲我就會出現。跟一般猴囝仔一樣，我習慣地戲台上下「進出」，一會兒攀著戲台前沿的樑柱，看台北的樂師、演員，一會兒又溜到台上，看廟前隨時發生的江湖雜藝。阿坤旦隨著戲班來演戲，人一亮相，立刻成爲南方澳人矚目的焦點。

我印象最深刻的一齣戲，他扮演一個嫻淑的婦人，言語、動作都高貴，當他的丈夫被敵軍俘虜，堅決不肯投降，即將被處斬，婦人聽到噩耗，立刻懷抱稚子趕到刑場與夫訣別。爲了逃避敵軍搜捕，婦人把自己裝成瘋婦，瘋瘋癲癲地一直闖到丈夫面前，丈夫大驚，深怕妻子受累，佯裝不認識，婦人也裝瘋到底，一對生離死別，卻又不敢相認的夫妻，有一套悽悽慘慘的唱腔與細膩繁複的舞台動作。

我在戲台上抱著大柱，心不在焉地看戲，阿坤旦披頭散髮，黑衣白裙背著一個大眼睛會眨動的洋娃娃，臉上抹粉塗泥，一下子指天罵地，抓鳥捉蝴蝶，一下子表現眞實情境，悲戚不已。一不提防，他已躡手躡腳地走到面前，杏眼直視，慢慢地伸手，猛然抓住我鼻子，大叫：「抓到了，蜻蜓抓到了。」隨即又轉身面對台下觀眾，瞪著大眼，驀地口出穢言：「卵鳥給你咬！」接著「哎！」嘆了口氣，行雲流水地唱了起來。

阿坤旦的這句髒話在漁港每天都可以聽一百遍，但還是把我嚇了一大跳，「苦旦」講髒話，就跟孔子說粗話一樣地突兀。那天下午的戲演完之後，他脫掉戲服，走下戲台，到廟前港墘臨時用磚頭堆成的大灶旁洗米煮飯，然後煎煎炒炒，爲整個戲班準備晚餐，他的頭部裝扮猶在，腳穿紅繡鞋，長及膝蓋的絲質白褲，既不像大男人，也不像女人，我對他的身世一無所知，卻十分好奇他的性別，與幾個猴囝仔七嘴八舌地猜他是男是女？

我後來才知道，他衝州撞府的野台生涯那一陣子正好「流浪到宜蘭」。那一齣戲叫《斬花雲》，也叫《戰太平》，演朱元璋大將花雲兵敗被殺的故事，阿坤旦演的是花雲的夫人。

我童年時代看見阿坤旦的次數不多，但印象至爲深刻，以致十年後在台北見到他時，一眼就認出這個頭髮鬈曲、陰陽怪氣的人。那時我正進行戲劇田野調查，花許多時間了解各地戲班的演出情形，我特別選擇台北牛埔仔的一個戲班作固定的觀察記錄，阿坤旦正巧就在這個戲班。他還是一樣的美豔，或者說，一樣地陰陽怪氣。有很長的時間我跟著這個戲班跑，它到那裡、我跟到那裡，看他們如何安排一場演出、如何決定戲碼、角色，演員台上台下的生活態度與觀眾的反應，幾個月下來，我跟這個戲班的每個人都很熟，阿坤旦也不例外。有一次戲班到南方澳媽祖廟演戲，我跟著回來，特別邀阿坤旦到我家吃飯，我媽殷勤接待，轉身低聲問我：「你怎麼認識這款人？」

吃「鑼鼓飯」的「做戲仔」在傳統社會受到歧視由來已久，所謂「第一㮾，剃頭噴鼓吹。」而在戲班裡，這群被人歧視的「做戲仔」卻也看不起「查某體」的阿坤旦。戲班的人談起阿坤旦，語帶不屑，管他叫「阿坤姐」，私底下則叫他「查某坤」，如果相罵沒好話，「膶仔坤」就會出口。「膶仔」的語源我不清楚，只知道形容男性的雞姦行爲。有一次我隨戲班到苗栗鄉下演戲，晚上散戲之後，大夥人各抱各的棉被，在戲台找空隙睡覺，我睡在阿坤旦旁邊，一位年紀較輕的女演員唯恐我不知道似的，偷偷告訴我：「那個人是『同性戀』，你要注意喔！」她講閩南語，「同性戀」三個字卻用國語發音。

阿坤旦的「查某體」來自遺傳基因，還是上帝在開他玩笑？沒有人知道，他本人大概也不會知道。如果說是遺傳，他的父親可是十分大男人，在竹南中港開了一家有「粉味」的酒家，娶了兩個太太。阿坤旦的母親是大某，細姨進門之後掌控家庭經濟大權，做了酒家的老娼頭，母親只管洗衣煮飯，還常遭受丈夫及其小老婆的責罵，精神苦悶，藉賭消愁。愈賭愈入迷，最後成了全竹南著名的「賭博花」，「講到賭，伊就氣（去）」，這方面阿坤旦顯然得到母親的遺傳。

阿坤旦從小跟著母親，很少得到父親的關愛，細皮嫩肉的他對於入學唸書沒什麼興趣，卻對煮飯、洗衣、縫衣服這類「查某人」工作十分投入。在日本時代的公學校唸了三年，阿坤旦大字不識幾個，就輟學在家幫忙端送酒菜，有時也到附近的金紙行打打零工。在戰後初期的熱烈戲曲氣氛中，竹南子弟團「中樂軒」老早就看上了這個清飄少年，大家都覺得他是個唱旦角的最佳人選。頭人來找他時，母親出外賭博，父親也不在家，對子弟沒什麼概念的阿坤旦傻傻地隨著頭人進了「中樂軒」。

在以男性為中心的子弟館裡，阿坤旦受到地方頭人與師兄弟萬般寵愛，教戲的子弟先生對他特別用心，年輕、嗓音好、扮相漂亮的阿坤旦很快就成為「中樂軒」的當家旦角，在各地的子弟活動中出盡了風頭。「中樂軒」公演時，寫著「祝阿坤旦光彩」的紅紙條從戲棚上一路貼到棚下，大部分賞錢、金牌指名賞他。他的名氣轟動小城，不但鄉里少女知道這個美少女，台北方面都有人為他的聲色所迷倒。阿坤旦發覺舞台上下的生活要比在小酒家送酒菜、金紙行摺紙錢來得有魅力多了，天天都有人圍繞著他，說他人長得好美，戲唱得好動人，他只要一開口，就有人搶著為他倒茶捶背，阿坤旦從不知道人世間有如此溫情，也不知道扮演女人竟是如此美妙。

每個人都有自己的體質與外形，有女性特質的男人不一定就會女性化，就拿強調「業餘」與「高貴」性質的子弟團來說吧！他們的旦角一向由男性扮演，乾旦用小嗓唱戲，在舞台上做出婀娜多姿的體態，拋下戲衫，還不是大男人一個。阿坤旦原本也能像許多乾旦一樣，娶妻生子，安安份份養家活口，從工作與家庭生活中培養男子漢大丈夫的氣概，幸福快樂地過一生。偏偏他從男性世界獲得「擁護」，想從舞台上找到自己，卻也把自己推到陰暗的角落。也許是命中注定吧！否則，他的爸爸爲什麼替他取名叫阿坤，阿坤演旦角，自然會被稱爲「阿坤旦」，簡稱就是「坤旦」，意思豈不是女人扮演的旦角？當然與男人扮演的「乾旦」有所區隔了。

3

阿坤旦的十九歲，是生命中的重大轉捩。那一年中秋前後的某一天，被阿坤旦尊爲師傅的子弟先生把他叫到房間，說有子弟罕有的秘本要傳授他。阿坤旦高興地進了師傅房間，師傅把門帶上，一本正經地說：「你做旦的唱唸很好，但是味角還不夠。旦要做好，首先要注意腰部的動作。來！你穿內褲就好，倒下，我比給你看。」他叫阿坤旦脫掉外褲，平躺在床上，臉部朝下，阿坤旦感覺到師傅的手從腰部往臀部游走，突然內褲被往下拉。「免驚！免驚！」師傅低聲說著，整個人從上平貼著他。

阿坤旦很難評斷這次「痛」的經驗——很痛苦，可是也很痛快。應該就是從這一刻開始，阿坤旦眞正對自己的人生角色產生懷疑吧！

「阿坤仔被子弟仙強姦了」這句話悄悄在「中樂軒」流傳，因爲對子弟先生的尊重，沒人敢把這件事公開。師傅也感覺到氣氛不對，爲了掩人耳目，很熱心地爲阿坤旦撮合親事，對方是中港附近一個客家農村的姑娘。反正父母也不管他，師傅一手包辦下，阿坤旦以「入贅」名份成了親，進入妻家的大門。彷彿爲了印證自己角色似的，阿坤旦自己開起自己玩笑，四年生了三個，不捨晝夜、生生不息，二男二女一個緊接一個地來到人間。

雖然阿坤旦努力的創造新生命，但是「子弟界」和「娛樂界」的人都知道阿坤旦被師傅強姦，對於圈內朋友而言，阿坤旦彷彿通過什麼資格證明似的，不少人期待他的加盟。

阿坤旦在中港的家庭生活很快就結束，在最小的孩子生下之後不到一年，一個人背著包袱離開了家庭，臨走的時候跟太太說台北朋友介紹他去萬華的戲院當經理。不識字能做經理？太太有些懷疑，阿坤旦也不多解釋，只一再保證賺錢會寄回來。太太默不作聲，倒是懷中吃乳的么子有福一面認眞地吸吮母親的乳頭，一面睁開大眼看著即將遠行的父親，突然張開雙手，咿咿啊啊地要阿坤旦抱。阿坤旦只看了一下，匆匆忙忙就走了，因爲有一部黑頭車已在巷口等候他多時了。

阿坤旦剛到台北的日子怎麼走過，我不清楚，恐怕也是一段不堪回首的經驗吧！我只知道他到台北一年之後才加入萬華的北管班，那麼這一年他到底怎麼生活？他在等待什麼，工作？感情？不管如何，來台北之後阿坤旦的人生變了顏色，第一個改變是從一個玩票的子弟變成一個職業伶人，到底是因爲熱愛表演，還是爲生活所逼？是生理因素，還是心理因素？恐怕連阿坤旦本人都很難算得清楚。因爲有第一個改變，連帶也產生第二個改變——他從六口之家的男主人變成一個不被六親所認的無名孤魂。

那是一個陰濕的冬季夜晚，多年不見的太太突然出現在阿坤旦的房間門口，阿坤旦正與「朋友」在一起，太太不叫不罵，面色慘白，冷冷地說：「大家都說你做腳仔，我還不相信，今天終於讓我看到了。」說完「呸！」一聲，往地面吐了口水，掉頭就走，大概就是馬前潑水的意思吧！阿坤旦這個形式上的家頃刻之間土崩瓦解，回到中港，再也沒有親人理他了。我曾問阿坤旦，到底她太太看到什麼？他沉默一會，說：「無啊！都是有人在說閒話啦！」

我在台北認識阿坤旦的時候，他已在萬華一個龍蛇混雜的地段住了相當長的時間了。有一次我有些資料問題要請教他，他邀我到住的地方談，我們約好某天黃昏在龍山寺前見面，然後從廣州街、西昌路口拐入小巷。原先車水馬龍的鬧市立刻轉變成詭譎曖昧的場景，沒有綠燈戶，卻有一間間粉紅色門面的餐廳與老人茶室。看起來像住家的房舍門窗緊閉，有些男人、女人站在門前張望，也許剛下過雨的關係，地面泥濘陰濕，空氣中散發著霉味。我們最後從狹長、陰暗的巷弄進入一棟老式公寓的後門，爬上又窄又陡的樓梯，才到阿坤旦的「家」。「家」的客廳擺設十分傳統，神案上供奉神明圖像和祖先牌位，一位容貌清瘦、穿著黑色網織內衣的老人坐在沙發上抽煙，兩位中學生模樣的少年兀自一旁看書。

阿坤旦介紹老人是他契爸，很照顧他，我略略行禮問候，老人客氣地說句：「請坐！」也不多話。我們沒停留多久，就一起出去找個小吃店，一面吃飯一面閒聊，談一些戲班掌故與表演的技藝。阿坤旦這方面無疑是個最好的報導人，懂得很多，記憶力也奇佳，二、三個小時談下來，收穫頗多。最後我好奇地問方才少年是誰？阿坤旦也不知道，他雖然與契爸同住，但經常在戲棚睡覺，有時好幾天都不曾回家，這兩位少年以前沒見過，可能是契爸新認識的朋友。他說：「我的契爸人很好，常收留在外流浪的年輕人，提供吃住，有時也爲他們出學費。」

我對這樣的善心人士有些不解，他解釋說：「我剛到台北的時候，在朋友家認識他，他邀我搬來與他同住……。」我雖然覺得他們關係有些不尋常，可是不好意思問，就把話題岔開了。當我準備告辭，阿坤旦很殷勤地說：「不要回去了，今天晚上到我那裡睡吧！」我知道這只是一句禮貌話，也感謝他的好意，卻不知怎地渾身不自在。

阿坤旦在萬華的「家」若干年後隨著老人的逝世而解體。阿坤旦也離開了這個「家」，他是被幾位「家人」排擠出來的，他曾跟我埋怨這些害他的人，他說：「這些死賤人就是怨妒我契爸對我最好！」

4

從大甲回來以後，大概有半年時間我未曾與阿坤旦見面，卻一直掛記他那天告訴我的事，很希望他與妻、子的關係有好的結局，就像舞台上常見的大團圓一樣。可是我總替他擔心，戲劇中的夫妻、父子相認的故事，不論情節再怎麼曲折、過程再怎麼坎坷，都有基本的倫常與規範，而角色易位的阿坤旦想要走上回家的路，恐怕有些遙遠……。有一次回宜蘭，特別到他的住處看他，他坐在床邊，默不作聲，隔了一會，才說：「本來我以爲她們要認我了，結果，那有啊……

……。」講話的口氣仍然溫和，卻掩蓋不住罕見的沮喪神情。

相會的這一天阿坤旦是滿懷希望的，他特別選在啞巴仔生日當天下午，拎著一盒水果和一個大蛋糕，穿著整齊的花格襯衫與西裝褲，從宜蘭坐了兩個多小時的火車到台北，再轉縱貫線，也是花了二、三小時才回到竹南中港的老家。太太正在門前河邊洗衣服，昔日的少婦已成老婦，阿坤旦仍然一眼認出，他心裡暗自盤算，已經有將近四十年沒看見她了吧！

「秀花！秀花！」阿坤旦輕輕叫了她的名字。

她沒抬頭，也沒回答，只是更用力、更快速地搓洗衣服。阿坤旦從口袋裡掏出紅包和戒指，揮了一下，說：「這三萬元給妳買衣服，手指給咱阿福仔。」

她還是沒應聲，阿坤旦往她身邊趨近，想把紅包和戒指塞到她手上，突然，她搶過紅包和戒指，往阿坤旦臉上一丟，大罵：「夭壽短命，你還有臉回來！」阿坤旦都來不及反應，啞巴有福仔已從屋內衝出來，指著阿坤旦咿咿喔喔叫嚷著。

阿坤旦楞在那兒，不發一言，想裝個笑臉也裝不出來，等母子兩人進入屋內了，才把散落一地的紙鈔一張張拾起，稍作整理，用手指沾了舌尖，把一疊鈔票算了一下，還好沒有短缺。戒指被丟到滿布細石的地面，一時找不到，天色逐漸昏暗，他有些心急，蹲下來藉著屋裡滲透出來的一點殘光摸了半天，好不容易才從河邊的石塊縫找回來。

阿坤旦的天倫之旅完全失敗，回到宜蘭，在床上整整躺了三天三夜。中港的老家沒了，四十多年來的新家又在那裡？阿坤旦有子有女，子女生的小孩當然也是他的孫子，問題是妻小不肯認他，有家等於沒家，其實在此之前，阿坤旦已有多次被妻子、兒女聯手轟出的紀錄。這也難怪，純樸的農村家庭，即使父親作奸犯科或浪蕩江湖，都不難獲得子女的諒解，但是阿坤旦的名聲卻讓親人深以為恥。原配那天從萬華回來之後，已對阿坤旦恩斷情絕，不但她鐵石心腸，連子女也敵愾同仇，跟母親站在同一陣線。

這一次的相會代表阿坤旦回家的路永遠斷絕，他也認命，雖然還愛著妻子，但無緣就不強求。在他心底的小小願望，如果有一天兩人能以姐妹相稱，他就心滿意足了。至於四個親生骨肉，他的母性光輝始終不曾稍減，尤其是么子有福仔，他有更深的歉疚。他離家不久，有福仔發高燒，家裡沒錢，能拖就拖，終於拖出大毛病，長大以後的有福仔對父親的怨恨超過兄姐。他就讀台北盲啞學校時，阿坤旦曾偷偷來探望，有福仔堅持不肯見面，阿坤旦只能黯然離去。電視連續劇裡，一個為環境所逼，拋夫棄子的可憐母親想念子女的情節，阿坤旦一演再演，但是悲劇永遠演不完，團圓的夢也終生無法實現。

我一直以為阿坤旦有當女人的慾望，這個慾望在現實人生不能達成，才選擇舞台盡情表演女人。有一次我問：「阿坤仔！你喜歡做男人還是女人？」他毫不考慮地回答：「當然做男人！」我以為他開玩笑，但他說得正經八百，不禁納悶，是不是他對男性、女性的基本看法與世俗眼光有所不同。阿坤旦喜歡的男性是什麼樣子？像碼頭工人般的陽剛，或像他這樣的「查某體」？

於是，我自作聰明地「判斷」阿坤旦的悲劇來自個人的生理與心理因素，而生不逢辰、站錯舞台也是加深悲劇缺陷的一大因素。如果他生在「品花寶鑑」的時代，不管在茶樓唱戲或被官宦豢養，一定大展狐媚，即使為衛道人士所不容，還是可以與「愛」他的人在屬於自己的天地過著幸福快樂的日子。其次，如果他能一直站在舞台上，表演拿手的戲曲，扮演擅長的角色，受到觀眾的歡迎，即使人生角色混淆，也永遠能做一個快樂的阿坤旦。不幸地，他成長在庶民性格強烈的台灣社會，又不像創作力豐富的同志藝術家、作家可以擁有自己的一片天空。他只是市井小人物，走下廟會的舞台，日常生活還是要過，他的女性特質與性別錯亂，備受揶揄、捉弄，一步一步被逼入死角，成為社會的邊緣人。

阿坤旦所表演的北管戲曲在他嶄露頭角的同時，已開始由盛而衰，內行的觀眾愈來愈少，它在祭典演戲的「正統」地位逐漸被歌仔戲取代，一些北管演員只好放棄唱作嚴謹的北管，投入表演風格生活化、即興成分濃厚的歌仔戲。除非像演員平均年齡七、八十歲的台中金鳳班無路可走，才堅守北管陣容。有北管班底的歌仔戲班，白天演北管增加儀式與熱鬧氣氛，晚上就唱歌仔戲，一來輕鬆，二來也能吸引婦女觀眾。女演員的比例逐漸超過男演員，不僅旦角，連老生、花臉都常由女演員反串。阿坤旦是子弟出身，沒有「打屁股底」的科班演員那般扎實的表演基礎，只能演端端莊莊，說一是一，沒有廢話的青衣、苦旦，若要演活潑、花俏的小姑娘，便有些滑稽與可笑，更別說花臉、老生這類架式十足的大男人角色了。戲班演北管時，阿坤旦好歹還是個角色，一板一眼地既唱且作，但是，一演歌仔戲，他的角色立刻尷尬不堪，因為歌仔戲不論男、女角色，都用本嗓演唱，不像北管的旦角須「咿咿喔喔」地用假嗓。阿坤旦用本嗓唱歌仔戲，不陰不陽、不男不女，一開口就招惹戲班同伴的嘲笑，不唱也罷。

阿坤旦最近幾年都在宜蘭，因爲宜蘭班演北管的機會比較多，多少還有用處。不過，戲班的戲路大減，演戲有一搭沒一搭的，就算有戲，他的角色也是可有可無。閒著也是閒著，阿坤旦接管戲箱，負責演員卸妝後的行頭分類、整理，每台戲多領個一、二百元。錢不多，但是這種女人差事毋寧是他喜歡的工作。阿坤旦最後在宜蘭的日子，與其說演戲，倒不如說是養老，可是，他養什麼老，誰養他呢？他大部分時間住在班主提供的小平房。班主夫婦兩人都是演員出身，雖然不能免俗地鄙夷阿坤旦不男不女的生活，但倒也念舊，對待阿坤旦還算不錯，不演戲時也會邀他到家裡坐坐。阿坤很喜歡在家料理家事，接待屬於自己的朋友。他對傳統口味的米食，如九層糕、車輪粿、金瓜糕……這類只有老輩農婦才會的小手藝，特別有興趣，也常常做。他還養了幾隻母雞，放任牠們在空曠的大地四處覓食，雖然老眼昏花，卻能隨時掌握牠們的蹤跡，只要「咕咕！咕咕！」幾聲，就能很快從床底下、草叢中抱出大母雞，摸摸雞屁股，很準確地告訴你這隻雞有沒有蛋。母雞生下的雞蛋孵成小雞，阿坤旦拿到市場賣，五塊十塊的像個斤斤計較的村婦。

5

阿坤旦隨著野台戲班闖蕩的一生，彷彿浪跡天涯，追覓知音的生命之旅，只是造化捉弄，他所選擇的最愛常是令他肝腸寸斷的負心人。他在情愛世界的執著與浪漫，就如他在舞台上的堅持一樣。起初，他的「查某體」以及私生活惹人閒話，還可以躲在自己的小小舞台，北管沒落以後，這座舞台漸被拆散，他也失去遮身的場所。此時他的年華已老，百病纏身，糖尿病、中風、骨折接踵而至，旁人看來，年近古稀的阿坤旦簡直成了廢人，在戲班的地位更加低落，酬勞也每下愈況。演一天的戲才一千出頭，平均每個月演出次數還不到十天，差不多只領「老人工」的錢了。即使當女人的機會被剝奪，阿坤旦還是把握任何演女人的機會。他比別人早到戲台上，按部就班地梳妝、貼片子、敷臉，這時戲班還沒決定演出戲碼，阿坤旦不知道角色。不知道最好，至少可以想像自己待會要演的，是移山倒海的樊梨花或千里尋夫的趙五娘。戲碼確定了，阿坤旦的角色微不足道，怎麼裝扮都沒太大關係。但就算只演一個不重要的婢女，或在主角身旁跟前跟後的旗軍，他的扮相依然亮麗。

阿坤旦生命結束前的那二、三年，我與他見面的機會不多，偶爾見面，總覺得他愈來愈老，面龐依然秀麗，身軀卻逐漸臃腫，動作笨拙，也很少再見他的笑顏。尤其是與妻兒相認的希望破滅之後，彷彿已對生命失去堅持，整個人失去了光彩，與人談話的時候，視線只停留在水平之下，不再像以前一樣，習慣用柔媚的大眼對人說話。他愈逃避，愈令人不忍，我也更不敢面對他。我實在很難拿七十歲、備受糟蹋的阿坤旦與印象中年輕、嫵媚、鳳冠霞帔、身著宮裝的阿坤旦相比。

阿坤旦生命結束前的最後一個戀人是小他四十歲、剛從監獄出來的年輕人。有一次我到宜蘭找他，他正準備豬腳麵線，並在門口燒了一堆紙錢，牽著這位身材粗短的年輕人的手跨過火光，去除霉氣。他認年輕人做契子，契子不太說話，像受了什麼委屈似的，他慈母般忙進忙出，百般呵護。這天的阿坤旦滿面春風，彷彿生命中出現了晚霞，笑得很燦爛，他已經很久沒這樣的笑容了。為了與契子長相廝守，阿坤旦不避嫌地拉著他到神前賭咒：兩人要相愛一輩子，否則五雷轟頂……。

契子無一技之長，他處心積慮地盤算著，賣自助餐、開電動玩具店、擺水果攤，各種謀生的方法阿坤旦都想過，也都有些猶疑。他擔心的倒不完全是錢的問題，因為縱使阿坤旦晚景淒涼，身旁仍不乏老相好，有些「仰慕者」對阿坤旦的情感依然值得稱頌。一位住淡水的先生腳有些跛，人長得猥瑣，看起來也不像有正當職業的樣子，但對阿坤旦一往情深，數十年如一日。我剛認識阿坤旦時，就常看到他在阿坤旦周圍進進出出，我們談話時，他默默地一旁伺候，阿坤旦說東，他就不敢說西，雖然阿坤旦只是把他看做「伴」而已，這個人卻也死忠到底，三天兩頭就從台北來宜蘭看他，如果真要籌錢，起碼這個人當衫當褲都會傾力幫忙。

阿坤旦一直有個夢，能做個賢明的家庭主婦，在家煮飯、洗衣、養雞，做粿食等他的「良人」回家，他一直渴望這一天的來臨，可是「良人」何在？他與契子的戀情大家都不看好，他也有自知之明，卻還孤注一擲。阿坤旦掛記契子好吃懶做的個性，有廟拜到無廟，還特別帶契子到萬華三奶夫人廟找人算命，「如果回中港做水果生意，前景如何？」相士看了兩人面相，算了八字，直批：「大吉」。阿坤旦半信半疑，不過，還是高高興興地到處籌錢了。

阿坤旦與契子關係的最後發展，我後來才聽我的學生秀玲說的。秀玲可算是阿坤旦人生最後的知音，她在學校主修劇本創作，與阿坤旦認識之後，決定以他這個人作為劇本創作題材。她像一個社工人員，經常找阿坤旦聊天，成為阿坤旦的好朋友。她告訴我阿坤旦的小男朋友，帶著阿坤旦僅剩的一點錢不告而別，到台北投奔阿坤旦的一個老「同志」，從此音訊全無，阿坤旦整個人因而崩潰。「這個年輕人連阿坤旦短短的黃昏之戀都給予無情的打擊。」秀玲忿忿不平地說。她特別描述阿坤旦的悽慘景況，「他哭得唏哩嘩哩，哭一哭，擤擤鼻涕，暫時忘了，眼睛吊吊地傻笑，隔了一會傷心起來，又開始啜泣……。」我不禁想起舞台上他所曾扮演的那位萬念俱灰的花雲夫人。沒幾天又聽說阿坤旦再度中風，他被送進養老院，整個人癱在床上，滿面污垢，目光呆滯，阿坤旦的人生至此可謂生機全無了。

阿坤旦死前的一個月，突然要求秀玲陪他回老家看看，兩人坐火車到竹南，再轉中港，阿坤旦原來的家早已荒蕪，元配胼手胝足建立起不包括阿坤旦的新家，過著平凡快樂的生活，子女皆已婚嫁，長子在南部一家工廠上班，兩個女兒一在桃園一在新莊，自己則與刻印章維生的啞巴有福仔同住竹南。阿坤旦沒去打擾他們，只在秀玲陪同下，到年少成長的幾個地方流連一番，途中遇到昔日鄰居，鄰居順口問問：「這是你的女兒？」阿坤旦回答：「不是，是我的學生。」這句話雖然說得有氣無力，卻也有些得意，在阿坤旦觀念中，收了學生的人多少也代表一定的身分吧！

阿坤旦生前不看報紙，不聽新聞，他大概不會知道這幾年「同性戀」議題經常被討論，像同志結婚，小劇場導演罹患愛滋病，都曾經是大眾媒體的熱門新聞，多少帶有淒美的成分，「同性戀」、「同志」也變成充滿中產階級意識的浪漫字眼。但是，這種浪漫對阿坤旦卻是十分遙遠。尊重「同性戀」人權，提倡「同志愛」的人，彷彿與阿坤旦不處在同一世界，他們的文化不是阿坤旦的文化，阿坤旦永遠無緣認識他們，他們也不會進入阿坤旦的生活。阿坤旦與小劇場導演離開塵世的時間相差不過幾天，但沒有人注意阿坤旦的離去，也沒有人惋惜與悼念。在歐吉桑、歐巴桑以及世俗大眾口中，阿坤旦「腳仔仙」的一生齷齪不堪，一定是上輩子作了什麼孽，這輩子才生成這個樣子。

阿坤旦死後沒有舉行喪禮，只有他的「小妹」把他的遺體火化了事，他的子女後來才到班主那裡打聽阿坤旦的相關資料，以便領取喪葬補助費與保險金，雖然有些無情，地下有知的阿坤旦，應該還是感到欣慰吧！好歹他們來相認了。生命對阿坤旦而言，就是這麼無奈，因爲無奈，他乾脆用生命賭青春、賭明天，這場豪賭使他獻盡所有，最後竟也一無所有。他身後的骨罈孤零零地放在中港附近的一家菜堂，猶如生前一樣的冷清孤獨，我想阿坤旦也無所謂了，就像他晚年在戲台上扮演的角色，不是經常連個名字都沒有嗎！

——一九九九年一月・選自新新聞版《南方澳大戲院興亡史》

金光傳習錄

1 玉筆鈴聲世外衣

小學畢業的升初中考試是我平生第一次參加科舉，果然一試落第，原因很多，罄竹難書。親友事後的分析，「萬惡罪魁」是「玉筆鈴聲世外衣」。他在大考前夕翩然降臨我們的漁港，掀起一陣旋風，十天演出檔期，我與玩伴早被熠熠金光攝魄勾魂，天天到戲院報到，把考初中這種傷感情的事丟到九霄雲外。別的同學在自習用功，我們幾個武林高手手握書卷，卻不忘遊戲，經常挪動書桌坐椅，製造特殊音響，出口貧道，閉口貧道。有一次爲了一句「死道友不死貧道」，把老師惹火了，一個黑板擦丟過來，罵道：「要死，死你這個妖道！」

「玉筆鈴聲世外衣」童顏白髮，武功十分高超，高超到雙眼必須戴著黑罩，否則目光所至，人即化爲血水。他登場時習慣配上一曲「霧夜的燈塔」，在這首演歌中，大俠冉冉昇起，英氣逼人，頓足地球連轉三圈半，遇到世間不平事以筆代劍，玉筆一揮，人頭落地……。

這是我最早接觸到的金光布袋戲，光怪陸離、卻又趣味無窮，內心震撼不已，平常用指撐手帕玩的布袋戲相形見絀。望著戲台上形形色色的武林高手及書寫「高雄林園國興閣主演張清國」的彩樓，感覺自己突然長大了，打心底油然生起雙膝跪地拜師學藝的衝動。當時蘭陽地區並不時興布袋戲，但家鄉許多漁民來自南部，早已在小琉球、東港、高雄等地接觸到「金光閃閃，瑞氣千條」的布袋戲。因爲他們喜愛，中南部戲班巡迴演出，也把本地列爲演出點，我們才有機會看到五光十色、眩人耳目的「西」方文化。國興閣的「玉筆鈴聲世外衣」在光怪陸離的武林只是其中一個要角，無論劇團名氣或藝師資格，在高手雲集的掌中世界尙屬後生小輩，竟也千里迢迢地到台灣頭的這邊誤我前程。

國興閣之後，我幾乎沒有放過來南方澳演出的任何布袋戲班，從西螺新興閣、虎尾五洲園、南投新世界到名不見經傳的小班，伴隨我走過青少年時代。每一班的藝師都有傲人的獨門絕活，纖巧的掌上塑造了呼風喚雨、劇力萬鈞的武林人物「斯文怪客」、「賣唱書生走風塵」、「文俠孔明生」……這些偶戲明星每天在我腦海中廝殺不已。

2 南北風雲仇

一九六〇年代末電視上的「雲州大儒俠」統一天下之前，布袋戲已經在台灣天旋地轉數百年，它不僅是一種傳統戲劇，也是最具開創性與想像力的現代民間藝術。每個藝人都有傳統的底子，也有創新與調適的能力，「食老學跳窗」的情形比比皆是，不足爲奇。早期藝人遵照古法，演出前輩流傳下來的所謂籠底戲，不論是南管、北管、潮調，一個腳步一個鼓介。而後，又從演義小說尋找題材，創作出與傳統風格有異的劍俠戲與公堂戲，戰後初期李天祿的《清宮三百年》，就請專人在少林寺故事之外重編劇本。中南部的藝人更變本加厲，逐漸脫離戲曲的規範，走入嶄新的戲劇道路，在舞台型制、戲偶造型、情節、語彙、配樂、音效方面各出奇招，形成所謂金光戲，聲勢直逼歌仔戲班。無以計數的布袋戲班盛行於民俗廟會，或長駐戲院作商業演出，吸引全台灣的老老少少。當時大城小鎮都有經常演出布袋戲的戲院，高雄市的「富樂」，「南興」，台南的「慈善」（今成功）、台中的「合作」、「安樂」、「安田」、屏東的「合作」、嘉義的「興中」、彰化的「萬里」、台北的「芳明館」……，一演十天，甚至數月，不但舞台上大車拚，電台布袋戲節目更如過江之鯽，每日在「空中」爲聽眾講述武林大事。

舞台上的布袋戲人物造型從古裝、時裝、牛仔裝到「星際大戰」裝五花八門，千奇百怪，像「南俠翻山虎」全身西部牛仔打扮，外加墨鏡，活像「荒野大鏢客」裡的克林伊斯威特，令人大開眼界。不論正邪，布袋戲人物個個非士、非農、非工、非商，而是有金光護體的修道者與鍊氣士，屬於不須申報所得稅的自由業人士。他們報起名姓冗長卻又鏗鏘有力，舉例來說吧！有一位叫「金光奪日月，眞氣散群星，拳聲一響恐龍愁，魔帝九玄祖」，誰知道他姓什麼？這位很難「請問貴姓」的先生住在「九九八環迷，巫島斷魂天」，地址也很難找。論武功，這些新興奇俠個個有如魔鬼生化人，出場時五顏六色的彩帶揮舞，表示金光沖沖滾，而後一場火拚倒下來的，紅巾在其身上揮動，就表示他已化爲血水；如果黑巾揮舞，運氣不錯，只是破功而已。

在金光戲席捲台灣城鄉間的武林之際，用傳統鑼鼓叮叮咚咚的布袋戲成了稀有「動」物，除了台北因爲根柢深厚，仍有不少古典大師，吸引一些老顧客之外，寶島處處驚天動地，金光一片。新興閣、五洲園勢鈞力敵，人材輩出，兩派在中南部恩恩怨怨纏鬥不已。新興閣鍾任祥、鍾任璧父子的《大俠百草翁》和《斯文怪客》享譽南北二路，派下弟子進興閣廖英啓的《大俠一江山》、隆興閣廖來興的《五爪金鷹》亦名震武林。五洲園方面，開基祖黃海岱本人尙以劍俠聞名，但其子眞五洲黃俊雄的《六合三俠》、徒弟寶五洲鄭一雄的《南北風雲仇》、正五洲呂明國的《東海老鱸鰻》、小桃源孫正明的《流浪度一生》皆遠近馳名。鄭一雄《南北風雲仇》的「天下美男子」長得是圓是扁，沒人知道，卻在空中盛行十數年而不衰，成爲電台節目的異數。

五洲園派首創以東南、西北兩派概稱正邪的二分法，後來又出現東北對西南這樣的組合，無論方位如何，天下事皆因魔道鬥爭而起，但魔道不是國共雙方，也非民新兩黨，而是以東西南北方位進行忠奸善惡的辨識。不過，我無法知道後來是否眞的邪不勝正，東北派的道友把西南派消滅了，因爲從頭到尾打打殺殺，永無終止，而觀眾也似乎不太在意武林的最後結果。

新興閣、五洲園兩大江湖主流派系之外，還有一些非主流的金光布袋戲系統，亦各領風騷。南投陳俊然新世界在中部山區異軍突起，自立門派，代表作《南俠翻山虎》演的是明江派與八卦教正邪兩派的大車拚，「文俠孔明生」、「價値老人」和「南俠翻山虎」聯手大破妖道，從山城殺向平原，在中部地區的聲勢足以與閣、園兩派鼎足而三。

南部地區則另有天地，「仙仔師」黃添泉創立的玉泉閣在南台盛行一時，他的大門徒黃秋藤的《怪俠紅黑巾》以紅龍派「紅巾」與黑龍派「黑巾」的對抗最爲出名，聲勢及於中北部各地，堪稱金光戲的第三勢力。派下美玉泉黃順仁「殺人三百萬，血流三千里」的《黑雞賣人頭》用關廟腔演出，趣味十足，亦曾盛行一時。

當然，金光布袋戲界的武林高手不是這幾位而已，嘉義、屏東都有不少獨霸一方的大師，沒有被點名到的，只好以「族繁不及備載」說聲失禮了。

在武林一片殺伐中，許多人物並鬧雙胞，甚至多胞，一些金光戲大俠，像「五爪金鷹」和「風速四十米」就經常出現在不同流派的布袋戲中。前述武林英雄，除了稱霸中、西部平原之外，也揮軍北上，進行金光戲的文化「侵略」戰，在台北的戲院堂堂售票演出。影響所及，連一向演南北管布袋戲聞名的布袋戲藝人亦不得不有所回應，否則拋盔棄甲，任人宰割。許王連演十多年的《龍頭金刀俠》及後來電視上的《金簫客》即應運而生，雖然仍屬劍俠性質，但已沾染金光戲色彩。

3 賣唱書生走風塵

可能是從小看戲的經驗，我一直能接受全盛時期金光戲融合荒誕、超現實的表現手法，以及自由活潑，節奏明快、刀光劍影的演出型式，它至高無上的魔幻效果，頗有馬奎斯《百年孤寂》的味道。大學時代《雲州大儒俠》攻占電視台時期，不但小孩子入迷，連一些「大人大種」也爲之廢寢忘食，我就是其中之一。想當年，學校正課不上，每週「選修」五個布袋戲「學分」，從星期一到星期五準時坐在房東客廳的電視機前，風雨無阻，從不缺席，很像一個勤學用功的空中大學學生。

在金光戲人物中，我最喜歡的不是史豔文，也不是哈麥二齒，而是黃俊雄六〇年代初在戲院演出的《六合三俠傳》中的三俠，也就是三秘——「賣唱書生走風塵」、「老和尙」和「天生散人」，這三個角色分別代表儒釋道，作爲東北派的核心份子，專門對付西南派的妖魔邪道，人物塑造非常成功。「天生散人」羽扇綸巾，深沉多謀略，武功高深莫測，不輕易動手，十分神秘；「賣唱書生走風塵」身揹七弦琴，沉靜鬱卒，一派儒生造型，「魔音傳腦」的琴聲使人忽喜忽怒，有說不出的「酷」；頂著一個高額大頭的「老和尙」有健忘症，常忘記一身武功，卻性愛風神，遇事好發議論，常在發表「老和尙」式的高見時，被「天生散人」以一句「歡迎！」設計去面對強敵，一陣挨打之後，才猛然想起迎戰的招式。

初見眞五洲黃俊雄的表演是在南方澳第三家戲院——「神州大戲院」開幕時，整整十天的表演，天天爆滿，靠的就是黃俊雄、洪連生等人塑造的角色性格、豐富的想像力與雋永、逗趣的口白。每個重要人物都有固定的主題歌，角色一登場，就帶來極強烈的「造勢」效果。「賣唱書生走風塵」出場時，彈唱一首「求愛的條件」，十分的唯美。「噢，媽媽」的樂聲傳出，披麻帶孝、手持白幡的白如霜出現了，觀眾的情緒不自覺地受到這位萬里尋親的孝女感染。黃俊雄也很擅長用道具來塑造角色的神秘性，當「內山姑娘要出嫁」的前奏「喂！扛轎的啊！」響徹舞台，整個戲院頓時活躍起來，而觀眾也知道「神秘女王夢中神」神秘轎出現了，武林將可以化解一場大劫難。不過，在我的印象中，「神秘女王夢中神」有聲無影，從未看過她走出神秘轎。眞五洲的

《六合三俠傳》不但劇情緊湊，高潮迭起，也很會製作噱頭，每天演出結束前都先來一段「緊張！緊張！」「危險！危險！」的口白，並預告東北派丈六大金剛次日將大鬧江湖，使我每天時間一到，就不得不往戲院跑，左盼右盼，也一直沒有看到這個大金剛出現過。

金光戲雖然風光，但由於品類蕪雜，所有不用傳統戲偶及場面伴奏的武俠布袋戲皆被歸納為金光戲，加上藝人素質不一，良莠不齊的現象自是難免。對於喜愛古典布袋戲的觀眾而言，金光戲放棄了傳統造型、動作、聲腔、樂曲、戲文古典柔美的部份，而以誇張、粗暴、熱鬧的神怪內容刺激觀眾，不但難登大雅之堂，並且造成傷害傳統藝術的「藏鏡人」。一般人對金光戲的印象其實只是廟會中由二、三個人操弄造型鄙俗的戲偶，配合粗糙的音響，演出效果奇差，乏人問津，也成為環保單位亟欲取締的「民俗噪音」。此情此景對於曾經在劇院、電視、電台呼風喚雨，製造「金光戲奇蹟」的藝人，眞是情何以堪了。

4　田都元帥的契子

看布袋戲經驗使我的童眞年代充滿「魔幻寫實」的色彩，但當時有兩件憾事一直無法釋懷。其一是沒機會感染砂眼，當年全人類最古老的眼疾正在校園流行，每天早上同學上自習時，患砂眼者一個個像領獎似的在講台上排成一列，由導師逐一為他們點眼膏，患者點完眼膏之後，瞇著眼睛，得意洋洋地回到座位。誇張點的還戴上眼罩，刻意模仿「玉筆鈴聲世外衣」的動作，只差沒有即席演講。學校檢查眼睛當天我「正巧」溜課去看布袋戲，沒有被列為罹患砂眼名單，失去接受老師關愛眼神的機會，引以爲憾。屢次向老師報告，也請同學代爲關說，但是老師始終不理不睬，最後被問煩了，竟回答一句很有味道的話：「邱××沒時間生病啦！」

「無時間生病」這句話對常看布袋戲的人，一點也不陌生。可以說是很布袋戲風的，我懷疑老師大概也常看布袋戲吧！

另一件令我遺憾的是沒有做神明的契子，童年觀念中的神明，就是木雕或泥塑的神像，差不多等於布袋戲中道行深高的大俠。當時鄉下人認乾爹乾娘的風氣不普遍，倒是家長因爲小孩難飼養，常以三牲金紙爲禮，請神明收爲義子女，希望從此平安順遂。我有許多同學都做了神明的契子，平常頸項掛了紅色香袋，宛如運動場上的金牌選手，他們的契爸個個來頭不小，有哪吒三太子、有田都元帥，也有三結王公的，一個比一個大，有了契爸的保護，好像眞的讓這些原本面黃肌瘦的同學顯得十分「神」氣。

我特別羨慕三元帥的契子，因爲廟就在學校附近，農曆六月十一日神明祭典時，常看到這些同學在擺滿供品的神桌前向一副狀元模樣的契爸獻香。據傳田都元帥的母親跟聖母瑪麗亞一樣，都因爲聖靈而懷孕，做了未婚媽媽。田都元帥出生被丟至田裡，靠毛蟹以泡沫養育，長大之後，像日本打鬼的桃太郎一樣，帶著金雞玉犬去征番平蠻，建立大功。爲了感謝毛蟹之恩，他的神像額頭或嘴邊畫有毛蟹圖形，非常前衛。我曾經向父母吵著也要認三元帥做契爸，被大人臭罵三八叮噹，無代無誌，沒病沒恙，認什麼契爸，哭爸啦！

雖然沒機會做田都元帥的契子，但冥冥之中有緣，長大以後，讀書做事竟然需要經常與祂神交一番，也認識不少田都元帥分散各地的信徒，包括許多我年少時代崇拜至極的金光戲高手。他們的演出雖然脫離傳統戲曲的規範，混雜各種流行歌，即連莫札特、貝多芬的音樂出現在劇中也不足爲奇，但是仍然自認是吃鑼鼓飯的，不論是在廟口做「民戲」，或在戲院演出，對神仍然尊敬有加，所有演藝的人情事故及演藝的習俗、信仰也無二致，該拜的就拜，不能「鐵齒」的就不能「鐵齒」。

演布袋戲的人，並非都信仰田都元帥，正如同所有信奉田都元帥的人並非都是布袋戲藝人一樣。大致上，潮調布袋戲出身的，如新興閣派信奉田都元帥，與皮影戲、歌仔戲、南管戲藝人相同；北管布袋戲出身者，如五洲園派、玉泉閣派，則與亂彈藝人、北管子弟相同，信奉西秦王爺。我與西秦王爺也有接觸，跟王爺的信徒有相當深的交往。拜王爺的與拜元帥的以往曾經因爲信仰不同、樂曲不同，有如今天的追風少年，常常相互看不順眼，發生械鬥。但在我看來，這兩位戲劇祖師爺的神格其實很像，似乎愈來愈相看兩不厭，難怪有人會說：西秦王爺和田都元帥實際是同一神祇，白臉無鬚的田都元帥正值英雄年少，有鬍鬚的則是年長當了王爺的戲劇之神，所以拜田都元帥是拜年輕時代的西秦王爺，拜西秦王爺則是拜年老的田都元帥。

藝人拜祖師很可以理解，因爲演戲需要點天賦，學後場的有所謂「年蕭月品萬世絃」之說，前場的何嘗不然，意即容貌、肢體、手藝、嗓音都決定一個人是否能成爲好演員。除了戲文搬演，爲人消災解厄、祈祥迎福也常是布袋戲藝人份內的工作，而民眾之所以喜愛戲劇，或不得不與它接觸，追根究柢，在於布袋戲的演出本質兼具祭儀的功能；表演者亦如僧侶、法師可以爲人驅邪迎福。

5 祖師爺再現江湖

台灣的夏季是颱風季節，卻也是西秦王爺和田都元帥的壽辰日期——農曆六月十一日與六月二十四日，以前無論是藝人、子弟、民眾處處可見慶祝活動，並隨地域、劇種、節氣展現不同的紀念特色。不過，時至今日，民眾已不再像早前一樣生活在「金光沖沖滾」的戲劇情境中了，戲劇的整體發展已朝現代劇場發揮，藝人的生活態度也逐漸與以前不同，信仰祖師爺也是存乎於心，眞正的祖師其實是藝人自己。禁忌亦已因乾坤移轉而自行調整了，特別是毛蟹美味，不管牠是否曾經有恩於田野元帥，紅蟳米糕、清蒸螃蟹佳餚當前，不吃的少之又少。祖師爺已經退位，藝人們除了在他的誕辰以牲禮祭拜外，工夫點擺場慶賀一番，如此而已。一般人不知田都與西秦王爺爲何方神聖，除非轉行爲「阿樂伯」（大家樂）、「阿彩嬸」（六合彩、樂透彩）報明牌，才可能博得信徒尊敬與信賴，據傳，中南部某些田都元帥廟從大家樂、六合彩到今天的樂透彩時代，都以報明牌聞名，忙碌得很。

也許從小看布袋戲以及接觸二元帥的關係，我想應該讓已經退休的田都元帥和西秦王爺能重新被民眾所認識，不管現代人如何看待他們，都應該知道這兩尊神明，畢竟他們曾經在民眾生活扮演重要角色，正如同全盛時期金光戲的英雄人物應該再度風塵，値得現代人回味一樣。我決定來一個南北祖師會，邀請演藝朋友參加，請的不必一定是田都元帥、西秦王爺的金身，不論「內行」、「子弟」；也不僅限布袋戲藝人。南北二路的戲劇前輩濟濟一堂，共數風流人物。不管你演的是傀儡戲或歌仔戲，是金光戲或古路戲，也不管你是不是田都元帥的契子，通通歡迎，共同爲台灣戲劇史作見證。

這個會「師」行動幾位大俠必須參加，否則黯然失色。我迫不及待地趕緊掛電話給中南部的超高齡老師傅黃海岱。在群俠會集的關渡，「雲洲大儒俠」當然應該出現。這段「轟動武林，驚動萬教」的故事，最早是老師傅從《野叟曝言》改編的，原來在廟口、戲院演出，其子才將它搬上螢光幕，加油添醋，竟使舉國瘋狂。那段時間，全台灣民眾被冠以「秘雕」、「怪老子」、「藏鏡人」、「醉彌勒」、「二齒」這類綽號的，恐怕在百萬人以上。而且歷久彌新，成爲民眾生活語言的一部份，到現在「秘雕魚」都還經常出現在媒體上，爲人類的環境污染作控訴。而藏鏡人更是高層政治鬥爭不可或缺的語彙，捨這三個字不用，可要費盡口舌呢！

黃海岱雖然高齡，然而短壯健碩，健步如飛，不輸給任何一個少年郎。他有一顆性感的金光頭，很像戲中的「老和尚」，風趣爽直，演起戲來，十分入神地雙眼半閉半瞇邊唱邊白，一旁的小徒弟把將登場的戲偶遞上，不放心地問他：「是這仙吧？」他瞧也不瞧一眼地說：「對！對！」等到手掌穿入戲偶，冒出前台，正要開口，感覺不對，睜眼一看，「幹！拿錯了。」

這位五洲園派的「通天教主」個性十分四海，就像他的團名一樣，五大洲四處遊，平常打電話找他還不容易找到。他的徒子徒孫滿布全台，現有數百個布袋戲班，約有三分之一出自他門下。他生於一九〇〇年，一九八八年八月八日，家人、眾晚生後輩爲這位五洲園派的「通天教主」

舉辦八八壽辰，我至今記憶猶新，數百名分散各地的徒弟個個西裝領帶、白布鞋，戴墨鏡，開著高級進口車趕來，先在高速公路出口處整隊，然後在虎尾市區遊街，就像黑手黨大閱兵般地引人側目。

這天的運氣不錯，電話一打就通。「摩西！摩西！」老師傅在電話那端用日語應話了，我可以想像他瞇著眼聽電話的神情。我問他「咱人」六月二十到二十二伊是否有閒？農曆六月是戲班的淡季，但王爺生這幾天大多戲路不錯，這也是必須及早與他敲定時間的原因。他毫不猶疑地回答：「要閒就有閒」，然後連笑著幹帶罵，把最近如何四處游蕩，如何演戲賺食說了一遍。「那麼，選一天，請布袋戲老仙來學校開講。」我大略說了一下活動的屬性。教各老布袋戲藝人前來鬥鬧熱，美則美矣，但是相關的技術問題多如牛毛，一時之間也不知如何與老師傅說明，只想一切規劃完成，再請他幫助聯絡。而後連續幾天的忙碌，祖師會的企畫早就被擱置一旁。有一天下午老師傅突然光臨，十分匆忙的模樣。關渡是他常來的地方，以前只要有人開車帶他到台北，都會來這裡走一回，通常沒多大停留，閒談幾句便又回去，有時甚至不先打電話，人就跑來了，不管我當天是否在學校。

也許是完成使命的成就感，老師傅一走入我的辦公室，即十分快慰的告訴我：「你講的事情我去台南、高雄走一圈，已經辦妥當了。」說得滿頭大汗，我頓時感到茫然，有什麼大事把他忙成這樣，但立即會意過來。只是，我一直未曾跟他提到祖師會的具體時間與內容，他如何傳達這個訊息？

「你去說些什麼？」

「我就說王爺生那幾天要來藝術學院受訓。」他一本正經地問我：「是要來受什麼訓？」

老師傅的精神、體力堪稱異數，行事做風也十分有趣。兩、三年前我請他到系上開一門「傀儡劇」的課程，他回函也是：「承邀老衲到貴校受訓，不勝惶恐之至。」

6 關渡大會「師」

前不久，我爲邀請日本佐渡島的文彌人形來台演出，特別往這個曾經以產金和流徙罪犯著稱的島嶼走一趟，船從兩津港登岸，濱田座的主人派他的女大弟子在碼頭迎接。濱田先生年紀與我們的老師傅相仿，身材也差不多，只是容貌較爲清瘦，神采也不如老師傅那般有神。他已被日本政府指定爲重要無形文化財，受到相當崇高的禮遇。當日，他端坐在劇場中，兩旁女弟子伺候，我比手劃腳地希望濱田先生能帶團來台灣親自登場表演，他老人家尚未回答，弟子們已堅決表示反對，他們的理由是濱田先生爲日本國寶，年事已高，不堪旅途勞頓……。

我還沒有把這段故事告訴老師傅，但可以想像他的回答一定是「幹！那有多老！」

我們老師傅的誠摯、認真與宛若鬥雞般的精力，很容易感染周圍的人，任何常人無關緊要的請託，對他都是人情義理，奔波勞累，樂在其中。雖然他沒像日本濱田先生一樣受到應有的保護與禮遇，演起戲來卻完全一副寶刀未老的英雄氣概。既然是英雄，自免不了有些浪漫，都已近百歲人瑞了，有時也老人囝仔性，吃老妻的醋。他的親友偷偷告訴我，老英雄有時會很「福爾摩斯」

地在老夫人常用的電話本上，對某些有「問題」的名字特別註明：「此人可疑」。

一個多月之後的一個沒有颱風的夜晚，關渡國立藝術學院戲劇系館燈火通明，傍依著觀音山脈與腳底地價然被炒熱的關渡平原，老藝人三三兩兩擺場做仙；金光戲大角色也一一出現，「玉筆鈴聲世外衣」、「南俠翻山虎」、「文斯怪客」、「大俠一江山」、「風速四十米」、「天下美男子」……用他們慣常鏗鏘有力的口白訴說一段台灣偶戲滄桑史。金光頭的老師傅，連唱帶演，縱橫全場……。我深深爲他感到驕傲，也爲台灣出現許多這樣的民俗藝人驕傲。掌中乾坤有如人世幻影，起起落落，老藝人畢生爲生活奔波，爲台灣戲劇打拚，必得上天眷佑，以及後生晚輩永恆的懷念與尊敬。如果這輩子來不及，下一輩子也應該有此回報吧！

——一九九九年一月·選自新新聞版《南方澳大戲院興亡史》

醫生與燒酒螺

1

那一天接到拉希的電話有些驚喜，也有些錯愕，他還是那麼爽朗，那般粗鄙。在他的身上，我彷彿看到過去的一點影子。幾年沒有聯絡，都差不多要忘了這個人，但每經過燒酒螺攤，卻又自然地聯想起以前放學回家，拉希總會在途中繞個小徑，到市場內買一小包辣紅的燒酒螺，誇張地吸食起來。旁人愈警告螺殼內有寄生蟲，他反而吸得愈大聲，還說這是人間極品呢！拉希問我現在在學校做什麼？我直覺地回答：「做校長。」他也毫不思索就衝出一句：「卵鳥啦！」「卵鳥啦！」這句粗鄙的話乍聽實在不堪入耳，尤其仕女朋友一定滿臉通紅，面露鄙夷的神色。其實，也沒那麼嚴重，這句髒話只是鄉下野孩子對「別吹牛啦！」或「少來！」的誇張詞或另類講法，拉希如此回答，表示對我的不信任，倒沒什麼惡意。

我不禁想起來二十多年的一段往事。那時一對藝文界赫赫有名的夫妻檔舉辦一項國際性藝文活動，託我代向江湖藝人借表演道具，活動結束後的兵荒馬亂中，這些我代借來的道具竟然被弄丟了。我當時年輕氣盛，立刻打電話給這位藝壇老闆娘，指責她做事亂無章法，最後還丟了一句：「領教了」，意思是以後休想再找我幫忙了。當天晚上我接到另一位更有名氣的藝術家的電話，他語氣平和地問我發生了什麼事，怎麼會讓老闆娘哭成那樣。我也不知道她爲什麼會那麼傷心，只把經過大致敘述一遍，沒有提到掛電話前的那句話，他沒再說什麼，事情就到此結束。後來這位大藝術家常有意無意形容我這個人暴躁粗鄙，口出髒話，我毫不以爲意，因爲我本來就是這樣的人。一直到二十年後的這一天，聽到拉希脫口說出的這句鳥話，我猛然想起，少年時代講的「領教了」一定被誤解或者聽錯了。

拉希是我的初中同學，高一又同班，平常就結在一起。他原名叫來喜，唸久了，就變拉希。這個綽號的源頭來自一齣布袋戲中的角色，拉希拉希就是有些秀逗的意思。他與我一樣，在班上同屬後段生，換言之，都是讓老師頭疼的問題學生。我們求學階段不但成績奇差，也不太守規矩，很少做過「時代青年」應該做的事。但高一升高二時，我歷經幾科補考，低空掠過，他則中箭落馬，當了留級生。這件事讓他耿耿於懷，直嘆老天無眼，爲何命如此，他最大的怨嘆在於我平常成績比他爛，爲何他有事而我平安，是而可忍，孰不可忍。

屈指算來，我們高中畢業至今三十多年，已超過四分之一世紀了。三十年的時光足以讓一個嬰兒呱呱落地，歷經成年、結婚、生子這幾個人生重要關口「而立」。眼前拉希跟我，論年齡已是「半百老翁」的可怕歲數！前不久參加一項有關社區總體營造的研討會——拉希一定不懂「總體營造」，想搞懂保證「鬍鬚得打結」——主持人介紹一位最近搬來定居的退休學者，即將成爲社區文化的生力軍，大夥鼓掌請學者說幾句話。學者一開口，我一抬頭，眼前這位蒼老的歐吉桑不正是我們的同學老蔡嗎？幾年不見，原來就不高的身子似乎更萊了。

與老蔡「退休學者」的模樣比起來，拉希和我算是年輕、有活力多了，也許是不太用大腦的緣故吧。三十年來，拉希一直像走馬燈不停換工作，簡直比國父奔走革命還勞累。前不久聽說在養蝦、養鱸鰻，接電話才知道他又改行賣鞋子。他一生放蕩，自己沒當校長的命，以為我也必然如此，就如同他夢想當醫生，就以為別人也作這個夢。狗眼看人低，其實也很正常，換作是我，我也不會相信拉希會做校長。校長首重威嚴，好歹也應像綽號「豬公」的中學校長那般相貌堂堂，肥胖的身材搭配一襲中山裝，昂首闊步巡視校園，沒事坐一部專用三輪車，威儀十足地像土地公般在市區亂亂闖。

拉希經常幾個月不與我聯絡，突然來個電話劈哩叭啦五四三地亂扯一通，然後就斷話，要回電也找不到人，然後某一天的子夜，又會陰魂不散地打個電話來。最近這一次通過電話之後，沒兩天竟然又接到他的信，出乎我的預料之外。難得他這次鄭重其事拿筆寫信，那麼認眞、熱情，我還眞有點感動。

這一天他在電話中特別提到在×大唸戲劇的獨子東風，這也是久別之後他突然打電話，後來又寫信給我的主要原因。東風？是那隻流著鼻涕，成天黏著他的小狗子吧！他說他懊悔沒早一點聯絡，失去轉學國立藝大的機會……。我知道他的意思，不過，早聯絡也沒有用，學校不是我開的，任何人要進來，還得通過一關關的考試。小狗子在我的印象裡還是毛頭小子模樣，雖然急躁，我捉弄他，只是吱吱叫，也不罵人，還算乖。幾年不見，他都已是大學生了，眞是時光如火箭、歹竹出好筍啊！拉希對兒子有無比的寄望，這是他唯一讓親朋好友「感心」的事。小狗子出生那陣子，拉希爲了印證「娶妻前、生子後」的俗諺，整個人沉迷牌桌，召集所有認識的賭王級朋友，血戰三天三夜，果然逢東必吉，大獲全勝，奠定了離婚的基礎。妻子走後，拉希父代母職撫養小狗子，含辛茹苦，他說他對兒子只有一個小小的寄望，只希望兒子能平平安安長大，以後幹個醫生，爲陳家光宗耀祖。可惜天不從人願，小狗子雖然稟性忠良，在校成績並不頂好，對學醫也毫無興趣，要完成拉希「小小的寄望」恐怕難如上青天了。

拉希寫信與談話實在太不一樣，談話時言詞俗不可耐，但寫信卻柔情似水。不過，我還是不太習慣——他心虛就假仙，明明粗線條，卻文藝腔十足。他的信中，開頭「又是鳳凰花開的季節」、結尾「天下無不散的筵席」，彷彿回到屬於我們的文藝年代。當時我們常相邀到公園邊的縣立圖書館借書，把館內的言情小說，從徐速的《星星太陽月亮》到禹其民《籃球情人夢》、金杏枝《冷暖人間》……一本一本借出來閱讀，還煞有介事地相互討論。這時候瓊瑤小說剛剛風行，我們也不落人後，很快成爲瓊瑤迷，《窗外》、《六個夢》、《煙雨濛濛》、《幾度夕陽紅》……一本都沒放過。兩個成天混得灰頭土氣的青少年竟然因而帶些文藝腔，滿腦子悲歡離合，人生如夢。我找出他初中畢業時送我的大頭照，背後赫然寫著歪歪斜斜的五個大字：「毋忘影中人」，現在想起來，以前的我們是多麼噁心！

其實拉希比我還噁心，起碼我不像他整天在尋找寫情書的對象。我們常結伴到鎭上的書店偷翻雜誌，我看的是《幸福家庭》裡那些如眞似假的男女生理問題，他則特別喜歡交筆友，到處參加雜誌徵友活動，他所塡寫的個人資料都是：「興趣：音樂、詩、雨中散步。」還經常取一堆筆名：「藍星」、「藍青」、「憂人」、「孤帆」……，可是從沒看他寫過一行半句的詩或文章什麼的。

2

拉希自己的書唸得不怎麼樣，大學也考不上，卻盯著兒子唸醫科，還說這只是做父親的責任。幾年前爲了小狗子高中分組選擇文科類組，把兒子狠狠教訓一頓，逼得他離家出走，小小年紀竟然到山上廟住了好一陣子，直到被米粉伯一步一腳印尋回來，才沒有釀成家庭悲劇。小狗子喜歡上戲劇，也許就在這個時候，人生如戲嘛！比起來，米粉伯開通多了，他在日本時代公學校只唸二年，就被缺少人手的父親抓來幫忙，再也沒有唸書的機會。雖然一生命苦，但懂得尊重晚輩的興趣。以前拉希誇下海口說以後要當醫生，米粉伯明明知道兒子不是那塊料，還不是盡情鼓勵，只要兒子在書桌前裝模作樣，米粉伯和米粉姆兩個老的就忙東忙西，煮消夜，燉補藥，像伺候阿公一樣。拉希退伍之後，高不成低不就，一年換二十四個頭家，米粉伯雖然有些埋怨，依然挺他到底，爲他買機車、添購西裝。

再拿養蝦這件事來說吧！拉希做不成醫生，也不是做水產的人才，只是聽人說，養蝦可以外銷日本、歐美，一本萬利，就像無頭蒼蠅般，跟著做起來。不料一次天寒地凍，拉希飼養的幾百萬元斑節蝦一次被解決，血本無歸，欠了一屁股債，最後還不是米粉伯老淚縱橫地拿出棺材本出來還債。

拉希根本不知道小狗子爲什麼喜歡戲劇，也不知道戲劇是蝦米碗糕。他以爲戲劇就是學布袋戲、歌仔戲，學戲劇的人就是做戲子，根本不知道戲劇的偉大。我們學校的戲劇系每年新生入學考試都擠破頭，那麼多人希望成爲劇場人，難道都是白癡，他們的家長都是笨蛋嗎？這一點拉希的見識也比不上他老爸。米粉伯雖然希望小狗子做醫生，但對孫子選擇戲劇系就讀，也不覺得有什麼不好，還常說雷根做戲子，最後當了美國總統呢！

拉希雖已接受小狗子唸戲劇的事實，但總嫌他唸的學校師資、設備不好，學費又貴。雖然這是實話，不過，東風都已經快畢業了，就不要再怪學校，怪學校，不就等於怪兒子無知兼無能。我知道拉希內心還是深以兒子沒去唸醫科爲憾，他常忿忿不平地說：「我們這個小鎭有幾萬人，才幾家小醫院，那些醫生看起來猴猴的，沒什麼氣派。像我們父子這麼正材，卻沒有機會。如果在這裡做醫生，光數鈔票就數到手抽筋。」我勸他「認份」一點，陳家三代單傳，如果對小狗子好一點，他結婚以後多生幾個，好好栽培，希望就相對增加，也許以後孫子，或孫子的孫子會當醫生也不一定。拉希擔心兒子畢業後，找不到事，只能繼續陳家本業，到市場賣賣米粉。其實賣米粉就賣米粉，也沒什麼不好。天生我材必有用，每個人都具有無限的潛力與爆發力，惜福知福，隨時隨地會有機會。

拉希希望東風（不能再叫小狗子啦！）唸藝大的戲劇研究所，問我意見如何。我感覺很符合他的賭性：要賭，就賭大一點，既然潦下去讀戲劇系了，那就看能不能撈個戲劇博士。可是，讀書畢竟與賭博不同，是要一點一滴累積，不像賭博，狗運亨通時，一夜可以翻本。不過，拉希也應該知道大富翁輸到脫衫脫褲的例子屢見不鮮呢！藝大師資、設備一流，空間大、學生人數少，很多課程都是小班，甚至個別教學，專業訓練相當嚴謹，學生也很聰明，會耍寶。前不久學校有一項慶典，有些好朋友故意從外面請了電子琴花車來鬧場。學生也不約而同暗中安排歌舞，六、七輛花車就這樣在行政大樓前列陣，兩軍交鋒，學生客串的花車秀壓倒職業花車女郎。如此學風，我不知道東風的個性能不能適應？或者應該這樣說，拉希自己喜歡這樣的環境嗎？畢竟，戲劇系不是演布袋戲、歌仔戲，與他所熟悉的歌舞團也沒有關係。

拉希說他拚生拚死賺錢給東風唸大學，但兒子好像不體會他的苦心，書不好好讀，還跑去搞什麼反核大行軍，氣死他了。這有什麼好擔心的？年輕人關心社會沒什麼不好，不關心才要帶他看醫生。我們這裡什麼都好，就是社團活動很難推展，所有學生自治團體，例如學生活動中心、系所學會，都找不到熱心的負責人，彼此推來推去，倒楣的就當了總幹事或會長啦。即使有些學生幹部想有一番作爲，也不容易動起來。同學單是應付課程已經忙碌不堪，對於周遭環境反而不太關心。一般大學行政人員傷腦筋的學生運動或社會運動在這裡也不可能發生，學生說：「沒美國時間啦！」通常只有自己的利益受損了，才會有動作，有時候「動作」還滿有創意的。例如，學校爲了校園安全的理由有一套汽機車管制辦法，有些學生不爽，寧可花更多的精力僞造學校通行證，到處張貼，以混淆視聽，從另一個角度來看，這也算是天才學生的傑作了。

拉希拜託我假裝很欣賞東風的才華，寫一封信去鼓勵他，並幫他「選擇人生的方向」，可把我給笑歪了。原來他不但崇拜我，還滿會演戲的。區區小事，何足掛齒。我有一本專記名人語錄的小冊子，隨便背一條，都會讓人醍醐灌頂。這一招是跟一位經常在外面演講的名嘴學的，這位名嘴長袖善舞，周旋於名流公卿之間，每年的演講超過三百場，每場要價兩萬，以價制量，仍然場場滿座，制止不了觀眾邀約的熱情。名嘴曾向我透露一個密訣：準備一本小記事本，記滿名人語錄，以及《讀者文摘》看到的笑話，在每場演講中隨時插播。我恍然大悟，難怪有人可以把一個稀鬆平常的話題說得那麼動聽。現在，我把這本包括古今中外名人偉大演講稿的小冊子，快遞給拉希，請他轉交東風當畢業禮物。見冊如見人，出現在小冊子的雋永語彙就當作我曾經說過的，拜託！

看在拉希慈父面上，除了提供秘笈，我特別提醒東風選擇眞正的興趣，做自己想做的事，換句話說，就是走自己的路。這一點可能和拉希的想法很不一樣，他認爲興趣只是一種消遣，有崇高的事業最重要，但是興趣是一切成就的動力與基礎，人不一定當醫生、藝術家、企業家，只要有強烈的興趣，能持續走下去，即使是雕蟲小技也必能有一番作爲。

3

當然，有興趣的事物，也要有點理想性，鼓舞自己進一步探究。理想不一定非得「爲天地立心，爲生民立命」，只要對社會有所助益，就值得去做。吃喝嫖賭是許多人感興趣的，若只耽溺於此，便是墮落，但把它當作社會現象與民眾偏差行爲的研究，就有正面意義。一些日常瑣事表面看來雖然沒什麼大學問，不若核武、AIDS，有大團隊在做研究，但也值得進一步去探究。而且，方法上愈像做大學問一樣嚴謹，愈會有成果。所以決定研究題目或範圍之後，先掌握國際資訊與前人研究概況，做一番評估，如果確定命題被人忽略，或別人的研究過於膚淺、偏頗，那麼，就可以義無反顧地著手研究了。

這裡我要拿拉希的例子來當負面教材，首先，他只會「食米粉喊燒」，把家傳米粉事業棄若敝屣。如果我是他，很可能會把這項手藝繼承下來，發揚光大，並進行學術研究。因爲我很喜歡吃炒米粉，從小吃到大，從台灣頭吃到台灣尾，從國內吃到國外，從米粉湯、米粉羹到炒米粉、米粉炒，從魚丸米粉到金瓜米粉，吃來吃去，還是米粉伯的炒米粉最好吃，不管用的是新竹米粉、埔里米粉或本地米粉，炒起來都乾Q而不油膩。拉希眞正興趣是打麻將，也擅長打麻將。他經常自詡：「家財萬貫，不如一技在身」。但那一身技藝只讓他成爲賭徒一個，如果他眞的那麼喜歡麻將，乾脆及早立定志向，從事麻將文化研究也不錯。說不定可能寫出〈韓信設麻將考〉或〈麻將與漢文化的關係〉以及〈牌桌方位與人體工學〉這樣偉大的文章，成爲國際麻將學權威。可惜，我的苦口婆心他聽不進去。

我對東風的印象其實並不多，只記得這孩子小時候常被拉希打扮成醫生模樣，穿著白袍，跑來跑去，我開玩笑問他是不是要兒子學做理髮師，他還一臉不悅。後來兒子的頸項多掛了一個玩具聽筒，我就明白他的用心啦！除此之外，我印象中東風繼承他喜歡吃燒酒螺的嗜好，手中經常有一包燒酒螺，嘖嘖吸個不停，與想像中「醫生」形象十分矛盾。

我不知道東風在×大戲劇唸得好不好，但當初不顧父親反對，堅持唸戲劇，應該對它有強烈的興趣吧！學戲劇的人必須接觸許多不同的藝術類型，看過不同題材的演出。東風也許喜歡編劇，也許希望成爲導演、演員或舞台設計師、服裝設計師，當然，也可能決定改行，選擇不同的藝術領域或其他行業。如果確定要走戲劇的路，可以出國進修或唸國內的研究所，也可以找一份工作，先累積一些實務經驗。如果對別的行業懷抱理想，想及早棄暗投明也很好，有理想就有希望，有希望就能實現。

最壞最壞，東風只鍾情於他的「燒酒螺」，也沒什麼關係。這倒不是「愛吃燒酒螺的孩子不會變壞」，而是對吃「燒酒螺」有興趣，雖是錯誤的選擇，卻比別人更有機會接觸這個稀少性題材。他可能研究螺類的歷史及其種類、分布，寄生蟲的產生及防治法；也可以研究螺的一〇八種炒法與三十六種吃法，以及台灣人嗜吃的文化背景等等。研究者不但可能成爲海洋潮汐生態專家或食品專家，也可能從燒酒螺成爲兩性問題專家——吸食燒酒螺爲何以男性居多？是否反映男性霸權的形成及燒酒螺的形狀有關？女性吸食燒酒螺的眞正比例如何？少數的女燒酒螺族的行爲與當代婦女運動關係如何？

如果從寄生蟲這個議題繼續走下去，最後可能進入醫學研究的領域，路子更廣。說白一點，研究燒酒螺的人最後也可能得到醫學博士。「醫生與燒酒螺」可以衍生無數的論題與想像的空間，例如醫生看到燒酒螺的第一個反應是什麼？心臟科、婦產科、腫瘤科有何不同？醫生研究燒酒螺，能不能吃燒酒螺，或需不需要具有吸食燒酒螺的實證經驗？醫生吃燒酒螺與本土主義或中華文化復興運動關係如何？它所涉及的範圍之博大精深，可能會出乎一般人意料之外。我舉「燒酒螺」爲例，是強調再怎麼好笑、卑微的事都可以引人入勝。對燒酒螺有興趣的人最後可能成爲醫生，這應該是拉希作夢也想不到的。

有一位叫愛德華威爾遜的英國人，從小喜歡在家裡後院觀察螞蟻，有一天居然發現了新的品種，雀躍不已，從此更專心研究螞蟻的階級意識以及覓食、交配之行爲，終於成爲舉世聞名的螞蟻權威。螞蟻到處可見，其他生活周邊的昆蟲、植物也比比皆是，但從未有人啓發我們如何觀察、如何思考。我們這輩鄉下成長的小孩如果連燒酒螺、蚊蟲、螞蟻這類生活周邊的小事物都不開心，還有什麼偉大的興趣？怪來怪去，都怪那時沒有一個富想像力、思想開通的老師，能花點時間對我們這類頑劣學生因材施教、因勢利導，注意這群野孩子在太陽底下做什麼，告訴我們應該如何與自然界的草木鳥蟲相處。

現在看來，童年時代的興趣天生自然，多半來自直接、廣泛的生活體驗，例如成天行走於日月星辰之下，穿梭於大自然之間，上山下海，尋找可玩、可食的昆蟲、植物、果實，這種經驗相當寶貴，只是常被自己忽略或被壓制。我們從小天天看螞蟻爬樹、抓蟋蟀相鬥，也沒看出什麼名堂，尤有甚者，還殘忍地摘掉蜻蜓尾端，插上綁著小紙條的半截香炷，放牠去「千里傳書」。如果以這一點來看，現在的小孩比當年的我們的確善良多了。

有一次上自然課，老師問我墓地飄浮的火花是什麼？我說這是土地公火和鬼火在相拚。土地公火顏色較紅、鬼火則較綠，土地公守土有責，不許孤魂野鬼闖入，經常追逐鬼火，可是土地公年紀大了，跑不過刁鑽的鬼。話還沒說完，被老師當場斥責：「迷信」！全班哄堂大笑。土地公逐鬼，或鬼戲土地公，三天三夜也討論不完，只因老師沒興趣（或不知道），就澆人冷水。其實這類傳說並不是我杜撰或發現的，而是流傳在民間，口耳相傳，每個鄉下小孩多少都曾聽聞。現在的小學教師如果聽到學生說土地公火與鬼火的故事，應該會聽得津津有味，哪像我那時候的老師不識字兼沒衛生。

4

東風的事其實毋需拉希太操心，「一枝草一點露」這句話他應該聽過吧！該操心的反而是他自己。如果東風決定有興趣又有意義的方向，那麼就應義無反顧地做下去，也請他的老爸義無反顧地支持他，不必擔心兒子會像自己拖垮他的老爸——米粉伯一樣。一個人有一定的生活經驗，就有足夠的生存條件，包括知識、技藝、工作態度與勇氣，有足夠的生存條件，人生就是彩色的。再說，自從拉希把米粉伯的二分水田和一點積蓄花掉，兩隻腳夾一個卵包之外，還有什麼資產可被人拖累？

我開始同情拉希的苦心，很想幫助他，但東風考我們的研究所，絕不會有什麼暗盤或特權，就算他送我兩打失落園酒，我也不可能答應。即使他真的考上研究所，並且順利畢業，以後前途如何，也沒人能敢保證。對絕大多數學戲劇的人來說，一切都得憑本事、靠自己。拿我們學校的學生做例子，他們雖然有點自私，但很有自信，許多人畢業之後寧可擺地攤，接case，做個自由人，也不願隨便找個呆板工作過一生。我希望東風能考上藝大，並且能在這裡學習我們好的傳統，對自己更有自信。

我必須鄭重告訴拉希，這是一個人人能當校長的時代。包括目前校園內生毛帶角的異類學生，也包括他的兒子。校長如此，總統、太空人、鐵路局長、何麗玲、柯賜海、江湖術士也是如此。大學是許多人一生中最美麗、最浪漫的時期，大學生有理想，也有眞情，不管理想崇高、偉大、平凡、低俗，都無所謂，萬事存乎一心而已。我常常跟年輕人閒扯，從藝術的起源與創造，到垃圾場的設置，從學生宿舍的飲水問題延伸到大學生的心靈改革與國家責任。久而久之，自己覺得快變成電視台call in節目上無所不談的專家了。其實，校長的「偉大」職位，卑之無甚高論，只是提供學生良好的學習與成長環境而已。校長的重要性不是讓自己成爲最偉大的學者、藝術家或什麼成功人物，而是訓練學生成爲最偉大的學者、藝術家或各行各業的成功人物。

所謂偉大、成功就是自己開創自己的路，任何階段學校生活的結束，都是實踐理想的開始，也是理想與現實、神聖與世俗拉鋸的開始。年輕人應該儘量保持一顆純眞熾熱的心，心胸愈開朗，視野愈寬遠，理想、神聖的火花便能燃燒得愈久，愈不容易熄滅，人也必能活得自然。一個人活得自然，也必自在、自信，値得普天同慶，不管是當藝術家、醫生或炒米粉專家、燒酒螺專家，莫不如此。

話說到這裡，拉希，你睡著了沒？

——二〇〇三年四月・選自九歌版《馬路・游擊》

王溢嘉作品

散文卷

王溢嘉

台灣台中人，1950年生。台灣大學醫學系畢業，畢業後即專事寫作與文化工作。著作近三十種，現為健康文化事業公司發行人、野鵝出版社社長。著有《一隻暗光鳥的人生備忘錄》、《人間飛翔》、《蟲洞書簡》、《賽琪小姐體內的魔鬼》等。曾獲中國時報年度十大好書獎等。

煉咖啡術

像一個拘謹的縱慾者，我每天都要喝三杯咖啡。雖然是難以割捨的口腹之慾，但其實更像生命一個華麗而感傷的隱喻。

第一次聽到咖啡，是從鄉下搬到城市，小學二年級的一堂畫圖課上。我想向隔壁同學借一支「牛糞色」的蠟筆，而被他皺眉指正：「什麼牛糞？這叫作咖啡色，眞是土包子！」在陌生而令人惶惑的都市，我羞赧地記住它怪異的發音，並悄悄將它和在鄉下看慣的牛糞聯想在一起。

第一次看到咖啡，是在台中自由路一家餐廳。每次從繁華的鬧區走回城市邊陲的寒傖住家時，總是看到「樓上雅座，咖啡西餐」，畫有三縷輕煙的杯子以及刀叉的店招。從路邊抬頭仰視，可以看到優雅的男女在喝著應該是咖啡的東西。我神情漠然，覺得那個世界遙遠得如同冥王星。

第一次喝咖啡，是到台北讀大學時，在新公園旁的老大昌西餐廳，我審愼地隨著識途老馬加糖、加奶精、攪拌、啜飲。雖然有些心慌、有點笨拙，但卻立刻愛上它的香醇與濃郁。像是喝了迷魂湯，當天晚上，我躺在台大男生第七宿舍的床上輾轉反側，彷彿掉進一個惑人的黑洞中。

然後，像默默地喜歡大王椰下長髮飄逸的女孩，默默地喜歡咖啡所代表的高雅和時尚。於是，一點一滴地認識藍山、摩卡、維也納、曼特寧，就像一點一滴地認識齊克果、卡夫卡、佛洛伊德、梵谷。

終於，成了一個喜歡穿咖啡色襯衫的知識青年，在華燈初上時，流連於繁華的街市，和人在明星喝著藍山談論齊克果，在野人喝著摩卡謳歌卡夫卡，在天才喝著維也納吹捧佛洛伊德，在十八世紀喝著曼特寧緬懷梵谷。

我的心靈視窗在不知不覺間做了更迭，在原本標幟著九張犁、五張犁、四張犁，讓人想起牛和牛糞的童年心靈地圖，已經悄悄讓位給西門町、國賓飯店和六福客棧，打開新的心靈地圖，總是看到亮麗的咖啡館和我光彩的身影。

最後，自己沖泡起咖啡來。在午後，在深夜，一邊喝著咖啡一邊爬格子，以輕佻的熱情和繁瑣的賣弄，論伊底帕斯情結在中國的變調，談《白蛇傳》的分析心理學觀，解讀《周成過台灣》的深層結構，用我所習得的西方知識當工具，拆解那些我在童年和少年時代深深爲之著迷的中國與台灣民間故事的紋理與虛幻。

結果，咖啡一喝就是三十年。心中一個隱秘的渴望其實是：一如古代的煉金術士，我一再以不同品牌的咖啡、糖的多寡、奶精的比例，調配出深淺不一的色澤、芳香與濃郁，浸染自己的生命，企圖讓它產生神秘的轉化。

我的生命似乎轉化了不少，早已從一個懵懂無知的鄉下小孩，蛻變成習染西方品味的知識中年。但個人也因戀咖啡而成了酗咖啡，經常產生莫名的心悸，膏肓之間隱隱作痛，而且多了許多空洞而無眠的夜晚。深夜難眠，我起而徘徊，我攬鏡自照，我對鏡猜疑，覺得自己好像失落了什麼。

最近回到故鄉，忽地想起童年的我，在黃昏的泥土路上，好奇地用一根樹枝撥弄一坨牛糞的情景。記憶裡的嗅覺因而復甦，牛糞其實不臭，甚至還有一股芬芳的青草味。但牛糞已杳，泥土路已杳，故鄉已杳。

所謂故鄉，也已產生神秘的轉化，農舍翻成公寓，小溪變成馬路，稻田轉爲店鋪，來來往往的人衣著華麗，看似高雅，但卻讓我感到陌生。

在一陣模糊的感傷中，我看到一間咖啡店。縱慾者遂又拘謹了起來，於是進去喝我當天的第二杯咖啡。這次沒加糖也沒加奶精，讓它更接近牛糞色，因爲心中忽然渴望一點苦，一點土。

——原載一九九九年五月十四日《自由時報》副刊

我為什麼在這裡？

很久以前，當我還在台大醫院當實習醫師時，精神科有一位中年男性病人讓我印象非常深刻。大部分時候，他只是靜靜地躺在病床上，或落寞地坐在角落裡，根本看不出是個精神分裂病人。但就在你覺得他似乎沒什麼異常時，他就會出其不意的，彷彿從什麼惡夢中醒來一般，驚惶問說：「我爲什麼在這裡？」

然後，好像變成另一個人似的，他張大眼睛，神色激昂地說他應該是在黃山或者蒙地卡羅之類的地方。逢人便問：「這是什麼地方？我爲什麼會在這裡？」

他驚惶的臉上寫著「迷惑」兩個大字。當時我只是個小小的實習醫師，幫不上什麼忙，但卻覺得他這樣的瘋癲行徑有魅人之處，裡面好像隱藏了什麼深意。

後來，在一本雜誌上看到一幅漫畫，同樣讓我印象非常深刻。畫的是一個人要到某大學的哲學系辦公室，但卻迷失在複雜的建物裡，迎面看到牆上貼著「哲學系辦公室路線圖」，圖中以黑點標明哲學系辦公室所在位置，以紅點標明「你現在的位置」，下面有一行小註：「Why are you here?」

看來，「我（你）爲什麼在這裡？」還是一個深奧的哲學問題。

更後來，才知道這其實是很多人心中的疑問，連我也這樣問過自己：「我爲什麼在這裡？爲什麼在做這些事？」可幸的是，我很清楚自己並沒有「發瘋」，只是在心裡納悶地自問而已，並沒有迷惑失色，驚惶出聲。

「我爲什麼在這裡？」它似乎是在人生的旅途上，爲了尋找「哲學系辦公室」，但卻迷失方向的人所最常產生的疑問。爲什麼會產生這樣的疑問呢？因爲總覺得自己似乎應該在更高雅、更宜人的別的什麼地方，做著更有趣、更有意義的別的什麼事情。

特別是看到或聽到自己熟識的人忽然到非洲旅遊三個月、到上海和四川去投資建廠、中了樂透頭獎而辭去工作，自己居然還在埋頭苦寫業績衰退檢討報告、爲繳交房貸而節衣縮食、爲準備考試而挑燈夜戰時，這樣的疑問和悲嘆就顯得特別眞切與磨人。

「我爲什麼在這裡？」爲什麼還待在這沉悶的地方，做著無趣的事情呢？這的確是個惱人的問題，而且似乎是一個大迷惑即將來臨的前兆。

在迷惑了一陣子後，我終於像前面所說的那個精神病人，出其不意地，彷彿從什麼惡夢中醒來般，轉而自問：「我眞的在這裡嗎？」其實，我只是身體在「這裡」而已，我的心思早已飛到類似黃山或者蒙地卡羅之類的地方，我怎麼能說「我在這裡」呢？

所以，問題其實是：「我爲什麼不在這裡？」爲什麼神不守舍？爲什麼老是想見異思遷？而且還自以爲「我在這裡」？

因爲有這樣的領悟，於是我下定決心不讓心思四處亂竄，把握當下，像慧海禪師所說的，吃飯的時候專心吃飯，睡覺的時候專心睡覺。如此身體力行了一段時日，對過去、未來和「如果」不再處心積慮地去遐想，對他人與他事也都如入定老僧般不再過問，眼觀鼻，鼻觀心，念茲在茲，久而久之，自覺煩惱減少，無事可思量。

某天夜裡，專心閱讀人類學家唐伯(C. Turnbull)，看到他提到參加比屬剛果矮黑人死亡儀式的經驗，他跟矮黑人圍坐在火堆邊，閉著眼睛激情唱歌，當他「不小心」張開眼睛時，卻發現沒有一個「人」在那裡，矮黑人的身體在火堆邊沒錯——歌聲從張開的嘴巴跑出來，但他們的靈魂卻都跑到別處去了。唐伯說他有一種「可怖的孤獨感」，「我爲什麼還在這裡呢？」「我爲什麼無法有那種體驗呢？」

唐伯說他有點羨慕那些矮黑人，羨慕他們的心靈能夠不受身體的拘束，神遊於各種太虛幻境。那些矮黑人也許終生都未離開那陰濕的叢林，但他們對整個宇宙卻自有想像，而且心靈在「這個世界」和「那個世界」間來去自如。

看了不禁讓我也開始有點羨慕。爲什麼一定要讓心靈做身體的跟班，繞著當下的肉體跑呢？偶爾放牛吃草，讓心靈去「過他自己的生活」不是也很好嗎？

於是我又開始嘗試過另一種生活，特別是在聽冗長的演講或開無聊的會議時，我不再「活在當下」，我的肉體會對心靈說：「我是不得不在這裡，但你，你爲什麼還在這裡呢？」於是蕭蕭斑馬鳴，心靈就「此地一爲別」，塞下飲馬去也。

所以，眞正的問題其實是：「我爲什麼該在這裡的時候不在這裡，而不必在這裡的時候卻還在這裡？」

但願上蒼賜給我區分「應該」與「不必」這兩者的智慧。

——原載二〇〇一年四月四日《中國時報》人間副刊

廖玉蕙作品

廖玉蕙

台灣台中人，1950年生。東吳大學中國文學博士，曾任《幼獅文藝》月刊編輯，任教於中正理工學院、東吳大學等，現任世新大學中文系副教授。著有散文集《不信溫柔喚不回》、《嫵媚》、《如果記憶像風》、《五十歲的公主》、《廖玉蕙精選集》等，及小說集、繪本、學術論著等多部。曾獲中國文藝協會文藝獎章、中山文藝獎散文創作獎、中興文藝獎散文獎章及吳魯芹散文獎等。

永遠的迷離記憶

十七歲以前，在臺中度過。有關臺中的種種記憶，卻從未隨時光的飛逝而淡忘，反倒像盤根錯節的老樹般，屹立在記憶的底層。不時的，探出頭來，和今日的我，頑皮的遙遙招手。

最早的記憶，可追溯至三歲時的一場大病。

據聞病名蜂巢症，母親回敘那場曾經教她魂飛魄散的災難時，猶心存餘悸，她說：

「伊時，你一粒頭腫做兩粒大，眞正是驚死人哩！臺中病院的醫生講無救了，教阮好轉去準備後事。我揹著你，坐公路局車子轉到潭子，一路流目屎，行轉去丸寶庄（現在的東寶村）。厝邊隔壁攏來看，看了攏搖頭。一暝後，你還有氣息，我不死心，再揹你起來，去看臺中黃小兒科的醫生，才給你救起來。」

我急忙插嘴說：

「我記得那場病！眞的！至今猶記得趴在母親身後，溫熱的鼻息噴在母親後頸後微微反撲回鼻間的感覺。」

家人齊齊駭笑，揶揄我：

「你那麼小！哪會有印象！八成兒電視廣告看太多了！這分明是中華豆腐廣告的再版！」我慚愧的陪著吃吃發笑，現實和記憶有如同鍋熬煮的湯料，早已分不清虛實。

再往後些，印象最深的，莫若隨母親回外公家。

外公住豐原（原名葫蘆墩），母親一口氣攜帶七名子女由潭子出發，不可不謂盛事一樁。階梯式年紀的七個小蘿蔔頭，自有存活之道。往豐原的班車一到，即刻化整爲零，各尋陌生大人一名，尾隨其後上車，造成各有其主的印象，其餘則屈身弓背，假裝矮上幾公分，以逃避購票。身手不夠靈活，以致當場被識破者，不可避免的，要接受兄妹們衛生眼珠的譴責，甚至母親的怒斥。因此大夥兒從小各自練就一身本事，可謂無往而不利。

當時年紀小，不知外公到底從事什麼行業。其後，每次問及母親，母親總笑說：

「十做九不成！這陣嘛想未出，到底阮爹在做啥米！」

只知院中常堆放一堆堆的瓶蓋，暑假中，孫子及外孫群集，瓶蓋常成爲孩子們打仗的玩具，滿天飛的瓶蓋中，經常夾雜著大人的怒斥聲：

「夭壽哦！連這也拿來玩，爬進天哦！這些死囝仔！實在哦！……」

文靜些的女生則相偕到附近的光華戲院去看戲。年紀小的時候，就用坐車時使用的慣技，尾隨大人入場；稍大些，這些把戲再不靈光了，便只好等著看戲尾，等到散戲前的十分鐘，看門的撤守，我們便蜂擁而入。記憶裡，光華戲院專門搬演歌仔戲，大約三天或一星期演完一齣戲，雖然每天只看十分鐘，但多屬精華或高潮戲，所以仍然看得津津有味。只是，戲院邊兒是一家知名酒家，每每被大人恐嚇，可能被抓進去，從此淪落風塵。因此，每回經過，總夾雜著興奮與驚恐的莫名情緒。

看完戲的黃昏，不知怎的，一逕悲傷惆悵。回外公家的路途，好像陡然變得又長又荒涼。我常常仍沉浸在劇情中，不願出來。不發一語的詭異，引得眾家表姊妹義憤塡膺，發誓再不一起同行。然而，一到次日，又禁不住我賭咒發誓、腆顏央求，便又高高興興攜手奔赴。整個暑假，便如此這般，日復一日。

那時，是這般熱愛著戲劇搬演的人生。因爲愛看戲而喜歡回外公家。其實，母親自小被領養，和這個家的關係有些迷離，藕斷絲連的，是一種說不出的曖昧。這樣的特殊身分，自然影響我和其他表姊妹的情誼，我總偷偷的忌妒著她們之間看似渾然無間的打鬧，而我，刻意模糊之間的差異，假裝沒有任何不同。但這樣的刻意，其實有著濃厚的表演性質。我一邊看戲，一邊模擬著，也自己擔綱演出一場。演出時，彷彿一邊享受著悲劇性的快樂，一邊痛苦的佯裝豁達。

癡狂的愛戀著戲裡的小生，彷彿叫洪秀玉的。爲了她，一度曾經強烈地想偷偷跟著戲班子跑。然而，畢竟膽子小，也沒有管道，只能躲進屋裡，披上大袍，對著鏡子，悲痛地比畫，並哀哀唱起七字調，覺得自己歷盡滄桑、地老天荒。

上國小時，在潭子鄉公所任職的父親，因爲無閒整治田地，賣掉了微薄的祖產，帶著我們從偏僻的丸寶庄，搬遷至潭子街上。前臨縱貫公路，後傍縱貫鐵路，比起老家的堂兄們，我們算得上是城裡人了。其後，每次回舊居，我們總穿上最體面的新衣，擺出最驕傲的神色，而把生活窘迫困頓的眞實面，緊緊地隱藏。

臺灣經濟起飛之前，父親自潭子鄉公所退休，用微薄的退休金投入土地買賣行業。一邊仲介，一邊也嘗試自行投資。事後，母親回憶說：

「恁老爸的運氣未歹！」

老爸可不這麼想，每次母親如此說，他總急急申辯：

「誰說運氣！如果不是有幾分頭腦，要賺啥？一家口這尼多人是要吃啥！重要的是頭腦啊！」

當時，對面的糖廠關閉了。童年時，躲過守衛，混進混出的大遊樂場，終於改易主人，聽說要成爲大型加工出口區。父親眼光精準地在節骨眼，高價賣掉縱貫路旁的住家，並同時以低廉價格，在加工區的緊鄰處，買了一塊地，自地自建了一幢二層洋房。

大片的糖廠宿舍區，瞬間被夷爲平地。似懂非懂的年齡，分不清到底是感傷還是興奮！只記得黃昏回家時，揚起的塵土，猶自裊裊的四處冒煙，昔時因偷採芒果、芭樂而被警衛追得驚心動魄的園區，驀然門戶洞開，反倒隱隱讓人覺得不安。缺乏娛樂的年代，糖廠裡，每隔一段時日，總有康樂隊前來演出。本是提供糖廠員工及眷屬觀賞的，但是，附近的鄰居，不拘大人或小孩，總是千方百計突破重圍，竄進裡頭去看楊小萍載歌載舞、聽聽黃小冬夫妻高亢的對唱，單口相聲、對口相聲、雙簧、各式特技、魔術表演，不一而足。黃梅調流行的時候，十八相送是最熱門的節目。而我便是在糖廠門口的空地裡，學會騎腳踏車。哥哥鬆手的那一刻，我驚慌地衝進糖廠開著的小門並卡在其間，動彈不得。到現在，還遺留著因害怕而雙足直覺地大張時，腳趾頭被粗糙且尖銳的石門兩壁削掉皮肉的痕跡。

童年的夢，終結於糾纏難分的綵帶舞裡。

一間間的工廠和辦公室取代了如茵的草皮，精密的加工進駐，引來大批的就業人口。潭子像暴發戶般，一夕之間，腰纏萬貫。然而，富有的園區，卻屢傳失竊事件，原本虛設的警衛，忽然目光炯炯地梭巡在每個進出的員工身上。戒嚴尚未解除，威權的老闆和腐朽的警政，同心協力羅織了幾宗駭人聽聞的冤案。被冤枉的工人，手無寸鐵，被折磨得不成人形後，眞凶方才以極其荒謬的破綻被發現。年少的我，親眼目睹清白的嫌犯自警局釋回時，手腳血跡斑斑，形容枯槁，驚惶的眼眸猶自藏匿著說不出的恐懼。我因之噩夢連連，經旬不斷。鄉民的憤恨，只能在里巷間耳語流傳，不但未有平反或賠償的要求提出，充滿禁忌的時代，甚至連正當的防衛都不能！是非黑白，連家人都說不得。

我們的樓房和加工出口區同步落成。

圍牆成爲我家和加工出口區的楚河漢界，母親在圍牆邊親手栽種了五株櫻花，幾年後，每到冬季，粉紅色的櫻花盛開，每每招引許多行人駐足。

我在那屋子度過最慘綠的初中及高中時代。成天和始終搞不懂的數學奮戰，聯考的陰影和積弱不振的成績共終始。每到重要的考試，就開始發高燒，起紅疹。大專聯考的前夕，我全身紅腫，奇癢無比，一夜輾轉無眠，次日清晨即起，到考場應試之前，先行去醫院打了一針。強烈的藥效在第一場的應試考場發作，我呼呼大睡了一場。放榜後的那段日子，朋友們都浸淫在解放後的快樂中，唯獨我，一到黃昏，體溫便急急上升，總要父親下班後，騎摩托車送去一家西藥房打針。在負笈北上的前一天，母親憂心如焚，深恐離家的女兒在遙遠的外雙溪，仍舊高燒不退。她拿著藥單，再三叮囑自處之道。託天之幸，離開了那幢樓房，病情竟然從此不藥而癒。

因為寫作，我經常和母親共同回首過往。一回，述及那幢二層樓房，問她多年前屋旁種植的一棵楊樹，她納悶地說：

「有嗎？我哪會未記得了！敢有種楊柳？」

「怎麼沒有？每到春天，屋子裡老白茫茫一片，不是後來才發現是楊花作崇嗎？」

「啊！想起來了！是有一株楊樹……你敢還記得那些櫻花？我種的呀！冬天的時陣，多水哩！你敢還記得？」

我把話題硬生生搶回：

「記得啦！還有那一大片空心菜，後來怎麼不種了？」

「有種空心菜嗎？我哪會忘記！」母親又露出迷惘的表情。

「有啊！你怎麼忘了？不是每回客人來，你都叫我去摘一些回來，現炒一盤嗎？」

「啊！想起來了！是啊！差一點忘記了！……伊時，我種那五株櫻花，花開起來，一大遍，實在極水哩！我常常站在廚房窗口欣賞，感覺心情極爽快咧！」

怎麼又回到櫻花！後來，我驚詫的發現，年紀越大後，母親的記憶竟似經過篩選或過濾般地，僅剩了她深心繫念的一片花海。她不時地以極度遺憾的口吻說：

「你知後來那五株櫻花安怎麼？一天，不知爲啥米，突然從加工出口區潑出一堆用剩的水泥，泥漿沿著牆邊流竄，活活淹死了那遍水當當的櫻花，實在有夠夭壽哦！這款代誌……」

「這尼水的花，實在有夠可惜啦！有一款人就是無眼光啦！……啊！講起來，也已經過幾落冬囉！……那時陣，閒下來的時，每天，目睛看著櫻花，就好像在日本東京旅行共款……」

一直懷念著日本統治時代的井然有條的母親，在經濟拮据的年代，猶然思思念念著有朝一日能做一趟東京遊。如此背離生活軌跡的幻想，在我孩提時代經常聽母親不切實際的叨念著。如今想來，或者母親便是藉栽種滿園的櫻花，來圓她人生的大夢亦未可知吧！

櫻花樹下，不只埋藏著母親的夢，也同時掩映著父親由黑白轉爲彩色的人生。一個基層的公務人員，以一份微薄的薪水，餔養一家十口的辛勞，不難想像。我的一位姊姊，曾因經濟因素，不得不放棄免試保送升學的機會。那時節，在煤油燈下，曾照見父親因歉疚而深鎖的眉心。當時，連渾不知事的我，都強烈感受到父親輾轉反側的心痛。是否是灼灼的櫻花帶來了生命的轉機，是永遠也無法識解的謎題，然而，清清楚楚擺在眼前的是，父親一向深鎖的眉心，在櫻花粉紅嫩綠妝點的新家裡，乍然舒放開來。

一個疑惑老沉澱在心底：到底是父親的聰明轉換了低迷的窘境？抑或臺灣經濟奇蹟使得人民普遍提升了境界？而無論如何，躬逢其盛的我，都是最大的受惠者。仗著這樣的幸運，我才有比兄姊更好的機會，跨進收費昂貴的私立大學的窄門。一九六八年秋天，我懷著雀躍的心情，迫不及待的飛離了哺育我十八載的臺中。

從此，臺中成了我永恆的迷離記憶。

——一九九八年八月・選自九歌版《讓我說個故事給你們聽》

一座安靜的城市

二十餘年前，我念研究所時，和一群年輕的夥伴，同時應邀參觀金門。原以爲逐波踏浪，將會是一趟旖旎浪漫的旅程，哪知洶湧的海浪，使得上岸的臉孔，個個變得慘無人色。十年前，我再度造訪金門，和二十餘位作家同行，甫下飛機，迎面便是端正的舉手禮和親切的「老師好！」幾天中，我的那些被分派到金門服役的學生的殷殷接待，使得我的聲望，陡然在作家群中水漲船高。然而，首次金門行，醉翁之意不在酒，當然也不在山水。情竇初開的男女，除了盈盈的眼波外，哪容得下堅固無情的壕溝？再次的金門行，熱切的和學生敘舊言歡，根本亦未曾把戰地的固若金湯擺進眼瞳。問起金門印象，恍恍惚惚，一派模糊，只剩了炎陽烈日和參天古木。

今年九月，三進金門。因爲國家公園解說員的精心策畫，並仔細隨行解說，金門因之展示了不同的面貌。無論歷史古蹟、傳統聚落、宗祠家廟或者蝶鳥林木，都顯得生趣盎然、饒富情味，使得三出金門時的我，覺得意猶未盡、行囊豐盛。

所有的行程，都遠離人口密集的都會。大部分的時候，我們看不到任何人跡。那日，到歐厝參觀是唯一的例外。聽說一場戶外寫生比賽正進行著，從旅邸出發時，大夥兒戲言是去參加畫畫比賽。古意十足的巷道中，已有若干家長領著孩子，擺好架式。空氣裡，充滿著節慶般的歡愉。孩子們露出一本正經的表情，邊看著景物，邊動手勾勒著，當觀眾湊上前去想一窺究竟時，多半的孩子會假裝若無其事，然而，臉上霎時泛起的紅潮，則偷偷透露了心裡的忐忑。幾位沉不住氣的家長，按捺不住宰制的本能，始則以委婉的建議指點，繼則以負面的言詞批評，從取景、構圖到顏料的使用，都絮絮叨叨；嚴重的，索性捲起袖子，取過色筆，開始為畫面潤色起來。被搶去畫筆的孩子，有的嘟著嘴和多事的母親理論著；有的乾脆和弟弟打鬧遊玩起來，留給望子成龍的母親盡情發揮的空間。

幾位隨行的畫家，也混跡於人群中，獵取中意的景致。他們把作畫的孩子及家長畫入作品中，也讓自己成為孩子們作品裡的風景。因為流連景物而延緩上車的他們，被同行者揶揄是因為參加頒獎典禮之故，毒舌派的作家當然沒放過這個難得的機會，鄭重其事宣布：

「雷驤先生得第三名，蔡全茂先生得佳作。」

頓一頓，清清喉嚨，惡作劇地加註：

「第一名計十三位，第二名共十八位，第三名則有五十位，參加者一律列名佳作。」

接著，汽車在木麻黃、尤加利及各色各樣不知名的行道樹環伺的柏油路上行駛，除了偶爾幾聲的牛叫及鳥鳴外，整個城市似乎沉浸在沉沉的睡夢中。號稱戰地的金門，因為過度的安靜，給人一種錯覺，彷彿在靜默中潛藏著不為人知的殺機。不管是古意盎然的珠山、充滿南洋風情的得月樓、古宅縱橫的蔡厝，甚或望遠鏡鳥瞰下的民俗村，一逕是端凝莊重、簡潔素樸的風貌。

車子在珠山錯落的古厝間停下。迎著我們的，除了形同中古世紀廢墟的房子外，就是正中的一塘池水。夏日已近尾聲，卻仍時刻聽聞蟲聲唧唧，我們像一群冒失的入侵者，無意間闖進了一座猶自沉沉入睡的城市。

天色是淺淡的灰，塘水裡映照的也是幾抹淺淡的雲影，幾乎看不到天光。一群人，下得車來，如辭根的九秋蓬般，在環繞的瓦舍危牆間自在行走。畫家們選定了角度，便在紙上揮灑開來；一位認眞的民俗研究者，拿著簿子和筆，以過人的求知慾，孜孜叩問，即便地上亂長的野草都不輕易放過。我信步遊走，穿越一幢幢雖然老舊卻仍煥發精采古色澤的老屋，除了少數幾幢屋子因院落間曝曬的衣著，讓我們知曉應該仍有人居住其間外，幾乎讓人錯覺根本是個廢棄的村莊！正納悶著當地的人都到哪兒去了？忽然一輛古舊的腳踏車從遠處馳過，騎車的童子，頻頻回首在後頭徒步追趕的另一童子，因著距離，沒能聽到什麼對話，卻從嬉鬧的姿勢裡，彷彿聽到恣肆的笑聲！整個村莊，因之陡然有了生氣！

窄巷的盡頭，赫然是一幢年久失修的樓房！隔著高高的圍牆，可以想像牆內盤根錯節的老樹根及青苔遍布的階梯上都被厚厚的落葉覆蓋著，閣樓上的窗口邊兒，彷彿還斜倚著一位綺年玉貌的少女，正將癡情的眼光凝睇著遙遠的地方……正無止境的騁馳著想像，冷不防，一陣涼風飄然而至，我不禁打了個寒顫，急忙快步離開。

池塘的另一邊兒，樹倒屋傾，蛛網糾結。我們排除糾纏的枝枒，小心翼翼地踩過地上的青苔，來到過氣的將軍府。殘破剝落的大廳，樑柱歪斜，叱咤風雲的過往，徒然剩下幾個鐫刻於壁間的姓名，無端讓人想起廉頗老矣，尚能飯否？再是蓋世的彪炳功業，終歸還是要隨著四季的流轉，被逐漸淡忘。將軍府的鄰居，隱隱傳來壓抑的電視聲，我探過頭去，從木製窗口看到一位老太婆正佝僂著背，面對電視機打著瞌睡，太平時序裡的韶光，似乎正以平靜遲緩的步伐悄然隨著老人匀稱的鼻息，越過蝶飛蟲鳴的庭院，在山水之間悠悠蕩蕩。

地上牛糞處處，偶爾會發現正踩在乾枯的鼠屍上，折翼的小鳥曝屍在怒長的草叢間；葛藤植物不客氣的自窗櫺間穿堂入室；在廣漠的大地上，老天以無言之教，呈現生死榮枯的自然律則，只是，行走於其間的旅者，有否從中得到啓示，則不得而知。

迥異於傳統聚落的得月樓和附近的洋樓群也是金門極爲珍貴的文化資產，它的建造印證了中國「錦衣不夜行」的光耀門楣傳統。因爲，據說有些洋樓的建構，只爲光宗耀祖，並不眞正居住。多數的創建者和他們的後代，仍僑居南洋，洋樓常委託親戚代管。當我們在棋盤式井然有序的巷弄間穿梭參觀，見到建築的宏偉、建材的講究及格局的新穎時，嘖嘖稱奇聲此起彼落，而一想到那麼精緻的建築竟然無人居住、任其荒廢，又不免喟嘆不已！步行至一處無人居住的大宅院時，不知誰發現院落裡的一株結實纍纍的龍眼樹，高興地呼朋引伴。於是，有人找來採摘長竿，挽起袖子，玩起幼年時偷摘芭樂的遊戲；身手俐落者，乾脆一個箭步，躍上圍牆、爬到樹梢，來個大小通吃。樹下的人仰脖加油，樹頭的人，越戰越勇，一群中年人，彷彿又回到少年時代，歡喜地在樹下分食甜滋滋的戰果。

下午，轉往蔡厝。身爲蔡家媳婦的我，一入蔡家廳堂，見進士、文魁、武舉的匾額高懸，竟有著與有榮焉的驕傲喜悅。外子收拾起一路嘻笑的愉悅神情，端凝肅穆的在蔡厝的十一世宗祠前拍照留影，並弓身入內，對祖先牌位一一頂禮膜拜。正好一位長者背著手，梭巡其間。當我們熱情的告訴他，我們是來自臺灣的蔡氏宗親時，他並無預期的熱烈回應，僅微微一笑，讓我們不免略略有些失望。不過，繼之一想，金門自開放觀光以來，參觀者眾，前來認親的人，何止百千！怎能期待如何驚喜的回應！如此一想，也就稍稍釋然了。

依舊是千迴百轉的街道，依舊是默默不語的院落，只有幾個老人聚在一塊兒，有一搭、沒一搭的輕聲說著話。轉到一個四合院的曬穀場中，赫然撞見兩位年輕人正和一桶子釣來的活魚奮戰著。看到我們，驕傲地向我們展示成果，血淋淋的刀起刀落，爲這安靜的城市妝點了些不同的聲勢，這是做客金門三天中，難得看到的景致，在這看似安靜的城市中，顯得突兀。說起來有些詭異，金門原爲前哨重地，歷經烽火洗禮，原本應充滿火砲煙硝才對，怎麼看到拿刀的年輕人，反倒覺得格格不入？是國家公園內的古厝宗祠淡化了火藥味？抑或年輕人口的大量外移，使得除了軍隊之外的人口年齡層急速老化，竟致歲月的腳步亦因之猶疑舒緩起來？

適合旅遊的天氣，些微的風，淡淡的雲，空氣中散發著慵懶的氣息。車子在樹林中奔馳，千奇百怪的樹木從眼簾匆匆掠過，布袋蓮盤據的大池，靜靜仰臥在叢林間。經過了一天半的奔波，在回程的車上，大夥兒都顯得有些疲累，有人在徐徐晚風的吹拂下睏著了。

天色逐漸黯淡，車子由白天開進夜晚，也開進了和白日迥異光景的熱鬧繁華中。張燈結綵的飯店裡，金門高粱挾帶著豐盛的美食，召喚著每個飢餓的肚腹。然而，想起前日午餐時的深水炸彈威力，不禁隱隱警戒起來。前日，甫下機，國家公園的處長及副處長、課長、秘書、解說員等就一字排開，企圖以深水炸彈的強大酒力威嚇我們這群看似軟弱的文人！頗有左良玉長刀遮客引柳敬亭就席的態勢。誰知，文人、畫家不讓敬亭專美，即刻豪爽地舉杯迎戰，絲毫也不怯場。一頓飯下來，雙方暫時打成平手。原以爲一場深水炸彈的拚鬥，勢所難免地要在次日繼續分出高下。豈知，公園處昨日的陣勢原是虛張聲勢，背水一戰的結果，已有多位面臨陣亡的危機。因此，那晚，一上飯桌，不戰自潰，始則顧左右而言他，繼則頻頻討饒！然則，酒量雖有待琢磨，但是，席上殷勤依舊，談起當地山水屋宇、古蹟名勝、一派憐惜，語調中的溫柔，尤其令人印象深刻。

清代文人張潮曾在《幽夢影》中說：「若無詩酒，則山水爲具文；若無佳麗，則花月皆虛設。」將「佳麗」二字改爲「朋友」，則庶幾曲盡當日心境！山水、詩酒、花月、朋友，金門之行，樣樣齊全。如此人生，幾回能夠！

——一九九八年十一月・選自九歌版《讓我說個故事給你們聽》

年過五十

年過五十的心情，眞是百味雜陳，說也說不清。黃昏時分，我日日踞坐電腦桌前，將自己童稚、少年及中年的光燦笑容一一掃描進蘋果電腦裡，夕陽在護目鏡裡一點一點沉落，電腦螢幕的深處，反射出一張既悵惘又失落的面容。Photoshop裡的橡皮擦，除去了照片裡伊人的皺紋，卻抹不去現實人生中的黑瘢。樂觀竟然和失眠共存！失眠居然和發胖比肩，發胖奇異地與皺紋共生，皺紋又弔詭地和慈眉善目如影隨形！……五十歲後的女人，就是以這樣光怪陸離的矛盾，遲緩而乏力地和歲月拔河，且注定向老邁一路傾斜過去，無論周遭的人如何信誓旦旦地稱讚你看起來依然年輕。

年過半百後，心境有了奇妙的轉變。許多以往錙銖必較的，如今漫不經心，譬如友誼或愛情；有些昔日滿不在乎的，現在觸目驚心，譬如皺紋或贅肉。改考卷時，最痛恨學生在文章裡動輒稱呼「五十老嫗」、「半百老翁」；看電視時，最討厭主播不時重播獨居老人萎死家中、多日無人聞問的畫面。十八歲的時候，曾經因爲厭惡年老色衰，發誓絕不苟活，決定只要年過三十，即刻引火自焚或切腹自盡，效法日本武士道精神，留下雖然未必燦爛卻仍舊富於青春的容顏。所以，三十歲過得最久、最纏綿，一直捨不得鬆口，忝顏延長到接近三十又五，才悻悻然改口道：「燦爛不必一定年輕，成熟往往更具風韻」；四十歲後，還能和親朋笑談肌肉日漸鬆弛、記憶逐漸模糊；五十過後，明顯開始避談與衰老相關話題，只一味向人展示歸納分析能力！可心底老不安寧，明明自幼就丟三落四，現在只要一找東西，便慌張地以爲老年癡呆症忽焉來臨。

年過半百，心腸變得像鋼鐵一樣堅硬，卻又易碎如透明的水晶。生命裡的原則大體底定，固然不大願意接受委屈，也從未想到佔便宜。以往，每到暑假，總和一干成績被當的學生纏綿悱惻。這些年，再沒有做過到教務會議去承認分數計算錯誤以拯救出局學生的行徑。吃了秤鉈鐵了心！視學生提前出局爲另類轉型。雖然沒有以關機或拒接電話來杜絕求情，但是，凡來關說者，我一律跳脫攸關分數的所有黏纏辯證，立刻轉移焦點，逕自切入「危機即是轉機」的勸勉，絕不讓對方有可乘之機。然而，嚴詞拒絕過後，一想到家長的焦慮、學生的悔恨，心裡往往糾結拉扯，不是食不下嚥，就是在暗夜裡睜眼到天明。生活裡小小的溫情，經常被擴大爲了不得的善意；人際間的扞格，又常常被縮小成無意間的擦槍走火。學生情感受挫，紅著眼眶到研究室來尋求援助時，我的眼淚總是多過自來水，非但無法善盡開導的重責，還哭得比學生更傷心！到頭來，甚至還得勞煩學生反過來安慰、輔導，並賭咒、發誓一定莊敬自強，請老師切莫淚淋淋！

年過五十，了然個體獨立的理論，夸夸宣言不再干涉兒女的行動，刻意維持開放、開明的假象，卻在兒女遲歸時，焦慮得差點兒撞牆！在他們考不上大學時幾乎抓狂！這時，才恍然大悟人們以「婆婆媽媽」來形容瑣碎囉唆的行徑，並非刻意污衊女性，的確是其來有自。原本溫柔優雅的女性，年過五十，還能維持從容身段者幾希！養兒不再防老，養兒的最大功效，在培養大人動心忍性。五十歲的女人多半擁有業已成年、卻依然幼稚的兒女，這種可大、可小的彈性，被孩子們要弄得淋漓盡致！當不肯受約束時，他們會即刻搬出民法中的「成年」定義來爭取自由；需要金錢資助時，卻又馬上降回依人小鳥，口口聲聲親情無價、母愛至上，揭櫫同舟絕對必須共濟！父母和兒女兩造交鋒，最容易見證臺灣民主開放教育的成效。兒女伶俐、辯給的口齒和父母夾纏、矛盾的邏輯，恰恰是五十歲母親情緒崩潰的元凶，也是民主進步的見證。五十歲的女人成天在斷絕母子關係和修葺親情間苦苦掙扎！花最多時間在賭咒、發誓和悔恨上，轉眼卻又被兒女不經意的甜蜜輕易收服。

年過五十，雖不至於萬念俱灰，卻眞是心如止水。再沒有小鹿亂撞的激情，只有笑看、旁觀的怡然。人生諸多情緣俱皆化爲涓涓流水，既無過不去的敵人，自然也談不上莫逆，眞誠服膺所謂的「君子之交淡如水」！對美麗有幾近病態的喜愛，對醜陋卻也無所謂能不能忍受。年過五十，完全明白人生無法求全的缺憾，逐漸能易位思考，對荒謬微笑、和遺憾握手！以往，自認聰慧靈敏、身手矯捷，總想不明白，何以開車行經收費站，十有九次，怎麼先生老選擇最長的隊伍等候！忍不住建議他見縫插針，改變跑道；而他一貫我行我素，擇一而棲，不肯輕易更換。他的理由是：

「橫豎總會輪到，選擇了，便得安心鵠候，不要三心二意。否則，臨時更換跑道，擾亂了行車的秩序不說，還得擔負相當的風險。」

對這樣的說詞，我一貫嗤之以鼻，以爲虛詞詭辯，不過是爲反應遲鈍找藉口罷了！歲月無聲流去，他一逕慢條斯理，個性躁急的我卻在移動的光陰中逐漸領略了不疾不徐、按部就班的不易。一日，在收費站前的長龍中，忽然頓悟，丈夫不肯更換跑道原來是一項値得稱頌再三的德行，否則以我的暴烈、懶惰與苟且習性，若另一半缺少耐性，怕早就連夜潛逃無蹤，細數起來，收費站前的車陣哪有我的缺點來得多！

年過半百，對個人的要求越來越少，對公義的追求卻越來越強烈。因爲知道人性的脆弱，所以，對別人逐漸有了同情的理解；也因爲洞悉人性的弱點，理解沒有了制度，難以規範人心，所以，對社會的制度及公義越發求全。年少時的獨善其身，有了「姑息養奸」的新解，威權體制下被壓抑的情緒，隨著閱歷的增長悄悄蓄積成爆發力十足的多管閒事：投書、打電話抗議、貼海報、寫文章論辯……就只差沒綁白布條上街頭抗爭，熱血奔騰、桀傲不馴強過青春期的少年！

年過半百後，忽然萌生前所未有的好奇心與求知慾，推開保守、摒棄成見，銳意和新世界接軌！不認輸地追趕新資訊，頑強地和日益消退的腦力抗爭！我低聲下氣向兒女請益，只爲操作電腦軟體；孜孜向學生叩問，只是不願被時代遠遠抛棄！我勇敢嘗試上網教學，讓鍵盤替代黑板、螢光幕取代教室；利用最新電腦科技，以文字和圖片儲存最最古老的記憶。我像海綿一樣，急急吸水，哪管水源來自何方！然而，匍匐前行之際，畢竟還是難免頻頻回顧。吐納之時，雖偶露疲態，顯得氣喘吁吁，卻不改顧盼自雄、旁若無人，完全不去想人生伊於胡底。

年過五十，以平均年齡分析，生命已向頹勢逐漸歪斜。以人生歷練歸納，智慧經驗正臻高地。五十歲，說老，不算太老；說年輕，可不年輕！以往在筵席，總是敬陪末座，如今步步高升，距離首席不到幾張椅。負責僉首稱是的時代已然過去，最新任務是絞盡腦汁開關話題。生活的重心逐漸由情感的斟酌轉移到器官的救濟。一桌子吃飯，總有不識相的人開始爲你計算卡洛里；當你體態略顯豐腴，即刻有人建議你到健身俱樂部去鍛鍊身體；當你步履稍微蹣跚，立即有人提醒你應該及時休息。可我才不甘心老在這未老先衰的議題裡打轉，春陽和煦、夏日鷹揚、秋高氣爽、冬月映雪，四季各有其輝煌燦爛，若放眼不見繁花盛景，豎耳聽不到鶯啼燕囀，開口只道八卦短長，如何能跟蘇東坡一樣，在晴時多雲偶陣雨的人生風雨中，從容地策杖吟嘯徐行！

年過五十，雖然越來越貪生怕死，卻從未認眞從事攸關延長壽命的任何活動，五穀依舊不分、四體越發不勤。飯桌上，絕不殺風景地拒絕肥碩欲滴的蹄膀，平日喝咖啡像倒開水，電腦桌前一坐便是大半天。乾眼症跟著五十肩，胃痛加上失眠，我都視之爲天將降大任的考驗。啊！年過半百，其實已胸無大志，一點也不想兼善天下，既沒有本事做大官，也不想聽國父的話去做大事，只偷偷祈求一點點的榮華，一些些的富貴，少少的美貌和一位跑不掉的丈夫。

——二〇〇二年八月·選自二魚版《五十歲的公主》

為了一只皮包

我買了無數的皮包，卻始終沒有一只能完全讓我滿意。一向樂觀的我，非但未曾灰心，還不死心地認定外頭的某個舖子裡，一定還埋伏著一只完美的皮包，正等待著我這個伯樂的賞鑑。

皮包之所以無法盡如人意，是因爲相關的考慮因素太多。除了顏色、式樣這種見仁見智的個別喜好外，還有大小、層數和深度的三種實用性條件有待斟酌。皮包小，精緻小巧是其長處，但容量不夠、不敷使用是其缺點；容量大的皮包固然如大海之納百川，帶著它卻又像扛著一口大布袋，有礙觀瞻是其致命傷。皮包層數不夠，必產生分類不精的缺失，萬物匯歸一層，如何撥亂「找」正，讓人煞費苦心，自然也是不宜；皮包層數過多，不但外表繁複，因分類過細導致翻來覆去的翻找，可謂大費周章，也是討厭。皮包太淺，裝不下文件或書本，固然難以獲致青睞；皮包太深了！找東西像大海撈針，有時就算將整顆腦袋瓜子都鑽進皮包，也還不能如願以償。所以，不同的場合攜帶不同的皮包是女人的共識，而隨著年齡的增長、人際關係的拓展及虛榮心的養成，皮包的樣式、種類、色澤、質地相形需要更多的講究，也因此，要找尋一只適當的皮包眞是難上加難！男人往往沒辦法理解，爲何女人對買皮包一事始終抱持高度熱誠？其實，女人只是還沒找到最合適的那只皮包罷了。

昨日，不知爲了什麼事，外子探手進入我的皮包內，竟然被一支吃西餐用的叉子刺到指頭。他大叫一聲後，隨即納悶的問我：

「皮包裡裝叉子幹什麼？」

是呀！皮包裡裝叉子做啥用？我搔首撓耳半日，完全不得要領。甚至連叉子在何時溜進皮包中，也全無印象。外子嚷嚷著：

「該整理整理皮包了吧？內容看起來太複雜了！你就拿這樣的皮包上學去？……口紅、衛生紙、皮夾、地址簿、行事曆、胃藥、指甲刀……啊！還有磁片、鑰匙、吸管、筷子、唇筆、湯匙、餅乾、奶油球、衛生棉，天呀！還有這麼多……當你的皮包眞是可憐哦！」

他從皮包內一邊掏出東西，一邊大驚小怪的叫著，聲音越來越高亢，顯示對皮包內的東西頗不以爲然！我一個箭步搶下他手邊的皮包，立即展開反擊：

「幹麼翻人家的皮包！你應該尊重我的隱私權啊！……何況，餅乾跟奶油球不就是你放進去的，還敢怪我！」

外子悻悻然縮回了手，負氣地回說：

「眞是好心去給雷擊！是看妳沒吃早餐，才給妳丟進去一包餅乾的；還有，你自己說研究室裡的奶油球沒了，咖啡不好喝！誰知道餅乾和奶油球放進去少說也有一個月了，妳還原封不動擱著……啊！亂七八糟的，哪有人這樣……」

談到皮包，就不由得想起沒多久前的一件事。走進教室後的我，想起許久沒有遵照教務處的規定點名，於是，跟學生宣布：

「今天我們來點個名吧！」

講台下旋即傳來一陣熱烈的歡呼！坐在座位上的學生全笑逐顏開，往好處想，歡呼的意思是慶幸自己趕上了難得一次的點名；往壞處思考，難免有人性中幸災樂禍的惡質成分在內。我翻開皮包，尋找點名簿，竟然找不到，只好清清喉嚨，改口道：

「哎呀！大學生自治，點什麼名啊，是不是？算了！」

底下立刻傳來一陣失望的嘆息！這嘆息的意思，我可以肯定絕對是不懷好意，是喟嘆缺席學生竟然得到姑息的聲音！我置之不理，提醒學生拿出課本後，繼續埋首皮包內，正取出書本，一位眼尖的學生馬上很不給面子地提醒我：

「老師！今天上小說，不是戲曲！」

啊！糟糕！竟然帶錯了書本！一位好心的學生隨即遞上她的書，說：

「我跟隔壁的同學一起看！這本借您用吧。」

感激涕零的我，第三度把手放進皮包內找尋老花眼鏡。第一層沒有，第二層失望，夾層落空，再回頭找第一層……真不敢相信今天的運氣如此之差！一位坐在後方的男學生，一向調皮搗蛋的，舉手作勢要發言。我覺得不妙，刻意忽視他的存在，假裝沒看見。他不理，兀自起身發言：

「老師！每回總看見您提著這口看似沉重的大皮包來上課，可您幾乎都沒能從其中找到您想要的東西。要筆沒筆、找眼鏡沒眼鏡、書本失蹤，點名簿也始終沒找著。今天，同學們公推我出來探探究竟，鼓得滿滿的這麼大只皮包裡，既然這些東西都沒有，那麼，裡頭到底裝了些什麼東西？」

說完，便跑向講桌前，想一窺究竟。我急急抄起皮包，緊緊護在胸前。可不能讓他得逞！雖說師道之不存久矣，可也還沒演進到這麼狼狽的地步吧！我板起臉孔，說：

「好了！別鬧了！別浪費大夥兒的時間，進度都快趕不上了。」

可別眞的以爲我敷衍苟且、缺乏反省能力！一回到研究室，我馬上展開自我檢視。好傢伙！這才發現這個皮包眞是有容乃大！除了原子筆、書本、點名簿和眼鏡之外的東西，可以說是應有盡有。其中最大宗者，莫若各種大小、式樣及品牌的衛生棉了。爲什麼在包包裡裝了這麼多的衛生棉？眞是耐人尋味！我苦苦思索數日，猜測跟更年期即將到來或者大有關連。潛意識裡是不是要在有意無意間，讓人明白雖然年過五十，卻仍然青春不減！衛生棉還經常派上用場呢！說起來慚愧，在一次應邀講評的讀書會中，我曾經在眾目睽睽下，從皮包取出卡片時，居然連帶拖出了至少五片以上的衛生棉，所有在場的人，無論男的或女的，都刻意不動聲色，就好像什麼也沒看到一般，那種故作鎭靜的樣子，眞是教人忍不住要噴飯。

皮包的困擾，由來已久。自從二十餘年前，投身教職後，它便如影隨形的跟定了我。到底皮包對我的困擾是什麼？說實在的，我也理不清。好像初中時的黏纏分解因式，無論我如何專心，都無法將它分析爬梳，使它露出一些別人或者自己可以理解的條理出來。一直到現在，皮包問題仍然沒有得到妥善的處理，每到開學前，我總要預留數天的時間來思考應對之策，卻始終徒勞無功。開學後，我預料仍然會跟以往的那些日子般，被皮包所導致的困惑重重包圍，直到學期結束才暫時解除危機。皮包的問題，也許並不是皮包本身的問題。皮包就是皮包嘛！會有什麼大不了的問題？也許我該追根究柢，皮包之所以成爲困擾，或者是因爲別的什麼原因所導致。但是根據家人的歸納，卻都說是我個人的性格所造成。無論丈夫或兒女，對於我始終沒法子擺平一只皮包感到相當不可思議。對這一點，我一直將它歸咎於「親生狎」的觀念，家人通常對穿著短褲頭到處跑來跑去的另一些家人很難產生敬意，也很難讓他們將心比心，發揮同理心。

有許多年，我用一個皮包跑遍所有的教室。一學期約莫同時開個四、五門課，每天，我總需要澄明我的思慮，在研究室裡更換內容：先搞清楚當天的課程，然後，再將前一天的資料取出更換。只要稍一失神，便會掛一漏萬，諸如帶錯課本啦、取錯講義、忘記戴眼鏡啦、點名簿拿錯啦……造成一些討厭的困擾。有一天，我突發奇想，決定效法「大貓鑽大洞、小貓鑽小洞」的方式，給每一門課準備一個不同的皮包，不但樣式不同，而且顏色分明，絕不相混。如此看似萬無一失，實則仍潛藏危機，於是，我精益求精，在每個皮包上貼上標明課程名稱的斗大貼紙；隔一段時日後，我又針對問題，在課程的標籤上加上星期幾及上課時間。雖然看來有些滑稽，不過，各科用品總算各有其主，基本內容大體不易出錯。不過，大錯雖然減少，小錯卻依然不斷。譬如：眼鏡、皮夾、原子筆等共用品，總會不時遺落在某個不該藏身的皮包內；而雖然皮包標示堪稱萬無一失，但是記錯日子卻是時有所聞。而更可怕的是，回到家裡的星期假日，往往會發現必要的提款卡、簽帳卡甚至現金，都遺忘在學校的那五只皮包中的某一只。而每隔一段時間，我整理五個皮包，也總會陸續挖掘到無數不知名或貼了姓名標籤的原子筆。一回，一位學生因情感受困而到研究室來哭訴原委，正涕淚漣漓地說著，無意間，發現我書桌上的筆筒內，竟然滿滿是貼了他們班同學姓名的各色原子筆，不覺忘形地破涕爲笑起來，說：

「終於找到凶手了！大夥兒的筆都無端失蹤，原來全讓老師給順手牽羊來了！」

神探破案似的喜悅，沖淡了失戀的痛苦，那位同學關上研究室大門時，嘴角隱約帶著一抹含淚的微笑，困擾我的皮包，彷彿適時提供了某種不可言說的救贖。

五只皮包的看似聰明的做法，終究維持不了多久，便宣告結束。其原因很難具體歸納，總之，這件事證明了人生的變數實在太多，看似科學的方式也難以全盤解決生活中某些複雜的問題，後來，我幾乎被五只皮包搞得發狂。於是，又回到一只皮包的日子，並下定決心化繁爲簡。外子譏嘲我缺乏管理的訓練，他和我大談工業管理中的有效管理：如何在放置工具的牆上畫上該工具的圖形，然後一個蘿蔔一個坑地發放給工人，黃昏時，工人便依照圖形將工具歸位，萬無一失。我覺得那樣的管理眞是大大侮辱了我的智慧，我第一次沮喪地發現，原來在外子的心目中，我是如此的愚笨與遲鈍。雖然他含蓄地未曾明言，但從他的悲憫言談中，可以明顯感受他認定我的管理智慧甚至連沒受過教育的工人都不如。他的結論是：

「妳的心太亂！生活沒有紀律，做事沒有方法。解決之道無他，先要接受品管訓練！」

品管訓練？就不信年過五十，憑我的睿智與豐富的經驗，會搞不定一只皮包！爲了一只皮包，還得去接受品管訓練！未免太小看人了！我嗤之以鼻，立志自力救濟！

從此，我展開馴服皮包的計畫。有課的日子，我刻意提早到學校，上課前，預留十分鐘，以便整理皮包。照說，如此如臨深淵、如履薄冰地對付一只皮包，應該游刃有餘囉！事實上，卻又不然。總有一些料想不到的意外會突然竄出，來干擾這看似萬全的計畫。譬如：當妳正準備開始整理之際，可能是一位對人生充滿疑惑的學生忽然就在此刻推門進來，跟你大吐苦水；可能是一位路過的教授心血來潮想來跟你敘敘舊；也可能是系主任笑咪咪地跑來和妳商討系務；最多的時候，常常是幫忙推展各項計畫的助理找妳報告進度。這一耽擱的結果，是鐘聲響了，提起其中的一只皮包倉皇上路，問題由是滋生。當然，還有一種不足爲外人道的狀況，是因爲缺乏自制力而流連網路，忘卻時間，直到上課鐘聲大作，才豁然驚醒！總之，無論一只皮包或五個皮包，都是問題叢生！皮包的困擾已成生命中不可承受之重。

人生的變數何其多，無論如何戒備再三，就是難免掛一漏萬，這是我和皮包苦苦糾纏二十餘年得到的寶貴啓示。一夜，在黑暗中，我和那只皮包靜靜對坐。月色朦朧，皮包疲憊地歪坐著，我發現我實在太虧待了它。分明是個名牌的皮包，卻被沉重、龐雜的內容搞得不成「包」形，垮著一張臉，猥瑣一如沒志氣的漢子。我憐惜地撫著它受傷的臉孔，深深自責著。孰令致之？我不禁又犯了追根究柢的毛病。這一追究，可眞把元凶找到了！如果系裡沒排這麼多種的課程給我，我又何至於天天爲了不同的課程傷透腦筋。如果我一生只教一門課，就沒有以上所有的煩惱，所以，原來不是皮包出問題，也不是我的智慧不夠的問題，根本就是系主任有問題！這一想，眞是茅塞頓開，我只要擺平了系主任，所有的問題不就都迎刃而解！

這一個重要的發現，讓我喜出望外。急忙將外子由睡夢中搖醒，告訴他問題的癥結所在，誰知外子竟又狠狠地潑了我一大盆冷水，他冷冷地說：

「是這樣嗎？我看不見得吧！……先不說妳在學校的那些大大小小的皮包了，就拿家裡這些小皮包來說好了，不是也常聽妳說，講稿忘在另一個皮包裡，演講時差一點穿幫；到超市買菜付帳時，才發現小錢包放在前一天的皮包裡；或者去喝喜酒，到了飯店，才痛恨紅包放錯了皮包；或是皮包太多格子，等找到大哥大時，電話鈴聲已經停止……啊！這種事我聽多了，妳不會眞的認爲皮包的肇事者是你們系主任吧？妳看！……」

話沒說完，他拉開一旁放置皮包的櫃子，「嘩」的一聲，一堆各色皮包應聲跌到地上。我不敢置一辭，結婚以來，第一次在舌辯中默不作聲地走開。他說的一點都不錯，皮包的問題也許不止於一個或多個的困擾，也不是課程多寡的原因。看來，眞要解決所有有關皮包的困擾，還不在於擺平別人，恐怕得先克服一些我所不知道的什麼問題。麻煩的是，我根本不知道這些問題到底是什麼！皮包不過就是一只皮包麼？怎麼就這麼難搞呢！奇怪。

——二〇〇二年九月十九日

凌拂作品

凌　拂

本名凌俊嫻，安徽合肥人，1952年生。輔仁大學中文系畢業。作品以散文及兒童文學為主，散文多取材於內在生命與大自然的體驗。著有散文集《世人只有一隻眼》、《木棉樹的噴嚏》、《食野之苹》、《台灣的森林》、《與荒野相遇》等。曾獲中國時報散文及報導文學獎、聯合報散文獎暨年度十大好書獎、洪建全童話創作獎等。

痕跡

一天，暗裡回來，小徑上什麼都看不見了，但覺有花香。駐足細辨，是相思樹的花氣。

或許，人生總還是好的，一點一點掙扎，暗裡摸黑回到住處，失了視覺但是還有嗅覺！我就這樣迫不得已的換了調子，用最獨特的嗅覺和觸覺，從記憶裡找到了壓扁在相思花旁的另一種花瓣。

相思樹和油桐一樣，都在這個季節開放，竟連性情也都相似。閒花遽爾飄落，掩天覆地的開，也掩天覆地的落，簡直不要命似的。眼看一地黃白錯落，細白嬌嫩的是油桐，黃點微圓的是相思樹，油桐不相思，格外有種斷然的清絕。若是再遇上山裡多風、多雨的時刻，落花之日，簡直讓人難以問清情由。生命能這樣揮霍，落花攤在地上寧靜得近乎潑辣，認眞得近乎淡漠，人生到了這樣，還會有什麼更明確的掙扎呢？起滅、飄落，索性就把生命都交與黃花，烈烈灼灼，垂萎凋敝，一切都舞得如此自然。油桐花開了落了，相思花也開了落了，若有花魂將轉往何處？我這樣問的時候，四時依然無動於衷的來去，而我若能強忍得住飄落，那麼想放聲嚎啕的淚，危危震顫的又將收往何處？

日子一任去來，細細的跡子多得讓人不想再細辨什麼才是清晰的面貌了。暗裡回來，除了花香，小徑上什麼都看不見了，而白日裡我想看星星，星星不是不在，但它不是我的了。

等著太陽漸漸落了，樹梢有一彎新月，新月上得太早，黃銅的光，彷彿還帶有落日的溫度。

爲什麼景致也總是與人一樣，一痕交疊著一痕。有的事總是自己錯了，明知道該迴避的，但是沒有迴避，即使是當時不知道如何迴避，也還是自己錯了。說起錯處，人都會有的，可是誰也不肯承認。那一日，夢見遭人斜睨，受不了氣，但也翻不了身似的。醒來，我在日記本上記下：「做爲一個人，要有和自己同陣而立的朋友，以期互相慰藉；也更需要有和自己異陣而立的朋友，這樣才能互相看到彼此的背後，背後是個盲點。」可是，我心裡眞正要說的是，「希望宇宙只剩下我一人躺在地上看星星，寂寞的時候，便在身旁畫隻小羊作伴。」

度過許多情感，才覺得人最容易爲難自己的便是情感，因爲情感總是脆弱得帶不得一點刮傷。每個人心裡都有一處最隱祕的地方，那裡是絕對的荒寒，除了自己，再親密的人也進入不了。如此，一個人走是很好的，因爲安靜，與人同行安靜便要被分去一半。記得那個簡居在深山的女作家說過，「除了在自己的花園裡散步，過了四十歲，我將不再愛任何人。」那一日我發現一處好地方，靜靜的看著溪流山谷穿心而過，正値微雨，鳥雀皆在樹梢戲雨，過了四十歲我便希望我只是枝梢戲水的鳥了，雨裡細細啄滌自己歷經風雲的羽。多麼完美，枝清雨潤，正一與負一俱在其中，衝撞突圍，什麼都有了，只是不再氣動，所有的觸目驚心都成了我淡淡的過往痕跡。波濤都已止息，是宿命也可以靜靜的重溫了。

春天來了，所有的顏色都出來一起點染群山。如果不離開這個地方，這許多顏色將每年和人在季節裡重逢一次。重逢有重逢的歡喜，也有重逢的憂緒，季節輕輕淡淡的掠過心際，自然的顏色是一遍輪迴一遍新。而人呢？人能有多少時鮮？每季皆新需要多少智慧點化，需要多少慈悲含容。在吹起的風裡我仍舊在眷戀著沉默，而我的工作總爲窠臼所困。一坐到會議桌上我便在內裡和自己掙扎，開會的時候我總想請點名者放我一馬，略去我的發言權，因爲我的話往往是後半段比前半段重要，可是後半段必得前半段鋪陳導引。說話需要布局，而我們的會開來開去都差不多，多一個人說話和少一個人說話，堆起來的結果並沒有改變，全都定於一格，會議往往開得人陽壽將盡。不知道爲什麼，我能忍受季節的重複，卻不能忍受人事的重複。所有的季節都如此相似，一季推向一季，並不特別回答建議什麼，但是人事裡的重複，我從來都不想度過，天空那麼美麗，我需要某些情節，但不是局限的人局限的事。

所以，當陽光越過山巔，我便去坐在溪邊了。溪邊是一個充滿了花樹野鳥的世界，烏鴉低低掠過，我多麼想知道烏鴉今日爲何會飛得這樣低，爲何在空氣裡飛得有下墜感，翅膀遲重的噗噗，掠過之後久久還留下胖子跑步的那種喘法。後來又飛來一隻老鷹。老鷹輕暢多了，空氣有的是浮力，四兩撥千斤，飛行要懂得滑翔。我想這就是了，生活中折磨人的艱辛，要與豐富的智識結合起來，不想度過的時候就要藉勢輕輕閃跳而過，但藉勢不是順勢，藉勢只是藉勢罷了，一如老鷹依舊要信任自己的翅膀。

水裡一隻水蛇，頭兒歪歪在看我，似在思索該打哪兒上岸，前方正衝著我，不知要不要轉向。溪水一波一波，急流似的沖得牠蛇身搖擺，波影似的漣漪洄覆。我有意和牠對峙，世事總不能盡如人意，我倒要看牠怎麼取捨。

久久之後，牠轉向離去，我看著牠一路水光流麗而去，不禁喟然斂目沉深。每一種對峙都如此相似，總要有一方轉向，水蛇是自然，自當師法，只不知在自然的律則裡牠是否心中仍藏有未甘。

轉個向吧！所有的掙脫只是爲了進入最後的沉默。我仰躺在溪谷裡看天，四周皆山，圈成一個井口，我仰著好似倒伏在井口看水窪，井底是天，雲衣似水，蝙蝠似游魚。整口井倒過來了懸在頂上，我仰躺對著井口大聲唱貝多芬的「快樂頌」，唱著唱著，黃昏雨疏疏一滴二滴，讓人想到進德修業。醍醐灌頂固是，但是連井都傾了，我是滿？還是不滿？

據說，世界的架構是七重天、七層地。這樣的基本架構仍然是很簡單的，但鄰接兩重的平均距離要花五百年才能橫渡。這五百年的基本距離人類永遠不能達到，上壽不過百歲，很容易就掉到海裡死了。一如創世的神功是在六日之內完成的，這種日數也是天上的算法，天上一日等於人間千年。天界從容，人世匆匆，所以人世的憂苦要沉深遲長些。也唯有如此，才知什麼是匆匆裡的從容，什麼是沉苦裡的好心情。

仰觀群山，轉個向吧！時間於人，向來是忽忽已趨渺然。檢點自身，若有傷痕，也應當將之推在時間之外了。

昨行過草徑，踩死一隻蚰蜒。我回首看一眼那蜷縮扭曲的身子，癱瘓的軟體黏涎穿過腳心，一直向我申冤追訴到心底。這個世界情怠慮淡，我淡淡一眼，在肯定自己不曾失去什麼之後，即刻便又回到自己的眞實世界。血肉模糊，總不會還有更壞的要來，至少在我即將踩下的那一刹那完全不知是有快樂還是悲傷。

如此，我的日子問不得什麼過去未來，反正人生總是難得到自己所需要的。而蝸牛蜒蚰之屬是牠自己的一行小筆記，一路細細的涎跡銀白透亮，走到哪裡涎跡便追記到哪裡，任其一路迤邐，穿過草徑，然後在噴水池邊消逝。消逝是消逝了，只是我仍然不解，蝸牛蜒蚰一路記著牠自己的筆記，但是牠在我腳上的那一霎時，是否就弄清了什麼才是牠活著的過去和未來！

我的日子任其空白，倒也從來不需要後悔，只是不知道要如何才能在等待和探索中預見生命的整體。白日裡蝸牛走過的小徑，夜晚是螢火蟲走來。我把一切拆穿，夜裡就站在白天把蜒蚰踩得血肉模糊的小徑上捕捉流螢，前塵後景不復相關，才知道什麼叫做淡漠了然。我向前伸一伸手掌，撲到手的流螢像一顆綠盈盈的晶鑽，輕輕合在掌心，鬆了怕飛，緊了怕碎。飛奔回到屋裡，一開掌才知道惘然，到手的富貴還沒握熱又去了。浮生若夢，不可依恃的一切，像極了過眼雲煙，一切都在無聲無息裡進行，靜靜的來了又去了，發生過的也都沒有發生，一如蜒蚰一路踏出的濕冷跡子若有實無，禁不得一次眞實的相遇。

從深暗的小徑上回來，除了幽渺稀冷的螢光，我便不能確定四圍還有些什麼了。人類主宰不好自己，卻喜歡干擾所有與之鄰近的生命，冥冥若眞有主宰，人類的操行紀錄當是對上帝的大不敬。當然其中也包括了人類未齊一的把上帝當作唯一可敬的神來崇拜。

等到光度漸漸變暗，涼涼的一點水意打到腕際，我只疑是山區午後要落陣雨了。但是欠身之際，眼梢輕輕一瞟，涼涼的一點水意竟是有顏色的。小米粒般一點深黃，那黃色是天地玄黃的黃。嗯！嗯！是糞哩，騰空一點消化排泄，竟落在我的腕際了。我細細把手腕托到鼻前，當寶似的嗅嗅，呣！是熱帶溫熟了的水果味，散發著濃熟的酵母酸，讓人想起熟過頭的芒果鳳梨。我定定的看著腕際，沒有擦掉，這世上無處不有消化排泄，身行識觸只是現象裡的眞實。小昆蟲的排泄之物，我讓它在腕際自然乾了，如此的果味酸餘，對待這個軀體，皮囊之內清濁交替，我要如何餵養我的消化吐哺，才得情性與膽識兼具。

我伸一伸腿，素心素面，看著自己的粗布黑鞋。山峰透綠，褲管素白，黑布鞋已經穿得老舊了，襯著水花飛鍊，我內裡嘩嘩的要盪出聲來。可是許多事純屬內裡的活動，只宜留在心中，像消化排泄之事，自不適合與人交談，但是天外飛來一點騰空落在腕際，純屬意外也不免讓人心思游動。就像我的黑鞋子，給了我它的一生，但我從來沒有發現那黑色素面顯身，不要丹青竟可與天光匹配得那樣清曠，美得不著一絲顏色。

消化排泄有人端的是暢快滿足，有人端的是清心少欲，也有人是渾噩。生活中種種不知不覺的蛛絲馬跡，與人切身相近的東西往往都不足深道，卻又不得不細道。穿衣吃飯如此而已，但少不了，獨一無二固然可貴，但它永遠不屬於生活。

晨起，臨窗的書經雨打濕了，夜雨也有留痕。

扉頁上的字在水裡暈泛，泡漲的痕跡依稀還曾相識，但要附身細細察辨。活過的痕跡已有多處暈渾不可解了。曾經存在過的一鱗半爪，不甚清晰，但若隱若現。我以紙巾一點一點摁盡水漬，暗礁與死濤低低掠過，一夜雨打心潮，如今都成了貞默。

濕了的書要重新曬乾，乾了的書要起皺摺，皺摺一點都不需要感情的補充，可是心情紛紜。皺摺處是一場雨的紀錄，還是渾然不覺的夜雨。凡事過後，我喜歡片甲不留。如果不是將物與心相齊，絲絲一點情愫拴著我，濕了的跡子我是隨手便扔的。

將心比心令人手軟，將心齊物令人遲疑，氣長也因了它，氣短也因了它。

濕了的書我信手翻翻，還翻出這樣的句子：

> 「傳說」一詞，在阿拉伯文裡稱爲哈地斯(Hadith)，原爲故事、溝通之意。

哈地斯的形成爲：我聽A說，A說他聽B說，B說他聽……X說，X說他聽穆罕默德說了某話或做了某事。

痕跡就這樣一路推諉下去，成了傳說。

人的一痕交疊著一痕的跡子，一路細細的往下記著，有心羅織和無心羅織，都成了哈地斯的形式。

——一九九九年七月·選自聯合文學版《與荒野相遇》

教者這一章

阿戌，一個午後。小山凹裡是這樣的一個故事正在發生。

不上學了，週六下午我坐在窗前，可以完整的看到眼前那一座靜靜的山。我多麼喜歡放假，山上的樹葉微微展揚，此刻我和山一塊兒靜靜的坐著。

坐落在山裡，我的窗口正好是可以總攬全觀的位置，因爲這樣，我看見阿戌走來。我班上的一個胖胖的小男孩子，二年級，長得亮亮的好看的眼裡，有著阿美族的混血。他手裡抱著一個和他身材一樣胖重的物體，因生氣而嘟著的臉，嘴向上噘著，後面跟著他的同伴和妹妹。我看著他走近了，忽的欠起身來，從屋裡想看清他手裡到底拿的是什麼，卻只聽到他氣呼呼的說：「我得到的教訓就是以後再也不要求你們幫忙了啦！」走馬燈過去了，我即刻便恢復安靜。一會兒我又聽到聲音回轉來了，我再度忽的一聲欠起身來，遠遠看到他輕鬆了，手上重物已去，甩著手小跑起來，他妹妹緊步跟在後面，小手向前扯著他的袖腕。我背在屋裡喊：「阿戌！」他沒聽到，嘟起來的臉彷佛還有一手扠在腰部。他妹妹聽到了，驚呼轉頭大喊：「欸咦！剛才有一間房子在叫吔！」走馬燈又過去了，總攬全觀，我靜靜坐在一個看不見的城中。

把一切看見的疊在掌裡，藏在心中，多麼清楚，然而對於孩子，許多時候我是只能看見，不能插手，對於他們我是另一種看不見的存在。

阿戊，一個下午，因爲這樣，我把他生活中許多許多另外的片段綴連起來。他十分天眞，自得的快樂裡，有著許多模糊的、懵懂的牽絆，我從他聰慧稚氣的臉上，串拾許多碎片，拼拼湊湊，常戲稱他是我班上最有心思的男人。那一張臉是一張對人生充滿了好奇、懷疑、衝觸、迷惑與懸垂的九歲的臉。

他常常喜歡在早上跑來找我。書包扔在教室，一大早在我宿舍門前：「篤篤篤，篤篤篤，小精靈一號，小精靈一號報到。」我看看錶才七點十分。我不應。他又發：「篤篤篤，篤篤篤，小精靈一號，小精靈一號報到，你起來了嗎？」我的電報拍出去，「滴滴滴，滴滴滴小精靈一號你好早啊！」門開了，他一臉清奇，像早上吹面的山風，兩手在胸前作獸爪狀，不停的踮著腳跳。二年級的小胖孩子，「過來給我抱抱。」我說。他抿著嘴笑，雙手束在兩邊，聳著肩。我笑了，上前用力環他二下，心裡其實覺得哀傷。一回我正看早報，他又來了。「篤篤篤，篤篤篤……」我瞥見報上的廣告，對著門大聲唸：「有品味的男人，有主見的男人，全方位出擊，重塑生活的新風貌……」不明不白的廣告詞，他掐著聲音道：「不要唸了啦，你在唸書，唸詩啦，趕快出來啦！」他每天早上跑來，不算有事，逗我抱他二下，心滿意足的跑了，其實對蒙蒙的人世，滿具心思。

但是，他會和我吵架。噙著淚，從坐位上站起來，眾目睽睽之下，他來我往，毫不退讓的九歲的孩子，令我大大開了眼界。教書近二十年，我深深驚動，面容神肅，心下駭然。大人的聲音翻翻滾滾、嘶吼、責罵、處罰，什麼情況都有可能出現，小孩多半在沉默裡屈服了。石破天驚，我第一次遇到這樣冷冷的和我吵架的孩子，面容上壓抑、生氣、倔強、鉤著眼，直要和我說理到底。我呆了呆，一念急轉，曲曲折折實實在在的存心想陪他吵完一場心驚的架。我想看到最後，九歲的小孩，我第一次婉婉地引以爲鑑。

那一次他懶得上課，玩不夠，打鈴了還不肯進教室。

「我眞希望我是貓頭鷹就好了，貓頭鷹不必寫字。」

上課時，他用力把書摜到桌上，惡狠狠的說，聲音從嘴縫裡逼出來，扁扁的都受了傷。

——貓頭鷹，貓頭鷹是最有學問的鳥吔，最有學問的鳥那會不愛寫字。

童話裡不都這樣說的嗎？

「那我當啄木鳥好了。」

——欸！啄木鳥是樹的醫生吔，那你是要當醫生囉，當醫生可要讀很多書喔！

國語課本裡有一課〈樹的醫生〉，說的正好是啄木鳥。啊哈！

「那還不簡單，只是吃蟲子。」

——吃蟲子也不簡單，要知道哪裡有蟲子，哪種蟲子能吃，哪種蟲子不能吃，哪種蟲子好吃，哪種蟲子不好吃呢。

「我看當老鷹算了。」

——哇！猛禽科眞凶的鳥呢，找不到同伴敢和你玩。

成人不自在，自在不成人。外面的春花正好，蛇莓開得正豔，我能索性放了這一堂課，可許許多多的以後呢？這蠻頭小子，我掃他一眼不再發話，繼續改我的本子。

他寫寫倒有了新的意見，放下筆用力向我走來。

「你根本就在虐待我們。」

——這，這，這你說得什麼話。到學校來做什麼你想通了沒，要你寫個字，就是在虐待你，那你想要做什麼。你這樣我很生氣。

「想通了啦，我早就想通了。生氣是你家的事。我早就想好了，昨天晚上就想好了，我要做的事只有一件，就是以後要好好照顧我妹妹。」

響雷迸發了，火速一連串。他說話的時候，一個字也沒看我，可是人在我面前。明明一副脾性，倒是我不會說了，驚起詫異，情表愕愕，鈍鈍的對他回話。

——照顧妹妹

——但是你還是要讀書嘛

我要他回去，把第二面的照樣造句做完。然後他又來了，排在隊伍裡給我改。

輪到他。

我改。

他低著頭說：

「老師，我可不可以對你說一句話？」每一個字都像子彈。連發。有力。

——你說。

「我覺得你跟我爸爸一樣在虐待我。」

——那我可不可以也跟你說一句話。

我也說得每一個字都像子彈連發。學他。

「你都可以，那我當然也可以。」

啼笑皆非。我冒起來的氣眞是寂寂消落，彷彿費力瞄準的東西，竟忽然踉蹌打了個空發，一切原來是不存在的。

我好整以暇，整整衣冠，換個口氣，我也有脾氣。

——我覺得你很沒禮貌，分不出好壞，弄不清自己該做的事吶。

他不說話，回去坐下，正好十二點鐘響。收拾書包回家，他站起來大聲，又像對著全班，又像對著自己宣佈：

「今天眞是一個壞天！」

我們全班十一個人，跳房子、滾銅環，都是山上的土雞，各擁各的山頭，各野各的天空。只有他，瘋的時候也瘋，玩的時候也玩，鬧的時候也鬧，但是瘋過、玩過、鬧過，形影複疊，心意連牽，全班一致所好，眾人一致附和的世界此一時又於他都不存在。

他說。

我喜歡看武林影片，學點花招保護自己。

他說。

老師，雨是不是雲不要的東西。

他說。

小孩肚裡都是問題。什麼都不懂就生出來了。

他說。

我和妹妹看爸爸燒紙錢，然後看一隻蝴蝶飛到火裡。

他說了很多，他說。

我教生字。國語第四冊第九課有趣的恐龍裡有一個生字——離。我教這個離字。七嘴八舌，小朋友說分離、離開、離別……突然有一個聲音大聲的說：離婚。

阿戊聽了這二個字，一時反應激烈，捏拳、咬牙、扭絞著身子歪到桌子底下，有點像嬉鬧，但狠狠的說：

「啊——離婚這二個字我聽到就恨。」

共參商略，不知是傷裂了誰；大人的訣別從來沒有孩子在內。

最慘的是，有一陣子小女愛玩一種逗騙人的遊戲。她們說：

——你褲子破了

——的相反

——你臉上好黑

——的相反

她們一臉正經，總在逗得人認眞，一臉神神愣愣的時候，才大聲笑著說：「——的相反。」

那一次剛剛才要上課，阿一轉臉向著校門大喊：「阿戊你媽媽來了。」跟眞的一樣。

阿戊原本斜了肩，在書包裡拿東西，一臉鬆懈，全無戒備，突然之間烈火灼灼，整個人都彈直了。我看到他彈起來，兩眼飛直射向校門，短短一秒，所有的心事都熾熱灼燒拉到完全張力。那臉我無由慓悉，卻已摧割傷裂，甚爲哀悽。校門口風淡，雲清，日影寂寂，阿一朗聲大笑：「——的相反。」聽來簡直像個惡魔。

小兒倖樂不知輕重，我看在眼裡甚爲哀婉，驅身向前，他在張力拔到極限的同時，已成廢墟。來到山裡，他怕已有年餘不曾見到媽媽。

他的口頭語是：別給我壓力了啦！我想起，有一回他一本正經的告訴我，「老師告訴你是眞的，我爸爸昨天說他只養我到十六歲，十六歲以後就靠我自己，不管我了。」他低著頭，兩手撐在桌上，小碎步有一下沒一下的原地踏換，聲音倒也款款清朗。

我看他一眼便知他內裡蹊蹺，心有不忍，因爲察見他的不安，沉定的看著他說，他心裡害怕，是不是？

他抿著嘴點點頭。很用力。

我蹲下來，捏著他的肩告訴他。不要怕。十六歲你已經長得夠大，像老師一樣可以做很多事了。

曩昔雲，來日雨。我其實覺得哀傷，心裡和他一樣想哭。

一回，升完旗進教室。我站在教室門口正中央，看著他們走來。本能想讓開的，念頭一閃，突想試試他們怎麼反應，頓起玩心，站在門口不動了。一群小賴皮打量我，莫名其妙，我藹然微笑只作無事。門口堵塞，先來的從我兩旁擠過去了。擠進去的一律哀哀大叫，「哎唷！老師——你怎麼搞的嘛——」輪到阿戊，他尖著聲音，「唉！老師，你把我們變成單行道了啦！」「呵！我覺得我好像河裡的一塊大石頭，你們是水，從我兩邊流過去，流過我的身體，水沖得我好癢啊！」我呵呵的笑。

「應該是鮭魚啦！我們是一隻一隻的小鮭魚。」阿戊說。

是的，鮭魚。洄游溯流而上，吃力沉重是嚒？我隔著玻璃看阿戊，急流、水梯，希望眞正的波濤大夥一一都能通過。朔氣傳金柝，寒光照鐵衣，將軍百戰死，而我，我們——都能平安回到最初的來處。

阿戊是個長在都市裡的孩子，父母離異，上一年級時才和妹妹進入深山與阿媽同住。他許多自成的懵懂不同於山裡孩子的無明，更多的敏感和對世事的懸垂，則來自於分離的家庭。他有時說，閉上眼睛我看到牛頭、馬面。有時說，我可以K老師，因爲我可以K我妹妹；我妹妹是女生，老師也是女生。生氣的時候對我說，今天要跟桌子講話，也不要跟你講話。有時候連續放假，看到我會說，老師，還眞想念你呢。

別的事情他還知道多少？每天早上獨自跑來敲我的門，逗我和他閒混二句，肥嘟嘟的小臉如繁花盛放。這是不是他要的溫愛！只是，我捏捏他柔潤的臉，來到山裡，面對蓬勃的花雨，我時而在深柔裡有著淡淡的嘆息。

——原載《源》雜誌

中華現代文學大系（貳）散文卷（二）

作品導讀

許俊雅

導讀者簡介：

許俊雅，國立台灣師範大學國文研究所博士，曾任台灣師範大學人文教育研究中心祕書兼推廣組組長，現任台灣師範大學國文系教授。曾獲全國大專學生獎、巫永福評論獎。著有《日據時期台灣小說研究》、《台灣文學論——從現代到當代》、《島嶼容顏——台灣文學評論集》、《讀妳千遍也不厭倦——坐看台灣小說》等，並編選《梁啓超與林獻堂往來書札》、《日治時期台灣小說選讀》、《翁鬧作品選集》、《楊守愚日記》、《王昶雄全集》等書。

寫在散文邊上

本書收錄張曉風、杏林子、董橋等二十位作家，作品五十八篇。作家出生年齡自一九四一年起至一九五二年止，期間年歲差距約十年，而作品發表時的年歲約五、六十歲前後，正是中年厚實的人生經驗和廣博的人文知識成熟期，因此他們的散文時見深刻的感悟，思想的啓迪和如沐春風的愉悅。如果分析他們的身分，會發現多數是學者（教授）兼作家，張曉風、董橋、周志文、亮軒、席慕容、鍾玲、黃碧端、柯慶明、陳芳明、蔣勳、顏崑陽、高大鵬、邱坤良、廖玉蕙都是，其他幾位如吳晟、李黎、凌拂也都曾任教職，我在這裡不歸納為學者散文，而僅是著重其身分，謂之為學者所作的散文，而這樣類型的散文有什麼樣的特殊之處？讀完這些作品之後，大抵感受到不少作品充滿書卷氣，博採中西，融通古今，對東西方歷史、哲學、宗教、文學方面知識的徵引遠遠多於其他類型的散文，深邃的文化意蘊流露無疑，對瞬息萬變的社會保持適切距離的觀察、反省及批判，筆致能感性與理性匯通交融。當然每位作家性情、成長背景的差異，其題材與風格也自有不同，吳晟、陳列、邱坤良、廖玉蕙、周志文作品中的民間性，在潑辣堅毅的生命力外，也是情感的寄託，情醇意濃，語樸味淡。此外，散文創作的真實性自「五四」新文化運動之後，有很長一段時間被賦予社會性、時代感、真實生活等方面的描寫，散文真實的精神向度被置換為經驗向度的真實，但隨著對散文創作的不斷反思，散文的真實與虛構，散文的跨文類都有新的認知與實踐，顏崑陽之作即常於筆下馳騁自己的想像，把讀者帶入亦虛亦實，似夢似幻，變化莫測的奇異世界。以下略就各家作品做一賞讀。

張曉風作品

（全文見369～405頁）

張曉風（一九四一——）的散文體現一種濃厚的故園意識與理想的人格追求，她的文章洗練而生動，可剛可柔，出入自在。因此，不管描人、繪景，或敘情、述事，都能得心應手。寫小事理，入細入微，寫大道理，入情入理，像隨時在鞦韆上擺盪的女子，將悲喜歡愁帶給讀者。〈開卷和掩卷〉是作家對於文學教育的關懷與期待，如果只知開卷勤讀，而不懂「掩卷冥思」，即使讀破萬卷書又有何用？這「掩卷冥思」，正是學者的必要工夫啊！〈塵緣〉描寫父親過世後，作家對父親的回憶，更加體悟到生命終究是挽留不住的。〈我撿到了一張身分證〉是對現代人身分的探索，這樣的議題在科技進步、社會變遷快速的時代，更是明顯，安部公房的《箱男子》或吳魯芹的〈數字人生〉對現代人的身分歸屬和存在的證據也有過觸探。信用卡、金融卡、身分證等證件就足以證明自己的身分嗎？「我」究竟是什麼？那些簡單的學經歷背景就等同於「我」嗎？文瀾起伏，扣人心弦，最後事情急轉直下，身分證根本未遺失，找到時，「我感覺恍若撿到一張身分證」、「我撿到了一個『我』」，洞見燭照出自我生命存在意義的揭示。〈春水初泮的身體——觀雲門「水月」演出〉一文淡雅剔透，抒情靈動，為林懷民的舞作「水月」而作，作家非常細膩且富聯想力描述了舞者擁有一副「被祝福的身體」，並表示自己在雲門的幕前守候了二十五年且願意再守候二十五年，表達其深情之寄盼。〈鞦韆上的女子〉，將「鞦韆」的來由與象徵意義，細細考證一番，原來文字本身所代表的文化意義，並不是「鞦韆」兩字而已，最後連結到「我」，讀書和求知才是我的鞦韆吧？如此寫法，多了一層知性哲理成分，但又不失感性浪漫。張曉風善於運用古典材料，賦古典以新義，結合現代文學創作技巧，靈活修飾文辭語句，散文充滿仁厚渾樸、雋爽、靈秀之氣，展現個人對於情感題材的體悟與理解。

杏林子作品

（全文見407～417頁）

十二歲時罹患類風濕關節炎的杏林子（一九四二～二〇〇三），雖然全身關節均告損壞，長期與病魔爲伍，但真誠面對苦痛和挫折的堅強毅力，使其生命甘泉汩汩而出，她豁然而自在的現身說法，不僅豐富了自身的生命，也滋養了他人，具現了文學的教化功能。其散文世界處處可見肯定生命之價值，啓發生命之教育，傳遞生命之資訊。〈花月正春風〉寫自己與桃花、杏花、荷花相關的故事，但所呈現的風貌與精神內涵依舊是杏林子式的風格，大年初一喜樂的日子，自己卻關節疼痛和重感冒，她卻不當自己是病人而賴床，反而到花市買桃花去，當然她也知台北空氣汙濁不適合種桃花，買不到是意料中的事，在溫柔中可見她生命中的抵抗意志，也見出她性格中對民間、鄉土的喜愛。她的散文經營是一事牽繫一事而自然發展，讓人「不可思議」，所以從桃花盛開的宜婚季節，講到快樂的單身女郎，日子還是灼灼其華的。不能不出牆的杏花也是一樣讓人驚奇的寫法，故鄉是杏花的故鄉，出生月又是杏花花令，買不到桃花，卻看到有紅杏出售，因此想到「紅杏出牆」，想到台北人生活空間之逼仄閉鎖，現代都市文明之不適人居，自然也要勸人出牆去看看外面世界。荷花這一則仍是寫她想養一缸荷花的心情與經過，文中再牽引出對都市對社會、人心的種種觀察所得。寫到最後，讀者都忘了她是病痛之軀，記得的是文中不時出現的詼諧詭譎的俏皮口吻，眼前出現的是活潑調皮的小姑娘正在花市買花的景象哩。

董　橋作品

（全文見419～434頁）

董橋（一九四二——）一位充滿濃鬱中西書卷氣的文人，深厚的文化素養，不斷憶念的舊時月色中的人物和故事，使得他的散文在機械文明充斥的現代，特顯出一份淡淡的閑適情懷與悠悠懷舊之情。其文字自有一股墨香，觀其文一如品茗聞香，淡淡的花香從寂靜中透窗而入室。〈桂花巷裡桂花香〉一開頭就說「人到中年格外依戀帶著鄉土氣息的景物人事」，通過《晚春情事》引發出來的桂花香、粉香、七里香，甚至是洋場金粉的樟腦味兒、植物園的荷香，最後呈現的是文學是記憶的追悼，味道通常牽引出濃濃的懷舊之情，不過似乎女作家為多，男性如此細膩的倒是少見了。首尾呼應是董橋文章常見之特色，「對著語文，我聞到的是春燕身上的桂花香」，讀者則在他文章裡的墨香、書香裡聞到其憶舊情懷。董橋身為傳媒、編輯的身分，形成另一種文章風格，〈是心中掌燈的時候了〉可觀其對現代傳媒行業的憂心與期待，自有其識見與眼力，煞尾處一聲是「我們在心中掌燈的時候了」，讓人心頭為之一震，與舊時月色照亮的卵石小徑相襯，筆法不能不謂之高明。〈舊日紅〉、〈古廟〉都選自《從前》一書，從書名即可觀之百種人生，千樣情懷的感舊思懷，瀰漫著淡淡的憂傷。〈舊日紅〉裡，幾把舊摺扇，讓董橋想起年輕時代的老師及老師的朋友蕭姨。收藏了一櫃子清末民初大小名家精品的蕭姨過世後，兒子不懂書畫，珍藏的書畫全被蘇州老家遠房親戚騙去。聞說這位遠房親戚，「竟是蕭姨嫁到南洋前的青梅竹馬舊情人」。董橋喟然嘆道：「那幾天，我常常想起蕭姨的粉藍旗袍和墨綠毛衣：崔護薄倖，初戀那片舊日紅，竟跟蕭蕭墓草一樣寂寞了。」結尾一樣讓人置身濃厚的文化底蘊，走入悠悠的歷史長廊，有如一支鳴奏曲，一闋詠歎調，餘音裊裊。花時已去，夢裡多愁。〈古廟〉寫廟裡樣樣精通的「煒師傅」，他不是廟裡的和尚，但吸引了作者及一群小夥伴幾乎每天找煒師傅玩，還拜他做師傅練拳。難以忘懷的是童年一睹情事後的種種人事發展，鎮上的有夫之婦桂香嫂「興許是老闆娘借種吧？」他們說。「阿煒那小子鐵打的身體遲早耗乾，說不定還要惹一場刀光之災！」文章寫到這兒，很容易變成精彩的八卦故事口耳相傳，可董橋卻僅以一句淡淡的文字收束，「那年暑假，我們找不到師傅了。」「我初中畢業出外求學，臨走前夕，舅舅帶我到古廟燒香：菜園子荒蕪了，師傅房前那堆雜草更放肆，都半個人那麼高了。」這種滄海桑田的時空變遷，提煉出來的思舊懷人之情，慰藉了當代人心靈的孤獨。要言之，董橋文章看似不經意，但許多輻射的光影最終聚在一塊兒，照應全篇，我私自以為他的散文不僅是通篇文字不可以拆開來看，最好是回歸到原文初始所歸屬的原書，整本書一氣呵成讀下來，更能體味其文章情懷。

周志文作品

（全文見435～454頁）

文人雅士很少不寫到花的，**周志文**（一九四二——）的〈野薑花〉雖是極其普通的花，但文章構築出神祕而引人幻夢的意境外，也帶有讓人悠然懷想的情致。他的散文眞是耐讀，在多次咀嚼之後，愈是甘醇襲人。在沖淡的筆調下，帶點詩的意境及不特意吊書袋的豐富知識，談野薑花、談皮匠與理髮師、談愛島嶼的人以及沉默的人們，裡頭相當深刻的認識卻是通過簡易凡俗的方式說出，因此他的散文情長、味遠、意深，散發出作者熠熠發光的思想火花與湛然和藹的藝術之美。他寫過樹和花，比如落木、木棉、鳳凰木和野薑花，本書所選的〈野薑花〉一篇，他從學生送來的野薑花，寫到亨利．盧梭的畫，引出少年時帶外甥到河邊採野薑花的經驗，他跳入水中，去花叢間採野薑花，卻看到大大小小的蛇，他在既害怕又震驚中，「被眼前奧秘而寧靜的秩序震懾住了」，原來樹葉、花朵、水、蛇和瀰漫在四周的空氣，都是這秩序的一部分，人當然也是，不宜干擾或作任何的破壞，這樣的結尾讓人深思，而就文章結構言，很自然綰合了亨利·盧梭的畫作中的危險、緊張、神祕而寧靜世界的秩序，恐懼將消失，心靈也得以安居。

周志文也愛寫我們平常習焉不察的小人物，如地下道的小販、小巷裡的算命師、公園中的老人、理髮店的理髮婦及素昧平生的陌生人。他的寫法很獨特，完全從生活中取材，卻從中提煉出生活或生命的哲理，像〈皮匠與理髮師〉講了托爾斯泰的皮匠的故事，卻筆鋒一轉寫他常去的理髮店，皮匠與理髮師的關係，正式藉著理過無數頭髮的理髮師因之也理解生命的意義的類比而來，作者也在理髮婦人身上看到了天使。〈愛島嶼的人〉以及〈沉默的人們〉兩篇也是寫人，但透顯著現實的重量，尤其是台灣社會中弱勢的族群，讀完後心中也不免有些苦澀了。總而言之，周志文的散文真誠無僞，有深度和厚度，令人看不勝看。

（全文見455～471頁）

亮　軒作品

亮軒（一九四二——）的散文有為報章雜誌撰寫的時評文章，也有日常生活的感悟，創作思維常從不同角度切入，重新賦予新的意義，並富幽默感及諷諭性。〈失去的早餐〉寫的是忙碌的現代人對早餐的種種態度，他用「失去」兩個字，感覺上就像充斥在現今社會裡那失戀、失業、失婚的話語，本來一日之計在於晨，好好吃頓早餐本是頂要緊的事，但大多數人已經失去了享受早餐，文章對照了今昔用早餐的情景，西洋與日本、台灣的早餐畫面，寫得風趣橫生。〈輸家物語〉則頗具啓示，如何面對輸的態度與面對「輸」的選擇，其實是生命成長過程中很重要的一件事，但目前的教育都在教導如何贏過別人，很多人輸不起，而造成很多問題。文章從第一次朋友跟亮軒說「趕不上又怎麼樣嘛！」時說起，最後作者感受且接受了這話的意義，認輸認栽使自己爽快也成就別人的光彩，作者善於觀察及思索，提供了各類輸家物語，讀完之後，我們會發現能贏而不贏，或不求贏的態度，正是跳脫「輸贏」的更高境界，反而是一種關懷、成全，可為世間增添更多美麗的樂章。〈花間櫻語〉裡的櫻花，著實讓人癡醉，那億萬朵櫻花把整個天地全妝點得晶瑩玲瓏，讓人禁不住想要「化作煙、化作雨，飛入花心化作花魂，再也不肯多瞄一眼曾經眷戀無限的塵世」，作者訪視櫻花的感動，透過花間櫻語，把那「倉卒間那麼短暫的擁抱與親吻」化為永恆，讓讀者對此至美也有所期待與回味。

席慕蓉作品

（全文見473～492頁）

席慕蓉（一九四三——）這位集「詩、文、畫」於一身的才女，從十三歲開始習畫、寫作，二十三歲時即以第一名的成績，畢業於比利時布魯塞爾皇家藝術學院，早期以詩飲譽文壇，近年來，她常回到蒙古草原，這流淌於血脈的呼喚而展開的原鄉之旅，對她的詩文影響都極大，在寫景與敘事間呈現其豐厚的情感深度。〈離別後——異鄉的河流之三〉、〈啓蒙——異鄉的河流之四〉、〈無題〉三篇都選自其散文集《金色的馬鞍》。她沿著閃動著溫柔波光的萊茵河，緩緩揚起對父親的想念、記憶。在她的記憶中，第一次受到父親啓蒙是三、四歲童稚時，啓發她對人世間一切的美好與自由的無限嚮往，最後一次感受到父親的啓蒙，則是在父親大去，哀傷無度地捧著父親的骨灰，走過他生前曾走過無數次，喜愛、讚美的山林之際，從寧靜的風景裡，體會到生死之外的歡喜與平安。走過五十餘年的歲月，父親仍然是她生命中，舉足輕重的啓蒙者。〈無題〉透過飲食寫返鄉後的感思，以雖具蒙古血脈卻非自小成長在此的女兒，對蒙古傳統食物的不適應凸顯了父親深沉的鄉愁及嚮往之情。

吳　晟作品

（全文見493～514頁）

以〈最甜蜜的負荷〉一詩膾炙人口的**吳晟**（一九四四——），對土地和作物（尤其是稻作）有一份特殊的「愛戀」，在台灣現代作家中，他是唯一一位長期居住在農村，實地參與農耕勞動的「農民作家」，他的文學創作就像他的生活，以雙手雙腳深深紮入現實的土壤中，土地之息養，鄉情之濃厚，社會之現實，他以堅實的筆觸扣緊了農村與鄉民生活的種種面貌，含蘊了富饒的生命力，被譽爲「是土地深處開出來的、有根有葉的生命之花。」他寫〈稻作記事〉娓娓道出稻作文化，及自己深受母親影響的稻作意識。這些相關經驗與知識如非親自參與過是沒法書寫的，本文同時也記錄了農村在「播田」、「收割」時的「換工」過程及對政府農業政策的批判。〈不如相忘〉則是紀念、懷想父親之作。〈水的歸屬〉寫作家從武嶺遠觀佐久間鞍部，造訪靜觀部落，尋找濁水溪源頭，提出活水源頭的意義何在？本文可歸屬以生態報導爲題的記敘散文，詩文巧妙融合，在作者豐富知識與文學浪漫渾然天成的融合中，對濁水溪做了深入介紹，並提供水土森林保育以人文及生態關懷的角度，闡述並揭示人類已從過去物質仰賴大自然的關係，轉變至今日更迫切需要大自然的心靈救贖。吳晟對土地與河川有著濃厚的感情與依戀，親身從事自然與人文的考察，不管是美好的或者是醜陋的，均以其樸質的文筆，知性與感性交融的行文，進行描繪與批判，展現一貫對鄉土的熱情與用心。

鍾　玲作品

（全文見515～526頁）

鍾玲（一九四五——）〈碧眼的中國詩隱〉記敘了作者在美國西北岸的華盛頓州訪問三位美國作家的情況，過程平平，沒有什麼特別之處。但是整篇散文的「眼」在標題上的「詩隱」兩字。作者訪問的不是一般的美國作家，而是三個深深熱愛中國古典文學、深受中國古代文化影響的美國人，他們中的兩個曾經在台灣居住很長時期，娶了中國女人做妻子。他們身居美國，結廬在山林，唱和朋友間，與大自然渾然爲一體。作者一路寫來，寫他們的經歷、家居、環境、談話，因爲有了這樣的背景，一切都讓人生出好奇：這些碧眼兒是如何在美國作「詩隱」的？

文章不長，作者寫人物寫得錯落有致，各有神貌。三個詩隱出場和描寫都不相同：第一位紅松最早出現，他駕駛了一輛過時的車去迎接作者，寫他彬彬有禮，舉止儒雅，通過他來介紹詩隱的工作和居住環境；緊接著第二位邁克出場，他是個詩人，詩歌裡融入了中國的詩情畫意，作者介紹他的妻子和他的詩，突出了邁克的浪漫；第三位是詩人馬明詩，先是在邁克的詩裡出現，後再顯露眞身，但只是匆匆一筆過，寫了他的身材魁梧，是一位登山運動員。由家居工作進入詩歌婦人再進入自然大山，境界步步開闊。結尾寫登山、寫大穀、寫奧林匹斯諸神的幻覺，是神來之筆，居然跳出了「詩隱」的主題，揭示了碧眼兒終究是碧眼兒，大山大海才是他們的根。反過來也暗示：東方文化只能屬於東方人，「詩隱」也不好模仿。

黃碧端作品

（全文見527～542頁）

黃碧端（一九四五——）的散文，無論是寫人，還是論文，看似平淡，卻又不凡。不凡的是作者的眼光，她總是敏銳地發現了事物一般現象背後的相反因素，從而對一般現象進行解構。或許這也不是作者故意追求的效果，她的散文總是切入正題，從容不迫，娓娓道來，但敘述到最後，力圖讓人發現有新的意想不到的結果。正如〈說文人之名〉的短文，說張愛玲，說曹雪芹，又說莎士比亞，狄金遜，引經據典，古今中外，論說該是文人的名聲總也逃不掉。但是作者最後說：「湮失了的天才就湮失了，不會成爲我們的例子，眞正寂寞身後的，是那些我們從來不曾相識的名字。」我們當然不能因爲「不相識」，就否認湮失了的天才曾經存在過，所以，本該是屬於文人的名聲，也是可以「逃掉」的。這對全文的意思進行了消解。再看〈孫將軍印象記〉，文章從曾經寄存於孫立人將軍家的一隻箱子說起，彷彿是在說一個莫泊桑的〈項鏈〉故事，孫將軍遭難以後，百般艱辛中爲朋友保存了一個箱子，三十幾年後完璧歸趙，將箱子還給朋友的後人，但箱子裡都是一些不値錢的東西，連原來主人都已經忘記了；文章當然可以看作對孫將軍忠誠一生的讚美，但作者又忍不住要問：歷史回報老將軍的，「會不會類似岳武穆的史評，使他贏得了尊敬，但否定了他的忠誠的絕對意義？」〈張愛玲的冷眼熱情〉裡所分析的是張愛玲性格中的「冷」與「熱」，如今這已是一個人盡所知的悖論，作者主要寫其冷眼外的「熱情」，對人生的熱切、對愛情的期待、對人世的熱忱，從三個不同角度、幾件事情來描寫世人不易見到的張愛玲的「熱情」，以鮮明的反差烘托方式呈顯了張的另一面，予人印象深刻。

（全文見543～558頁）

柯慶明作品

柯慶明（一九四六——）文學批評視野頗爲獨特，散文創作亦獨樹一幟，他的散文，有描述生命細微的心路歷程以及與往昔師友所傳遞的智慧與輝光。本書三篇都選自《省思札記》，他將其零星片段的心情隨筆結集成書，其優雅內斂的文字將引領讀者找回遺失了的——感動的能力，期許在平凡的生活中能再度尋回値得珍惜與回味的幸福時光。〈閱讀〉篇中，作家欲探討的是在現今各類資訊爆炸的時代，除了凡事講求速度與效率外，尚且能充實我們內在心靈的，究竟還剩下什麼？知識與閱讀並非是等同的汲取，我們或許能在短時間內吸收大量理性客觀的知識，然而能眞正提供我們生命力與滋養我們精神養分的，唯有專注細緻的「閱讀」。在全神貫注閱讀的當下，不僅能提昇心靈之純淨，亦能達到寧靜致遠之境地。〈愛情〉是一篇深層討論愛情的存在意義、藝術的小品。有別於一般譁眾取寵的絢麗格調，在這篇散文中我們眞切地看到一段最眞摯迷人的愛情宣言。作家將愛情的本質抽離現實生活，而建立在一至高無上的純淨境界，愛情讓自己提升也鼓舞對方成長，作者動容地刻畫出兩顆心在交會的瞬間迸發出的燦爛花朵，實質爲生命譜出深邃而美好幸福的樂章。此篇看似信手拈來隨意寫下的斷章，但思維活躍，在睿智雅致的筆調中，表達方式不凡，也引領我們思考如何透過愛情，給自己生命帶來一些深刻的意義。〈看瀑布，走！〉寫山路的蜿蜒夜行、寫似眞似幻的想像交替、寫瀑布的壯觀澎湃，但更多的是作家與自身契會的心靈對話。全篇聯想豐富，又營造了謐靜的氛圍，在一片荒涼山野之中不見孤寂，反倒是升起一洗滌心靈後平靜悅性的自在。

三篇省思札記皆是作家對自身生命一種深層的觀照，他對生存、生活、人性有著深刻的體會，其簡明而沉著的文字風格，著實帶領讀者往內心追求最單純的事物，讓簡單踏實的力量充實我們心靈，眞切落實了「生活就是一門藝術」於尋常世間中。

陳 列作品

（全文見559～572頁）

陳列（一九四七——）的散文除描寫個人生命感懷之外，更關懷自然生態與弱勢族群，作品量少而質精，渾樸深厚，有著溫柔敦厚、悲天憫人的人道精神，他以行走大地山河的方式，閱讀台灣，思維土地，寫山、寫樹、寫雲海日出、寫雪、寫動植物的生生死死，一貫體現對自然對生命的尊重與關懷。〈三月合歡雪〉氛圍安詳卻非死寂，以一個「眞」字爲引導，透過對宇宙大地、時序、風雲、大自然的祕密抒感，他十分注意自然界與內心之間微妙互動的感覺，內心的沉澱、近似體悟的感覺，呈顯出悠遠境界，使人心思趨於純淨，體認這充塞於天地間的單純與安靜的奧義。他寫原住民、退伍老兵、漁民、礦工的堅韌、悲苦及無奈，流露對社會底層聚落的深沉關切，〈礦村行〉以走入礦村、回憶來時、準備離去這三部分鋪陳礦村的居民無時無刻不在面對死亡。他寫礦村居民面對無望的未來卻依舊不曾絕望，良善居民面對不平的對待仍舊溫和，但任何人見到礦坑災變不斷，山村鬱悶破敗，村民孤苦無助，官方照常因循苟且、資方依然泯滅良心時，怎能不讓人憤懣？

陳芳明作品

（全文見573～586頁）

陳芳明（一九四七——）是一位詩人，也是一位文學史家，詩人需要用想像的抒情的世界來傳達自己的內心眞實；文學史家需要大量的瑣碎的資料來遮蔽自己的內心眞實，而散文應該是誠實的，坦白的，它是詩人的無韻獨白，也是文學史家的形象陳述，散文的語言直逼內心世界的眞實。然而陳芳明的內心是複雜的，含混的，曖昧的，政治的激情，叛徒的氣概，漂泊的歲月，逝去的年華，曾經滄海難爲水，如今應是到了面對中年過後，鉛華洗盡的時候，他的散文裡流露出怎樣的一份眞實的英雄的頹傷。

〈霧是我的女兒〉，讓人想起以前余光中的〈我的四個假想敵〉，同樣是中年父親對於自己生命、愛戀的一部分即將遠離的悲鳴，但是在陳芳明的散文裡沒有幽默，沒有歡悅，流亡美國的命運，顚簸流離的生活，都給自己女兒的童年帶來了陰影，文章裡感人的地方就是從對女兒的懺悔寫到了政治人生的反省，以及對於未來的恐懼。女兒是父親的未來，而沉重神祕莫測的霧又象徵什麼？過去的一段歲月就像是一段少年時期的噩夢，就像一場不成功的戀愛風波，黏黏糊糊地揮之不去，輾轉反側，反倒是成就了這一篇篇散文的悲愁基調。〈風中音樂〉由小鎭上的古典音樂引出對美國歲月鄉村音樂的回憶。〈樓上〉由三十年未遇的老詩人邂逅而勾起人生道路的反省和辯解，總是覺得散文的形式還太簡短，匆匆開始又匆匆結束，滿腹心事還是沒有肺腑傾訴，飽含在散文的字縫行間，霧中悲愁，鄉裡音樂，故人情懷又怎得了結？

蔣　勳作品

（全文見587～610頁）

蔣勳（一九四七——）精擅詩畫，長於藝術史及美學思想，散文鎔鑄了生命與藝術情緣。他的散文，看文字如閑雲野鶴，清風朗月，似不食人間煙火，所以，在自己書畫歷程的體會裡，就有了藝術的緣分「在可有可無之間」的說法；在看戲的童年生活回憶裡，就有了「分享神的福分」的感受，但是，蔣勳散文的眞正動人之處，恰在於這些高蹈文字的背後，依然是沉甸甸的現實關懷。作爲藝術大家回憶童年的學藝之路，縱然有無邊風月的瀟灑，讓人心有震撼的句子，還是他從顏眞卿書法裡看到了「戰亂中生命一絲不苟的端正」，從臺靜農的字跡裡感受其「即使在南朝，也自有坦蕩自在的生命」；又如在童年看戲中寫到歌仔戲裡加入了河南梆子的細節，民間的包容與豐富，酸楚與無奈，不可一言而道盡。雖然都只有淡淡著墨，卻是生命裡珍藏了一份歷史的厚重。

一篇〈不可言說的心事〉感人至深，寫的是老兵們的思鄉之情，追問的是歷史爲什麼如此無情，國家政黨民族之類抽象概念與人性中本色的情愛衝突究竟如何協調？簡單的答案是沒有，但人的尊嚴和無奈通過對一齣戲〈四郎探母〉的細讀中，被表達得淋漓盡致。

蔣勳的散文技巧很高，他善於把不同的寫法熔鑄於一爐，如在寫老兵的思鄉裡插入了對楊家將故事的歷史考據；在童年看戲的抒情裡加進了顧正秋表演藝術的描寫，看上去似有不諧和，但是，如果刪除了這些片斷，散文就會顯得單薄侷促，藝術格局就變小了。這是一般散文的通病，而在蔣勳的散文裡，被看似不經意的敘述結構輕而易舉地克服了。

（全文見611～625頁）

李　黎作品

李黎（一九四八——）從台灣去美國，由讀書而定居，走遍了世界各國，形成了李黎散文的廣闊的文化視野和豐富的知識閱歷。但是李黎散文不是一般觀光客的泛泛遊記，也不是一般學者的自我炫耀，她心有所繫，文字裡深深埋藏的，仍然是人文的關懷和人性的溫暖。

〈尋找紅氣球〉不是一個有難度的題目，任何一個文學藝術的愛好者到了巴黎這樣的城市，自然會生出親歷文藝夢的癡想。李黎尋訪的是一部兒童電影的街景，結果也是可以預料的：半個世紀以後的滄桑變化，人事俱非，再也無法再找到當年電影藝術中的感覺了，而唯一能夠將人類感情溝通起來的是藝術本身，電影跨越了時空，連接起人類對童年美好幻想的共同記憶。

但是這都不是李黎散文的獨特處，讓人感動的是作者寫出了「一個影迷媽媽爲她的影迷寶寶發一次童心」啊，「尋找紅氣球」的艱難與失望，都是由作者的兩歲的兒子不厭其煩地喜歡看〈紅氣球〉電影引起的。好奇、探尋、失望都是作者站在兒子的立場上發出來的感受，當她拍到了教堂的照片時她欣喜若狂：「晴兒啊，你會認得出這是什麼地方嗎？」這種帶有童趣的母愛眞是天眞到極點也偉大到極點，這才使通篇散文活潑起來了，瀰散了靈的感動。

散文中描寫飲食也是極普遍的主題，〈食有魚〉中關於世界各國食魚風俗的介紹和描寫固然引人入勝，但是文學的感人力量不會是傳播煮魚的知識，散文從一個女兒在家裡嬌生慣養不會食魚寫起，以身爲人母以後操持家務，學習煮魚而告結束，從煮魚中寄託了普遍的感情：一個女兒對母親的懷念和理解。這或可以說是李黎散文的感人之處。

（全文見627～649頁）

顏崑陽作品

本書所收的**顏崑陽**（一九四八——）三篇散文，是散文，也是小說，說其似小說，因爲有完整的情節（不是細節），有故事的結構，也有隨著情緒波動而成的特有的敘事節奏。或可以說這也許是顏崑陽的散文風格：在眞實與虛構之間，在瀰漫與有序之間，推動著文章走勢運行自如的，不是情緒支配，倒是一種精巧的敘事結構。以〈被拋棄的東西也有他的意見〉爲例。如果用一般的散文筆法，這樣的題目是最容易寫成一篇借物懷舊的抒情文，而這篇散文的含義卻複雜得多，標題中的「他」字在文章裡具體所指時，都被改稱女性的「她」，文章寫的是一個精神病患者去醫院就醫，其病症是妄想被拋棄之物會發表意見，抗議主人「始亂終棄」，但最終，主人自己也被壯漢拖去拋棄，幻覺中，他也是一個被拋棄之物。文章裡所有的被主人拋棄之物全冠上了「她」的人稱指代，在「我」與「她」的關係描寫中，用了「春宮街」來暗示「欲望」的不斷的佔有與追逐，直到被拋棄。而幻覺中的「春宮街」，從尿布店到棺材鋪，無非是漫長的人生，因此，也暗示了人的一生就是在欲望的支配下不斷搶購、佔有、被拋棄，這就是作者描寫的欲望人生。〈貓奴〉與〈窺夢人〉也都是虛構的敘事作品，或以貓的妖冶鬼魅與主人之間構成了欲望的關係，或以「夢」與人的虛僞理性所構成的緊張關係，都暗示了一種苦於欲望煎迫的焦慮和無奈。也許，作者用虛構故事的形式，把這種對欲望恐懼的隱祕情緒更加強烈地表述出來。

高大鵬作品

（全文見651～662頁）

作爲一位知名的散文及專欄作家，**高大鵬**（一九四九——）對文學、美學、文化等領域有著廣泛深入的涉獵及獨特的見解，在學識涵養與感性抒情之間，體現了他對藝術哲理審美的價值，開啓了散文的新視界。〈谿山行旅圖〉文思綿密，筆力渾厚，是作家屏息於范寬巨幅山水畫下，有如醍醐灌頂，仰山詠嘆豪邁磅礡之大氣，面對自然的種種宏偉壯觀巍然氣魄，作家給予崇高的評價，在肅然起敬的同時亦喟嘆自身的渺小，並希冀能與天地萬物共生共存。高大鵬對自然與美的追求已達超然之境界，他秉持著傳統讀書人的風骨，睹物思人，招北宋三百年來士人的魂魄，韋莊、文天祥、王安石、胡瑗、孫復、石介、范仲淹、周敦頤、大程、小程、朱熹、陸象山一代詩人、志士、哲人等，在作家的聲聲呼喚下彷彿一一歸位，著實抒發了自己對前賢的一片衷情，也觸動了自身的無限心事。〈潺潺雙溪入夢來——春回東吳新世紀〉是作家面對山水風物依舊的母校，但心境上卻已是大不同的眞情抒發。年少不識愁滋味的那份心情已不復存在，時光流轉中，能剔除雜質留下結晶的其實是作家對自身生命的一份觀照，以及對歷史文化的傳承心與使命感。對先賢哲人的至高推崇展現了作家豐富而雄偉的浩瀚情感，是作家終其一生努力並嚮往的境界所在。兩篇散文至誠至眞，風雅眞切，充分展現了作家對文學深情而又浪漫的情懷。不論是對谿山的景仰或是對雙溪水的孺慕，正是他安身立命獨善其身的根基與歸宿。

邱坤良作品

（全文見663～709頁）

人們常常將「戲劇」與「人生」相聯繫，俗話裡所謂的「人生大戲場」「舞台小世界」，說的都是這層意思。**邱坤良**（一九四九——）的專業是研究戲劇藝術，這裡所選的散文，篇篇都與戲劇有關，不但緊緊扣住了人生的意義，而且更加深入一層：深刻寫出了邊緣人生的鑼鼓：民間底層的江湖生涯。散文的境界，應當是開闊的。邱坤良散文的開闊境界來自於對民間世界的深刻同情和歷史理解。他的散文樸實無華，不事雕琢，凸顯出另種審美追求。他所描繪的時間跨度都很長，〈男兒哀歌〉寫民間藝人的同性戀的悲慘一生，〈醫生與燒酒螺〉寫出貧民父子三代的人生態度和追求，〈金光傳習錄〉不僅僅寫金光布袋戲的演變盛衰，還寫了民間藝術的精彩人生，都是由漫長的時間作爲敘事的支撐，不單單寫到了民間藝術在社會變遷中艱辛歷程，更深刻的是寫了歷史變遷中「人」的令人酸楚的遭遇與磨練，江湖的艱辛，藝術的精彩，民間的豐富，人性的追求，風風雨雨盡收筆底。

每一篇散文裡都有作者這個「我」的存在，「我」親歷了民間傳奇，而人物的命運和藝術的變遷都是通過「我」的感受而表現出來，顯示出良知的力量。如〈金光傳習錄〉，本來可以寫成一部知識性的戲劇發展史，但作者從自己小學畢業考試失利（因爲蹺課看金光布袋戲）說起，講民間戲劇給兒童帶來的深刻影響，寫到最後，作者已經從事台灣民間戲劇藝術，推動戲劇發展而獲老藝人的支持，敘述中瀰漫了神采飛揚的精神，讀之趣味無窮。與其說是寫戲，不如說是寫人，寫融入了藝人和觀眾生命體會中的，永遠的金光燦燦的民間藝術。邱坤良的散文看似自由散漫，如同流水的隨意賦形，但自具回環往復的節奏與結構，復於瑣事、小人物中見其眞情，實是難得一見的佳構。

王溢嘉作品

（全文見711～718頁）

王溢嘉（一九五〇——）曾經是台大醫學系畢業，畢業後從事的是專業寫作以及文化出版工作，不知道王溢嘉如何來回首評說自己的人生道路，夜深人靜，捫心自問，是不是也會生出他在散文中所提出的問題：「我爲什麼該在這裡的時候不在這裡，而不必在這裡的時候卻還在這裡？」因爲，這樣的問題，只有從作者的心底裡發出來的，這樣的聲音才是眞誠而且有震撼性的，這樣的散文才不是無病呻吟而且有思想深度的。

這裡所選的兩篇散文的意境都很簡單，但作者把生活細節的思考寫得很哲學，有著當年文藝散文的痕跡，讓人親切地記憶起六〇年代的思潮風雲。〈煉咖啡術〉把喝咖啡作爲象徵現代生活的符號，起先三段，分別寫了作者第一次聽到、第一次看到、第一次喝到咖啡的經歷，地點分別是鄉下、台中和台北，地點越來越切近現代都市，咖啡的象徵性也越來越明確，與六〇年代的現代思潮進入台灣聯繫在一起，於是，作者站在今天的立場上來反思現代性、揭示當今文化困境的隱喻也是不言自明的；〈我爲什麼在這裡〉彷彿是作者的思想筆記，羅列了一系列生活中、或者是書本中記載的現象，提出了一個類似「我從哪裡來？將到哪裡去？」的問題，但作者似乎更加關注現時，即現時的「我」爲什麼在這裡？如果探討下去，可以從靈魂與肉身究竟是同一性還是可以分離存在的分歧深入下去，引起我們後續的思考。其情理綿遠，也自有其理趣。

廖玉蕙作品

（全文見719～746頁）

兼有作家與教授身分的**廖玉蕙**（一九五〇——），習於平常中尋找意義，對人間世充滿興味，對生活百態的觀察極細膩，她時以慧黠之心解讀人生，因此常有出人意表的獨特體會。本書所選的四篇散文，以款款的女性細膩描述了人生意義，很多細節，雖然作者描寫的僅僅是她個人的隱秘的感受，但是讓你讀了以後勾起自身的經驗聯想，而久久不能忘懷。如

〈永遠的迷離記憶〉，本來是寫一座城市的記憶，可是最打動人的，卻是作者某些童年親情的感受。作者寫生病，由母親背著去醫院治療，這種經驗很多人都有相似的體會，也是母愛的記憶中最深刻的細節之一，作者是這樣寫道：「眞的！至今猶記得趴在母親身後，溫暖的鼻息噴在母親後頸後微微反撲回鼻間的感覺。」家人駭笑地揶揄：「你那麼小！哪會有印象！」於是作者也糊塗起來，分不清眞實還是記憶。但是這樣的童年細微記憶是眞實的，反而是成年以後的人們被太多的雜事紛擾，感到不能理喻。散文的眞實性往往與個人獨特的隱秘感受分不開，這種感受似乎不能被他人所理解，卻構成了散文的不可替代的個性。就如散文中作者的母親記憶裡只有燦爛櫻花，這又是母親的個性所致。〈年過五十〉也是這樣一篇具有獨特的隱秘感受的作品，作爲女性作者敢於以年齡爲題作文，已經是大勇的表現，何況作者還敢於直接寫出自己因年齡而帶來的心理壓力和困擾。最後一段眞是神來之筆，寫得舒緩從容，以抵禦五十的焦慮。這仍然是作者個別的隱秘的經驗，散文只有寫出自己的個人隱秘的細節，才能夠引起普遍的共鳴。

凌　拂作品

（全文見747～763頁）

凌拂（一九五二——）的散文清空不俗，內容與自然和兒童（教育）密切。她的自然散文不僅僅語言優美靈動，而且文字間流動著生命的體驗，彷彿身臨其境。〈痕跡〉一篇即是作者在人間歲月中的思索與觀探的心靈手箚，結構極爲隨意自然，或者說，生命的痕跡本來就如羚羊掛角，無跡可尋，作者在敘述中隨著思維跳動，場景不斷轉移，描繪出一個又一個氣韻生動的自然運作的痕跡。如文章第一句：「一天，暗裡來，小徑上什麼都看不見了，但覺有花香。駐足細辨，是相思樹的花氣。」因爲暗，不能用眼睛分辨樹和花，卻用嗅覺聞出了花香，花香就是生命的痕跡。當作者躺在大自然的草地上，仰面看著天空，群巒，鳥類，低頭望著河流、花草、水蛇，所有的生命都匯齊了，合奏出自然的交響，處處留下了生命的痕跡，而作者也作爲其中一個生命的單元，享受著自然的盛宴。所以，文章的每一個場景看似無序凌亂，綜合起來朗讀，卻有波瀾壯闊的節奏，那是生命的自然節奏啊。

它的兒童主題散文是自然的延伸，孩子也是天籟之聲，如〈教者這一章〉中的阿戊，一個自自然然的九歲兒童，天眞無邪，但是成人的紛爭在孩子身上烙下了陰影，但是，就如自然界也有殘酷的一面，人生社會的殘酷不也是自然的一部分嗎？散文裡一個細節的描寫極好，學生們升完旗回教室，調皮的女教師用身體堵在教室門口，孩子們從教師身體的兩邊魚貫而入，女教師說：「呵！我覺得我好像河裡的一塊大石頭，你們是水，從我兩邊流過去，流過我的身體，水沖得我好癢啊！」這是一個多麼好的比喻，水流過石頭，帶走了石頭的生命資訊，石頭也感受了水溫的生命資訊，大自然的生命交流就是這樣進行的，人與人的生命交流，老師與學生的生命交流，不也是這樣「癢癢的」嗎？在自然寫作與教育改革之間，凌拂以婉約的情感，優美的筆觸，成就了個人獨特的書寫風格。

中華現代文學大系（貳）

——臺灣1989～2003

散文卷（二）

A Comprehensive Anthology of
Contemporary Chinese Literature in Taiwan, 1989-2003
Prose Vol. 2

總　編　輯：余　光　中
編 輯 委 員：張曉風　白　靈　馬　森　胡耀恆　李瑞騰
陳義芝　向　陽　施　淑　紀蔚然　李奭學
廖玉蕙　唐　捐　陳雨航　鴻　鴻　范銘如
作 品 導 讀：許　俊　雅
發　行　人：蔡　文　甫
發　行　所：九歌出版社有限公司
臺北市八德路3段12巷57弄40號
電話／02-25776564・傳真／02-25789205
郵政劃撥／0112295-1
九歌文學網：www.chiuko.com.tw
登　記　證：行政院新聞局局版臺業字第1738號
印　刷　所：崇寶彩藝印刷有限公司
法 律 顧 問：龍躍天律師・蕭雄淋律師・董安丹律師
初　　　版：2003（民國92）年10月10日
增 訂 新 版：2009（民國98）年10月10日

定　　　價：散文卷（全四冊）平裝單冊新台幣380元

ISBN 978-957-444-633-9　　Printed in Taiwan
書號：kk024

國家圖書館出版品預行編目資料

中華現代文學大系(貳)／臺灣一九八九－二〇〇三，散文卷／張曉風主編-- 增訂新版. ---臺北市：九歌，民98.10
冊；　公分

ISBN 978-957-444-632-2(第1冊：平裝)
ISBN 978-957-444-633-9(第2冊：平裝)
ISBN 978-957-444-634-6(第3冊：平裝)
ISBN 978-957-444-635-3(第4冊：平裝)

830.8　　　　98016716